KB064280

사쿠라기 별장
야마노우치 자택

구리하라 별장
다카쓰카 별장
이쿠라 별장
그린 게이블스

당신이 누군가를 죽였다

당신이 누군가를 죽였다

あなたが誰かを殺した

히가시노 게이고
KEIGO HIGASHINO

최고은 옮김

북*다

1

고풍스러운 정장을 빼입은 탐정이 로비 라운지에 모인 열두 명의 숙박객들을 천천히 둘러보았다.

"모두 모이신 것 같군요." 탐정은 흡족한 듯 눈을 가늘게 떴다. "이 여행에서는 시간관념이 좀 느슨하신 분들도 적잖이 계셨던 것 같은데, 오늘 밤만큼은 예외인 것 같습니다."

"진범을 밝힌다고 해서 다른 일정을 취소하고 온 거네. 비아냥대지 말고 얼른 명탐정의 추리라는 걸 선보이는 게 어떤가?" 부유한 숙박객 중에서도 가장 기세가 등등한 살찐 부호가 여느 때처럼 거만한 말투로 말했다. 물론 그에게도 살인사건의 범인이 될 동기는 존재했다.

"뜸을 들이려는 건 아닙니다. 백작님." 탐정은 콧수염을 손끝으로 긁적였다. "그러시지 않아도 사건의 진상은 충분히 놀라운 것이기에, 담담하게 수수께끼 풀이만 해도 여러분들을 지루하지 않게 해드릴 자신이 있습니다. 그러면 서두는 이쯤에서 마무리하고, 곧바로 결론을 말씀드리겠습니다. 이 놀라운 사건의 범인은…….”

당신입니다, 하고 탐정이 집게손가락으로 가리키는 순간 옆에서 누군가가 손을 뻗었다. 태블릿 화면을 탭해서 동영상을 정지시킨다. 옆자리의 유미코였다.

“엄마, 왜 꺼요.” 도모카는 입을 삐죽였다.

“그만 집어넣어. 곧 도착하니까.”

“이제 탐정이 범인을 밝히려던 참이었는데.”

딸의 항의에 어머니는 코웃음을 쳤다.

“네 머리면 어차피 진상은 다 알 거 아냐. 맨날 투덜거리잖아. 생각한 대로다, 의외성이 없다.”

“그거면 됐어. 답 맞혀 보는 게 재밌는 거니까.”

“그 재미는 나중에 즐겨.”

도모카는 어깨를 으쓱하며 태블릿 커버를 덮어 옆에 놓아둔 백팩에 넣었다. 차창 밖을 바라보니, 아버지 마사노리가 운전하는 메르세데스 벤츠는 어느새 좁은 길로 접어들고 있었다. 길섶에 나무들이 무성하게 자라 길 안쪽이 보이지 않았다. 낯익은 갈림길 어귀가 나타났다. 마사노리는 운전대를 틀어 그쪽으로 직진했다. 이대로 쭉 가면 구리하라 집안의 별장이 나온다. 전에 온 건 봄방학 때였으니 5개월 전쯤이다. 예전에는 달마다 찾았지만 점차 발길이 뜸해졌다. 그 이유로 부모님은 외동딸의 성장을 들었다. 중학생이 된 뒤로 부모와 함께 행동하는 걸 꺼리게 되었다는 것이다. 솔직히 그건 부정할 수 없었다. 별장에 가고 싶냐고 물으면, 예전에는 두말할 것 없이 가고 싶다고 대답했다. 하지만 어느샌가 어느 쪽이든 상관없다고 대답하게 되었다. 실제로 그러니 어쩔 수 없었다. 가족 셋이서 별장에 온들 도쿄에 있는 것과 다를 바가 없었다. 도모카는 그냥 방에 있을 뿐이었다. 맑은 공기를 마시며 숲속을 걷는 것도 나쁘지 않지만, 산책은 30분이면 충분했다.

잠시 후 오른쪽으로 서양식 건물이 보였다. 사쿠라기라는 집안의 별장이다. 주인은 종합병원을 운영하는 의사라고 했다.

"리에 씨는 드디어 결혼하나 봐." 유미코가 말했다.

"그래? 상대는 역시 의사인가?" 마사노리가 물었다.

"자세한 건 모르지만 아마 그렇지 않을까? 오늘 밤 파티에 데려온대."

"흐음, 그 제멋대로인 아가씨가 결혼이라. 누군지는 모르지만 취향 한번 별난 사람이군."

"사쿠라기 병원을 물려받을 수 있다면 그 정도는 기꺼이 참아줄 수 있는 거 아냐?"

"그 정도? 아니, 나라면 못 참아, 그런 천방지축은."

"걱정하지 않아도 그쪽에서도 싫다고 할걸."

유미코가 코웃음을 치며 말하자 마사노리는 어깨를 살짝 으쓱했다. 어떤 표정을 짓고 있는지 도모카에게는 보이지 않았다.

리에는 사쿠라기 집안의 외동딸이다. 아마 스물다섯쯤 됐을 것이다. 작년에 만났을 때는 금발로 염색한 머리와 화려한 네일아트를 보란 듯이 자랑하고 있었다. 부모는 어떻게든 딸을 의대에 입학시키려 했지만, 등급이 낮은 의대에 원서를 넣어도 줄줄이 낙방해 결국 단념했다는 소문이었다.

조금 더 들어가자 또 다른 건물이 나타났다. 서양식과 일본식의 절충이라고 할까. 모던한 디자인이었지만 일본 건축의 고풍스러운 분위기도 풍겼다.

이곳에는 야마노우치 시즈에라는 여자가 살고 있었다. 별장이 아니라 집이다. 원래는 도쿄에 살았지만, 남편과 사별한 뒤 이곳으로 이주했다고 한다.

"야마노우치 씨, 오늘 아침부터 준비하느라 정신없었겠네." 차 속도를 늦추고 건물 쪽을 바라보며 마사노리가 말했다. "번번이 미안하네."

"하지만 이번에도 조카분이 와 있대, 남편하고 둘이. 도와주지 않았을까?"

"조카라. 음, 이름이 뭐였지?"

"하루나 씨. 남편은 에이스케 씨고. 같이 바비큐도 했는데 이름도 기억 못 하면 이상해 보이니까 그 사람들 앞에서는 티 안 나게 조심해."

"그것도 벌써 1년 전 일이잖아. 당신은 기억력도 좋다."

"직업병이라 한 번 만난 사람의 얼굴과 이름은 안 잊어."

"역시 프로네."

"고마워." 유미코는 무뚝뚝하게 대답했다. 그녀는 아오야마에서 미용실을 경영하고 있었다. 고객 중에 유명인이 많은 게 자랑거리였다.

마사노리가 다시 속도를 올렸다. 야마노우치 집을 지나자 곧 오른쪽으로 좁은 갈림길이 나왔고, 그 끝에 녹색 지붕의 건물이 보였다. 그러한 특징으로 이 일대에서는 그린 게이블스라고 불렸다. 『빨강머리 앤』에 등장하는 집 이름이다.

"저 별장, 주인은 어쩔 작정이지?" 마사노리가 중얼거렸다.

"시즈에 씨 말로는 이제 본인들이 사용할 생각은 없나 봐. 부부가 같이 실버타운에 들어갔다던데. 매물로 내놓을 거래."

"그래? 이상한 사람이 산다고 나서지 않아야 할 텐데."

오랫동안 사용하지 않은 그린 게이블스를 관리하는 건 야마노우치 시즈에라고 했다. 세상을 떠난 남편이 별장 주인과 친한 사이였기에, 그 인연으로 열쇠를 관리하고 있다고 했다. 앞으로 쓰지도 못할 텐데, 왜 별장 같은 걸 산 걸까. 도모카는 제 부모와 겹쳐 보며 의문을 가졌다.

갈림길 끝에 있는 건 이 주변에서 가장 으리으리한 건물이었다. 별장이라기보다는 어떤 시설처럼 보였다.

이내 오른편으로 기하학적인 디자인의 건물이 나타났다. 구리하라 가족이 12년 전에 구입한 별장이었다. 당시에는 새하얗게 반짝반짝 빛났다고 하지만, 그 흔적은 진작 사라지고 없었다.

다섯 달 만에 찾은 별장에서는 약품 냄새가 살짝 났다. 아마도 방충제나 소독약 냄새겠지. 유미코가 창문이며 문들을 활짝 열기 시작했다. 8월인데도 즉시 서늘하고 건조한 공기가 들어오는 걸 보면 역시 피서지였다. 오늘 아침 도쿄에서 출발할 즈음에는 기온도 30도를 훌쩍 넘었다.

도모카는 2층에 있는 제 방으로 올라가 집에서 가져온 짐을 풀었다. 공부할 것들도 일단 챙겨 왔다. 시험 없이 바로 중학교에서 고등학교로 진학하는 사립학교였지만 그 대신 여름방학 과제가 유독 많았다. 언제까지 별장에 있을지는 알 수 없었지만, 있는 동안에 조금은 해두어야 했다.

활짝 열린 창문으로 클랙슨 소리가 들렸다. 도모카는 창문으로 다가가 바깥을 내려다보았다. 오픈카 한 대가 서 있었는데, 운전석 문을 열고 한 노인이 내리고 있었다. 아까 본 으리으리한 건물의 주인인 다카쓰카였다. 성만 알고 이름은 모른다. 커다란 기업을 여러 곳 경영하고 있다고 했다.

도모카는 방문을 살짝 열고 귀를 기울였다.

"아, 안녕하세요. 언제 오셨습니까?" 마사노리의 목소리가 들렸다. 1층 거실은 천장이 없이 뚫려 있는 형태라 대화가 2층까지 다 들렸다.

"지난주부터요. 올해는 평소보다 느긋하게 보내고 싶어서요. 구리하라 씨 뵙는 건 1년 만이던가요. 5월 연휴에는 안 오셨죠?" 다카쓰카는 70대 중반이었지만 목소리에 기운이 넘쳤다.

"일 때문에 제가 휴가를 못 냈습니다. 평소보다 느긋하게 보내신다면, 역시 골프 삼매경이신가요?"

하하하, 웃음소리가 들렸다.

"그래도 원격 근무로 조금 일도 해야지요. 실은 어제부터 제 부하 직원이 가족을 데리고 와 있거든요."

"아, 그러시군요. 회장님 댁은 워낙 넓으니까요."

"뭐, 대외적으로는 회사 휴양시설로 되어 있으니, 방이야 많죠. 오늘 밤 파티에는 그 친구 가족도 참석할 테니 그때 소개하겠습니다. 말귀를 잘 알아들어서 부리기 좋은 친구입니다. 여러분에게도 도움이 될 겁니다. 바비큐 파티 때 그 친구 내외가 고기를 구울 겁니다. 맡겨만 달라고 의욕을 불태우더군요."

"기대되는군요."

안녕하세요, 하는 유미코의 목소리가 들렸다.

"아, 사모님, 오랜만입니다. 여전히 젊고 아름다우시군요."

"어머나, 농담이시겠지만 감사합니다."

"농담은요. 집사람이 전에 그러더군요. 구리하라 사모님은 늘 피부가 고운데, 대체 어떤 마법의 화장품을 사용하는지 궁금하다고. 혹시 그런 게 있으면 알려 주십시오."

"네, 샘플이 들어오면 드린다고 전해 주세요."

"그거 좋군요. 그렇게 전하겠습니다. 어이쿠, 벌써 시간이 이렇게 됐군. 그럼 이따가 뵙겠습니다."

현관문이 닫히는 소리가 들렸다. 다카쓰카가 나간 모양이었다.

"여전히 젊고 아름다우시다는군." 마사노리가 야유하

듯 말했다.

"마법의 화장품이 뭐야. 저 집 사모님은 일흔이 다 됐는데. 같은 취급을 하면 어쩌라고." 유미코가 뾰족한 목소리로 받아쳤다.

"뭐, 그래도 칭찬이니 받아들여."

"할아버지 할머니에게 칭찬받는다고 뭐가 좋은데? 스무 살도 더 차이 나는데 젊은 게 당연하지. 사람 놀리는 거야, 뭐야."

유미코는 분통이 터진다는 듯 말했다. 그런 아내의 기분을 풀어주는 건 포기했는지 마사노리도 더는 대꾸하지 않았다.

문을 닫은 도모카는 스마트폰을 들고 침대에 누웠다.

어른이란 신기한 생물이다. 어떻게 저토록 겉과 속이 다르게 행동할 수 있는 걸까. 마음에 들지 않는 상대와도 잘 지내고, 때로는 즐거운 듯 행동하는 건 어째서일까.

여름 오봉* 휴가를 별장에서 보내는 건 구리하라 가족의 연례행사였다. 하지만 지난 몇 년, 거기에 약속이 또 하나 더해졌다. 별장에 머무르는 동안에 열리는, 근처 별장 사람들과의 바비큐 파티였다. 모이는 건 구리하라 가족과

* 양력 8월 15일에 조상의 영을 기리는 명절.

다카쓰카 가족, 장소를 제공하는 야마노우치 가족, 그리고 사쿠라기 가족까지 네 집이다. 네 가족만 참석하는 경우도 있고, 그때그때 손님이 참석하는 일도 드물지 않았다.

그리고 올해는 오늘 밤에 바비큐 파티가 열린다. 조금 성가시지만 어쩔 수 없다. 얌전하고 솔직한 외동딸을 연기하는 게 자신의 역할이니까.

스마트폰을 만지고 있는데 노크 소리가 났다. 네, 하고 대답했다. 문 사이로 유미코의 얼굴이 나타났다.

"장 보러 갈 건데 같이 갈래?"

도모카는 잠시 뜸을 들였다가 고개를 저었다. "안 갈래."

"왜? 모처럼 공기 좋은 곳에 왔는데 방에만 틀어박혀 있으면 심심하지 않아?"

"아직 시간 많잖아. 숙제 조금이라도 해두려고."

"어머, 모범생이네. 알았어, 뭐 필요한 거 있어?"

"피스타치오 젤라토."

유미코는 알았다는 사인을 보낸 뒤 문을 탁 닫았다.

도모카는 백팩에서 태블릿을 꺼내 창가 책상으로 자리를 옮겼다. 클라이맥스에 돌입한 미스터리 영화를 마저 보기 위해서였다.

밖에서 엔진 소리가 들렸다. 도모카는 고개를 뺐었다.

메르세데스 벤츠가 차고에서 나가고 있었다. 운전석에는 유미코가 앉아 있었다.

시선을 조금 돌리자 테라스에서 마사노리가 책을 읽고 있었다. 옆 테이블에는 캔맥주가 놓여 있다. 아무래도 구리하라 가족의 별장 라이프가 본격적으로 시작된 것 같다.

2

피팅 룸 커튼을 젖히고, 새 의상으로 갈아입은 리에가 모습을 드러냈다. 이번에 입은 옷은 실버 그레이 원피스였다.

어떠냐고 묻듯 리에가 마토바를 내려다보았다.

"좋은데, 잘 어울려."

리에는 등 뒤의 거울에 제 모습을 비춰 보며 두 손을 허리에 올렸다. "좀 뚱뚱해 보이지 않아?"

"전혀."

그게 신경 쓰이면 점심 식사 마무리로 디저트를 두 개나 먹지 말지 그랬어. 마토바는 속으로 투덜거렸다.

여자 점원이 웃는 얼굴로 다가와 "어떠세요?" 물으며 리에를 보더니 환한 미소를 지었다. "어머, 예뻐라. 잘 어울리시네요. 사이즈도 딱이고요."

"그래요?" 그 말을 듣자마자 리에는 기쁜 듯 이를 보이며 웃었다. 같은 여자에게 칭찬 듣는 것을 무척 좋아했다.

"일본인 중에 이 브랜드 원피스를 잘 소화하는 분이 별로 없거든요."

접객의 프로네. 옆에서 듣던 마토바는 감탄했다. 전형적인 일본인 체형의 리에에게 잘도 이런 칭찬을 하는군.

하지만 듣는 사람이 낯부끄러워지는 말이라도, 자신을 칭찬하는 내용이라면 빈말이라 생각하지 않는 게 리에라는 여자였다. 예상대로 쾌활하게 "정했어. 그럼 이걸로 주세요" 하고 말했다.

감사합니다, 점원이 고개를 숙였다. 속으로 걸려들었다며 좋아하고 있겠지.

"그리고 이 원피스 옆에 있던 코트 말인데." 리에가 원피스 소매를 잡았다.

"오렌지색 후드가 달린 제품 말이죠."

"그래요. 그것도 갖다줄래요? 이 원피스랑 같이 코디하게."

"알겠습니다." 점원은 빠른 걸음으로 자리를 떴다.

마토바는 몰래 한숨을 내쉬며 리에를 보았다. 새 원피스를 산 그녀는 거울을 향해 다양한 포즈를 취하고 있었다.

마네킹이 입은 옷이 마음에 든다며 매장에 들어가자고 말을 꺼낸 게 약 30분 전이다. 외출할 때는 옷은 많으니까

별로 구경할 생각이 없다고 하더니, 자기가 한 말을 까맣게 잊은 것 같았다. 마음에 든 옷만 입어보는 거면 상관없지만, 그 뒤로도 이것저것 둘러보고 대어보면서 끝이 나지 않았다. 늘 있는 일이고 자기가 돈을 내는 것도 아니라 마토바도 불평할 생각은 없었지만, 이래서 쇼핑몰에 오는 건 내키지 않았다. 매장에서 나온 마토바는 "지금 몇 시지?" 하고 리에에게 물었다. 양손 가득 쇼핑백을 들고 있어서 손목시계를 볼 수 없었기 때문이다.

리에는 크로스로 멘 스마트폰을 들었다.

"음, 4시 52분."

"벌써 시간이 그렇게 됐나? 그럼 슬슬 돌아가자. 파티는 6시부터잖아."

"괜찮아. 아직 한 시간도 넘게 남았는데."

"옷을 갈아입고 화장 고치는 시간도 생각해야지. 난 처음 참석하는 건데 지각해서 나쁜 인상을 주고 싶지 않아. 원장님께도 민폐잖아."

리에는 얼굴을 찡그렸다.

"파티에서는 원장님이라고 부르지 마. 아부하는 것 같으니까."

"그럼 뭐라고 부르면 되는데? 장인어른이라 부르기엔 아직 이르잖아."

"왜? 약혼한 사이인데 뭐가 문제야?"

"일전에 슬쩍 한번 불러봤는데, 반응이 별로더라고. 결혼하기 전까지 사위 행세할 생각 말라는 뜻 같아."

리에는 흐음, 하고 콧소리를 냈다. "아빠 반응에 신경 쓰지 마."

"어떻게 그래."

주차장으로 가는 도중에 푸드 코트가 있다. 장사가 잘되는지 빈 테이블이 적었다.

아, 하는 소리를 흘리며 리에가 걸음을 멈췄다. "유미코 씨다."

그녀의 시선이 닿은 테이블에 젊은 여자가 앉아 있었고, 그 옆에 다른 여자가 서 있었다. 서 있는 쪽은 젊지는 않았는데, 40대 중반쯤으로 보였다.

"어느 쪽이야?"

"서 있는 사람. 구리하라 씨 부인이야. 얘기 안 했나? 오늘 파티에 올 거야." 리에는 두 여자를 향해 다가갔다.

다가오는 리에를 보고 의자에 앉아 있던 젊은 여자가 고개를 돌리더니, 어머, 하고 놀란 표정을 지었다. 서 있던 중년 여자도 돌아봤다.

"어머, 리에 씨." 중년 여자가 웃는 얼굴로 손을 흔들었다.

안녕하세요, 하고 리에는 인사했다. 그러자 앉아 있던 젊은 쪽도 일어나 "오랜만에 뵈어요. 저 기억하세요?"라고 말했다.

나이는 20대 후반이나, 어쩌면 더 들었을지도 모른다. 하얀 피부의 미인이었다. 몸매도 나쁘지 않았다.

리에는 기억을 더듬는 표정을 짓더니 그제야 뭔가 짚이는 게 있다는 듯 손뼉을 쳤다.

"작년에 파티에서 만났죠. 남편분하고."

네, 하고 여자가 고개를 끄덕였다. "와시오예요. 와시오 하루나."

기억나요, 하고 리에는 몸을 흔들었다. "하루나 씨. 와, 올해도 참석하시는군요."

"고모가 초대해 주셨어요. 작년에 즐거웠던 기억이 있어서 올해도 참석하기로 했어요."

"잘됐네요. 그런데 혹시 신혼 생활의 팁 같은 거 있어요?"

"신혼?" 하루나라고 불린 여자가 고개를 갸웃거렸다.

"아, 소식 들었어요. 그럼 이쪽이." 중년 여자가 마토바 쪽을 보았다. "남편분이에요?"

"예비 신랑이요. 소개할게요, 약혼자인 마토바 마사야 씨예요. 마사야, 별장 이웃인 구리하라 유미코 씨와 하루나 씨. 하루나 씨 성은, 음…….”

와시오예요, 하고 와시오 하루나가 넌지시 말했다.

“마토바입니다. 잘 부탁드리겠습니다.” 마토바는 두 사람에게 묵례를 했다.

“축하해요. 정말 잘됐다.” 구리하라 유미코가 축하의 말을 건넸다. “결혼식은 언제예요?”

“그게, 아직 정해지지 않았어요. 시기는 본인이 정하겠다고 아빠가 고집을 부려서.”

“어머, 그냥 무시하고 둘이 좋은 날을 잡으면 되지 않아요?”

“그러고 싶은데, 아빠 심기를 거스르면 여러모로 귀찮아져서요.”

“마토바 씨는 역시 사쿠라기 병원의…….” 구리하라 유미코가 탐색하는 시선을 보냈다.

“내과 의사로 근무하고 있습니다.” 마토바는 대답했다.

그렇구나, 하고 구리하라 유미코가 알겠다는 표정을 지었다. “그러면 억지로 밀어붙일 수는 없겠네요. 사쿠라기 씨는 병원에서 독재자로 통한다고 하시니까.”

“주변에서 떠받들어 주니까 우쭐해하는 거예요.” 리에의 목소리에 힘이 들어갔다. “결혼하면 조금씩 병원 시스템을 바꿔야겠다고 마사야하고 얘기하고 있어요.”

그치? 하고 동의를 구하는 리에를 보고 마토바는 조금 당혹감을 느꼈다. 이런 이야기를 구태여 남에게 할 필요가 있나 싶었지만, 한마디 하면 토라질 뿐이겠지. 음, 뭐, 하고 애매하게 고개를 끄덕였다.

"그런데 두 분은 무슨 볼일로 오신 건가요?" 리에가 물었다.

"쇼핑하러 왔다가 우연히 만났어요." 구리하라 유미코가 대답했다. "하루나 씨도 장 보러 온 거죠?"

"파티 준비 때문에요. 고모가 여러모로 준비해 두셨는데, 그래도 사야 할 게 더 있는 것 같아요……." 와시오 하루나의 눈썹이 축 늘어졌다. "그리고 케이크도 찾아야 하고요."

"케이크요?"

"생일 케이크요." 구리하라 유미코가 옆에서 대답했다.

"매년 하는 거요. 다카쓰카 사모님 생일이 얼마 안 남았잖아요. 언제였더라, 시즈에 씨가 괜히 배려하신다고 케이크를 준비했는데, 그 뒤로 사모님이 기대하는 눈치라 어쩔 수 없이 해마다 하게 됐잖아요. 시즈에 씨도 후회하지 않을까?"

마토바가 모르는 시즈에라는 이름이 새롭게 등장했다. 파티 참석자인 모양이었다.

"아뇨, 고모는 즐기시는 것 같아요." 와시오 하루나가 웃는 낯으로 부정했다. "그런데 주문한 케이크 수령 시간이 오후 5시 이후라 그때까지 시간이 비어서요. 여기서 기다리다가 유미코 씨와 만난 거예요. 덕분에 즐거운 시간을 보냈어요." 그러더니 손목시계를 보며 말을 이었다. "5시네요. 전 케이크 찾으러 갈게요. 여러분, 이따가 뵙겠습니다."

"이따가 봐요." 구리하라 유미코에 이어 리에가 "이따 봐요" 하고 대꾸했다. 마토바는 말없이 인사를 건넨 뒤 와시오 하루나의 균형 잡힌 뒷모습을 바라보았다.

"생일 케이크라." 구리하라 유미코가 코웃음을 쳤다. "당사자인 사모님도 기뻐하겠지만, 다카쓰카 회장님이 누구보다 좋아하겠죠. 으스대기 대장이니까."

다카쓰카라는 성은 리에에게 사전에 들은 적이 있었다. 이 일대 별장 소유자들의 우두머리 격이고, 바비큐 파티를 처음 제안한 사람이라고 했다.

"그렇죠. 우리 아빠조차 다카쓰카 회장님을 치켜세우면 평화가 유지된다고 하니까요. VIP 환자로 지인도 여러 명 소개받았고요."

구리하라 유미코는 아하하, 웃었다.

"소중한 고객님이시군요. 뭐 우리 집도 사정은 비슷해

요. 나나 남편이나 여러모로 도움을 받고 있거든요. 다카쓰카 회장님, 올해는 부하 직원 가족까지 데려온 모양이에요. 바비큐 고기 굽는 담당으로요. 어떤 집인지는 몰라도 안됐어요."

천진난만하게 주고받는 대화를 옆에서 듣던 마토바는 기분이 가라앉는 걸 느꼈다. 그 으스대기 대장이라는 회장 비위를 맞추는 일에 아마 자신도 동참해야 하겠지.

"그럼 이따가 봐요." 구리하라 유미코가 자리를 떴다. 손에는 명품 쇼핑백이 들려 있었다. 쇼핑을 좋아하는 건 리에만이 아닌 모양이었다.

리에가 어깨를 으쓱하며 입술을 삐죽 내밀었다.

"유미코 씨 독설은 여전하네. 뭐, 그게 유미코 씨 장점이기도 하지만."

"뭐 하는 사람이야?"

"남편은 공인회계사고, 유미코 씨는 아오야마에서 미용실 경영해. 외동딸은 삿포로의 기숙 학교에 보내놓고 우아한 생활을 즐기고 있을걸."

"대단하네."

역시 부자들은 다르네, 하고 혀를 차려던 걸 마토바는 꾹 참았다. 앞으로는 자신 역시 그 일원이 되어야 한다는 걸 알고 있었기 때문이다.

주차장으로 내려와 차를 탔다. 볼보 SUV 타입이었다. 2년 전에 구입한 차였지만, 리에가 차고가 낮은 스포츠카로 바꾸라고 졸라댔다. 결혼해서 아이를 낳으면 계속 패밀리카만 탈 게 아니냐는 논리였다. 마토바는 그 차는 누가 운전하는데, 하고 묻고 싶었다. 리에는 운전면허가 없다. 쉬는 날마다 쇼핑하러 나가는 리에의 기사가 되어 운전대를 잡아야 하는 제 모습을 상상하자 우울해졌다.

사쿠라기 별장까지는 10여 분쯤 걸렸다. 외관은 로그하우스풍이었지만, 새로운 자재와 건축기법을 구사해 최근 스타일로 지은 주택이었다. 문을 꼭 닫으면 벌레가 드나들지 못한다고 했다.

현관을 지나 안으로 들어간 리에는 거실 문을 열었다.

"우리 왔어요."

"이제 오니." 대꾸한 건 사쿠라기 병원의 독재자라 불리는 요이치였다. 소파에 앉아 노트북을 펼쳐놓고 있었다. 딸과 예비 사위 쪽으로는 눈길조차 주지 않았다.

"엄마는요?"

"2층에 있다. 나갈 채비를 하고 있겠지."

흐음, 하고 대답한 뒤 리에는 카운터 키친 앞 의자에 쇼핑백을 두고 벽 쪽 계단으로 올라갔다.

"또 저 변덕쟁이의 쇼핑에 끌려간 모양이군." 요이치가 말을 꺼냈다. 금테 안경 안쪽의 눈은 여전히 노트북 화면에 고정되어 있었다.

"매장 마네킹을 본 순간 계시를 받았다고 하더라고요."

정작 산 건 다른 옷이지만. 마토바는 속으로 중얼거렸다.

"어차피 병원에 출근할 땐 못 입는 옷이겠지. 정말 못 말리는 녀석이야."

리에는 사쿠라기 병원의 사무국에서 일했다. 부서 이름은 홍보실인데, 무슨 일을 하는지는 마토바도 모른다. 위기 관리나 홍보 업무에는 제발 관여하지 말기를 진심으로 빌었다. 사쿠라기 병원이 망하는 꼴은 보고 싶지 않았다.

"뭘 보십니까?" 아무 말도 하지 않으면 숨이 막힐 것 같아서 마토바는 억지로 물었다.

"그냥 기사네. 별거 아냐. 이번 총리는 정말 사람 보는 눈이 없군."

정치 관련 인터넷 뉴스인가. 차라리 이야기하기 편한 화제였다.

"무슨 일 있습니까?"

"별일은 아니고, 얼마 전 임명한 장관의 부정부패가 발각됐다는 흔해 빠진 뉴스야. 한 나라의 수장이 이래서 되겠나. 신상 조사도 안 했는지."

"신상 조사…… 말입니까?"

"그래. 사람을 쓸 때 가장 중요한 일이지." 요이치는 금테 안경을 벗더니 그제야 마토바를 향해 시선을 돌렸다. "그렇게 생각하지 않나?"

마토바는 눈을 피하지 않고 고개를 끄덕였다. "그렇죠. 저도 동감입니다."

요이치의 냉철한 시선이 모로 움직였다. "채비는 끝난 모양이지."

마토바는 뒤를 돌아봤다. 사쿠라기 지즈루가 천천히 계단을 내려오고 있었다. 화려한 오픈 셔츠에 하얀 팬츠 차림이었다. 짧게 자른 갈색 머리가 작은 얼굴에 잘 어울렸다. 환갑을 앞두고 있다고는 보이지 않는 외모였다.

"마사야 선생, 또 머리 아픈 얘기를 상대해 주고 있었어?"

"아닙니다. 그냥 세상 돌아가는 얘기였습니다."

"사람을 보는 눈에 대한 얘기야." 요이치는 노트북을 덮었다. "그나저나 선물은 준비했지?"

"에르메스 스카프로 준비했어요."

"그 정도면 돼. 비싸다고 좋은 것도 아니니까. 다른 사람이 안 보는 데서 슬쩍 드려."

"알았어요."

마토바는 두 사람이 다카쓰카 부인의 생일 선물에 대한 이야기를 하고 있다는 사실을 알아챘다. 병원의 독재자라 해도 VIP 환자를 소개해 주는 상대에게는 고개를 못 드는 모양이다.

이 교활한 냉혈한과는 앞으로도 좋은 관계를 유지해야 한다. 그러지 못한다면 제 미래에 볕 들 날은 없다. 마토바는 다시금 마음을 다잡았다.

3

벌써 오후 5시 40분이 되었는데도 다카쓰카 게이코는 고풍스러운 옷장 앞에서 떠나지 못하고 있었다. 가발 위치가 영 고정되지 않았다. 원터치로 탈부착이 가능해서 편했지만, 쓸 때마다 위치가 미묘하게 바뀌는 게 이 제품의 단점이었다. 다음번에는 전에 쓰던 제품으로 돌아가야 하나 싶었다.

무엇을 입을지 아직도 조금 고민 중이었다. 보라색 블라우스는 밤에 열리는 바비큐 파티에서 과연 빛을 발할까. 다른 여자들과 컬러가 겹치는 것도 피하고 싶었다. 그렇기 때문에 남편 슌사쿠에게 다른 집에 인사를 갈 때 그 집 여자들이 어떤 옷을 입고 있는지 살펴봐 달라고 말했는데, 제대로 보지 않은 것 같았다. 정말이지 그런 점에서는 하나도 도움이 안 됐다.

이봐, 태평한 목소리로 부르며 슌사쿠가 들어왔다. "슬슬 나가야지."

게이코는 한숨을 내쉬며 옷장 문을 닫았다. "알았어요."

방을 나와 거실로 내려가자 고사카 가족이 나란히 서 있었다. 고사카 히토시는 티셔츠에 후드 집업, 부인 나나미는 갈색 니트, 아들 가이토는 반팔셔츠에 베스트를 걸치고 있었다. 모두 그다지 고급스러워 보이지는 않았다.

기다렸죠, 하고 게이코가 말했다. "야마노우치 씨 댁에는 어떻게 갈 거예요?"

걸어서 채 5분도 걸리지 않지만 일단 물어봤다.

"고사카가 운전한다는군." 슌사쿠가 의자에 앉으며 말했다.

고사카가 네, 하고 끄덕였다.

"어머, 그래요? 다 탈 수 있나?"

고사카 가족의 차는 세단이니 5인승이었다. 법적으로는 문제가 없었지만, 게이코의 의도는 그것이 아니었다.

나나미가 오른손을 살짝 들었다.

"저희는 걸어서 가겠습니다. 장소는 들어서 알거든요."

"그럴 순 없죠, 댁의 차인데. 그리고 운전하면 고사카 씨가 파티에서 술을 못 드시잖아요."

"그건 걱정 마십시오." 고사카가 말했다. "원래 술은 그렇게 즐기지 않습니다. 못 마셔도 상관없습니다."

"그래요? 우리야 편하게 이동할 수 있으면 감사한데."

"처하고 아들은 걷고 싶은 모양입니다. 모처럼 이런 곳에 왔으니 맑은 공기를 마시고 싶다고. 그렇지?"

남편의 채근에 나나미는 억지웃음을 지으며 끄덕였다. 옆에 있는 아들은 딴 데를 보고 있었다. 어른들의 대화 같은 건 관심 없는 눈치였다. 초등학교 6학년이라는데, 어제 도착한 뒤로 웃는 모습을 보여준 적이 없었다. 정말이지 귀염성 없는 아이다.

"그럼 나하고 가이토는 슬슬 출발할게." 나나미가 남편에게 말했다.

"그래, 지각하면 민폐니까. 손전등 챙겼지?"

"챙겼어. 그럼 회장님, 사모님, 저희는 먼저 가보겠습니다. 가이토, 가자."

나나미는 게이코 부부에게 인사한 뒤 아들을 데리고 거실을 나갔다.

"그러면 호의는 감사히 받도록 할게요." 문이 닫히는 걸 보고 나서 게이코가 말했다.

"물론이죠. 가까운 거리긴 하지만 밤길은 위험하니까요."

"그러면 우리도 출발할까." 슌사쿠가 자리에서 일어났다.

고사카가 운전하는 차를 타고 파티가 열리는 야마노우

치 집으로 향했다. 좁은 길을 지나는데 앞쪽으로 걸어가는 나나미와 가이토의 모습이 보였다. 두 사람도 알아챘는지 걸음을 멈추고 길가로 비켜 차가 지나가기를 기다렸다. 나나미가 살짝 고개를 숙였다.

이내 야마노우치 집 앞에 도착했다. 날렵한 디자인의 목조 주택이다.

주차 공간에 차를 세운 뒤 셋이 건물 현관으로 가자, 때마침 나나미와 가이토가 들어서고 있었다. 그러자 그 모습을 보고 있었는지 타이밍 맞춰 현관문을 열고 야마노우치 시즈에가 나타났다.

"다카쓰카 회장님, 사모님, 어서 오세요." 시즈에는 그렇게 말하며 천천히 다가왔다.

서늘한 눈매는 어딘가 우울해 보이기도 했지만, 입가에는 미소가 번져 있었다. 나이는 마흔이 넘었을 테지만, 게이코가 시즈에를 처음 본 순간부터 그녀가 나이 드는 것을 거의 느끼지 못했다. 동년배였다면 분명히 질투심을 불태웠으리라.

"안녕하십니까, 오늘 밤에도 신세 좀 지겠습니다." 슌사쿠가 함박웃음을 지으며 환한 목소리로 말했다.

"안녕하세요, 시즈에 씨. 준비하시느라 고생이 많았죠. 미안해요, 돕지도 못하고." 게이코는 일단 그렇게 말했다.

"별말씀을요. 보내주신 식재료를 보고 깜짝 놀랐답니다. 어쩜 그렇게 고급스럽고 맛있는 것들로만 보내주셨는지. 늘 감사드려요."

"아니에요. 우리가 도울 일은 그 정도밖에 없으니까요."

백화점의 퍼스널 쇼퍼에게 연락해 고급 식자재를 배달시켰다. 입에 맞지 않는 것을 먹지 않기 위해서라면 다소의 지출은 감안할 수 있었다.

"모두 신선해서 바비큐로 먹는 게 아깝더라고요. 태우지 않게 조심해야겠어요."

"그건 걱정 안 하셔도 됩니다." 슌사쿠가 끼어들었다. "소개하겠습니다. 제 밑에서 일하게 된 고사카와 그 가족입니다. 파티 얘기를 했더니 꼭 참석하고 싶다고 해서 데려왔습니다. 뭐든 돕겠다고 하니 사양 마시고 마음껏 부려먹으십시오."

"부려먹다니요……. 같이 즐거운 시간 보내요."

"시켜만 주시면 뭐든 하겠습니다. 잘 부탁드립니다." 고사카는 허리를 굽혀가며 연신 고개를 숙였다. 옆에서는 나나미가 굳은 얼굴로 서 있었고, 가이토는 여전히 무표정했다.

"자, 뒤뜰로 가시죠. 다들 와 계세요."

야마노우치 시즈에의 안내를 받아 뒤뜰로 가니, 이미

늘어선 테이블과 의자에 낯익은 얼굴들이 앉아 있었다. 오랜만이에요, 건강해 보이셔서 다행이에요, 게이코 일행은 저마다 짧은 인사를 나눴다. 낯선 얼굴도 있었는데, 누구인지는 차차 알겠지. 밤은 길다.

"자, 그럼 여러분, 슬슬 시작할까요." 슌사쿠가 말했다.

네, 시작하죠. 다른 참석자들도 동의했다. 바비큐 화로에 불을 붙였다. 샴페인을 따서 잔에 부었다. 건배사는 매번 슌사쿠가 맡았다. 여러분의 행복과 멋진 별장 생활을 기원하며 건배. 게이코의 기억이 정확하다면 작년과 완벽히 똑같은 말이었다.

고사카가 화로 앞에서 식재료를 석쇠에 올리고 있었다. 민망해하던 야마노우치 시즈에도 그에게 맡기기로 한 모양이었다. 남편 옆에서 일을 돕는 나나미의 표정에서 어느새 어두운 빛이 사라져 있었다. 처음 보는 사람들에게 둘러싸여 먹고 마실 바에야 차라리 잡일을 도맡는 편이 마음 편하다고 생각한 것인지도 모른다.

사람들은 바비큐를 들고서 각자 테이블에 나눠 앉았다. 그 모습을 게이코가 바라보고 있는데, 야마노우치 시즈에의 조카가 쟁반에 그릇을 받쳐 들고 다가왔다.

"다카쓰카 부인, 좀 드셔보세요. 적당히 골라 왔어요."

그릇에는 고기며 채소, 새우 등이 담겨 있었다.

"고마워요. 잘 먹을게요." 게이코는 젓가락을 들었다. "성함이 와시오 하루나 씨라고 하셨죠. 그리고 남편분은 에이스케 씨고요."

와시오 하루나가 놀란 듯 눈을 동그랗게 떴다.

"맞아요. 기억해 주셔서 영광입니다."

"작년에 멋진 커플이다 싶어서 인상에 남아 있거든요. 결혼 생활은 어때요? 아직 신혼 분위기예요?"

"글쎄요, 어떤지." 하루나는 시선을 돌렸다. 그러자 그 앞에 있는 남자가 다가왔다. 남편 와시오 에이스케였다. 캔맥주를 들고 있었다.

"혹시 내 얘기 했어?"

"아직 신혼 분위기냐고 물으셔서."

"그런 얘기였어?" 와시오 에이스케는 허를 찔린 듯 뒷걸음질 쳤다. "애초에 신혼 분위기란 게 있었나? 난 처음부터 꽉 잡혀 살았던 것 같은데."

하루나의 입가에 웃음기가 번졌다. "그랬나. 난 기억에 없는데."

"잘하고 있네요. 그런 걸 신혼 분위기라고 하는 거예요."

게이코는 샴페인 잔을 들고 주변을 둘러보았다. 사람들에게서 조금 떨어진 곳에 고사카 가이토가 오도카니 앉아 있었다. 부모는 고기를 굽느라 정신이 없어서 아들에게 신경 쓸 틈이 없는 것이리라.

시선을 다른 쪽으로 돌렸다. 구리하라 부부의 외동딸 도모카가 주스를 마시며 스마트폰을 만지는 모습이 눈에 들어왔다.

잠깐 실례할게요, 게이코는 와시오 부부에게 말한 뒤 자리에서 일어나 가이토에게 다가갔다.

"가이토, 뭐 하니?"

소년은 무표정한 얼굴로 게이코와 눈을 맞추지도 않고 고개를 저었다. "아무것도 안 하는데요……."

붙임성 없는 아이네. 부모가 어떻게 가르친 건지.

"그럼 같이 어디 갈까?" 게이코는 그렇게 말하며 이동했다. 어쩌면 무시할지도 모른다고 생각했지만, 그럴 수는 없었는지 소년은 당혹감 어린 표정으로 따라왔다.

도모카 곁으로 가서 안녕, 하고 말을 걸었다.

게이코의 기억이 틀리지 않는다면 이제 중학교 3학년이 된 소녀는 고개를 들고 안녕하세요, 하고 대답했다. 하얀 피부가 도자기처럼 고왔다.

"1년 만에 보네. 잘 지냈니?"

그러자 도모카는 오밀조밀한 얼굴을 살짝 기울였다. "음, 그렇지도 않은 것 같아요."

"어머, 왜?"

"루비가 죽었어요."

"루비?" 게이코는 잠시 생각하다 작년에 도모카가 고양이를 안고 있던 걸 떠올렸다. "어머, 그 고양이가 죽은 거야? 언제?"

"두 달 전에요."

"아파서?"

"아마 그럴 거예요. 계속 안 좋다가 어느 날 갑자기 죽었어요. 원인은 잘 모른다고 들었어요."

"그랬구나." 게이코는 눈을 깜빡거리며 소녀에게 해줄 말을 생각했다. "그건 분명 하늘이 도모카에게 내리신 시련일 거야. 그거 아니? 하늘은 그 사람이 극복할 수 없는 시련은 내리지 않으신대. 분명 앞으로 도모카의 인생에 도움이 되도록 내리신 거지. 그렇게 생각하고 극복해 내야지."

도모카는 한 박자 늦게 네, 하고 고개를 끄덕였다.

"맞아, 도모카에게 부탁이 있는데 들어주겠니?"

"뭔데요?"

"얘는 가이토야. 부모님하고 같이 우리 별장에 놀러 왔단다. 또래 친구가 없는데 도모카가 말동무가 되어주지 않을래?"

"그럴게요."

"고마워. 잘됐다, 가이토."

그럼 잘 부탁해, 라고 말한 뒤 게이코는 자리를 떴다.

테이블에 앉아 있는 사쿠라기 요이치와 눈이 맞았다. 이쪽을 향해 손을 흔드는 모습을 보고 다가갔다. 그는 새 와인 잔을 앞에 놓으며 물었다. "한잔하시겠습니까."

네, 하고 게이코는 자리에 앉았다.

"역시 사모님이시네요." 사쿠라기 요이치는 잔에 레드 와인을 따랐다.

"네? 뭐가요?"

"저 아이가 혼자 있는 걸 보고 곧바로 구리하라 씨 따님한테 데려가셨죠. 꼼꼼한 배려와 조치에 감탄했습니다."

"별말씀을요." 게이코는 손사래를 쳤다. "별거 아니에요. 어른만 즐기고 아이는 지루해하면 마음이 좋지 않잖아요."

"그렇긴 하지만, 저 소년은 사모님께 고마워할 겁니다."

"그건 모르겠지만 즐거운 시간을 보내면 좋겠네요."

레드와인을 마시며 게이코는 흡족했다. 고사카 부부의 아들 따위 사실 아무래도 상관없었지만, 내버려 두기에는 보는 눈이 있었기에 구리하라의 딸에게 떠넘겼을 뿐이다. 좋은 인상을 주었다니 다행이었다.

인간이란 어차피 이런 생물이다. 겉으로 하는 행동과 속으로 생각하는 건 전혀 다르다. 겉과 속이 다른 게 보통이다.

그 여자도 그렇다. 시야 한구석에 누군가의 모습이 들어왔다. 그 정체를 아는 건 나뿐이다. 물론 본인에게 그 사실을 말할 생각은 없다. 독침은 숨기고 있어야 무기니까.

4

레드와인이 든 잔을 기울이던 손을 멈추고 마토바 마사야는 와시오 부부를 번갈아 보았다.

"그러셨군요. 두 분도 사내 결혼이셨다니. 게다가 병원에 근무하시는 것도 저희와 같네요."

와시오 에이스케가 아니라며 손사래를 쳤다.

"저는 그냥 약사입니다. 마토바 씨와는 입장이 전혀 다르죠."

"병원에 고용된 처지라는 점에서는 의사나 약사나 별 차이 없죠. 더군다나 부인께서는 간호사시군요. 좋네요, 전문가 부부라."

"미안하네요. 평범한 사무직이라." 옆에서 리에가 퉁명스레 말했다. 평소 콤플렉스가 있어서 이럴 때면 빠르게 반응했다.

"사무직이 전문가가 아니라는 뜻이 아니잖아. 와시오 씨 부부는 의료 현장의 전문가 커플이라는 뜻이었어. 그 정도는 알아들으라고."

"뭐, 그렇다고 해." 리에는 부루퉁한 낯으로 빈 잔을 내밀었다. 마토바는 와인병을 들어 와인을 따랐다.

"리에 씨는 일을 계속하실 건가요?" 와시오 하루나가 물었다.

"아이가 생길 때까지는 계속하려고요. 집에 있어도 할 일도 없잖아요. 그러는 하루나 씨는요? 아이 계획은 없어요?" 요즈음에는 성희롱으로 분류될 만한 질문을 리에는 아무렇지도 않게 던졌다.

"없는 건 아닌데요……." 와시오 하루나는 말끝을 흐렸다.

옆에서 하루나의 남편도 "이 문제만큼은 뭐라 할 수가 없네요" 하고 쓴웃음을 지었다.

이 여자를 매일 밤 안는 건가. 마토바는 하루나를 힐끗 보며 그녀의 약사 남편에게 살짝 질투심을 느꼈다. 운명이란 참 얄궂다. 사쿠라기 병원에 이런 간호사가 있었으면 절대로 놓치지 않았을 텐데. 하지만 그래서는 인생의 청사진이 어그러진다. 미인 간호사와 맺어진들 앞날이 보장되지는 않는다. 사쿠라기 병원의 간호 데스크에 하루나가 없던 건 행운이었다고 생각해야지.

"젊은 사람들끼리 뭔가 재밌는 이야기를 하는 것 같네

요. 아줌마가 껴도 되나?" 그렇게 말하며 자리에 앉은 건 구리하라 유미코였다. 그 뒤에는 야마노우치 시즈에도 있었다. 마토바는 자리에서 일어나 앉으시죠, 하고 시즈에에게 제 의자를 권했다.

"어머나…… 아니에요. 앉아 계세요."

"전 괜찮습니다."

마토바는 다른 테이블에서 의자를 가져와 시즈에 옆에 놓고 앉았다.

"이 댁은 별장이 아니라 야마노우치 씨가 사시는 곳이라고 들었습니다."

"원래는 별장이었어요. 집은 도쿄 미나토구에 있었죠. 하지만 남편이 먼저 간 뒤에 이쪽으로 아예 거처를 옮겼어요."

"그러셨군요. 이런 곳에 혼자 사시면 외롭지 않으십니까?"

"여기도 친구는 있으니까 외롭지는 않아요. 그리고 원래 혼자 지내는 걸 좋아하거든요. 그림을 그리거나 하면서요."

"그럼 문제없으시겠네요." 마토바는 와인 잔을 기울였다. 하지만 이런 여자가 이런 곳에 혼자 사는 걸 알면 마음이 들뜨는 사내들도 있지 않을까. 마토바는 그게 신경 쓰였다. 젊지는 않지만, 성숙한 여자 특유의 분위기가 아우라처럼 온몸을 감싸고 있었다. 요염하다고 표현해도 좋다.

이 파티에 매년 참석하는 것도 나쁘지 않을지 모른다. 적어도 즐거움이 하나 생겼다.

파티는 오후 10시에 끝났다. 주최자인 야마노우치 가족이 뒷정리는 알아서 하겠다고 해서, 왔을 때처럼 게이코는 슌사쿠와 함께 고사카가 운전하는 차를 타고 돌아가기로 했다. 걸어가는 나나미와 가이토는 이미 출발했다.

"멋진 파티였습니다. 연례행사가 된 것도 이해가 갑니다." 운전대를 잡은 채 고사카가 말했다.

"미안해요, 고사카 씨. 계속 고기 굽느라 피곤했죠?" 게이코는 뒷자리에서 말을 건넸다.

"아닙니다, 재미있었습니다. 그보다 역시 사모님은 인망이 있으시더라고요. 감동했습니다."

"그런 말 마요, 안 그래도 쑥스러우니까. 작년에 이제 안 해도 된다고 시즈에 씨한테 말했는데."

"뭐 어때. 축하받고서 투덜거리는 거야?"

"투덜거리는 게 아니라, 신경 쓰게 해서 미안하니까 그렇죠."

파티 마무리로 시즈에가 게이코를 위해 생일 케이크를

선보였다. 특별 주문했는지 축하 메시지가 적힌 초콜릿이 올려져 있었다.

예상은 했지만 이럴 때는 놀란 모습을 보이는 게 매너다. 다들 알고 있을 것이다. 기념 촬영도 속으로는 내키지 않을 게 분명했다.

그 후에 두 사람이 몰래 선물을 건넸다. 그 자리에서 열어보지는 않았지만, 사쿠라기 지즈루가 준 건 상자의 모양으로 보아 손수건이나 스카프일 것이다. 브랜드는 샤넬이나 에르메스가 아닐까.

다른 한 사람은 구리하라 유미코였다. 이쪽도 상자는 크지 않았지만 묵직한 걸 보니 향수인 것 같았다. 역시 샤넬이나 에르메스의 제품이겠지.

물론 기분이 나쁘지는 않았다. 다들 다카쓰카 집안과 좋은 관계를 유지하기 위해서는 슌사쿠보다 게이코한테 잘하는 게 중요하다는 걸 알고 있는 것이다.

별장에 도착했다. 차에서 내리면서 슌사쿠가 아직 술이 좀 부족하네, 하고 말했다.

"장소를 옮겨서 다시 마실까. 고사카 자네도 한잔하고 싶지?"

"지금요? 저는 좋습니다만, 어디로 가시려고요?"

"역 근처에 괜찮은 가게가 있네. 오전 1시까지 영업할 거야. 게이코, 택시를 불러줘."

"이런 시간에 택시를 불러도 금방 오지 않을 텐데요."

"그냥 불러."

못 말린다고 생각하며 스마트폰을 꺼내는데, 나나미와 가이토가 돌아왔다.

"무슨 일이세요?" 나나미가 물었다.

그게 말이죠, 하고 설명하려던 게이코의 머릿속에 명안이 떠올랐다.

"맞다. 나나미 씨한테 운전해서 데려다 달라는 건 어때요? 역 근처면 집에 올 때는 택시 잡을 수 있을 것 같은데."

"아, 그거 좋은 생각이네요." 고사카가 슌사쿠보다 먼저 반응을 보이며 나나미에게 사정을 설명했다.

"알겠습니다. 제가 운전할게요." 나나미도 순순히 받아들였다.

"그래 주면 고맙지." 슌사쿠가 흡족한 표정으로 고개를 끄덕였다. "좋아. 그러면 되겠군. 그럼 나나미 씨, 부탁하네."

고사카가 나나미에게 차 키를 건넸다. 그녀는 옆에 서 있는 아들의 어깨에 손을 올렸다.

"들었지? 회장님과 아빠 모셔다드리고 올 테니까 너는

방에서 먼저 자고 있어."

가이토는 알았어, 하고 작은 소리로 대답했다.

나나미가 운전석에, 슌사쿠와 고사카가 뒷자리에 올라탔다. 엔진 소리와 함께 차가 움직였다. 별장을 나서는 차를 배웅한 뒤 게이코는 가이토에게 "들어가자" 하고 말을 건네고는 현관으로 향했다.

도모카네가 파티장에서 떠난 건 10시 반이 다 되어서였다.

앞서 걷던 마사노리가 휴우, 하고 크게 한숨을 내쉬었다. "많이 마셨네."

"이걸로 면은 세워 줬네." 유미코는 싸늘한 목소리로 말했다. "부자들 인간관계는 힘들다니까."

"그래도 그 고사카라는 사람에 비하면 우린 편했지. 자기들은 거의 먹지도 않고 열심히 고기며 채소를 굽기만 했잖아."

"지즈루 씨한테 들었는데, 고사카 씨는 재취업한 사람이래. 원래 다카쓰카 회장님 밑에서 일하다가 경쟁사에 스카우트되어 나갔는데, 그 회사가 경영 파탄에 빠져서 온 식구가 길바닥에 나앉은 걸 다카쓰카 회장님이 다시 불러왔대. 그런 사정이 있으니 고개를 못 드는 것도 당연하지. 고기 굽는 일을 시켜도 참아야지 어쩌겠어."

"그 얘기는 나도 들었어. 하지만 문제는 게이코 부인 아냐? 회장님이 용서해도 그 사람이 안 된다고 하면 복귀는 어려울 거 아냐."

"어려운 게 아니라 절망적이야. 자비로운 여신님인 척하지만 실은 엄청 집요한 음침 마녀니까."

"뭐, 인간이 다 그렇잖아."

"맞아. 인간이라면 누구나 다른 모습을 숨기고 있지."

그런 건가. 부모의 이야기를 들으며 도모카는 다카쓰카 게이코의 얼굴을 떠올렸다. 루비가 죽은 이야기를 하자, 슬픈 듯 눈을 깜빡거렸다. 그리고 다정하게 미소 지으며 해준 말이 귓가에 되살아났다. 하늘은 그 사람이 극복하지 못하는 시련은 내리지 않는다.

"그나저나 선물은 뭘로 했어?"

"펜할리곤스 향수."

"그게 뭐야? 에르메스 같은 거 아니고?"

"그런 건 인상에 안 남잖아. 펜할리곤스는 영국 왕실 향수라고. 이걸로 또 고객을 소개해 줄지도 몰라."

"그렇게 쉽게 일이 풀리면 세상에 어려운 일이 어디 있겠어."

"그렇긴 한데, 씨를 뿌리지 않으면 싹이 날 가능성도 없으니까.”

“그건 그렇지.”

이내 가족은 별장에 도착했다. 현관문을 열려던 마사노리가 의아한 듯 고개를 갸웃했다.

“어, 뭐지?”

“무슨 일이야?” 유미코가 물었다.

“문이 열려 있는데.”

“어? 나갈 때 안 잠그고 갔어?”

“그럴 리가 없는데…….” 마사노리는 굳은 표정으로 문을 열었다.

부모를 따라 도모카도 현관을 지나 안으로 들어갔다. 마사노리는 신중하게 거실 문을 열었다.

“어때?” 마사노리의 뒤에서 유미코가 물었다. 이상은 없냐는 뜻이겠지.

“그냥 보기에는 딱히 이상한 건 없는 것 같은데…….” 마사노리는 안으로 들어가 실내를 둘러봤다. “일단 경비회사에 확인해 보는 게 좋을 것 같네.”

“어우, 싫다. 기분 나빠.”

“혹시 모르니까 2층 보고 올게.” 마사노리는 계단을 올라갔다.

술잔을 내려놓고 사쿠라기 요이치는 한숨을 내쉬었다.

"한 잔 더 주겠나."

네, 하고 대답하며 마토바가 잔에 손을 뻗었다. 아이스 버킷에 있는 얼음을 넣고 스카치를 따랐다. 머들러로 한 번 저어서 요이치 앞에 내려놓았다.

"리에한테 들었는데, 자네는 AI 활용에 상당히 적극적인 것 같군. 우리 병원은 뒤처졌다고 했다면서."

"그렇게 말하지는 않았습니다. 뒤처지면 큰일이라고 했을 뿐이죠."

"일단 내과부터 시작해야 한다고 했다면서. 대화형 AI를 도입하면 내과 의사의 부담이 3분의 1로 줄어든다고."

"사실을 말했을 뿐입니다."

"그래? 자기 전문 분야부터 시작하면 AI 도입 주도권을 쥘 수 있다고 생각한 줄 알았지."

"물론 그 이유도 있습니다. 저도 야심이 있으니까요."

마토바의 대답에 요이치는 의미심장하게 웃었다.

"때로는 본심을 내비치는 것도 필요하다는 건가. 그건 그거대로 좋아. 어느 쪽이든 리에가 병원의 미래를 이야기하다니, 대단하다고 생각하네. 설령 자네가 주입한, 아니, 유도한 것이라도 말이야."

이 말이 비아냥거림이라는 걸 알아채지 못할 정도로 마

토바는 둔하지 않았다. 뭐라 대답해야 할지 몰라서 옅은 미소로 흘려 넘겼다.

그는 지금 별장 테라스에 놓인 테이블에서 예비 장인과 마주 앉아 있었다. 파티에서 돌아온 요이치가 한잔 더 하자고 먼저 제안했다. 방금 전까지는 리에도 동석했지만, 샤워를 하고 싶다며 자리를 떴다. 그러자 기다렸다는 듯이 요이치가 이런 이야기를 시작한 것이다.

"그러고 보니 그 친구도 AI 이야기를 하더군."

"그 친구?"

"야마노우치 씨 조카사위 말일세. 에이스케 씨라고 했나."

"그 사람이 뭐라고 하던가요?"

"의사 처방을 바탕으로 약을 조제하는 것에 대해, 약사는 AI를 따라갈 수 없다고 하더군. 상대는 막대한 데이터를 가지고 있으니까. 하지만 그렇다고 인간 약사가 필요 없어지는 시대는 영원히 오지 않는다더군. 왜냐고 물었더니, AI에게는 참견이라는 기능이 없기 때문이라나? 담당 의사나 환자 본인이 말하지 않는 부분까지 마음을 쓰며, 컨디션을 걱정하거나, 예방 조치를 제안하거나 하는 일 말일세. AI가 요즘 컨디션은 어떠냐고 물어도 뭐라고 대답해야 할지 당황스러울 뿐이지. 그런 점에서 약사는 잡담을 나누는 과정에서 이상한 점을 알아챌 수 있지. 그리고 때로는 약을 권하고. 분명히 참견이라고 하면 참견이지만, 그것이 환자 수명에 크게 영향을 끼칠지도 모른다는 거야. 일리가 있지. 아마 본인이 약사란 그런 존재여야 한다는 마음가짐이 있는 거겠지."

"그랬군요. 그 사람이 그런 얘기를……."

아마 요이치는 의사로서의 네 마음가짐은 어떠냐고 묻고 싶은 것이리라. 하지만 마토바는 구태여 아무 말도 하지 않았다. 약사와 경쟁할 마음은 없었고, 비교되는 것 자체가 의외였다.

요이치는 다시 술잔을 기울인 뒤에 크게 하품을 하며 손끝으로 눈두덩이를 눌렀다.

"이제 취기가 올라오는군. 지즈루에게 커피를 가져다 달라고 말해 주겠나."

"알겠습니다."

마토바는 자리에서 일어나 유리문을 열고 실내로 들어갔다. 거실에서 지즈루가 소파에 앉아 태블릿을 보고 있었다.

"원장님이 커피를 달라고 하십니다."

지즈루는 살짝 얼굴을 찡그리더니 태블릿을 내려놓았다.

"졸리면 일찍 자지." 자리에서 일어나 부엌으로 갔다.

거실을 나온 마토바는 복도를 지났다. 문 두 개가 나란히 있었다. 앞쪽이 화장실, 안쪽이 욕실이었다.

욕실 문을 열었다. 불이 켜져 있었지만, 불투명 유리 안쪽에는 아무도 없었고 세탁 바구니도 비어 있었다.

유리문을 열어봤지만 역시 안에는 아무도 없었다. 바닥이 젖은 걸 보니 리에는 샤워를 마친 모양이었다. 지금은 스킨케어에 여념이 없으려나.

창문이 조금 열려 있었다. 그 틈으로 달이 보였다. 화장실에서 볼일을 보고 거실로 돌아가려고 복도로 나갔을 때였다. 정적을 갈가리 찢는 비명 소리가 들렸다.

침대에 누운 뒤에 얼마나 시간이 흘렀을까. 도모카는 스마트폰을 보려고 팔을 뻗었지만, 머리맡이 아니라 책상에 올려두었다는 걸 깨달았다. 일어나기 귀찮아서 포기했다.

아까부터 쉼 없이 사이렌 소리가 울려 퍼지고 있었다. 저건 구급차일까, 경찰차일까. 그 둘의 차이에 대해 생각해 본 적이 없었다.

현관문이 잠겨 있지 않았던 원인은 결국 밝혀지지 않았다. 실내에 누군가가 침입한 흔적도 없었고 다른 문들도 이상은 없었다. "내가 깜빡한 건가." 마사노리는 고개를 갸웃거렸다.

딩동, 하고 초인종 소리가 울렸다. 현관 인터폰이다.

숨을 죽이고 있는데 다시 한 번 울렸다. 이런 밤중에 인터폰을 누르다니, 대체 무슨 일일까.

이내 창밖에서 사람들의 말소리가 들렸다. 누군가가 사유지 안에 들어와 있는 것이다.

도모카는 침대에서 일어났다. 잠옷 위에 핑크색 후드 점퍼를 걸치고 방을 나섰다. 그리고 부모의 침실로 가서 문을 열었다.

침대에 두 사람은 없었다.

느닷없이 밖에서 누가 큰 소리로 화를 내는 소리가 들렸다. 남자 목소리다. 한 명이 아니었고, 게다가 아주 가까이 있는 것 같았다.

도모카는 현관으로 내려가 조심스레 문을 열었다.

그러자 역시 바로 근처에 사람이 있었다. 남자 여러 명이었는데, 그중에는 경찰도 있었다.

양복 차림의 덩치 큰 남자가 도모카를 보고 달려왔다.

"이 집에 사니?" 남자가 물었다. 날카로운 말투에 눈이 충혈되어 있었다.

그런데요, 하고 대답했다. 힘없는 목소리밖에 나오지

않았다.

"지금까지 어디 있었니?"

"방에요. 자고 있었어요."

"다른 사람은?"

"아빠하고 엄마가 있었는데, 지금 보니까 집에 없어서……."

남자는 괴로운 표정을 짓더니 "잠깐 같이 가주겠니"라고 했다.

"어디로요?"

"저기…… 차고로."

걸음을 옮기는 남자를 보고 도모카는 뒤를 따랐다. 주변에 있는 사람들은 그 자리를 떠나지 않았다.

도모카와 눈을 맞추지 못하는 것 같았다.

차고 입구에도 사람이 있었다. 그들은 남자와 도모카를 보고 길을 터줬다.

남자의 손짓에 도모카는 안으로 들어갔다. 바닥에 있는 뭔가를 감추듯 파란 비닐 시트가 덮여 있었다.

"우리가 여기 들어왔을 때 두 사람이 쓰러져 있었어. 남자와 여자가. 그 두 사람의 얼굴을 확인해 줬으면 하는데, 할 수 있겠니? 어쩌면……." 남자는 입술을 핥은 뒤에 다시 입을 뗐다. "너희 부모님이실지도 몰라."

빼익, 갑작스레 이명이 들렸다. 별의별 생각이 떠올라 차례차례 머릿속을 채웠다 사라졌다. 이내 아무것도 떠오르지 않게 되었다.

네, 도모카는 대답했다.

남자가 파란 시트를 들췄다.

5

그 남자 손님이 '쓰루야 호텔'의 메인 다이닝 룸을 찾은 건 저녁 영업 개시 시각이 조금 지나서였다. 짧은 머리에 은색 정장을 빼입고 있었다. 7번 테이블로 안내한 담당 직원은 고객의 나이를 20대 중반으로 추정했다. 침착한 분위기를 연출하려 했지만, 가느다란 목이나 매끈한 피부에서 젊음이 느껴졌다. 정장도 평소에 잘 입지 않는 것 같았다. 고급 레스토랑에서 식사를 하니 애써 꾸미고 온 게 아닐까.

혼자 저녁 식사를 하는 손님도 요새는 그리 드물지 않았다. 그런 손님들의 목적은 SNS에 올릴 소재를 찾는 일이다. 때문에 음식을 먹기 전에 반드시 촬영을 하고, 먹으면서 메모하기도 한다. 그중에는 보이스레코더에 대고 혼잣말을 중얼거리는 사람도 있었다. 나중에 텍스트로 풀려는 것이겠지.

젊은 남자 손님은 메뉴를 보고 '쓰루야 스페셜 디너'를 주문했다. 이 호텔이 개업했을 즈음 초대 셰프의 주특기 요리를 재현한 것으로, 1인분이 2만5천 엔이었다. 고작해야 SNS에 올리려고 그런 큰돈을 쓰는 건가 생각하며 직원은 알겠습니다, 하고 고개를 숙였다.

추가로, 남자 손님이 말했다. "음식에 맞는 와인도."

"그럼 소믈리에를 불러오겠습니다."

"그래. 불러줘." 손님은 느긋한 태도로 말했다.

되게 폼을 잡는 녀석이군. 담당 직원은 그렇게 생각했다. 아마 다섯 살은 어릴 텐데, 싶어서 썩 마음에 들지 않았다.

소믈리에에게 말한 뒤 주방에 주문을 전달하는데 지배인이 우울한 낯으로 다가왔다.

"큰일이야. 또 예약 취소야. 오늘 밤에만 세 건이라고. 보아하니 또 취소될지도 모르겠어."

"역시 그 사건 때문일까요."

"그렇겠지. 그런 일이 일어났으니 보통은 일찌감치 집에 들어가겠지. 우리도 사정을 아니까 뭐라 할 수도 없는 거고."

그런 일이란 심야에 일어난 살인사건이다. 별장지에서 연이어 사람이 살해됐다고 한다. 피해자는 모두 네 명, 다섯 명, 또는 그 이상일 수도 있다고 했다. 범인은 잡히지 않았고, 아직 이곳 어딘가에 숨어 있을 가능성이 있었다.

"별장지에서 사람을 차례차례 습격하다니, 뭔가 호러 영화 같네요."

"그런 태평한 소리나 하고 있을 때야? 범인을 붙잡지 못하면 관광객 발길도 뜸해질 텐데. 우리한테는 사활이 걸린 문제라고." 머리가 벗어진 지배인이 불퉁한 표정을 지었다.

7번 테이블 손님이 주문한 첫 요리가 나왔다. 먼저 새우 칵테일에 캐비어를 곁들인 전채. 담당 직원이 남자 손님 앞에 음식을 내려놓는데 소믈리에가 다가왔다. 화이트와인은 '몽라셰'로 정한 모양이다.

손님이 포크를 들고 주저 없이 식사를 시작한 걸 보고 직원은 내심 의외라 생각했다. 스마트폰을 꺼내 촬영할 거라고 생각했기 때문이다. SNS에 올리려고 찾아온 게 아닌 걸까.

담당 직원이 주방 쪽에서 대기하는데 소믈리에가 돌아왔기에 몽라셰를 추천했냐고 물어봤다.

"난 '상세르'를 추천했어. 그랬더니 먼저 몽라셰가 있냐고 물어보는 거야. 있다고 했더니 그럼 달라고 하더군."

"가격이 꽤 차이 나지 않나요?"

"세 배 이상은 나지. 뭐 어때, 돈이 있으면 좋아하는 걸 마시면 되지." 소믈리에는 어깨를 으쓱했다.

7번 테이블의 다음 요리는 에스카르고와 버섯 프리카세로 속을 채운 파이였다.

담당 직원이 요리를 가져가자 남자는 화이트와인을 물처럼 꿀꺽꿀꺽 마시고 있었다. 그리고 요리를 내려놓자 역시 사진을 찍지 않고 먹기 시작했다. 그 후 요리가 치킨 테린, 콩소메 수프, 연어 푸알레로 이어질 무렵 남자는 다시 소믈리에를 불러달라고 요청했다.

7번 테이블에서 돌아온 소믈리에는 놀란 표정을 지었다.

"장난 아닌데. '샤토 마고'가 있냐고 물어보네."

담당 직원의 눈이 휘둥그레졌다. 한 병에 20만 엔은 하는 와인이다.

"그래서 뭐라고 하셨습니까?"

"물론 있다고 했지. 있는 건 사실이잖아. 그랬더니 그걸 달래. 알겠다고 고개를 숙이고 왔지."

"대단하네요. 부잣집 도련님인가."

"그렇게는 안 보이는데."

7번 테이블의 메인 요리는 흑우 안심구이였다. 남자는 고기를 입에 넣고 우물거리더니, 그걸 위장으로 넘기듯 샤토 마고를 마셨다. 술이 센지 낯빛은 전혀 달라지지 않았다. 담당 직원이 접시를 치울 즈음에는 레드와인병은 거의 바닥을 드러내고 있었다.

디저트는 사과 크레이프와 바닐라 아이스크림이었다. 담당 직원이 커피를 따르고 있을 때 남자는 동작을 멈추고 "이 레스토랑 책임자가 누구지?" 하고 물었다.

불길한 예감이 들었다. 음식이 맛있어서 인사를 하고 싶다는 유의 이야기는 아닐 것 같았다.

"지배인이 있습니다만, 뭔가 불편하셨던 점이라도 있으십니까?"

"그건 아니고. 할 말이 있는데 불러와 주겠어?"

"알겠습니다."

주방으로 돌아가 지배인에게 사정을 설명했다.

"왜 그러지. 클레임을 걸려고 그러나." 지배인은 인상을 찌푸렸다.

"그건 아니라고 하던데요."

"과연 그럴까. 일단 이야기를 들어보지. 자네도 따라오게."

둘이서 7번 테이블로 가자 남자는 커피를 마시고 있었다. 디저트를 다 먹었는지 접시 위에는 접힌 냅킨이 올려져 있었다.

지배인은 의례적인 미소를 지으며 자기소개를 한 뒤에

"식사는 어떠셨습니까" 하고 물었다.

"아주 맛있게 먹었어. 역시 쓰루야 호텔이야."

"감사합니다."

"최후의 만찬에 걸맞은 요리였어. 고마워."

남자의 말에 지배인은 당황한 듯 입을 다물었다. 최후의 만찬이라는 게 무슨 말인지 이해하지 못한 것이리라. 그것은 담당 직원도 마찬가지였다.

하하, 남자가 건조한 목소리로 웃었다.

"이렇게 말해도 당황스러울 뿐이겠지. 미안. 실은 부탁이 있는데 들어주겠어?"

"무슨 일이십니까? 저희가 도울 수 있는 일이라면 돕겠습니다."

"쉬운 일이야. 지금 당장 경찰에 연락해서 여기로 출동하라고 전해 줘."

지배인이 긴장하는 기색이 뒤에 있는 담당 직원에게도 전해졌다.

"경찰……요?"

"그래. 신고를 해줘. 아, 오해는 마. 밥값은 치를 거니까. 최후의 만찬이 무전취식이면 너무 비참하잖아."

"그럼 왜 경찰을?"

"난 범죄자거든. 당신들도 별장지에서 일어난 사건 소

식은 들었지? 그 사건 범인이 나야."

너무나도 태연하게 튀어나온 말에 담당 직원은 순간적으로 말뜻을 이해하지 못했다. 지배인도 마찬가지였는지, 잠시 입을 다물었다가 "농담이시죠?" 하고 물었다. 목소리가 떨리고 있었다.

"농담 아닌데. 이게 증거야."

남자는 접시 위에 접어놓은 냅킨을 펼쳤다.

그 안에서 모습을 드러낸 건 피 묻은 나이프였다.

6

도쿄, 신바시.

텀블러에 든 카시스 오렌지를 한 모금 마신 뒤, 가나모리 도키코는 액정 모니터를 보고 훗, 하고 웃었다.

"왜 그러세요?" 하루나가 물었다.

도키코는 살짝 콧잔등을 찡그리며 대답했다.

"노래방에 와본 게 얼마 만인가 싶어서. 젊었을 때는 술자리 끝나고 반드시 2차로 왔는데, 요즘은 어떤 노래가 유행하는지조차 몰라."

"저도 요새는 거의 안 왔어요. 그래서 도키코 씨가 노래방을 예약해 달라고 하셨을 때 어디로 해야 할지 몰라서 좀 당황했어요."

"미안해. 하지만 그 사람이 주변 이목을 신경 쓰지 않아도 되는 곳으로 해달라는데, 적당한 곳이 떠오르지 않는 거야. 그랬더니 노래방 같은 데는 어떠냐고 하더라고. 아, 일리 있다고 생각했지."

"잘 고르셨어요. 여기라면 주변 신경 쓰지 않고 이야기할 수 있을 것 같아요." 그렇게 말한 뒤 하루나는 눈치를 살피듯 도키코를 보았다. "저기…… 그분은 사건에 대해 얼마나 아시나요?"

글쎄, 하고 도키코가 고개를 갸웃했다.

"나는 자세히 얘기 안 했어. 하루나에 대해서는 어느 정도 설명했지만. 그런데 용의주도한 사람이라 알아서 조사했을지도 몰라. 관할이 다르니 아무리 경찰이라고 해도 어디까지 정보를 수집할 수 있을지는 모르겠지만."

하루나는 죄송해요, 하고 고개를 숙였다.

"엄청나게 귀찮은 부탁을 해서요. 하지 말 걸 그랬다고 좀 후회하는 중이에요."

"신경 쓰지 마. 귀여운 후배를 위해서인데. 힘닿는 데까지 돕고 싶어."

"감사합니다."

"그러지 말라니까. 우리가 남도 아니고."

문을 열고 거무스름한 양복을 입은 훤칠한 남자가 얼굴을 내밀었다.

"아, 오셨어요." 도키코가 남자를 올려다보며 말했다. "헤매지는 않았어요?"

남자는 쓴웃음을 지으며 들어왔다. "이 주변은 제 앞마

당이나 마찬가지입니다. 눈 감고도 찾을 수 있죠." 그러더니 바로 진지한 표정을 지으며 선 채로 하루나를 향해 묵례했다.

하루나도 황급히 자리에서 일어났다.

"소개할게요." 도키코가 천천히 일어나며 오른손으로 하루나를 가리켰다. "이쪽은 와시오 하루나 씨예요." 그러고는 하루나를 보고 이쪽은 가가 씨, 하고 말을 이었다.

남자가 양복 안주머니에서 명함을 꺼내 내밀었다. "가가입니다. 잘 부탁드립니다."

하루나도 가방 안 지갑에서 명함을 꺼냈다. 거의 쓸 일은 없지만 일단 만들어는 두었다.

저야말로 잘 부탁드립니다, 말하며 명함을 교환했다.

남자의 명함에는 가가 교이치로라는 이름이 인쇄되어 있었다. 경시청 형사부 수사 제1과라는 소속을 보고 하루나는 조금 긴장했다.

"가나모리 씨에게 이야기는 들었습니다. 그 엄청난 사건에 휘말리셨다고 해서 놀랐습니다. 위로의 말 같은 건 아무 도움도 되지 않겠지만, 진심으로 위로의 말씀을 드립니다." 가가는 침통한 표정으로 말했다. 그 얼굴을 보니 그가 가벼운 마음으로 이곳에 온 게 아니라는 걸 알 수 있었다.

"오늘은 일부러 뵙자고 해서 죄송합니다." 하루나가 말했다. "지금도 도키코 선배에게 미안하다는 말씀을 드렸어요. 설마 현직 형사님까지 끌어들이게 될 줄은 몰랐어서."

"그건 내가 제안한 거니까 하루나 책임은 아니지." 도키코가 토라진 표정을 지었다.

"그래도 민폐는 맞으니까요……."

와시오 씨, 가가가 진지한 눈빛으로 말했다.

"민폐라 생각했으면 이 자리에 안 왔습니다. 가나모리 씨에게 이야기를 듣고 도움이 되고 싶다고 생각했습니다. 이렇게 말하면 부적절하게 들리실지도 모르지만, 경찰로서도, 저 개인으로서도 무척 관심이 있습니다. 세상을 떠들썩하게 한 엄청난 사건이기도 하니까요."

"그렇게 말씀해 주시니 조금 마음이 편해지네요."

"일단 앉죠. 서서 얘기할 순 없으니까. 가가 씨도 앉으세요."

도키코의 말에 가가가 앉는 걸 보고 하루나도 자리에 앉았다.

"가가 씨, 뭐 마실 거라도 주문할까요?" 도키코가 물었다.

"아뇨, 그건 이야기가 일단락된 다음에 하죠. 일분일초가 아까우니까요." 가가는 안주머니에서 수첩을 꺼냈다. "인사도 나눴으니 본론으로 들어갈까요?"

어떠냐는 듯 도키코가 커다란 눈망울로 하루나를 보았다. 하루나는 알겠다고 대답했다.

가가가 수첩을 펼쳤다.

"사건 자체는 대대적으로 보도되었고, 와이드 쇼 같은 데서도 여러 차례 다뤘습니다. 관련 기사가 주간지에 실리기도 해서 제삼자인 제가 인터넷에서 조금 알아보기만 했는데도 여러 정보들을 모을 수 있었죠. 하지만 그런 정보는 예외 없이 진위 여부가 불투명한 것들이 많아서, 다 믿을 수는 없습니다. 그러니 저를 사건에 대해 아무것도 모르는 사람이라 생각하시고 처음부터 이야기해 주시는 건 어떠십니까?"

"처음부터……요?"

하루나는 다소 당황했다. 어디서부터 설명해야 할지 갈피가 잡히지 않았다. 도움을 요청하듯 도키코를 보았다.

"일단 그곳에 간 계기부터 이야기하면 어떨까?" 도키코가 조언했다. "에이스케 씨하고 거기 간 건 작년에 이어서 두 번째였지?"

"맞아요. 고모가 그 파티를 할 거니까 오라고 하셔서……."

"고모라는 분이 야마노우치 시즈에 씨 맞죠?" 가가가

수첩을 보며 말했다.

"네, 아버지 동생이에요."

시즈에는 직접적인 피해자가 아니니 신문 기사 같은 데 실명이 보도되지는 않았을 것이다. 그렇지만 인터넷상에는 사건 관계자를 특정하고 그 신상을 퍼뜨리려는 움직임이 있었다. 가가가 그녀의 이름을 파악하고 있는 것도 그러한 정보를 통해서일 것이다.

"그 파티에는 작년에도 참석하셨습니까?"

"네."

"그럼 거기서부터 말씀해 주시겠습니까."

알겠습니다, 대답하고 하루나는 얼음이 녹고 있는 아이스티 컵에 손을 뻗었다. 이야기가 길어질 것 같아서 일단 목을 축이기 위해서였다.

하루나가 와시오 에이스케와 도쿄에서 결혼식을 올린 건 재작년 가을이었다. 그때 참석했던 시즈에가 부부를 꼭 집에 초대하고 싶다고 했다.

시즈에의 남편은 부동산 경영으로 성공한 자산가였다. 하지만 위암 선고를 받았고, 치료한 보람도 없이 6년 전에 세상을 떠났다. 시즈에는 마흔도 되기 전에 혼자되었다. 그녀는 남편의 사십구재를 치른 뒤 미나토구에 있던 자택을 처분하고 별장으로 내려갔다. 아이도 없으니 도시에서 사는 것보다 공기 좋은 곳에서 취미인 도자 공예나 그림을 즐기며 남은 인생을 보내고 싶었던 것이다.

그 별장은 하루나에게도 익숙한 곳이었다. 어릴 적 부모님을 따라 몇 번 가본 적이 있었다. 시즈에의 남편은 근처에 있는 유명한 골프장 회원이었고, 마찬가지로 골프를 좋아하는 하루나의 부모는 별장에 머무는 동안 날마다 그곳으로 라운딩을 나갔다. 그동안 하루나는 골프를 치지 않는 시즈에와 집에 있었다. 심심하지는 않았다. 시즈에와 둘이서 케이크를 만들거나, 때로는 도자기를 같이 만드는 등 즐겁게 지냈다.

하지만 하루나가 커가면서 점차 발길이 뜸해졌다. 그러던 중에 시즈에의 남편이 병으로 쓰러져 그럴 상황도 아니게 되었다.

때문에 에이스케와 함께 오랜만에 별장을 찾았을 때는 반가운 마음도 들었지만 동시에 조금 긴장하기도 했다. 어린 시절의 추억을 너무 미화한 나머지 환상이 깨지면 어쩌나 불안했다.

하지만 실제로 와보니 그런 염려는 기우에 불과했다는 걸 깨달았다. 아름다운 마을도, 맑은 공기도 기억과 크게 다르지 않았다. 오히려 시즈에의 집에서 예전에는 알아채지 못했던 중후한 분위기를 느끼기도 했다.

예전과 달라진 것은 시즈에가 새로운 인간관계를 맺고 있었다는 점이다. 아예 살림을 이곳으로 옮긴 시즈에는 근처 별장 주인들과 가깝게 지내는 것 같았다. 실제로 차를 타고 외출하다 마주치기라도 하면 누가 먼저라 할 것도 없이 인사를 건넸다. 시즈에의 말에 따르면 요 몇 년은 다 같이 바비큐 파티를 여는 게 연례행사로 굳어져서, 모두 그걸 전제로 휴가 스케줄을 짠다고 했다.

그 파티에 하루나 부부도 참석했다. 잘 모르는 사람들과 식사한다는 것에 조금 긴장하기도 했지만, 말을 걸면 최대한 붙임성 있게 행동해서 파티 분위기를 망치지 않으려고 애썼다. 직업이나 사는 세계는 달랐지만, 모두 부유하다는 공통점이 있었다. 이야깃거리도 화려한 것들이 많아서 지루하지는 않았다.

"그랬는데 올해 7월 말 오랜만에 고모에게 연락이 와서, 8월 8일에 그 파티를 또 열 건데 참석하지 않겠느냐고 묻더라고요. 다른 여행 계획도 없어서 남편하고 상의한 뒤에 1박 일정으로 가겠다고 했어요."

"1박이라면 두 분이 별장지를 찾은 건 8월 8일 당일이었겠군요."

"네. 점심 지나서 도착했어요. 파티는 오후 6시에 시작했는데…….”

잠깐만요, 하고 가가가 오른손을 내밀어 말을 끊었다.

“점심 지나서 야마노우치 씨의 집에 도착해서 파티가 시작될 때까지 두 분께서는 어디서 어떻게 시간을 보내셨습니까?”

“어디서? 그야 당연히 고모 집에서 보냈는데요.”

“구체적으로 어떻게 보내셨는지 말씀해 주시겠습니까.”

“구체적으로…….” 하루나는 당혹스러운 눈치였다. “저기…… 그 일이 사건과 무슨 관련이 있는 거죠?”

모릅니다, 가가는 즉시 대답했다. “아마도 아무 관련도 없겠지만, 일단 여쭤본 겁니다.”

“가가 씨는 이런 사람이야.” 옆에서 도키코가 말했다. “아무리 사소한 일이라도 일단 알아두고 싶은 거죠?”

가가는 겸연쩍은 표정으로 죄송합니다, 하고 고개를 숙였다. “불편하시다면 말씀하시지 않아도 됩니다.”

“그런 건 아니고요.” 하루나는 고개를 저었다. “고모 집에 도착해서 조금 쉰 뒤에 파티 준비를 도왔어요. 파티 장소가 뒤뜰이라서 테이블이나 의자를 놓거나, 바비큐 화로를 세팅하거나 했죠. 그러고 나서 고모가 부탁한 물건을 사러 갔어요. 식재료나 부족한 조미료를 사고, 주문한 케이크를 받으러 갔죠. 돌아오니 오후 5시 반쯤이었고, 그때부터는 준비를 하면서 다른 분들이 오시기를 뒤뜰에서 기다렸어요."

가가는 수첩에 메모를 한 뒤에 고개를 들었다.

"파티에 참석한 사람들의 이름을 알려 주시겠습니까. 저도 어느 정도는 알아봤습니다만, 확인하고 싶군요."

"알겠습니다. 음, 먼저 고모와 저, 그리고 남편입니다……."

하루나는 참석자들의 얼굴을 떠올리며 한 명씩 이름을 불렀다.

모두 열다섯 명의 이름을 말한 뒤에, "제 기억에 따르면 이게 다예요"라고 했다.

가가는 납득한 표정으로 고개를 끄덕였다.

"감사합니다. 방금 이야기를 정리하면 이런데, 틀린 건 없을까요?" 그러고는 하루나에게 수첩을 내밀었다.

수첩에 적힌 명단은 다음과 같았다.

[야마노우치 가족]

야마노우치 시즈에, 와시오 하루나, 와시오 에이스케

[구리하라 가족]

구리하라 마사노리, 구리하라 유미코, 구리하라 도모카

[사쿠라기 가족]

사쿠라기 요이치, 사쿠라기 지즈루, 사쿠라기 리에, 마토바 마사야

[다카쓰카 가족]

다카쓰카 슌사쿠, 다카쓰카 게이코, 고사카 히토시, 고사카 나나미, 고사카 가이토

가지런한 글자로 적힌 명단을 보고 하루나는 고개를 끄덕였다.

"틀림없습니다. 고사카 가족의 풀네임도 조사하셨군요."

하루나는 성만 알았지 이름까지는 몰랐다.

"별거 아닙니다. 아까도 말씀드렸지만 조금 검색을 해봤을 뿐입니다. 거꾸로 말하면 그만큼 개인 정보가 유출되어 있다는 뜻이죠."

그럴지도 모른다. 참 무서운 세상이라고 하루나는 새삼스레 생각했다.

"파티는 어떤 식으로 진행됐습니까?"

가가의 물음에 하루나는 다시금 당혹감을 느꼈다. 이 가가라는 형사는 이런 식으로 막연한 질문을 던지는 걸 좋아하는 모양이다.

"평범한 바비큐 파티였어요. 다 같이 음식을 먹고, 술을

마시며 이야기를 나눴죠."

"그게 다입니까?"

"그게 다라니요……?"

"예를 들면 노래방 기계로 노래를 크게 부르거나 하지는 않았습니까? 혹은 악기를 연주했다거나……."

"그런 사람은 없었어요."

"이벤트를 준비하지는 않았습니까? 불꽃놀이 같은 거 말입니다."

아뇨, 하루나는 부정했다.

"아, 서프라이즈 이벤트로 생일 축하를 했어요. 다카쓰카 사모님이 8월 생신이시라 고모가 케이크를 준비했거든요."

"아까 이야기에 나왔던, 찾으러 가셨다는 케이크군요."

"네. 파티 끝날 즈음에 케이크를 내놨어요."

"축하를 받는 입장에서는 기분 좋은 이벤트였겠군요."

"네. 무척 기뻐하셨어요."

"파티 중에 뭔가 이상한 일은 없었습니까? 약간의 사고라고 할까, 해프닝, 아무튼 예상하지 못했던 일 말입니다."

"글쎄요……. 없었던 것 같은데요."

"파티는 몇 시까지 열렸습니까?"

"끝난 건 오후 10시쯤이었어요. 하지만 다 같이 뒷정리를 도와주셔서, 별장으로 돌아가신 건 11시가 다 되어서였을 거예요."

그렇군요, 하고 가가는 볼펜으로 적은 뒤 진지한 눈빛으로 하루나를 보았다.

"그럼 파티가 끝난 뒤의 일을 말씀해 주시겠습니까. 완벽하게 정리해서 말씀하실 필요는 없습니다. 시간 순서는 신경 쓰지 않으셔도 되고요. 기억 나는 한 사소한 일까지 말씀해 주시면 감사하겠습니다."

파티가 끝난 뒤의 일을 떠올리는 건 괴로울 거라 생각해 배려하는 마음 씀씀이가 느껴졌다. 하루나는 괜찮아요, 하고 대답했다.

"벌써 몇 번이나 경찰에게 얘기했는걸요. 완벽하게 정리되었다는 보장은 없지만, 도중에 혼란스러워할 일은 없을 거예요." 그렇게 말하고 나서 다시 아이스티를 마셨다.

파티 뒷정리를 마치고 손님들을 배웅한 뒤, 하루나도 에이스케와 함께 방으로 돌아왔다. 세수를 하고 화장을 지운 뒤 침대에 누웠다. 하지만 아직 졸리지는 않았다. 잠깐 쉴 생각이었다.

그런데 잠깐 졸았던 모양이다. 정신을 차려 보니 멀리서 사이렌 소리가 울려 퍼지고 있었다. 그 소리에 잠에서

깬 모양이었다.

옆을 보니 에이스케는 창가에 서서 바깥을 내다보고 있었다.

무슨 일이야, 하고 물었다.

"깼어?" 에이스케는 미소를 지었다. "피곤해 보여서 안 깨우려고 했는데. 이렇게 시끄러우니 깰 법도 하지."

"무슨 일 있는 거야?"

"모르겠어." 에이스케는 고개를 저었다. "사이렌 소리로 봐서는 경찰차뿐 아니라 구급차도 출동한 것 같은데."

"어느 집이지?"

"여기서 가까운 것 같은데. 신경 쓰이니까 좀 보고 올게." 에이스케는 밖으로 나갔다.

하루나는 침대에서 일어나 창밖을 보았다. 어두컴컴해서 무슨 일이 일어났는지 전혀 알 수가 없었다.

방에서 나와 계단을 내려갔다. 시즈에가 에이스케에게 손전등을 건네고 있었다.

"그냥 집에 있는 게 낫지 않을까?" 하루나가 말했다. "무슨 일인지도 모르고, 위험하잖아."

"모르니까 살펴보러 가야지." 에이스케는 웃으며 대답했다. "경찰차를 보면 무슨 일인지 물어보고 곧바로 돌아올게."

"정말 괜찮겠어?"

"괜찮아. 그래도 혹시 모르니 문 꼭 잠그고 계세요." 뒷말은 시즈에한테 하는 것이었다. 그래요, 하고 시즈에는 고개를 끄덕였다.

현관에서 에이스케를 보낸 뒤에 하루나는 식탁에 앉았다. 시즈에가 끓여준 허브티를 마시며 에이스케가 돌아오기를 기다렸다.

"어디까지 간 걸까?"

"글쎄……. 나한테는 이 주변을 한 바퀴 둘러보고 온다고 했는데."

어느샌가 사이렌은 멎어 있었다. 소동이 일단락된 걸까.

하루나는 벽시계를 보았다. 에이스케가 나간 지 15분쯤 지났다.

"늦네." 시즈에가 말했다. "아무 일도 없어야 할 텐데."

하루나는 스마트폰으로 에이스케에게 전화를 걸었다. 하지만 통 연결이 되지 않았다. 신호음이 울리는 걸 보면 전원이 꺼진 것도, 전파가 닿지 않는 곳에 있는 것도 아닌 것 같았다. 순식간에 불안감이 밀려왔다. 혹시나 해서 메시지를 보냈지만 아무리 기다려도 읽음 표시가 뜨지 않았다.

불안한 마음에 하루나는 자리에서 일어났다. “나가서 찾아볼게요.”

“잠깐만, 내가 갈게.” 시즈에가 말했다. “하루나 넌 집에 있어. 어두운데 길을 잃기라도 하면 큰일이야.”

조바심이 났지만 시즈에의 말이 옳았다.

“고모는 어디로 가려고요?”

“일단 구리하라 씨 별장 쪽으로 가볼게. 뭔가 알고 있을지도 모르니까.”

얇은 카디건을 걸치고 시즈에는 손전등을 들고나왔다. 이곳에서는 한 집에 손전등을 여러 개 구비해 놔야겠네. 하루나는 멍하니 그런 생각을 했다.

홀로 남겨지자 더욱더 불안한 마음이 들었다. 스마트폰으로 여러 번 에이스케에게 전화를 했지만 여전히 연결되지 않았다. 지금 어디에 있는 거지. 왜 전화를 안 받는 거지.

스트레스 때문인지 잠깐 눕고 싶었다. 계단을 올라가 방으로 돌아왔다. 침대에 눕기 전에 커튼을 치려고 창가로 갔다.

그때 시야 한구석에 뭔가가 걸렸다. 희미한 빛이었다.

뭐지, 하고 뚫어져라 쳐다보는데 순간 심장이 철렁했다. 뒤뜰에 누가 쓰러져 있었다.

방에서 뛰쳐나와 계단을 달려 내려가 뒷문으로 갔다. 문을 열고 뒤뜰로 나갔다.

쓰러져 있는 건 에이스케였다. 꿈쩍도 하지 않은 채 손전등을 쥐고 있었다. 더욱이 몸에는 칼이 꽂혀 있었고 셔츠가 피로 물들어 있었다.

머릿속이 새하얘졌다. 하루나는 남편의 이름을 외쳤다.

"그 뒤의 일은 사실 잘 기억이 나지 않아요. 제정신이 아니라 어쩔 줄 몰라서 그냥 소리만 질렀던 것 같은데……. 어느샌가 고모가 옆에 있었고, 뒤뜰에서 바깥으로 뛰쳐나가더니 큰 소리로 도움을 요청했어요. 그러자 어디선가 경찰 여러 명이 달려와서 남편을 보자마자 여기도 피해자가 있다고 웅성거리는 거예요."

"여기도 피해자가 있다……. 한마디로 그들은 이미 어딘가에서 다른 피해자를 확인한 거군요."

맞아요. 하루나가 대답했다.

"바로 이웃 별장에서도 사건이 일어나서 경찰서와 소방서에 신고가 들어왔다고 했어요. 제가 들었던 사이렌은 신고를 받고 출동한 경찰차와 구급차 소리였고요. 하지만 그때는 그런 걸 생각할 겨를이 없었죠."

하루나는 한숨을 내쉬었다. 이렇게 반추해 보아도 그날 일어난 일이 현실이었다는 걸 믿을 수 없었다.

이윽고 구급차가 와서 에이스케를 병원으로 이송했다. 물론 하루나도 동승했다. 마음속은 절망으로 가득 차 있었다.

병원에 도착했지만 에이스케는 치료를 받지 못했다. 사망이 확인되었기 때문이다.

슬픔과 당혹감이 머릿속에서 소용돌이쳤다. 대체 무슨 일이 일어났는지 이해할 수가 없어서 그저 혼란스러울 따름이었다. 그런 상황이었지만 어디선가 나타난 형사들에게 여러 질문을 받았다. 그들의 태도에 갑작스레 남편을 잃은 아내에 대한 배려는 없었다. 마치 질책하듯 하루나에게서 답을 끌어내려 했다.

"정신을 차려 보니 고모 집에 누워 있었어요. 병원까지 데리러 와준 고모를 따라 돌아온 모양이에요. 듣자 하니 형사님들과 이야기하던 도중에 빈혈로 쓰러졌다고 하더라고요. 점심 즈음에 도쿄에서 엄마가 달려왔지만, 이야기할 기운이 없어서 침대에서 일어날 수가 없었어요."

가가는 하루나 쪽을 보며 구부정한 등을 폈다.

"힘든 시간을 보내셨군요. 말씀해 주셔서 감사합니다. 남편분 일은 정말 안타깝습니다. 삼가 고인의 명복을 빕니다."

하루나는 말없이 고개를 숙였다. 지난 두 달 동안 위로의 말을 듣는 것에도 익숙해졌다.

"남편분 말고도 피해자가 있다는 건 언제 어떻게 아셨습니까?"

가가의 질문에 하루나는 바로 대답할 수 없었다. 머리를 좌우로 흔들었다.

"사쿠라기 씨 남편분하고 마토바 씨가 찔렸다는 소식은 경찰에게 들은 것 같아요. 하지만 다른 사람들에 대해서는 언제 누구한테 들었는지 솔직히 정확히 기억이 나지 않아요. 너무나도 많은 이야기가 얽히고설켜서……. 그냥 엄청난 흉악 범죄가 발생했다는 사실만 알고 있었어요. 남편이 그 피해자 중 하나라는 것도."

가가는 고개를 끄덕인 뒤 수첩을 보았다. 하루나의 이야기를 들으며 꼼꼼하게 메모를 하고 있었다. 어느 부분이 마음에 걸렸고, 무엇을 중요하다고 판단했는지 하루나는 알 수 없었다.

"범인에 대해 질문해도 되겠습니까?" 가가가 신중한 말투로 물었다.

"말씀하세요." 하루나는 눈을 내리깔았다. "제가 대답할 수 있는 건 없겠지만."

"일단 여쭤보려는 것뿐입니다. 그 남자, 히카와 다이시를 알고 계셨습니까?"

하루나는 땅이 꺼져라 한숨을 내쉬더니 천천히 고개를 저었다. 이름을 듣기만 해도 갑갑해졌다.

"경찰이 몇 번이나 아느냐고 물어봤고, 사진도 보여줬어요. 하지만 전혀 모르는 사람이에요."

"이름을 들어본 적도 없으십니까?"

"네."

"히카와의 출신 학교나 아르바이트하던 곳도 경찰에서 들으셨을 줄 압니다만, 짚이는 데가 없으셨습니까?"

"없습니다. 다른 사람들도 저하고 똑같았어요. 일면식도 없다고. 그런데 왜 다들 똑같은 질문을 몇 번이나 하는 거죠? 너무 집요해요." 저도 모르게 언성이 높아졌다. 하지만 이내 눈앞에 있는 이가 사건을 담당한 형사가 아니라는 사실을 떠올렸다. 황급히 미안하다고 사과했다. "제 이야기를 들어주시는 건데 무례하게 굴어서……."

"와시오 씨가 왜 그러시는지 잘 압니다." 가가가 온화한 목소리로 말했다. "현지 경찰 편을 들려는 건 아니지만, 그쪽도 필사적이었겠죠. 범인을 찾았는데도 사건의 진상을 밝히지 못하면 검찰에 송치할 수 없으니까요."

"그건 알지만, 그렇다고 본인들이 해결해야 할 일을 저희에게 억지로 떠넘겨도 되는 건가요?"

"지당하신 말씀입니다. 요컨대 그 정도로 경찰이 범인

에게 휘둘리고 있다는 거죠. 아니…….” 가가는 살짝 고개를 갸웃했다. “지금도 여전히 휘둘리고 있다고 해야 할지도 모르겠군요.”

“그 범인, 히카와는 대체 무슨 생각인 걸까요?”

“모르겠습니다. 본인 말대로 아무것도 기억하지 못하는 건지도 모르죠.”

“하지만 그런 일이 있을 수 있나요. 그 끔찍한 짓을 저질러 놓고서는…….”

“제정신이 아니었기 때문에 그런 일을 저지른 거라고 볼 수도 있지 않을까요. 그런 의견을 제시하는 정신과 의사도 있더군요.”

가가의 말에 하루나는 입을 다물었다. 아이스티 컵을 들었지만 이미 비어 있었다.

별장지에서 일어난 참혹한 사건의 범인은 뜻밖의 형태로 밝혀졌다. 전통 있는 쓰루야 호텔 레스토랑의 손님이 식사를 마친 뒤 지배인을 불러 자신이 살인사건 범인이니 경찰에 신고하라고 한 것이다. 당혹스러워하는 지배인에게 남자는 디저트 접시에 놓아둔 냅킨을 펼쳐 보여주었다. 안에서 나온 건 피 묻은 칼이었다.

신고를 받고 달려온 경찰은 그 자리에서 남자를 총검단속법 위반 현행범으로 체포해 연행했다. 남자의 이름은 히카와 다이시, 도쿄에 거주하는 스물여덟 살 청년으로 무직이었다.

히카와는 별장지에서 일어난 살인사건의 범인이 자신이라고 진술했다. 범행을 저지른 동기도 털어놓았다. 삶의 의미를 느끼지 못해서 사형을 당하고 싶다는 마음과 자신을 무시한 가족에게 복수하고 싶다는, 지극히 이기적인 이유였다.

칼을 분석한 결과, 묻어 있던 피는 구리하라 마사노리와 유미코의 것임이 밝혀졌다. 물증과 동기, 나아가 범인의 자백이 갖춰졌으니 그것으로 사건은 해결되는 것처럼 보였다. 하지만 여기서부터 경찰의 예측이 빗나가기 시작했다. 히카와는 범행의 구체적 과정에 대해서 아무것도 말하려 하지 않았다.

수사관이 무슨 질문을 해도 상상에 맡기겠다는 대답뿐, 사형당하는 게 목적이니 죽일 사람은 누구든 상관없었다, 그냥 눈에 띈 사람을 찌르려고 했고 실제로 그랬을 뿐이지 어떤 타이밍에 누구를 찔렀는지 이제 와서 설명할 수 없다……. 본인의 변명을 요약하면 이랬다.

가가 씨, 하고 도키코가 운을 뗐다.

"이런 케이스는 드문가요? 범인이 범행을 인정했는데도 자세한 내용을 진술하지 않는 일이."

"아뇨, 그리 드물지는 않습니다. 아까도 말씀드렸습니다만, 살인을 저지를 때의 정신 상태는 일반적인 경우와 다릅니다. 무아지경이라서 잘 기억이 나지 않는다는 피의자도 많죠. 하지만 그런 자들도 어떻게든 떠올리려고는 합니다. 기억이 잘못된 곳이 있어서 앞뒤가 맞지 않는 부분이 생기기도 하지만, 질문을 반복하는 동안 일관성이 있는 스토리를 완성하죠, 대부분은 말입니다. 자백한 피의자는 대부분 협조적입니다. 하지만 히카와 다이시는 아무래도 그렇지 않은 모양입니다. 사형을 당하는 게 목적이니, 재판에서 심증이 나빠져도 상관없다고 생각하는 건지도 모르죠. 그런 점에서는 드문 케이스라 할 수 있습니다. 하지만 피의자가 아무것도 말하지 않는다고 해서 범행 내용을 알 수 없는 것도 아닙니다. 피의자가 범행을 부인하거나, 묵비권을 행사하는 경우에는 물증이나 정황 증거를 통해 범행이 어떠한 방식으로 이루어졌는지 알아내죠. 그게 경찰이 할 일입니다. 아마 이번 사건에서도 경찰은 현장 검증을 상당히 꼼꼼하게 했을 겁니다."

"그 얘기는 고모한테 들었어요." 하루나가 말했다. "길을 통제하고 상당히 대대적으로 진행한 모양이더라고요. 고모 말로는 현지 주민으로서 불편한 일도 많았지만, 진상을 밝힐 수 있을지도 모르니 참았다고요."

가가는 수첩을 펼쳤다.

"사건이 발생한 지 일주일 뒤에 히카와는 살인죄로 검찰 송치되었죠. 하지만 범행 전모를 완전히 밝혔는지, 경찰은 확답을 피하고 있습니다."

"결국 마지막까지 밝혀내지 못했던 것 같아요." 하루나가 말했다. "지금 히카와는 감정유치되어 있다고 들었어요. 검찰 조사에서도 마찬가지로 아무 말도 하지 않아서, 일단 정신 감정을 해보기로 했다고요. 듣자 하니 검찰에서 시간을 벌려는 속셈인 것 같더라고요. 최종적으로 기소를 하게 되더라도, 조금 더 사실 관계를 확실하게 한 뒤에 하겠다는 생각인 것 같대요."

"이상하네. 왜 그렇게 된 거지?" 도키코가 고개를 갸웃했다. "대대적으로 현장 검증을 했잖아. 그런데 아직도 범행의 전모를 밝혀내지 못했다니."

"솔직히 답답해 죽겠어요." 하루나가 말했다. "유족으로서 범인이 누구인지보다는, 어떻게 살해당했는지를 알고 싶으니까요."

"그래서 유족들만 모여서 검증회를 실시하기로 한 거군요."

하루나는 가가를 보며 네, 하고 대답했다.

"일주일 전에 고모에게 연락이 왔어요."

시즈에의 말에 따르면 유족들끼리만 검증회를 하자고 제안한 건 다카쓰카 슌사쿠라고 한다. 일부러 집으로 찾아와 그날 일어난 일을 관계자들끼리 이야기하고 싶다고 말했다고 한다. 다카쓰카는 아는 변호사에게 부탁해 검찰의 동향을 조사한 뒤, 사건의 전모를 밝혀내지 못했다는 사실을 알아냈다. 이대로 공판이 열리고, 그곳에서도 히카와가 진술을 거부할 경우, 설령 사형 판결이 내려지더라도 진상은 미궁에 빠지고 만다. 그런 사태만큼은 어떻게든 막고 싶다는 게 다카쓰카의 주장이었다.

"하루나도 꼭 참석해 달라고 하는데, 어떡할래? 괴로운 기억을 떠올리고 싶지 않으면 무리하지 않아도 돼."

시즈에는 배려해 주었지만 하루나는 참석하겠다고 즉답했다.

그날 밤의 사건은 충격적이었고, 경찰에게 여러 번 같은 이야기를 했기에 자신에게 무슨 일이 일어났는지, 잊고 싶어도 잊을 수 없을 만큼 뇌리에 깊이 각인되어 있었다. 하지만 다른 사람에 대해서는 전혀 알지 못했다. 사정을 조사하는 형사들은 집요하리만치 세세한 일까지 질문을 했지만, 자신의 질문에 대해서는 수사상 비밀을 유지해야 한다는 이유로 일절 답해 주지 않았다.

이내 시즈에에게 연락이 왔다. 다른 유족들도 동의했다

고 했다. 그때 시즈에는 검증회라는 명칭을 언급했다. 다카쓰카의 아이디어라고 했다.

그로부터 몇 차례 연락을 주고받은 끝에 검증회의 일시가 정해졌다. 또한 호기심에 참석하려는 구경꾼은 사절이지만, 객관적인 의견을 들을 수 있으니 가족별로 두 명까지 동행자를 데려오는 걸 허용한다고 했다. 특히 전문적인 지식이 있는 사람이라면 환영한다고.

하루나는 주저 없이 같은 병원에서 근무하는 선배 간호사, 가나모리 도키코에게 연락했다. 냉정하고 침착한 성격이라 아무리 어려운 국면에서도 이성적인 판단을 내리는 도키코를 하루나는 진심으로 존경하고 있었다.

흔쾌히 승낙한 도키코는 제안을 하나 했다. 같이 가고 싶은 인물이 있다고 했다. 경시청 수사 1과에 재직 중인 현역 경찰로, 뛰어난 혜안을 가진 인물이라 상의해 볼 가치가 있다는 것이다. 게다가 현재 장기 휴가 중이었다.

"상부의 지시로 일정 근속연수가 지난 사람은 한 달간 휴가를 내야 한다는 규정이 있대. 문자를 보니까 할 일이 없는 모양이니, 부탁하면 같이 가주지 않을까?"

그 사람 이야기는 도키코에게 몇 번인가 들은 적이 있었다. 그녀가 담당했던 환자의 아들인데, 그 인연으로 개인적인 이야기를 들어준 적도 있다고 했다. 다소 불평을

섞어가며 그런 이야기를 하는 것을 듣고, 아마 도키코는 그 남자에게 호감이 있을 거라고 생각하기는 했지만, 이번에 같이 가는 게 어떠냐는 이야기를 꺼낼 줄은 몰랐다. 그렇지만 거절할 이유도 없어서 그녀의 제안을 받아들인 것이다.

그 남자가 바로 가가였다. 하루나는 오늘 나눈 대화를 통해, 도키코가 왜 그를 데려가자고 했는지 이해했다. 명석한 두뇌뿐 아니라 배려심까지 갖추고 있었다. 아마 사람의 내면을 들여다보는 능력도 뛰어날 것이다.

"사정은 잘 알았습니다." 가가는 수첩을 덮었다. "그 검증회에 동행하고 싶습니다."

"감사합니다. 정말 든든하네요."

"다행이다. 가가 씨가 나서면 걱정 없어. 부조리한 범행이 어떤 식으로 이루어졌는지 분명 밝혀질 거야. 그렇죠, 가가 씨?"

하지만 도키코의 질문에도 가가는 반응이 없었다. 팔짱을 끼더니 날카로운 눈빛을 모로 겨누었다.

"범행의 자세한 내용을 밝히는 건 중요합니다. 하지만, 단순히 히카와가 어떤 순서로 피해자들을 해쳤는지를 밝혀낸다고 이 사건의 전모가 드러나는 것은 아닐지도 모릅니다."

어쩐지 석연치 않은 말투였다.

"그게 무슨 말씀이시죠?" 하루나가 물었다.

"오봉 휴가 기간이라 당시 별장지에는 사람이 많았습니다. 바비큐를 했던 사람들도 더 많았을 테고요. 그런데 왜 히카와 다이시는 하필이면 하루나 씨 일행을 노린 걸까요?"

이 질문에 하루나는 허를 찔린 기분이었다. 지금까지 생각해 본 적이 없었다.

"그건 딱히 이유가 없던 거 아니에요?" 도키코가 말했다. "이렇게 말하면 하루나와 다른 분들이 너무 안됐지만, 불행하게도 우연이랄 수밖에요. 히카와는 죽일 상대는 누구라도 상관없었다고 했잖아요."

하루나도 같은 생각이었다. 그 밖에 어떤 이유가 있다는 건가.

"누구든 상관없었다. 정말 그랬을까요?" 가가는 손으로 턱을 만졌다. "설령 그렇다 하더라도, 최종적으로 히카와가 하루나 씨 일행을 노린 데에는 뭔가 이유가 있었을 겁니다. 어쩌면 그건 가나모리 씨가 말한 것처럼 불행한 우연, 정말 사소한 계기였을지도 모릅니다만, 그것이 모든 일의 출발점이라면 일단 그 점을 분명히 할 필요가 있지 않을까요. 저는 그렇게 생각합니다."

7

도쿄역 야에스 중앙 출구, 하루나는 키가 큰 가가를 금방 찾을 수 있었다. 지난번 양복 차림과 달리 마운틴 파카를 걸친 편한 복장이었다. 하루나가 달려가자 가가는 자세를 바로 하고 고개를 숙였다.

"죄송합니다. 기다리셨죠?" 하루나가 숨을 고르며 물었다.

"아닙니다, 저도 방금 왔습니다."

하루나는 재킷 주머니에서 신칸센 티켓을 꺼냈다. "여기, 받으세요."

"감사합니다." 가가는 미안한 듯 티켓을 받으며 물었다. "가나모리 씨에게 연락은 받으셨습니까?"

"어젯밤에 전화가 왔어요. 아버님 상태가 좋지 않아서 갑자기 본가에 가봐야 한다고. 직전에 취소해서 미안하다고 몇 번이나 사과하셨어요."

"저한테도 그렇게 말하더군요. 그래서 오늘 일은 어떻

게 해야 하나 고민했는데, 가나모리 씨가 예정대로 와시오 씨와 함께 가달라, 본인이 설명하겠다고 해서…….”

하루나는 똑바로 가가를 올려다보았다.

“저는 신경 쓰지 마세요. 도키코 선배가 같이 못 가게 된 건 유감이지만, 가가 씨가 같이 가주신다면 든든하니까요. 저하고 둘이라는 게 불편하지 않으시다면 말이지만요.”

“그런 걱정은 안 하셔도 됩니다. 피의자와 단둘이서 신칸센에 탄 적도 있으니까요. 오히려 와시오 씨가 뭔가 불편하신 점이 있으면 사양 말고 말씀해 주십시오. 이 티켓은 지정석인 것 같은데, 만일 옆자리라 불편하시다면 저는 자유석으로 옮기겠습니다.”

“전혀 그렇지 않아요. 방금도 말씀드렸지만, 저는 신경 쓰지 마세요.”

곧 출발할 시간이었다. 얼른 가자고 가가에게 말한 뒤 하루나는 개찰구로 향했다.

승강장에는 이미 열차가 정차해 있었고 객실은 청소 중이었다. 두 사람은 매점에서 마실 것을 사서 줄을 섰다. 토요일이라 승객이 많았다. 나란히 붙은 지정석 셋을 예약했지만, 한 좌석은 취소했다. 그 좌석도 바로 팔렸을지도 모른다.

가나모리 도키코가 전날 갑자기 가지 못하게 된 건 구실일지도 모른다고 하루나는 생각했다. 매사에 성실한 가나코니 귀찮아서 안 가겠다고 한 건 아니겠지. 얼마 전 가가와 하루나의 대화를 보고, 충분히 의사소통이 되는 것 같으니 자신은 없는 게 낫겠다고 판단한 게 아닐까. 그런 냉정함을 그 선배 간호사는 지니고 있었다.

옆에 서 있는 가가를 시야 한편으로 바라보며 하루나는 도키코의 판단이 옳았다고 생각했다. 놀러 가는 게 아니다. 현지에서 해야 할 일을 생각하면 경험 풍부한 형사와 단둘이서 임하는 게 낫다. 친한 선배가 함께 있으면 부지불식간에 마음이 약해질 게 분명했기 때문이다.

열차 문이 열렸다. 앞 승객들을 따라 두 사람도 탑승했다. 가가가 창가 자리를 권해서 호의를 받아들이기로 했다.

이내 열차가 움직이기 시작했다. 하루나는 차창 밖을 멍하니 바라보았다. 올해 여름 에이스케와 함께 탔을 때의 일을 떠올렸다. 당연하게도 두 달 뒤에 이런 형태로 같은 풍경을 바라볼 줄은 상상조차 못 했다.

와시오 에이스케는 하루나와 도키코가 근무하는 병원의 약사였다. 업무상 접점은 별로 없었지만, 어느 날 에이스케가 먼저 말을 걸어왔다. 전부터 관심 있게 봐와서 한

번 이야기해 보고 싶었다고 솔직하게 고백하는 모습에 다소 놀랐다.

단도직입적인 행동에 적극적인 타입인 줄 알았는데 지금까지 여자를 거의 만나본 적이 없다는 이야기를 듣고 다시 놀랐다. 키가 크고 이목구비도 균형이 잘 잡혔다. 틀림없이 여자들에게 인기가 많을 거라 생각했기 때문이었다.

제가 주변머리가 없어서요. 에이스케는 쑥스러워하며 말했다. 때문에 하루나와 가까워질 계기를 어떻게 만들어야 할지 몰라서 잔꾀를 부리지 않고 직구를 던졌다고 한다.

첫인상이 좋았고, 결코 말주변이 좋은 편은 아니었지만 같이 있으면 즐거웠다. 하루나가 만나는 사람이 없기도 해서 둘은 금세 사귀는 사이로 발전했다.

사귀다 보니 에이스케의 장점이 줄줄이 눈에 들어왔다. 주의력이 뛰어나서 하루나의 사소한 변화도 금세 알아챘다. 나아가 상대의 감정을 고려한 대응이나 배려를 자연스럽게 할 수 있는 마음 씀씀이를 가지고 있었다.

물론 단점도 있었다. 예를 들면 남에게 너무 신경을 쓰는 점이었다. 모든 사람의 요구와 기대에 부응하려다가 결국 아무도 만족시키지 못하는 함정에 빠지는 일이 업무

면에서도 많은 것 같았다.

대충하라고 몇 번이나 말했는지.

"그게 가능했으면 이런 고생도 안 하지." 에이스케의 답은 늘 정해져 있었다.

"주변머리가 없으니까?"

"잘 아네."

하지만 그런 에이스케를 하루나는 진심으로 사랑하게 되었다. 이 사람의 아이를 낳고 싶다고 생각했다.

부모님께 소개하자 두 분 다 기뻐했다. "그렇게 멋진 사람이 하루나를 택하다니 대단하네." 어머니는 그렇게 말했고, 아버지는 "잘 골랐다"고 칭찬했다.

에이스케의 부모님과도 만났다. 온화해 보이는 부부는 하루나를 다정하게 맞이해 주었다. "웨딩드레스를 고를 때는 절대 타협하지 말렴." 에이스케의 어머니에게 그런 말을 들었을 때는 가슴 깊숙한 곳이 따뜻해졌다.

결혼에 이르기까지 뭔가 막혔던 적은 한 번도 없었다. 결혼 생활도 순조로웠다. 행복했으며, 모든 것이 충실했다.

예상과 달라진 일이라고 하면 아이가 생기지 않은 것이었다. 만일 부부에게 아이가 있었다면 이번 여름은 다른 식으로 보내지 않았을까. 아무리 유명한 피서지라 해도 고모 집에 놀러 가지 않고 가족 셋이서 보냈을 것이다. 그랬다면 그처럼 비참한 꼴을 당하지 않았을 텐데.

거기까지 생각했을 때 하루나는 한숨을 내쉬며 고개를 저었다. 부질없는 상상에 지나지 않는다.

현실에서 부부 사이에는 아이가 없었고, 시즈에의 제안을 받아들여 그녀의 집을 찾았다.

그리고 비극과 맞닥뜨리게 되었다. 진심으로 사랑한 사람을 영영 잃었다.

가방에서 손목시계를 꺼냈다. 문자판은 검은색이고 바늘은 금색이다. 올봄, 에이스케의 생일에 하루나가 선물한 시계였다. 그의 직장에서는 액세서리 종류를 팔에 착용하는 건 기본적으로 금지되어 있어서 평소에는 별로 시계를 차지 않았다. 그렇지만 휴가니까, 하고 차고 간 것이다. 야마노우치 집의 뒤뜰에 쓰러져 있을 때도 왼쪽 손목에 시계를 차고 있었다. 그의 심장이 멎은 뒤에도 시곗바늘은 멈추지 않고 움직이고 있었다.

말라버린 줄 알았던 눈물이 뺨을 타고 흘러내렸다. 손수건을 꺼내 눈가를 훔쳤다.

"괜찮으십니까?" 가가가 작은 소리로 물었다. 하루나의 행동거지가 신경 쓰인 모양이다.

"죄송해요. 잠깐 남편 생각이 나서……." 하루나는 손목시계를 가방에 넣었다.

"그 시계는……."

"남편의 유품이에요. 제가 선물한 물건이지만."

"그러셨군요. 제가 잠시 자리를 비킬까요?" 가가는 살짝 일어났다. 자리를 피해 주려는 것 같았다.

"이제 괜찮아요. 신경 쓰지 마세요." 하루나는 미소를 지으며 말했다. "그보다 가가 씨에게 여쭤보고 싶은 게 있어요."

"말씀하시죠."

"지난번에 가가 씨는 범인이 저희를 노린 데에는 뭔가 이유가 있을 거라고 하셨잖아요. 예를 들면 어떤 이유라고 생각하시나요?"

그러자 가가는 잠시 생각에 잠긴 표정을 짓더니 입을 열었다. "죽일 사람은 누구든 상관없었다, 히카와는 그렇게 말하는 모양입니다. 그 말이 거짓이 아니라면, 어떠한 계기로 신경에 거슬려서 하루나 씨 일행을 노리기로 했을 수도 있지요."

"신경에 거슬렸다고요?"

"범행 동기로 미루어 보아, 히카와는 평탄한 인생을 살아온 것 같지는 않습니다. 그런 사람이 사형을 당하기 위해 살인을 저지르려고 했다면, 어떤 상대를 고를까요. 역시 요란하게 행복을 즐기고 있는 사람들을 노리지 않을까요? 그래서 지난번에 여쭤본 겁니다. 바비큐 파티 중에 큰 소리로 노래를 부르거나, 불꽃놀이를 하지 않으셨냐고요. 만일 그랬다면 히카와의 마음에 질투와 분노의 불이 붙었다 하더라도 이상할 건 없죠."

"그 질문이 그런 뜻이었군요."

들었을 때는 질문의 의도를 파악할 수 없어서 당황했다.

"하지만 와시오 씨 이야기를 들어보니 딱히 눈에 띄는 행동은 하지 않은 것 같군요. 그렇다면 무엇이 히카와 다이시의 신경에 거슬렸는가. 그 점이 마음에 걸리더군요."

가가의 이야기를 듣고 역시 진짜 형사는 다르다며 하루나는 감탄했다. 범인이 죽일 상대는 누구든 상관없었다고 진술했지만, 그것만으로는 납득할 수 없었다.

"가가 씨에게 검증회에 동행해 달라고 부탁하길 잘했네요. 저희만으로는 감당할 수 없는 일을 밝혀주실 것 같아요."

글쎄요, 하고 가가는 쓴웃음을 지었다.

"뭐라 말씀드릴 수가 없군요. 너무 기대하지 마십시오."

"아뇨, 기대하고 있어요. 잘 부탁드립니다."

가가는 한숨을 흘리며 노력하겠습니다, 하고 말했다.

하루나의 귀에는 그 목소리에 약간의 자신감이 섞여 있는 것처럼 들렸다.

이내 열차가 역에 도착했다. 자동개찰구를 빠져나오자마자 등줄기가 서늘해졌다.

도쿄와 기온이 다르기 때문이기도 하겠지만, 아마 그뿐만은 아닐 것이다. 역시 겁을 내고 있는 것이다. 그곳에 가까이 가고 싶지 않다고, 그녀의 본능이 반응하고 있었다.

"왜 그러십니까?" 가가가 물었다.

"아뇨, 아무것도 아니에요." 하루나는 웃음 지으려 했지만 뺨이 뻣뻣하게 굳는 걸 느꼈다.

가가는 살짝 미간을 찌푸렸다.

"긴장하실 법도 합니다. 지금 갑자기 마음이 바뀌어서 검증회에 참석하지 않겠다고 하시더라도 저는 괜찮습니다."

"아뇨, 이제 괜찮아요. 걱정을 끼쳐서 죄송해요. 이제 갈까요?" 하루나는 걸음을 내디뎠다.

역 앞에서 택시를 잡았다. 가을 나들이 철이라 그런지 거리는 온통 관광객들로 붐볐다. 커플이며 가족 단위의 관광객들이 즐거운 낯으로 오가며, 지역 특산물이나 공예품을 판매하는 개성적인 가게들을 구경했다. 불과 두 달 전에 그토록 끔찍한 사건이 일어났는데도 차 안에서 보기에 화려한 분위기는 조금도 빛바래지 않았다.

검증회는 쓰루야 호텔에서 열리기로 되어 있었다. 참석자들 대부분이 그곳을 숙소로 잡았기 때문이다. 아마 자기 별장에 묵는 것에 거부감이 들어서겠지. 하루나도 마찬가지였다. 도저히 그 뒤뜰이 내려다보이는 방에서 편히 잠들 수 있을 것 같지 않았다.

그렇지만 쓰루야 호텔도 사건과 무관하지는 않았다. 히카와 다이시가 범행을 고백한 곳이기도 했기 때문이다. 인상이 좋은 곳은 아니었지만, 하루나는 그렇기에 더욱더 제 눈으로 직접 보고 싶다고 생각했다. 아마 다른 유족들도 비슷한 심정이 아닐까.

이내 길 오른쪽으로 하얀 건물이 나타났다. 교회 같은 분위기의 고풍스럽고 우아한 디자인이 특징이다.

쓰루야 호텔의 전신은 메이지 시대부터 존재했던 여관이었다고 한다. 외국 손님들을 대접하기 위해서는 서양 문화를 도입하는 게 좋겠다고 생각한 선대 주인이 큰맘 먹고 호텔로 개장했다고 했다. 하루나에게는 어릴 적부터 익숙한 건물이었지만, 안에 들어가 본 적은 한 번도 없었다. 언젠가는 묵어보고 싶다고 생각했지만, 이런 형태로 찾을 줄은 상상도 못 했다.

목재를 아낌없이 쓴 로비에 들어선 하루나는 프런트로

직행했다. 짙은 남색 유니폼 차림의 프런트 직원에게 이름을 대고 체크인했다. 트윈 룸 두 개를 예약해 두었다. 이 호텔에 싱글 룸은 없다.

직원이 내민 건 주물로 된 큼지막한 열쇠로, 전통 있는 호텔 분위기가 물씬 풍겼다. 가가에게 건네자 멋지네요, 하고 만족스러운 얼굴로 받았다.

하루나, 하고 부르는 소리가 들렸다. 돌아보니 야마노우치 시즈에가 다가오고 있었다. 사전에 전화로 호텔 로비에서 만나기로 약속을 해두었다.

시즈에는 모스그린 빛깔의 원피스 위에 두툼한 하얀 카디건을 걸치고 있었다.

하루나는 꾸벅 고개를 숙였다. "여러모로 고마워요."

당황했는지 시즈에의 눈꼬리가 내려갔다.

"무슨 소리니. 내가 뭘 했다고. 그보다 좀 어떠니? 건강은 괜찮고?"

"뭐, 그럭저럭요. 밥은 챙겨 먹으니까 걱정하지 마세요."

"그럼 다행인데……." 시즈에의 시선이 하루나의 등 뒤로 옮겨 갔다.

"소개할게요, 이쪽은 가가 씨. 전화할 때 말씀드렸다시피 같은 병원 선배 친구분이세요. 그리고……." 주변을 둘러본 뒤에 목소리를 낮추고, 경시청 형사님이세요, 라고 덧붙였다.

시즈에는 휘둥그레진 눈으로 고개를 끄덕이더니, "야마노우치입니다. 조카를 잘 부탁드립니다" 하고 가가에게 인사를 건넸다.

"가가입니다. 잘 부탁드립니다."

내민 명함을 보고 시즈에의 속눈썹이 파르르 떨렸다. 수사 제1과라는 단어에 반응한 것이리라. 드라마나 영화의 영향으로 살인사건을 담당하는 부서라는 사실을 대부분의 사람들이 알고 있었다.

하루나는 시계를 보았다. 오후 3시 반이 조금 지난 시각이었다.

"오후 4시에 모이기로 한 거 맞죠?" 시즈에에게 확인했다.

"그래. 장소는 3층 회의실이야."

"그럼 저희는 일단 방으로 올라가서 짐을 두고 올까요?" 하루나는 그렇게 말하며 가가에게 동의를 구했지만, "아뇨, 저는……" 하고 가가는 살짝 고개를 저었다. "호텔 안을 조금 둘러보고 나서 바로 회의실로 가겠습니다. 짐도 별로 없거든요."

그의 말대로 짐은 작은 배낭 하나뿐이었다. 굳이 방에

두고 오지 않아도 될 것 같았다.

"알겠습니다. 그럼 이따가 뵈어요."

시즈에와 가가를 두고 하루나는 혼자 엘리베이터를 탔다. 쓰루야 호텔은 6층 건물이었는데, 하루나의 방은 5층이었다. 카펫이 깔린 복도를 지나 방문 앞에서 주물 열쇠를 열쇠 구멍에 넣고 돌렸다. 살짝 저항이 있었지만 달칵 소리를 내며 잠금장치가 풀렸다.

문을 열고 안으로 들어갔다. 객실 바닥과 기둥도 우드 소재였다. 자그마한 책상 앞에는 거울이 달려 있었다.

하루나는 여행 가방을 내려놓고 거울 앞에 섰다. 화장을 확인하려다 불현듯 든 생각에 책상 서랍을 열었다.

예상했던 대로 편지 세트가 있었다. 호텔 이름이 들어간 봉투와 편지지가 들어 있었다.

하루나는 핸드백에서 봉투를 꺼냈다. 같은 봉투였고, 다른 점은 받는 사람이 적혀 있다는 것이었다. 이틀 전 받은 편지였다. 보낸 사람은 알 수 없었다.

봉투에서 편지를 꺼냈다. 이 역시 호텔의 편지지였다. 그리고 거기에는 짧은 한 줄이 인쇄되어 있었다.

당신이 누군가를 죽였다.

8

3층 회의실로 간 하루나는 입구 근처에서 두 남녀와 이야기를 나누는 시즈에를 발견했다. 상대는 사쿠라기 지즈루와 마토바 마사야였다. 사쿠라기 지즈루는 짙은 회색 정장 차림이었고, 마토바는 청바지에 갈색 재킷을 걸쳤다. 사쿠라기 리에는 보이지 않았다.

가까이 가서 두 사람에게 안녕하세요, 하고 인사를 건넸다.

안녕하세요, 하고 사쿠라기 지즈루가 굳은 미소로 대꾸했다. 마토바도 얌전한 표정으로 꾸벅 고개를 숙였다.

"리에 씨는요?"

하루나가 묻자 사쿠라기 지즈루가 대답했다. "걔는 못 오겠대요. 아직 충격에서 벗어나지 못했어요."

"무서워서 집 밖으로 나올 수가 없대." 시즈에가 덧붙였다.

"그렇구나……."

"이런저런 약을 써서 조금씩 안정을 되찾고는 있습니다." 옆에서 마토바가 말했다. "잠도 자게 되었고요. 그래도 이번 검증회에는 같이 올 수 없었습니다. 사건을 떠올리기만 해도 패닉에 빠지거든요. 억지로 참석하게 해도 다른 분들께 폐가 될 뿐 도움이 되지 않을 것 같아서요."

"상황이 그러면 어쩔 수 없죠." 하루나가 조용히 말했다.

"미안해요." 사쿠라기 지즈루가 사과했다. "하루나 씨한테는 나약한 소리처럼 들리겠죠. 고작해야 아버지를 잃은 정도인데."

"무슨 말씀을요." 하루나는 손사래를 쳤다. "아버지가 그렇게 돌아가셨는데 엄청난 사건이죠. 충격에서 벗어나기 힘든 게 당연해요."

"고마워요. 우리 모두 어떻게든 이겨내야죠."

사쿠라기 지즈루의 말에 하루나는 가슴이 에였다. 이 괴로움을 이겨낼 날이 오기는 할까.

다른 사람들의 시선이 하루나의 등 뒤로 쏠렸다. 돌아보니 가가가 걸어오고 있었다.

"소개할게요." 하루나가 사쿠라기 지즈루와 마토바에게 말했다. "이번에 저와 함께 와주신 가가 씨예요."

이어서 가가에게 사쿠라기 지즈루와 마토바를 소개했

다. 그가 현직 경찰이라는 말에 두 사람은 놀란 눈치였다.

"경시청을 통해 이번 사건에 관한 정보를 관할 경찰서에서 들으셨습니까?" 마토바가 물었다.

"아닙니다." 가가는 살짝 고개를 저었다. "그런 일은 하지 않았습니다. 저는 휴가 중이고 이 일도 개인적인 일정이니까요. 그보다 다치신 곳은 이제 괜찮으십니까? 생명에 지장은 없었지만 마토바 마사야 씨도 피해자 중 한 분이라고 들었습니다만."

"지금도 가끔 욱신거리기는 합니다만 큰 문제는 없습니다." 마토바는 왼쪽 옆구리를 누르며 말했다.

그가 칼에 찔렸다는 건 하루나도 알고 있었다. 하지만 자세한 상황은 듣지 못했다. 사쿠라기 가족 중에 목숨을 잃은 건 사쿠라기 요이치뿐이었다.

"여러분, 일단 안으로 들어가시죠." 시즈에가 말했다. "호텔에 말해 마실 것을 준비해 놨어요."

"고마워요. 시즈에 씨는 늘 배려심이 넘치시네요. 죽은 남편도 늘 칭찬했어요." 그렇게 말하며 사쿠라기 지즈루가 회의실로 들어갔다. 하루나 일행도 그 뒤를 따랐다.

실내에는 커다란 테이블과, 그것을 에워싸듯 소파가 놓여 있었다. 사이드 테이블에 포트와 주전자, 찻잔이 준비되어 있었다. 커피도 마실 수 있는 모양이었다.

하루나가 가가와 나란히 소파에 앉은 직후에 두 여자가 문을 열고 들어왔다. 둘 다 젊었는데, 한쪽은 중학생인 구리하라 도모카였다. 살해된 구리하라 부부의 외동딸이다. 또 다른 여자는 하루나가 처음 보는 사람이었다. 나이는 20대 초반쯤 될까. 짧은 머리에 화장기 없는 얼굴이라 중성적인 느낌을 주었다.

안녕하세요, 도모카는 고개를 숙여 인사를 했다. 기운 없는 목소리였다. 원래 하얀 편이었지만 오늘은 더욱 창백해 보였다.

"도모카!" 시즈에가 달려갔다. "먼 길 오느라 힘들었지."

"참석해야 할 것 같아서요. 사건에 대해서는 잊고 싶었지만……."

"이해해." 시즈에는 소녀의 어깨에 두 손을 올렸다. "여러 가지로 힘들었지? 미안해. 아무 도움도 안 돼서. 장례식은 잘 치렀니?"

"친척들이 해줬어요."

"그럼 다행이고. 계속 걱정했거든. 홀로 남겨졌는데 힘들지 않을까 해서."

그러자 소녀는 살짝 고개를 기울였다.

"솔직히 아무 생각도 없어요. 기숙사에 있으니까 아직 부모님이 살아 계신 것만 같아서……."

덤덤한 목소리로 이어진 말에 하루나는 가슴이 미어지는 것 같았다. 10대 중반에 갑자기 양친을 잃은 슬픔과 충격은 상상조차 가지 않았다.

시즈에가 도모카의 뒤에 있는 여자를 보았다. "이쪽 분은……."

여자는 한 걸음 앞으로 나섰다.

"안녕하세요. 구노라고 합니다. 도모카 학생이 생활하는 기숙사의 생활지도사예요. 이번에 도모카가 혼자서는 불안하다고 해서 동행하기로 했습니다. 잘 부탁드립니다."

사람들을 향해 고개를 숙이는 여자를 보고 하루나도 묵례를 했다.

도모카와 동행자는 테이블 끝자리에 나란히 앉았다. 그러자 가가가 일어나 두 사람에게 다가갔다. 뭐라고 대화를 나눈 뒤에 다시 자리로 돌아왔다.

"무슨 이야기를 하셨나요?"

"그냥 자기소개입니다. 저분의 풀네임도 알아두고 싶었고요." 가가는 수첩을 펼쳤다. 구노 마호라고 볼펜으로 적혀 있었다.

단순한 동행자라 해도 성명을 파악해 두지 않으면 만족하지 못하는 모양이었다. 형사의 습성일까.

입구에서 노크 소리가 들렸다. 모든 사람이 주목하는 가운데 천천히 문이 열렸다. 열린 문 사이로 보인 얼굴은 고사카 히토시였다.

"안녕하세요." 사쿠라기 지즈루가 말했다. "들어오세요."

고사카는 인사를 한 뒤 들어왔다. 아내 나나미와 아들 가이토도 그 뒤를 따랐다. 그들은 하루나와 가가의 맞은편에 자리를 잡았다.

고사카 일가의 등장은 하루나에게 뜻밖의 사건이었다. 막연하게 그 가족은 참석하지 않을 거라고 확신하고 있었다.

유족이 아니기 때문이다. 하지만 그날 밤, 그곳에서 무슨 일이 일어났는지를 검증하기 위해서는 그들의 증언도 없어서는 안 됐다.

달칵 소리를 내며 문이 열렸다. 험상궂은 표정으로 들어온 건 다카쓰카 슌사쿠였다. 여름에 만났을 때보다 훨씬 왜소해 보였다. 마음고생을 한 탓이기도 하겠지만, 지금까지 그에게서 느껴지던 권위는 아내의 내조 덕분이 아니었을까. 하루나는 그런 생각을 했다.

"보아하니 다 모이신 것 같군요." 다카쓰카는 사람들을 둘러본 뒤에 말했다. "실은 특별 손님을 초대했습니다. 함께해도 되겠습니까?"

몇몇 사람들이 서로 마주 봤지만 안 된다는 사람은 없었다. 사람들의 마음을 대변하듯 지즈루가 말했다. "다카쓰카 회장님이 괜찮다고 생각하시는 분이라면요."

"알겠습니다." 다카쓰카는 문을 열고 밖에 있던 누군가에게 고개를 끄덕였다.

이내 나타난 건 어깨가 떡 벌어진 정장 차림의 남자였다. 짧은 머리에 까무잡잡한 각진 얼굴이 마치 프로 골퍼를 연상시키는 풍모였다.

소개하겠습니다, 하고 다카쓰카가 말했다. "지역 경찰이신 사카키 형사과장님입니다."

이 한 마디에 실내의 분위기가 확 달라졌다.

"사카키입니다." 소개받은 남자는 수첩을 펼쳐 신분을 증명했다. 사카키의 신(榊)이라는 한자가 보였다.

"경찰이시군요……." 사쿠라기 지즈루의 얼굴이 굳어졌다. "다카쓰카 회장님, 저희에게 하신 이야기와 다르지 않습니까. 이 검증회에 경찰은 관여하지 않는다고 하셨잖아요."

"참견할 생각은 없습니다." 사카키가 대신 대답했다. "어디까지나 참관인으로 동석하겠다고 경찰 측에서 다카쓰카 회장님께 부탁드렸습니다."

사쿠라기 지즈루가 매서운 눈빛으로 다카쓰카를 쏘아보았다.

"검증회에 대해 경찰에 말씀하신 건가요?"

"말하면 안 됩니까?" 다카쓰카는 여상하게 말했다. "관할 서장과는 전부터 인연이 있었습니다. 수사 자료를 열람하게 해달라고 했더니 이유를 물어보길래, 유족들이 한자리에 모여 이야기를 나눈 뒤 진상을 밝히기로 했다고 솔직하게 말했습니다. 뭐 나쁜 짓을 하는 것도 아니지 않습니까. 그러자 자료를 보여줄 수는 없지만 수사 책임자를 동석하게 해주면, 필요에 따라 정보를 제공하겠다지 뭡니까. 말하자면 교환 조건인 거죠. 하지만 만일 여러분이 싫다고 하시면, 사카키 형사부장님은 이대로 돌아가실 겁니다. 그 경우에는 경찰이 제공한 정보를 사전에 듣지 않은 상태에서 검증회를 하기로 했습니다."

사쿠라기 지즈루는 미간을 찌푸리며 의견을 구하듯 다른 사람들을 보았다. 하지만 아무도 발언하지 않았다. 너무나 중대한 판단이라 혼자 책임지기 힘들다 생각한 것이리라.

그러자 사쿠라기 지즈루의 시선이 하루나 쪽으로 움직였다.

"가가 씨라고 하셨죠. 어떻게 생각하시나요? 경찰로서

의견을 들려주시면 감사하겠습니다."

"경찰?" 사카키의 눈썹이 꿈틀거렸다.

"가가 씨는 제 지인이에요. 이 자리에 동석해 달라고 부탁했고요." 하루나가 사카키에게 사정을 설명했다.

"경시청에서 근무하고 있습니다."

"호오, 그러시군요." 사카키가 훑어보듯 가가를 보았다.

"가가 씨, 조언 부탁드립니다." 사쿠라기 지즈루가 다시금 말했다.

하루나는 송구한 심정으로 힐끗 가가의 표정을 살폈다. 갑자기 일이 성가셔졌다고 생각하는지도 모른다.

"그럼……." 가가가 말문을 뗐다. "사카키 형사과장님께 질문이 있습니다."

"말씀하시죠."

"검증회에서 지금까지 밝혀지지 않았던 수사상의 비밀을 언급할 가능성이 있습니다. 그 경우에 형사과장님께 물으면 대답해 주실 겁니까?"

"내용에 따라 다릅니다." 사카키는 신속하게 대답했다. "아직 기소되지 않았으니 모두 말씀드릴 수는 없지요. 하지만 여러분의 태도에 따라 최대한 협조하려 합니다."

"태도에 따라?"

"저에게 들은 이야기를 절대로 외부에 발설하지 않겠다

고 약속하신다면 말입니다. 기록으로 남기는 것도 되도록 지양해 주셨으면 합니다. 녹음이나 녹화도 안 됩니다."

그렇군요, 가가는 고개를 끄덕였다.

"어떻게 생각하시나요?" 하루나가 물었다.

"제가 여러분 입장이라면 사카키 형사과장님을 동석시키겠습니다. 경찰에게 감시받는 것 같아서 불편하실지도 모르겠지만, 진상을 밝히기 위해서는 수사 자료가 필요합니다. 그 자료에 접근할 기회는, 이번을 놓치면 두 번 다시 없을 겁니다."

하루나는 숨을 고르고 나서 살짝 손을 들었다. "저는 가가 씨 의견에 찬성입니다."

저도, 시즈에도 작은 소리로 말했다.

"다른 분들은요?" 사쿠라기 지즈루가 일동을 둘러보았다.

"저도 같은 생각입니다." 마토바가 말했다. "경찰 정보는 필요하겠죠."

"도모카는?"

지명될 줄은 몰랐는지 창백한 낯의 여학생은 움찔 몸을 떨었다.

"저는 어느 쪽이든 상관없어요. 어려운 일은 잘 모르니까요."

"고사카 씨 가족은 어떠십니까?"

"아, 여러분께 맡기겠습니다." 고사카는 어깨를 움츠렸다. "저희는 제삼자니까요."

"제삼자?" 사쿠라기 지즈루가 한쪽 눈썹을 치켜올렸다.

"고사카." 다카쓰카가 목소리를 깔며 말했다.

"말투가 그게 뭔가. 자네 가족은 상관없다는 거야? 피해자가 없으니 아무래도 좋다는 거냐고."

"아뇨, 그게 아니라……."

"그날 밤에 무슨 일이 일어났는지 밝히기 위해 이렇게 한자리에 모인 거야. 그날 그곳에 있던 사람은 모두 관계자라고. 그런 자각조차 없다면 썩 꺼지게. 그리고 다시는 내 앞에 나타나지 마."

"죄송합니다!" 고사카는 황급히 자리에서 일어나 머리를 조아렸다. 옆자리의 나나미도 남편을 따라 즉시 고개를 숙였다. 그 옆의 아들은 어안이 벙벙한 표정으로 부모를 올려다보았다.

"어쩔 건가? 남을 건가, 나갈 건가?" 다카쓰카가 힐문했다.

"남겠습니다. 남게 해주십시오. 부탁드립니다."

"그렇다면 자기 의견은 분명히 말해. 사카키 형사과장님이 이 자리에 동석하는 데 찬성하나, 반대하나?"

"아…… 차, 찬성입니다. 찬성하겠습니다."

다카쓰카는 흥, 하고 코웃음을 치며 사쿠라기 지즈루를 보았다. "남은 건 사쿠라기 씨뿐이군요."

"알겠습니다. 저도 사카키 씨가 동석하는 데 이의는 없습니다. 형사과장님, 잘 부탁드립니다."

사쿠라기 지즈루의 말에 사카키는 흡족한 표정으로 고개를 끄덕였다.

모두가 자리에 앉은 걸 보고는 다카쓰카가 자, 하고 두 손을 테이블에 올려놓았다.

"어떻게 진행할까요? 누가 사회와 진행을 맡아주시면 감사하겠습니다만."

"제가 하죠." 마토바가 손을 들었다.

"그래 주겠나. 그럼 부탁하지."

그때 아뇨, 하고 사쿠라기 지즈루가 끼어들었다.

"마사야 선생은 직접적인 피해자라 객관적인 판단을 내리지 못할 우려가 있어요. 진행은 해를 당하지 않은 분이 맡으시는 게 좋을 것 같은데요."

"음, 그 말도 일리가 있군." 다카쓰카는 일동을 둘러본 뒤 시선을 고정했다. "그럼 고사카, 자네가 맡게."

"아, 네. 제가 해도 된다면……." 고사카가 자리에서 일어났다.

"잠깐만요." 또다시 사쿠라기 지즈루가 발언했다. "실례인 줄 압니다만, 고사카 씨는 중립적인 입장이라고 할 수 없죠. 특정한 인물을 배려하면 공정한 논의는 불가능하지 않을까요?"

특정한 인물이라는 게 누구를 가리키는지는 명백했다. 다카쓰카는 입매를 일그러뜨리며 사쿠라기 지즈루를 노려보았다.

"그럼 누가 적합하다는 거지? 지즈루 씨가 직접 맡아줄 겁니까?"

"저 개인적으로는 객관적인 판단을 내릴 수 있다고 생각하지만 납득하실 분은 없지 않을까요? 그래서 한 가지 제안을 드리고 싶은데, 차라리 그곳에 없던 분에게 부탁하는 게 낫지 않을까요? 그러는 게 훨씬 공정하죠." 사쿠라기 지즈루는 다시 시선을 돌려 하루나 옆에 있는 인물을 보았다. "가가 씨, 부탁드려도 될까요?"

가가는 놀란 듯 등허리를 폈다. "저 말입니까?"

"드라마에서 수사 회의 장면을 자주 봤어요. 실제로는 어떤지 모르겠지만, 사건이 일어났을 때 무슨 회의를 하기는 하잖아요. 그런 경험도 있으실 거 아닌가요."

"그야……."

"그럼 맡아주실 수 없을까요? ……다른 분들도 괜찮으

신가요?"

찬성, 하고 처음으로 손을 올린 건 마토바였다. 이어서 시즈에가 머뭇거리며 "그게 좋을 것 같아요" 하고 말했다.

"저도 찬성해요." 하루나가 동의하며 가가를 보았다.

가가는 한숨을 내쉬었다.

"알겠습니다. 여러분이 그렇게까지 말씀하시니 제가 하겠습니다. 하지만 조건이 하나 있습니다." 그는 집게손가락을 들고 천천히 실내를 둘러보았다. "질문에는 솔직히 대답한다, 즉 거짓말을 하지 말아달라는 뜻입니다. 답하기 싫으시면 그렇게 말씀해 주십시오. 조금이라도 거짓이 섞이면 진상 규명은 멀어집니다. 그 점을 결코 잊지 마시기를 부탁드립니다."

9

회의실에 세워진 화이트보드 앞에 서서 가가는 펜을 들었다.

"먼저 여러분께 질문하겠습니다. 그날 밤, 처음으로 이변을 알아채신 분은 누구십니까? 상식적으로 생각하면 그분이 최초 신고자일 것 같은데요."

"접니다." 사쿠라기 지즈루가 손을 들었다. "엄밀히 말하면 사태를 알아챈 건 딸아이고, 신고는 제가 했어요."

"당시 상황을 가급적 상세히 설명해 주시겠습니까?"

알겠습니다, 대답하고 사쿠라기 지즈루는 숨을 고르듯 심호흡을 했다.

"파티가 끝난 뒤에 저희는 별장으로 돌아왔는데, 남편이 한잔 더 하고 싶다고 해서 리에와 마사야 선생을 데리고 정원 테라스에서 위스키를 마시기 시작했어요. 저는 거실에 있었고요. 잠시 뒤에 리에는 샤워를 하겠다고 들어왔고요. 곧 마사야 선생이 들어와서 남편이 커피를 달라고 했다고 말을 전했고요. 그래서 부엌으로 가서 커피를 내리는데 밖에서 비명이 들렸어요. 무슨 일인가 싶어서 정원으로 나가봤더니 남편이 바닥에 쓰러져 있었고, 그 옆에 딸이 주저앉아 있었어요. 남편 등이 새빨갛게 물든 걸 보고 정신이 아찔해지더군요. 어떻게 된 거냐고 리에에게 물어봤지만 모르겠다는 말만 되풀이했어요. 밖으로 나왔더니 이런 일이 벌어져 있었다고. 아무튼 구급차를 불러야겠다는 생각에 방으로 돌아와 스마트폰으로 119에 신고했어요. 전화가 연결되어서 상황을 전달했더니, 칼에 찔린 거냐고 묻더라고요. 잘 모르겠는데 그럴지도 모른다고 했더니 경찰에도 신고하라고 했어요. 그래서 전화를 끊고 110*에도 신고했죠."

잠깐만요, 마토바가 끼어들었다.

"보충 설명을 드려도 될까요. 지금 이야기만 들으면 저는 그 자리에 없었던 것 같으니까요."

"아, 그러네. 마사야 선생도 같이 있었어요."

"화장실에서 나왔을 때 리에의 비명을 들었습니다. 그래서 거실로 가보니 밖에서 지즈루 씨가 하얗게 질려 들어와 전화를 걸기 시작했어요. 통화 내용을 듣고 놀라 정

* 한국의 112.

원으로 나가 보고 무슨 일이 일어났는지 알게 된 겁니다."

"정확한 시각을 기억하십니까?" 가가가 물었다.

사쿠라기 지즈루는 마토바를 보았다. "12시쯤이었지?"

"그랬을 겁니다."

그러자 가가는 사카키 쪽을 보았다. "통신 상황실의 기록을 갖고 계신다면 알려 주시겠습니까?"

"있을 겁니다." 사카키는 바로 스마트폰을 꺼내 조사했다. "있습니다. 오전 0시 5분에 110 신고를 받았습니다. 상황실에서는 허위 신고가 아니라고 판단하고 현장 확인 지령을 내림과 동시에 긴급 배치를 발령했습니다."

"감사합니다." 가가는 다시 사쿠라기 지즈루를 보았다. "신고한 다음에는요?"

"정원으로 돌아가 딸과 함께 쓰러진 남편을 흔들고, 이름을 불렀어요. 이미 늦었다고 생각하고 싶지는 않았거든요."

"마토바 씨도 같이 계셨습니까?"

"아뇨, 저는 원장님을 찌른 범인이 아직 근처에 있을지도 모른다는 생각에 밖으로 나가 있었습니다."

가가의 눈이 휘둥그레졌다. "범인을 붙잡을 작정이셨습니까?"

그럴 리가요, 하고 마토바는 쓴웃음을 지었다.

"그럴 배짱도 없고, 무모하지도 않습니다. 수상한 사람이 있으면 사진을 찍어서 경찰에 보여주려고 했습니다. 하지만 역시 경솔한 행동이었다는 걸 뼈저리게 느끼게 되었죠."

"습격을 당하신 거군요."

"네." 대답하는 마토바의 표정이 진지해졌다.

"구리하라 씨 별장 근처까지 갔는데, 갑자기 뒤쪽 사각에서 누군가가 저를 밀쳤습니다. 있는 힘껏 몸으로 밀친 것 같은 충격이었습니다. 무슨 일이 일어났는지, 그 순간에는 몰랐습니다. 곧이어 강렬한 통증에 휩싸여 온몸에서 힘이 빠지는 느낌이 들었습니다. 다리에 힘이 풀려 서 있을 수가 없었고, 결국 그 자리에 주저앉았죠. 옆구리를 만져보니 피가 나더군요. 그제야 찔렸다는 걸 알았습니다. 도움을 요청하려 했지만 너무 아파서 큰 소리를 낼 수가 없었습니다. 그래서 리에에게 전화해 사정을 말했죠."

가가는 사쿠라기 지즈루에게 시선을 옮겼다. "그때 일을 기억하십니까?"

"물론이죠. 리에는 놀라서 더욱더 혼란에 빠졌고요. 옆에서 듣자 하니 횡설수설하며 제대로 설명을 못 하길래 제가 전화를 바꿔서 대신 얘기했고요. 그즈음에 구급차와 경찰차가 도착해서, 구급대원에게 남편 이송을 부탁하면서 경찰에게 사정을 설명했어요."

"잠시만요."

가가가 화이트보드에 사쿠라기 지즈루가 이야기한 상황을 적었다. 그것만 봐도 아주 짧은 시간에 엄청난 일이 벌어졌다는 걸 잘 알 수 있었다.

"계속하십시오." 가가가 사쿠라기 지즈루에게 말했다.

"딸아이한테 구급차를 타고 병원까지 가라고 했어요. 그 애를 보내도 아무 도움도 되지 않는 건 알고 있었지만, 제가 그 자리를 떠나면 안 된다고 판단했거든요. 실제로 그때부터 저는 계속 경찰분들을 상대해야 했고요." 사쿠라기 지즈루는 사카키를 보며 말을 이었다. "지금 말씀드린 것들은 모두 경찰 기록에 남아 있을 거예요."

가가는 천천히 사카키에게 다가갔다.

"구급대원과 경찰이 현장에 도착한 시각을 알 수 있을까요?"

사카키는 시선을 내려 스마트폰을 보았다.

"구급차가 사쿠라기 씨 별장에 도착한 건 오전 0시 11분이고, 약 2분 뒤인 오전 0시 13분에 지역과*의 경찰차가

* 일본 경찰 조직 부서의 하나로, 110 신고 접수와 사건 출동 지령을 내리는 통신 지령 업무 등을 담당한다.

도착했습니다. 사쿠라기 지즈루 씨의 정보를 바탕으로 경찰이 부근을 수색했고, 오전 0시 22분에 마토바 마사야 씨를 발견, 보호한 뒤 소방서에 연락해서 응급의료기관으로 이송을 의뢰했습니다. 이상입니다."

"말씀하신 게 맞을 겁니다." 마토바가 말했다. "급소를 비껴가 죽을 거란 생각은 안 했지만, 처치가 늦어지면 치료에 시간이 걸리거나 후유증이 남을 우려가 있어서 불안했죠. 경찰이 나타났을 때 진심으로 안도했습니다."

"기다리는 동안 무엇을 하셨습니까?"

가가의 물음에 마토바는 불만스러운 듯 미간을 찌푸렸다.

"아무것도 안 했습니다. 아까도 말씀드렸지 않습니까? 움직일 수 없었다고."

"그럼 찔리기 전, 또는 찔린 직후에 뭔가 목격하신 건 없습니까?"

"뭔가……?"

"이를테면 수상한 인물 말입니다."

"아아……." 마토바는 입을 반쯤 벌리고 수긍했다. "밤중이라 주변이 온통 어두컴컴해서 손전등이 없으면 자기 발밑도 보이지 않을 정도였습니다. 그래서 뒤에서 사람이 다가왔는데도 알아채지 못했죠."

"발소리도 듣지 못하신 거군요."

"그렇다고 봐야죠. 한심한 얘기지만요."

"찔리고 나서도 아무것도 보지 못하셨습니까?"

"계속 같은 말을 반복하는 것 같은데, 무슨 일이 일어났는지 이해하지 못했습니다. 생각해 보십시오. 갑자기 찔렸습니다. 주변 상황을 신경 쓸 겨를이 있었겠습니까?"

"확인했을 뿐입니다. 아무것도 보지 못하셨다면 됐습니다." 가가는 몸을 돌려 사쿠라기 지즈루를 내려다보았다. "남편분을 이송하는 구급차를 보낸 뒤의 행동에 대해 말씀해 주시겠습니까?"

"행동이라뇨……. 아까도 말씀드렸지만 경찰에게 상황을 설명했어요. 아, 그전에 리에에게 연락을 받았죠. 병원에서 남편이 사망 선고를 받았다고. 각오는 하고 있었지만 역시 충격이었어요. 경찰이 정말 배려심이라고는 없어서, 그런 상황에서 계속 질문을 던지는 거예요. 무슨 일이 있었습니까. 어쩌다 이런 일이 벌어진 겁니까. 저는 머릿속이 새하얘졌는데 말이죠……. 정말 너무했어요."

"부인, 그건 말이죠, 배려심이 없어서가 아니라 경찰들도 혼란스러웠던 겁니다." 사카키가 변명하듯 말했다. "이런 시골이니 살인사건 같은 건 거의 일어나지 않습니다. 그런데 갑자기 살상사건이 일어났고, 피해자가 한 명 더 있었죠. 그런 상황에서 어떻게 냉정할 수 있겠습니까. 하지만 유족을 배려하지 못한 건 잘못입니다. 담당자를 대신해 사과드립니다."

"사과를 받으려던 건 아닌데……."

"그날 밤에는 어디에 계셨습니까?" 가가가 사쿠라기 지즈루에게 물었다.

"그대로 별장에 있었습니다. 남편이 이송된 병원에 가려고 했는데 딸아이가 돌아왔더라고요. 얘기를 들어보니 경찰이 남편 시신을 어디로 가져갔다고 하더군요."

"부검을 위해서였습니다." 사카키가 옆에서 말했다. "타살이니까요, 당연한 절차였습니다."

"그럴지도 모르지만, 조금은 유족의 마음을 헤아려줄 수도 있지 않았을까요. 마지막 모습을 천천히 보고 싶었는데."

사쿠라기 지즈루의 날 선 태도에 형사과장은 떫은 표정으로 머리를 긁적였다.

"말씀해 주셔서 감사합니다." 가가는 사카키를 향해 시선을 돌리며 물었다. "경찰이 다음으로 인식한 피해자는 누구입니까?"

"기록에 따르면 와시오 에이스케 씨였습니다." 사카키가 스마트폰을 보며 말했다. "인근을 순찰하던 경찰이 여자가 도움을 요청하는 소리를 듣고 야마노우치 씨 댁으로 달려갔다고 되어 있군요."

"저였어요." 시즈에가 살짝 손을 들었다. "제가 불렀습니다."

가가는 시즈에를 살핀 뒤, 시선을 하루나 쪽으로 돌렸다.

"무슨 일이 있었는지 여러분께 설명해 주시겠습니까?"

하루나는 네, 하고 대답한 뒤 다시 그날 밤의 일을 떠올리며 말문을 열었다.

파티의 뒷정리를 마친 뒤 2층 침실에 있는데 사이렌 소리가 들렸다. 상황을 살펴보고 오겠다며 에이스케가 나갔다. 시간이 지나도 돌아오지 않아서 걱정하고 있는데 뒤뜰에 누가 쓰러져 있는 것을 발견했다. 그 사람이 에이스케였다. 감정이 목소리에 드러나지 않도록 조심하며 일련의 일들을 이야기했다.

"거기서부터는 내가 말할게." 시즈에가 하루나의 어깨에 손을 올렸다. "방금 하루나가 얘기한 것처럼, 에이스케가 좀처럼 돌아오지 않아서 저는 무슨 일이 일어난 건가 물어보려고 구리하라 씨 별장을 찾아갔어요. 하지만 응답이 없었죠. 그래서 집으로 돌아왔더니 뒷문에서 하루나가 울부짖는 소리가 들렸어요. 놀라서 뒤뜰로 갔다가 무슨 일이 일어났는지 알았죠. 일단 경찰을 불러야겠다는 생각에 무아지경으로 소리를 질렀어요. 어떤 식으로 소리쳤는지는 잘 기억나지 않지만, 누구 없나요, 도와주세요, 그런 말이었던 것 같아요. 그랬더니 어디선가 제복을 입은 경찰이 달려왔죠. 세 명쯤이었던 것 같아요."

"그게……." 가가는 사카키를 보았다.

"오전 0시 43분이었습니다." 묻기 전에 사카키가 대답했다. "소방서에 연락, 구급차로 이송한 게 0시 55분이었고요. 왼쪽 옆구리와 가슴, 모두 두 군데를 찔렸습니다. 흉기인 나이프는 가슴에 박혀 있었다고 합니다."

"하루나 씨는 구급차에 동승해 병원에서 남편분의 사망 사실을 확인하신 거죠?" 가가는 하루나에게 물었다.

"네."

"그러고는 어떻게 하셨습니까?"

"사쿠라기 씨하고 같아요. 병원에서 경찰의 조사를 받았어요. 질문 내용은 잘 기억나지 않아요."

가가는 화이트보드 쪽으로 몸을 돌려 방금 나온 이야기의 요점을 정리했다. 그러고 나서 사카키에게 물었다. "그 다음에 확인된 피해자는 누구입니까?"

"우리 집사람 아닐까." 사카키가 대답하기 전에 다카쓰카 순사쿠가 말했다.

"맞습니다." 사카키가 스마트폰을 보며 말했다. "오전 1시 5분에 신고를 하셨죠. 인근에 있던 경찰이 즉시 달려가 다카쓰카 게이코 씨의 시신을 확인했습니다. 그 자리에 있던 건 부군이신 다카쓰카 슌사쿠 씨, 슌사쿠 씨의 부하 직원인 고사카 히토시 씨와 그 부인 나나미 씨, 이렇게 세 분입니다."

"시신을 발견한 당시의 상황을 설명해 주시겠습니까?" 가가가 다카쓰카에게 말했다.

"외출 중이었습니다. 옛날부터 다니던 오래된 바가 있는데, 파티가 끝난 뒤에 고사카와 한잔 더 하러 갔습니다. 나나미 씨가 운전해서 데려다줬죠. 마시기 시작한 지 한 시간쯤 지나서였나, 직원들이 웅성거리는 겁니다. 별장지에서 무슨 일이 있었는지 경찰차와 구급차들이 출동했다고. 듣자 하니 우리 별장이 있는 곳 같았습니다. 신경이 쓰여서 급히 집으로 돌아가기로 했습니다. 고사카가 택시보다 나나미 씨를 부르는 게 빠르다고 해서 전화로 데리러 와달라고 했습니다. 별장지에서 무슨 일이 있었냐고 물었더니 모른다고 하더군요. 우리를 바에 데려다준 뒤 별장에 돌아가지 않고 가게 근처에서 대기하고 있던 모양입니다. 그래서 아무것도 모른 채 별장으로 돌아왔는데……." 다카쓰카는 찡그린 표정으로 고개를 좌우로 저었다. "집

사람이 거실에 피를 흘린 채 쓰러져 있더군요. 가슴을 여러 번 찔린 것 같았습니다. 발견한 시점에 이미 늦었다는 걸 알았기 때문에 구급차는 부르지 않고 경찰에만 신고했습니다."

"현관문은 잠겨 있었습니까?"

아뇨, 하고 다카쓰카는 고개를 저었다.

"잠겨 있지 않아서 이상하다고 생각했습니다. 하지만 단순히 문 잠그는 걸 깜빡했나 싶었습니다."

"실내에 몸싸움의 흔적 같은 건 없었습니까?"

"없었습니다."

가가가 말없이 고개를 끄덕이자, 저기, 하고 고사카가 머뭇거리며 말을 꺼냈다.

"아들 얘기를 해도 되겠습니까. 범인을 목격한 것 같습니다."

"범인이라고는 안 했어." 소년이 입을 삐죽였다.

가가는 고사카 쪽으로 가서 허리를 굽히고 부모님 옆에 움츠리고 있는 고사카 가이토의 얼굴을 들여다보았다.

"그날 밤, 너는 방에 있었지?"

응, 하고 소년은 고개를 살짝 끄덕였다.

"부모님이 외출하신 동안 뭐 하고 있었니?"

"잤어."

"잤어요, 라고 해야지." 나나미가 미간을 찌푸렸다.

"괜찮습니다." 가가가 나나미를 달랬다.

"하지만 계속 자고 있던 건 아니지? 중간에 깼니?"

네, 하고 소년이 대답했다.

"사이렌 소리를 듣고 깼지?" 고사카가 옆에서 끼어들었다. "그리고 범인을 봤잖아."

"그러니까 범인인지 아닌지는 모른다고 했잖아." 가이토가 미간을 찌푸렸다.

"하지만 사람을 봤지? 수상한 사람을."

"죄송하지만 아드님과 이야기하게 해주시겠습니까?"

가가의 만류에 고사카는 어깨를 떨궜다.

"몇 시쯤에 깼니?"

"12시쯤이었던 것 같은데, 12시 몇 분이었는지까지는 기억나지 않아요."

"그리고?"

"아직 아빠도 엄마도 안 돌아와서, 차가 있는지 없는지 확인하려고 창밖을 내다봤어요. 그랬더니 누가 주차장을 가로질러 밖으로 나갔어요. 재빨리 도망치듯이요."

소년의 말은 간결해서인지 더욱더 당시 상황을 생생하게 전하고 있었다. 하루나는 실내의 공기가 얼어붙은 것을 느꼈다.

"얼굴은 봤니?" 가가가 물었다.

"못 봤어요. 어두워서 잘 안 보였어요. 검은 그림자가 빠르게 달려간 것만 봤어요."

"옷 색깔 같은 건?"

"검은색인 것 같았는데, 어두워서 그렇게 보였던 것뿐일지도 몰라요."

"그림자는 어느 쪽으로 사라졌니?"

"창문에서 내려다봤을 때 왼쪽으로요."

"그럼 방향으로 따지면 어느 쪽입니까?"

"동쪽이군." 다카쓰카 슌사쿠가 말했다. "우리 별장은 남향이고 주차장도 그쪽에 있습니다. 주차장을 내려다봤을 때 왼쪽으로 도망친 거면 동쪽입니다."

"그 별장에서 동쪽에 있는 건 어느 별장입니까?"

"야마노우치 씨 댁과 그린 게이블스가 있습니다. 거기서 도로 쪽으로 더 가면 사쿠라기 씨 별장이 있고요."

"그린?"

"아, 실례. 그린 게이블스라는 건……." 다카쓰카는 시즈에를 보았다.

"이쿠라 씨라는 분이 소유한 별장이에요." 시즈에가 말했다. "하지만 고령이라 지난 몇 년은 비어 있고요. 죽은 남편이 이쿠라 씨와 친하게 지냈는데, 그 인연으로 제가 열쇠를 보관하고 있어요."

시즈에는 이쿠라가 어떤 한자인지 보충 설명을 했다.

"그렇군요. 감사합니다." 가가는 다카쓰카와 시즈에에게 묵례를 한 뒤 다시 가이토 쪽을 보았다. "그러고 나서 어떻게 했니?"

"다시 잤어요. 부모님도 돌아오지 않고 해서……. 그런데 큰 소리가 들려서 금방 깼어요. 무슨 일인가 싶었는데 엄마가 와서 내 얼굴을 보고 아, 다행이다, 그러는 거예요. 뭐가 뭔지 몰라서 얼떨떨했는데 엄마가 사모님이 칼에 찔렸다고 했어요. 깜짝 놀라서 정원에서 누군가가 나가는 걸 봤다고 엄마한테 말했어요."

"그랬구나. ……사카키 형사과장님." 가가는 사카키를 불렀다. "아이의 이야기는 경찰에서도 파악하고 있습니까?"

"물론이죠. 귀중한 증언이니까요."

가가는 연신 고개를 끄덕이더니, 뭔가 생각난 듯 다카쓰카를 보았다.

"그 바에는 항상 혼자 가십니까?"

"아니, 평소에는 집사람과 같이 갑니다."

"그런데 그날 밤 부인은 가지 않으셨죠. 이유가 뭡니까?"

"이유? 특별한 이유는 없습니다. 평소에는 나를 따라 같이 갔지만, 그날 밤은 고사카가 있으니 자기는 갈 필요가 없다고 생각했겠죠. 그건 왜 물으십니까?"

"아뇨, 좀 신경이 쓰여서요." 가가는 다시 고사카 가족을 보았다. "부인이 운전하는 차를 타고 바에 도착한 뒤 부인을 별장으로 돌려보내지 않고 대기시킨 건 어째서입니까?"

"그건, 그러는 편이 좋을 것 같다고 생각했기 때문입니다. 택시를 불러도 금방 올 거란 보장이 없으니까요……."

"하지만 한밤중에 여성분을 차 안에서 기다리게 하는 건 안전을 생각했을 때 적절한 판단이라 할 수 없군요."

"제가 괜찮다고 했어요." 나나미가 옆에서 끼어들었다. "뒷좌석에 있으면 밖에서는 안 보이거든요. 그보다 한밤중에 택시를 잡지 못하는 게 더 곤란하겠다고 생각했어요."

"대기하던 장소는 어디입니까?"

"갓길이에요. 바에서 100미터도 떨어지지 않았을 거예요."

"기다리는 동안에 이상한 일은 없었습니까? 노상 주차에 대해 주의를 들었다든지."

"아무 일도 없었습니다."

"그렇군요." 가가는 중얼거렸다.

둘의 대화를 들으며 하루나는 내심 고개를 갸웃거렸다. 다카쓰카 게이코가 바에 가지 않았던 이유나, 고사카가 나나미에게 기다리라고 했던 일 같은 건 사건과 상관없는 것처럼 보였기 때문이다. 왜 이런 질문을 하는 건지 그 의도를 파악할 수 없었다.

가가는 생각에 잠긴 표정을 짓더니 천천히 이동해 구리하라 도모카 옆에서 걸음을 멈췄다.

"이제 남은 건 피해자인 너희 부모님뿐인데, 두 분 시신을 발견했을 때 일을 말해 주겠니?"

도모카는 고개를 저었다. "제가 발견한 게 아니에요."

"그러면?"

"한밤중에 인터폰이 울렸어요. 그 전에도 두 번쯤 초인종이 울린 것 같은데 누워 있어서 그대로 잤어요. 하지만 세 번째 울렸을 때는 좀 불안해져서 잠에서 깼죠. 이런 시간에 무슨 일인가 싶었는데 밖에서 누가 큰 소리를 내는 게 들렸어요. 그래서 부모님 침실에 가봤는데 아무도 없었어요. 다른 곳을 찾아봐도 없어서, 바깥 상황을 살펴보려고 현관문을 열었어요. 그랬더니 경찰이 있었고, 제가 확인해 줬으면 하는 게 있다면서 차고로 데려갔어요. 그리고 그, 두 분을…… 칼에 찔려 돌아가신 부모님을 보여줬어요."

가냘픈 목소리로 열심히 사실을 말하려 하는 도모카의

모습은 너무나도 안쓰러웠다. 아직 중학생인 도모카가 얼마나 큰 절망감에 휩싸여 있을지를 상상하자, 남편을 잃은 하루나조차 동정심이 솟아올랐다.

"사카키 형사과장님." 가가가 말문을 열었다. "지금 이야기를 들으니 경찰이 무단으로 별장 사유지에 들어간 것 같군요. 그리고 차고에서 시신을 발견했고요. 그 경위는 파악하셨습니까?"

"당연하죠. 하지만 그 점은 설명할 필요가 있을 것 같습니다." 사카키가 차분한 어조로 말했다. "실은 그보다 조금 전인 오전 1시가 조금 지난 시각, 한 경찰이 구리하라 씨 별장을 찾아가 인터폰을 눌렀습니다. 이상한 점이 없는지 확인하기 위해서였죠. 그런데 기다려도 답이 없었던 모양입니다. 그래서 그 경찰은 일단 다른 곳으로 이동했지만, 주변에서 피해자들이 차례차례 나오자 다시 구리하라 씨 별장을 확인하기로 했고요. 오전 1시 45분, 경찰이 다시 인터폰을 눌렀지만 역시 응답은 없었습니다. 그래서 경찰들은 독자적인 판단으로 사유지 안으로 들어가 이상이 없는지를 확인한 겁니다. 그 결과, 차고에서 두 사람의 시신이 발견되었고, 경찰들이 어떻게 대처할지 상의하던 중에 현관문을 열고 구리하라 도모카 양이 나온 겁니다. 비상사태였기에 경찰들이 사유지 안에 들어간 건 올바른 판단이었다고 생각합니다." 말을 마친 사카키는 무슨 불만이라도 있냐는 표정으로 주변을 둘러보았다.

"잘 알겠습니다. 감사합니다." 가가는 다시 도모카를 내려다보며 물었다. "부모님이 차고에 계시던 이유에 대해 짚이는 데가 있니?"

소녀는 고개를 저었다. "없어요……."

"밤중에 드라이브를 가거나 하는 습관은 없으셨고?"

"없었어요. 그리고 두 분 다 술을 드신 상태였고요."

"그렇구나. 고마워, 도움이 됐어."

가가는 화이트보드 앞으로 돌아갔다. 펜을 들고 빠르게 내용을 정리했다. 그 내용은 다음과 같았다.

[시각]	[장소]	[피해자]	[발견자]
0시 5분	사쿠라기 별장 정원	사쿠라기 요이치	사쿠라기 지즈루, 리에, 마토바 마사야
0시 22분	구리하라 별장 근처	마토바 마사야	경찰
0시 43분	야마노우치 자택 뒤뜰	와시오 에이스케	와시오 하루나
1시 5분	다카쓰카 별장 거실	다카쓰카 게이코	다카쓰카 슌사쿠, 고사카 부부
1시 45분	구리하라 별장 차고	구리하라 마사노리, 구리하라 유미코	경찰

정리를 마친 가가는 일동을 보며 말했다.

"유념해야 할 건, 여기 적은 시각은 어디까지나 신고 시각, 발견 시각에 불과하며 범행 시각이 아니라는 점입니다. 그에 대해서는 지금부터 천천히 검토하고 싶습니다. 사카키 형사과장님, 이 시간 순서에 대해 혹시 이의가 있으십니까?"

가가의 질문에 사카키가 살짝 고개를 저었다.

"아니, 없습니다. 저희가 파악한 내용과 일치합니다. 잘 정리하셨군."

"만일 더 보충해야 할 정보가 있다면 말씀해 주시면 감사하겠습니다."

그러자 사카키는 입매를 구기며 웃었다.

"미안하지만 그 부탁은 들어줄 수 없겠는데요. 물론 우리는 거기 적힌 것 이상의 정보를 갖고 있습니다. 하지만 그걸 전부 말할 수 없다는 건 같은 경찰이니 잘 아시겠지. 그렇다고 어느 정보를 공개해도 될지 판단할 근거도 없고. 질문에는 최대한 답하고 싶지만, 구체적이지 않은 질문에는 대답할 수 없소."

어느샌가 사카키는 가가를 대할 때에만 반존대를 썼다. 친근감의 표현인지, 아니면 두 사람의 입장이 다르다는 점을 강조하기 위해서인지, 하루나는 알 수 없었다.

"그럼 구체적으로 질문드리죠." 가가는 여전히 사카키에게 존대를 했다. "관할 경찰서에서는 히카와를 검찰에 송치할 때 범행 방법과 순서에 대해 어떠한 추론을 내놨을 겁니다. 그에 대해 말씀해 주시겠습니까?"

사카키의 표정이 험악해졌다. "그 역시 거절하겠소."

"이유가 뭡니까?"

"추론의 근거까지 말하게 되니까. 정보량이 너무 많아."

"너무 많다고요? 그 반대가 아니고요?"

"반대라니?"

"질문을 바꾸겠습니다. 사카키 형사과장님은 그 추론에 자신이 있으십니까? 예, 아니면 아니요로 대답해 주십시오."

사카키의 눈이 휘둥그레졌다. 질문에 허를 찔린 모양이었다. 형사과장은 어떻게 대답할 작정일까. 하루나는 숨을 죽이고 그가 입을 열기를 기다렸다.

이내 사카키의 표정이 풀어졌다.

"난감하군. 그렇게 나오시겠다? 솔직하게 대답하는 수밖에 없겠어." 사카키는 다시 표정을 가다듬고 말을 이었다. "아니요. 유감이지만 자신은 없소. 이유도 말해야 하나?"

"피의자인 히카와 다이시가 진술을 거부한 탓에 정보가

압도적으로 적어서 추론을 전개할 수가 없다. 검찰 송치를 위해 일단 만들어 내기는 했지만 현장 검증 결과나 물증, 증언에 비추어 보면 모순이 생긴다. 그런 걸까요?"

사카키는 입매를 일그러뜨리며 부들부들 떨었다.

"맞소. 그러니 그 논리를 여기서 공개한들 서로에게 도움될 건 없지. 오히려 그런 건 백지로 돌리고 재검증을 해야 한다, 그렇게 판단했기 때문에 이 자리에 동석하기로 한 거요. 어떤가, 이렇게 대답하면 납득할 수 있겠소?"

"알겠습니다. 솔직하게 대답해 주셔서 감사합니다." 가가는 사람들을 둘러보며 말을 이었다. "방금 사카키 형사과장님의 발언에 대해 하실 말씀이 있으신 분? ……없으시군요. 그럼 지금부터 논의에 들어가도록 하겠습니다."

잠깐, 하고 손을 든 사람이 있었다. 다카쓰카 슌사쿠였다.

"좀 쉬었다가 하지요. 한 번에 너무 많은 얘기를 들어서 그런지 지치는군."

"저도 화장실에……." 사쿠라기 지즈루도 동의했다.

"아……." 가가가 굳은 표정을 풀며 말했다. "제 생각이 짧았습니다. 네, 조금 쉬어가죠. 마실 것도 준비해 주셨으니까요."

그 말에 중압감에서 벗어난 듯 거의 모든 사람이 자리

에서 일어났다. 하지만 이어서 위압적인 목소리가 울려 퍼져 사람들은 동작을 멈췄다. 사카키였다.

"한 가지 드릴 말씀이 있습니다."

"말씀하시죠." 가가가 말했다.

"처음에 한 약속은 지켜주셨으면 합니다. 듣고 계십니까? 거기 당신." 그렇게 말하며 사카키는 테이블 끝에 있는 여자를 가리켰다. 구리하라 도모카의 동행자인 구노 마호였다.

"내가 뭘요?" 그녀는 고개를 갸웃했다.

"아까부터 쉬지 않고 메모하던데."

"하면 안 되나요?"

"아까 내가 한 말 못 들었나? 기록하지 말라고 부탁했을 텐데."

"기록을 남기지 말아달라고 하신 건 들었습니다. 이건 그냥 메모예요. 어디에 유출할 생각은 없고요. 화이트보드에 쓰는 건 괜찮은 거잖아요. 그와 다를 게 없는 것 같은데요."

"화이트보드는 반출할 수 없고 쓰고 나서 모두 지울 수 있지."

"실례합니다." 가가가 끼어들어 구노 마호에게 물었다. "무엇 때문에 메모를 하시는 겁니까?"

"머릿속을 정리하기 위해서요. 처음 듣는 이름들이라……."

가가는 잠시 생각에 잠긴 표정을 짓더니 다시 구노 마호를 보았다.

"그럼 이러는 건 어떻습니까. 구노 씨가 이곳을 떠날 때 그 메모를 사카키 형사과장님께 보여드리고 가져가도 되는지 판단을 내려달라고 하죠. 안 된다고 하면 직접 파기하거나 형사과장님께 넘기는 겁니다. 어떠십니까?"

구노 마호는 마지못한 표정으로 수긍했다. "알겠습니다."

"나도 이의는 없네." 사카키가 흡족한 표정으로 말했다.

"정리가 됐군요. 여러분, 좀 쉬도록 하죠." 그렇게 말한 뒤 가가는 손목시계를 보았다. "10분 뒤에 이 자리에서 다시 보도록 하죠. 그때까지 머리를 좀 식히시기를 바랍니다."

10

화장실 거울에 비친 얼굴은 아직도 조금 굳어 있는 것 같았다. 하루나는 두 손으로 뺨을 감싸고 반복해서 심호흡을 했다.

예상했던 것보다 긴장되는 분위기였다. 누가 변을 당했는지 잘 알고 있었지만, 어떠한 상황이었는지는 오늘 처음으로 안 것이나 마찬가지였다. 그날 밤, 그토록 끔찍한 일이 벌어졌다니. 하루나는 새삼 전율을 느꼈다.

지금부터 검증회는 어떠한 형태로 진행되게 될까. 경찰조차 밝혀내지 못한 진상을 우리가 어떻게 알아낼 수 있을까.

또 하나 마음에 걸리는 게 있었다. 그 정체불명의 편지였다. 당신이 누군가를 죽였다. 그게 대체 무슨 뜻일까.

사람들에게 이야기해야 할지 하루나는 망설이고 있었다. 단순한 장난이라 보기에는 너무 악질적이었다. 누가 쓴 걸까. 보낸 사람은 오늘 이 자리에 모인 이들 중에 있을 것이다. 무슨 꿍꿍이가 있는 거라면 그 사람이 스스로 이야기를 꺼내지 않을까. 그때까지는 잠자코 있는 게 좋을 것 같았다.

화장실 안쪽 칸에서 누군가가 나왔다. 사쿠라기 지즈루였다. 하루나에게 눈으로 인사를 건넨 뒤 나란히 서서 손을 씻기 시작했다.

"하루나 씨가 그분을 데려와 주셔서 참 다행이에요." 거울에 비친 사쿠라기 지즈루가 하루나 쪽으로 고개를 돌렸다. "가가 씨 말이에요. 아주 능숙하게 진행하시네요. 역시 경시청 형사님이에요."

"저도 그렇게 생각해요."

"그분이라면 진상을 밝혀낼 수 있을지도 몰라요. 애초에……." 거울에 비친 사쿠라기 지즈루의 눈빛이 번득인 것 같았다. "그게 모두를 위한 일인지는 모르겠지만요."

"네?" 하루나는 놀라서 눈을 깜빡였다. "그게 무슨 말씀인가요?"

"후후." 사쿠라기 지즈루는 의미심장한 웃음을 흘렸다. "이상한 소리를 했네요. 미안해요, 부디 잊어줘요." 말을 마치더니 홱 발길을 돌려 밖으로 나갔다.

하루나가 회의실로 돌아오자 시즈에와 고사카 나나미가 사람들에게 마실 것을 돌리고 있었다. 미안해하며 찻

잔을 받아 자기 자리에 앉으려던 하루나의 눈에 화이트보드 앞에 서 있는 사람이 눈에 들어왔다. 구노 마호였다. 그녀는 커피 잔을 들고 보드에 적힌 내용을 뚫어져라 바라보고 있었다.

하루나는 구노를 향해 다가가 물었다. "신경 쓰이는 점이라도 있나요?"

구노 마호는 흠칫하며 돌아보더니 고개를 저었다. "아뇨, 아무것도 아니에요." 그러고는 자리로 돌아갔다.

하루나가 자리에 앉아 차를 마시고 있는데 가가가 들어왔다. 손에는 커다란 봉투가 들려 있었다. 그는 서서 실내를 둘러본 뒤 말했다. "모두 모이신 것 같군요. 다시 시작해도 되겠습니까?"

"시작하죠." 다카쓰카가 대답했다.

가가는 고개를 끄덕인 뒤 봉투를 옆에 두고 화이트보드 앞에 섰다.

"여기 적은 대로 각 피해자들이 발견된 시각은 대략 밝혀졌습니다. 그럼 범행은 어떠한 순서로 이루어졌을까요? 지금부터는 그 점을 규명하고자 합니다. 먼저 사카키 형사과장님께 질문드리겠습니다만, 각 피해자의 사망추정 시각은 밝혀졌습니까?"

사카키는 팔짱을 꼈다.

"대략적으로는. 특이한 케이스라 피해자 시신은 모두 부검 절차를 밟았소. 하지만 습격당한 타이밍이 거의 같아서, 모든 피해자의 사망추정시각이 비슷하게 나왔지. 범행 순서를 특정하기 위해서는 분 단위의 해석이 필요하지만 그렇게까지 정교한 분석은 어려울 것 같다는 게 부검의의 견해였소."

"역시 그랬군요. 그렇다면 다음으로 참고해야 할 건 목격 증언, 또는 방범 카메라의 영상일 텐데, 그러한 정보를 제공해 주실 수 있겠습니까?"

"현시점에서 유력한 목격 정보는 없소. 앞으로 새롭게 나올 가능성도 없을 테고. 문제는 방범 카메라인데, 수사에 참고할 정보는 있소. 하지만 그 카메라는 여기 계신 분들의 별장과 자택에 설치되어 있던 거요. 개별적으로 허가를 얻어 영상 데이터를 입수했지. 요컨대……." 사카키는 팔짱을 풀고 참석자들을 둘러보았다. "여러분이 동의해 주신다면 이 자리에서 정보를 공개하는 건 어렵지 않다는 뜻입니다."

가가가 이해했다는 표정을 지었다.

"방범 카메라 영상은 각 가정의 사생활에 관련되었을 가능성이 있으니 동의가 필요하다는 말씀이시군요. 여러분, 어떠십니까? 방범 카메라 영상에 관한 정보를 여기서 공개해도 되겠습니까?"

가가의 질문에 이의를 제기하는 사람은 없었다. 괜찮은 것 같군요, 하고 가가는 사카키를 향해 말했다.

"그럼……." 사카키는 뜸을 들이듯 천천히 스마트폰을 들었다.

"먼저 중요한 사실부터 말씀드리겠습니다. 각 건물에는 모두 방범 카메라가 설치되어 있었습니다만, 사건 발생 당시에 작동하지 않았던 카메라가 두 대 있습니다. 하나는 다카쓰카 씨 별장의 카메라로, 카메라 코드가 절단되어 있었습니다. 노후화로 인한 것이 아니라 명백히 도구를 사용해 자른 흔적이었습니다. 마지막으로 촬영된 영상에 표시된 시각은 8월 8일 오후 8시 33분이었으니, 여러분이 파티를 즐기는 동안에 일어난 범행이라 추정됩니다. 거기에 검은 후드를 걸친 범인의 모습이 똑똑히 찍혀 있었습니다. 얼굴이 선명하게 찍히지는 않았지만, 체격이나 걸음걸이를 분석한 결과 히카와가 분명하다는 사실을 확인했습니다. 다카쓰카 씨에게 확인하자 경찰에서 얘기를 들을 때까지 방범 카메라가 이상하다는 사실을 알아채지 못하셨던 모양이더군요."

"맞습니다." 다카쓰카가 동의했다.

"또 하나는 구리하라 씨 별장의 방범 카메라였는데, 기기에 이상은 없었지만 기록 장치에 기록 매체인 SD카드가 들어 있지 않았습니다. 기록 장치는 건물 안에 있어서 당연히 외부에서 조작할 수 없습니다. 원래부터 들어 있지 않았던 것인지, 누군가가 꺼낸 것인지는 알 수 없습니다. 구리하라 도모카 양에게 물어봤습니다만 모른다고 하더군요. 허나 한 가지 간과할 수 없는 사실이 있습니다. 도모카 양의 말로는 파티가 끝나고 집으로 돌아왔을 때, 별장 현관문이 잠겨 있지 않았다고 합니다. 문단속을 한 건 구리하라 마사노리 씨였는데, 문을 잠그는 걸 잊어버린 것인지는 결국 밝혀지지 않았다는 증언입니다."

모두의 시선이 구리하라 도모카에게 쏠렸다. 자신을 탓하는 것처럼 느껴졌는지, 도모카는 몸을 움츠리며 고개를 푹 숙였다.

"구리하라 도모카 양." 가가가 도모카를 불렀다. "파티가 끝나고 집으로 돌아왔을 때 실내에 누군가가 뒤진 흔적 같은 건 없었습니까?"

도모카는 얼굴을 들고 고개를 저었다. "없었어요."

"부모님이 방범 카메라에 대해 뭔가 말씀하신 것도 없었습니까?"

"모르겠어요. 저는 못 들었어요."

가가는 고개를 끄덕이며 사카키 쪽을 보았다. "이 건에 관해 경찰에서는 어떠한 판단을 내리셨습니까?"

"범인이 침입해 SD카드를 제거했을 가능성이 크다고 판단했습니다. 내 추측이지만, 창문이나 유리문, 아무튼 현관이 아닌 어딘가를 잠그는 걸 깜빡한 게 아닐까요. 그곳으로 침입해서 SD카드를 제거한 뒤에 현관문을 열고 나간 겁니다. 그렇게 생각하면 현관문이 잠겨 있지 않았던 점을 설명할 수 있지. 기록 장치를 조사한 결과, 면장갑으로 건드린 흔적이 남아 있었소. 지문이 남는 걸 방지하기 위해서였겠지."

"지문이라……." 가가는 석연치 않은 표정을 짓더니 사카키를 향해 말했다. "작동하지 않았던 방범 카메라 두 대에 대해서는 잘 알았습니다. 계속하시죠."

"그럼 기록되어 있던 영상에 대해 설명하겠습니다. 범인으로 추정되는 실루엣을 포착한 카메라는 총 세 대였습니다. 먼저 야마노우치 씨 댁의 문기둥에 설치되어 있던 카메라로, 8월 8일 오후 8시 12분경에, 별장 안을 살피는 히카와 다이시의 모습이 똑똑히 찍혀 있습니다. 이 카메라는 9일 오전 0시 15분경에도 작동하고 있었는데, 히카와는 집 앞을 지나 서쪽 방향으로 걸어갔습니다. 그보다 조금 전인 오후 11시 50분경, 사쿠라기 씨 별장의 방범 카메라에 집 앞 도로를 가로지르는 히카와의 모습이 찍혀 있습니다. 마지막 카메라는 이쿠라 씨 별장, 여러분이 그린 게이블스라 부르는 집에 설치되어 있던 것으로, 오전 0시 30분경에 히카와가 그 앞을 지나가는 모습이 찍혔습니다. 아마 그대로 도주했으리라 추정됩니다."

사카키는 고개를 들고 마무리했다. "이상이 방범 카메라의 정보입니다."

가가는 화이트보드에 '방범 카메라 정보'라고 제목을 단 뒤, 펜을 들어 다음과 같이 적었다.

20시 12분　야마노우치 자택의 모습을 엿봄

20시 33분　다카쓰카 별장에 설치된 방범 카메라의 코드를 절단

※구리하라 별장에 침입해 방범 카메라의 SD카드를 뽑았다?

23시 50분　사쿠라기 별장 앞에서 도로를 횡단

0시 15분　야마노우치 자택 방범 카메라 앞을 지나 서쪽으로 감

0시 30분　그린 게이블스 앞을 지나감

가가는 화이트보드를 가리키며 일동을 돌아봤다.

"아까 정리한 시신 발견 경위와 이 방범 카메라의 정보

를 바탕으로 범인의 행동을 추측해 보도록 하죠. 발언하실 분 계십니까?"

"내용만 보면 어느 정도는 분명해진 것 같은데요." 마토바가 말했다. "8시가 지나서 야마노우치 씨 댁을 기웃거렸다는 건, 그 시점에서 우리를 범행 대상으로 삼기로 작정했던 거 아닙니까. 그 후에 다카쓰카 씨와 구리하라 씨 별장의 방범 카메라를 못 쓰게 만든 뒤 범행 기회를 노렸다고 봐야 하지 않겠습니까?"

"타당한 말씀이십니다." 가가가 말했다. "반론 있으신 분?"

아무도 나서지 않았다. 하루나도 이의는 없었다.

가가는 마토바를 보며 말했다.

"왜 범인은 사쿠라기 씨 별장과 야마노우치 씨 댁, 그리고 그린 게이블스의 방범 카메라는 건드리지 않았을까요? 어차피 할 거면 다 고장 내는 게 좋지 않았겠습니까?"

"저한테 물어보셔도 모르죠. 범인에게 뭔가 사정이 있지 않았겠습니까. 이를테면 야마노우치 씨 댁에 사람들이 모여 있었으니, 섣불리 행동했다가 들킬까 걱정했을지도 모르죠. 그린 게이블스는 비어 있으니 방범 카메라가 작동하지 않을 거라 생각했을 가능성이 있습니다. 사쿠라기 씨 별장 카메라를 그냥 둔 이유에 대해서는 생각나는 게 없습니다만."

"위치 때문일지도 모르겠네요." 사쿠라기 지즈루가 말을 꺼냈다.

"위치라 하시면?" 가가가 물었다.

"우리는 카메라를 높이 설치해 뒀거든요. 사다리 같은 걸 쓰지 않으면 손댈 수 없었을 거예요. 애초에 밖에서 봐서는 어디에 카메라가 있는지도 모를 테고요. 그러니까 범인이 손대지 않은 게 아닐까요?"

"그렇군요. 결과적으로 범인은 그 방치한 카메라에 찍힌 셈이군요. 그게 오후 11시 50분경의 일입니다."

"그 직후에 사쿠라기 원장님을 해쳤겠지요." 마토바가 말했다. "밖에서 안을 살피다, 제가 실내에 들어가 혼자 남은 원장님을 보고 등 뒤에서 달려든 게 아닐까요. 그러니 만일 그때 제가 자리를 뜨지 않았다면 원장님이 그런 일을 당하지 않았을지도 모릅니다. 제 자리에서는 범인이 정원에 들어오는 모습이 훤히 보였을 테니까요."

"이제 와서 그런 소리를 한들 무슨 소용이겠어요." 사쿠라기 지즈루가 건조한 목소리로 말했다. "설마 살인귀가 숨어서 목숨을 노릴 거라는 생각을 하는 사람이 어디 있겠어. 마사야 선생을 탓할 생각 없으니 걱정 말아요."

"그래도 역시 원통합니다. 자리를 뜨기 전에 조금 더 주변을 살폈어야 했는데…….” 마토바는 주먹으로 테이블을 쾅 내리쳤다.

가가는 그런 마토바 앞으로 다가갔다.

“사쿠라기 요이치 씨가 흉기에 찔린 걸 보고 마토바 씨는 범인을 찾으러 갔다가 오히려 피습을 당했습니다. 한편, 오전 0시 15분에 다시 야마노우치 씨 댁 방범 카메라에 범인의 모습이 찍혔고요. 시간상으로 어느 사건이 먼저 일어났다고 생각하십니까?”

“제가 피습당한 건 오전 0시 15분 이전이었을 겁니다. 아마 범인은 어딘가에서 제 행동을 주시하고 있었겠죠. 몰래 따라와서 뒤에서 덮친 겁니다. 그 뒤에 야마노우치 씨 댁 앞까지 돌아간 게 아닐까요.”

“알겠습니다.” 가가는 생각에 잠긴 표정으로 화이트보드 앞으로 돌아와 펜을 들고 사람들을 둘러보았다. “그럼 다른 피해자들이 피습당한 순서를 생각해 보도록 합시다. 먼저 와시오 에이스케 씨, 사이렌 소리를 듣고 바깥에 나갔다가 피습을 당했으니, 사쿠라기 씨와 마토바 씨가 피습당한 시각보다는 훨씬 나중이라는 게 명백하죠. 다음으로 고사카 가이토 군이 목격한 수상한 자가 범인이라면, 다카쓰카 게이코 씨를 살해한 뒤였을 공산이 큽니다. 가이토 군도 사이렌 소리를 들었으니, 범행은 사쿠라기 씨와 마토바 씨가 피습당한 시각보다 나중에 이루어졌겠죠. 하지만 와시오 에이스케 씨가 찔리기 전이었는지, 후였는지는 알 수 없습니다. 그럼 구리하라 부부는 어땠을까요? 여기서 떠올려 주셨으면 하는 건, 야마노우치 씨와 경찰들이 인터폰을 눌렀음에도 불구하고 아무도 답한 사람이 없다는 점입니다. 도모카 양은 인터폰 소리를 들었지만 침대에서 나오지 않았다고 증언했지요. 하지만 구리하라 씨 부부 두 분 다 잠에서 깨지 않았을 가능성은 적지 않을까요?"

"요컨대." 사쿠라기 지즈루가 말했다. "그 시점에서 이미 부부는 살해당한 뒤였다, 그렇게 말씀하시는 건가요?"

"그렇게 생각하는 게 앞뒤가 맞겠죠." 가가의 눈이 날카롭게 빛났다. "와시오 에이스케 씨가 살해되기 전입니다. 그럼 그건 언제였을까요?"

저기, 하고 마토바가 손을 들었다.

"저는 구리하라 씨 별장 근처에서 피습당했습니다. 만일 저를 습격한 뒤 범인이 별장에 침입해 구리하라 씨 부부를 살해했다면 오전 0시 15분에 야마노우치 씨 댁의 방범 카메라에 찍히는 건 불가능하죠. 그렇다고 해서 부부를 살해하기 위해 구리하라 씨 별장으로 돌아가지는 않았을 겁니다. 그렇다면 그보다 훨씬 전에 부부는 이미 살해당했다고 봐야 하지 않겠습니까?"

"요컨대 범인은 구리하라 씨 부부를 살해한 뒤에 우리 별장에 왔다는 거군요." 사쿠라기 지즈루의 목소리가 살짝 올라갔다.

"그렇게밖에 생각할 수 없네요." 마토바는 단정적인 어조로 말했다. "이미 살인을 저질렀기 때문에 범인은 더욱 흥분한 상태였고……."

"잠깐만요." 가가는 마토바를 제지한 뒤 먼 곳으로 시선을 던졌다. "괜찮으십니까?"

하루나가 고개를 돌리자 안쪽 자리에서 구리하라 도모카가 테이블에 엎드려 있었다. 그 뒷모습이 가늘게 떨리고 있었다. 구노 마호가 옆에서 소녀에게 뭐라고 작은 소리로 말을 걸고 있었다.

하루나는 상황을 파악했다. 구리하라 부부가 살해되었다는 말들이 계속해서 오가는 걸 듣다 보니 심적으로 힘들어진 것이리라.

"조금 쉬게 하는 게 좋지 않을까요?" 시즈에가 가가를 올려다보며 조심스레 물었다. "너무 가엾어요. 이런 얘기를 계속 들어야 하다니."

"확실히 듣기 힘들기는 하겠군." 다카쓰카가 중얼거렸다.

그러자 도모카는 고개를 들었다. "괜찮아요. 계속해 주세요."

"도모카, 무리하지 않아도 된단다." 시즈에가 말했다. "방에 올라가서 푹 쉬어."

도모카는 고개를 저었다. "아뇨, 괜찮아요."

"하지만……."

"괜찮다고요!" 도모카는 날카로운 목소리로 외쳤다. 그 신경질적인 목소리에 본인도 놀란 눈치였다.

"아…… 죄송해요. 하지만 정말 이제 괜찮아요. 계속해 주세요. 중요한 이야기라 저도 듣고 싶어요. 들어야 하고요."

애써 마음을 다잡으려 하는 소녀의 태도에 모두 입을 다물었다.

가가가 가까이 다가가 "정말 괜찮겠니?" 하고 물었다. 도모카는 네, 하고 대답했다.

"알았다. 그럼 계속하죠. 누가 도모카 양에게 차를 좀 주시겠습니까. 찻잔이 비어 있네요."

고사카 나나미가 일어나 찻주전자에 더운물을 부었다.

가가는 마음을 놓은 표정으로 화이트보드 앞으로 돌아갔다. 펜을 들고 피해자들의 이름을 나란히 쓴 뒤 화살표로 이었다.

구리하라 마사노리·유미코 → 사쿠라기 요이치 → 마토바 마사야 → 다카쓰카 게이코 or 와시오 에이스케

"여러분의 이야기를 정리해 보면 피해 순서는 이렇다고 봐야겠죠. 그럼 다음에는 별장의 위치를 검토해 봅시다."

가가는 옆에 두었던 봉투를 집어 안에서 하얀 종이를 꺼냈다. 접힌 종이를 펼쳐 자석으로 화이트보드에 고정했다.

종이에 그려진 것이 무엇인지는 하루나도 금방 알 수 있었다. 다섯 채의 별장 위치도였다. 사쿠라기, 구리하라, 다카쓰카 가족의 별장과 야마노우치 시즈에의 집, 그리고 그린 게이블스였다.

"이런 건 언제 준비하셨어요?" 사쿠라기 지즈루가 하루나와 같은 의문을 제기했다.

"아까 휴식 시간에 호텔 직원의 도움을 받아 만들었습니다." 이 정도 일은 아무것도 아니라는 듯한 투였다.

"대단하시군." 다카쓰카가 감탄한 어조로 중얼거렸다.

하루나도 같은 생각이었다. 역시 현직 형사는 다르다고 생각했다.

가가가 도면을 가리켰다.

"별장 소유자이신 여러분은 이미 아시겠지만, 도로를

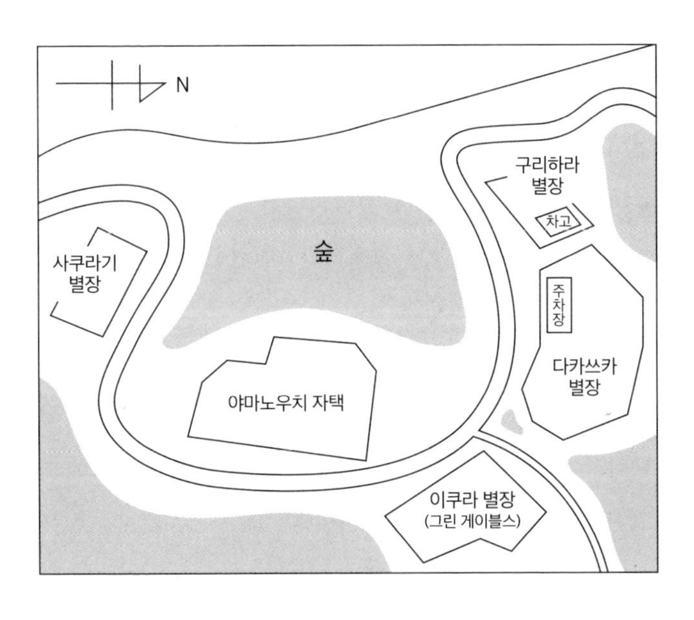
N
구리하라
별장
차고
숲
사쿠라기
별장
주차장
다카쓰카
별장
야마노우치 자택
이쿠라 별장
(그린 게이블스)

따라 이동했을 경우 구리하라 씨 별장과 사쿠라기 씨 별장은 가장 멀리 떨어져 있지만, 그 사이에 자리한 숲을 지나가면 거리가 대폭 단축됩니다. 따라서 범인이 구리하라 씨 부부를 살해한 뒤에 사쿠라기 요이치 씨와 마토바 마사야 씨를 공격하고, 그러고 나서 다카쓰카 씨 별장에서 게이코 부인을 찌르고, 야마노우치 씨 댁 근처에 있던 와시오 에이스케 씨를 살해했다고 하면 크게 이상한 부분은 없어 보입니다. 게이코 부인과 와시오 에이스케 씨를 습격한 순서는 바뀔 수도 있겠습니다만."

저기, 하고 조심스레 목소리를 낸 건 고사카 나나미였다. "한마디 해도 될까요?"

말씀하시죠, 하고 가가가 손을 내밀었다.

"저희 애가 목격한 수상한 사람이 범인이었다 해도, 사모님을 살해한 직후였다고는 장담할 수 없지 않을까요?"

"자세히 말씀해 주시겠습니까?"

"사모님이 훨씬 전에 돌아가셨을 가능성도 있을 것 같아요. 이를테면 사쿠라기 씨와 구리하라 씨 부부가 돌아가시기 전에요."

가가는 도면을 응시한 뒤 무슨 말씀인지 알겠습니다, 하고 중얼거렸다.

"게이코 부인을 해친 뒤에 구리하라 씨 부부를 살해하

고, 이어서 사쿠라기 씨와 마토바 씨를 습격한 뒤에 와시오 에이스케 씨를 죽였다는 말씀이시죠? 가이토 군이 목격한 건 모든 범행을 마친 범인이 도주하는 모습이었을 수도 있다."

"그런 거면 왜 우리 별장에 나타난 거지?" 다카쓰카가 의문을 제기했다.

"사냥감이 더 없는지 물색한 게 아닐까요?" 마토바가 말했다. "범인은 사형을 당하고 싶었다고 하니, 최대한 많은 사람을 죽이려 한 겁니다."

"범인의 논리 같은 건 아무래도 상관없지 않나요?" 사쿠라기 지즈루가 싸늘한 목소리로 말했다. "살인마의 머릿속을 우리 같은 일반인들이 어떻게 이해하겠어요."

"알겠습니다. 그러면 생각할 수 있는 건 다음과 같군요."

가가가 화이트보드에 내용을 추가했다.

1. 구리하라 마사노리·유미코 → 사쿠라기 요이치 → 마토바 마사야 → 다카쓰카 게이코 → 와시오 에이스케
2. 구리하라 마사노리·유미코 → 사쿠라기 요이치 → 마토바 마사야 → 와시오 에이스케 → 다카쓰카 게이코
3. 다카쓰카 게이코 → 구리하라 마사노리·유미코 → 사쿠

라기 요이치 → 마토바 마사야 → 와시오 에이스케

4. 구리하라 마사노리·유미코 → 다카쓰카 게이코 → 사쿠라기 요이치 → 마토바 마사야 → 와시오 에이스케

"이 네 가지 패턴입니다. 여기에 대해 의견을 주실 분 계십니까?"

모두가 화이트보드를 뚫어져라 바라보았다.

"딱히 이상한 점은 없는 것 같은데." 다카쓰카가 말했다. "방범 카메라에 기록된 시간과 모순되지도 않고, 지도상으로 봐서는 모든 패턴의 행동이 가능했으니까."

"다른 분들도 같은 의견이십니까?"

가가가 다른 사람들에게 물었다. 몇몇이 고개를 끄덕였고, 이의를 제기하는 사람은 없었다.

"분명히 모순은 없습니다. 부자연스러운 점도 이것만 봐서는 없는 것 같습니다. 아마 수사 당국도 같은 답을 도출하지 않았을까요." 가가는 사카키를 보며 말했다. 그는 딱히 부정하지 않았다.

하지만, 하고 가가는 말을 이었다.

"아까 사카키 형사과장님이 경찰이 도출한 추론에 자신이 없다고 하신 말씀도 이해가 갑니다. 제가 검찰 송치를 담당했더라도 분명 서류 작성에 골머리를 앓았을 겁

니다."

"어째서죠?" 하루나가 물었다. "딱히 문제는 없는 것 같은데요."

그러자 가가는 미소를 지었다.

"실제로 서류를 작성해 보면 아실 겁니다. 일반적으로 범행 내용은 범인의 시점으로 작성할 필요가 있습니다. 그렇다면 첫 번째 패턴을 예시로 들어볼까요. 범인이 맨 처음 노린 건 구리하라 씨 부부입니다만, 장소는 차고였습니다. 하지만 범인은 어떻게 부부가 차고에 있다는 걸 알았을까요. 가능성으로서 생각할 수 있는 건, 밖에서 별장 내부를 살피다가 부부가 나와 차고로 들어가는 걸 봤다, 겠군요. 그러니 서류에는 그렇게 쓰겠죠. 우연히 차고로 이동하는 걸 목격해서, 거기서 죽이기로 했다고요. 다음으로 사쿠라기 씨 별장에서 저지른 범행입니다. 여기서도 구리하라 씨 별장에서처럼 밖에서 별장을 살펴보다 테라스에서 술을 마시던 두 사람 중 한 명이 때마침 자리를 떠서, 남아 있던 한 사람을 뒤에서 찔렀다고 봐야겠죠. 그리고 잠시 뒤에 또 다른 남자가 별장에서 우연히 나오는 걸 보고 뒤쫓아가 습격했다. 그 뒤에 다카쓰카 씨 별장에 침입했고, 노부인이 우연히 혼자 있는 걸 보고 찔렀다. 별장 밖으로 나와 도망치려고 했는데 우연히 남자와 마주쳐서 죽였다. 자, 여기까지 들으시고 뭔가 느낀 점이 있으십니까?" 가가가 하루나를 보며 물었다.

"우연이 많네요."

"정답입니다." 가가는 고개를 끄덕였다. "모든 범행이 아주 우연히 이루어졌죠. 한마디로 너무 닥치는 대로, 무계획적인 범행입니다. 그 전형적인 예가 다카쓰카 씨 별장에서의 범행인데, 만일 게이코 부인이 혼자가 아니었다면 어쩔 작정이었을까요? 건장한 남자 여러 명이 같이 있어서, 자신이 제압될 가능성이 있다는 생각은 안 했을까요?"

"아무 생각도 없던 거 아닐까요?" 마토바가 말했다. "히카와 본인이 말했잖습니까. 사형당하기 위해 범행을 저지른 거라 죽일 상대는 누구라도 상관없었다, 눈에 띈 사람을 닥치는 대로 찔렀을 뿐이라고요. 처음부터 붙잡힐 작정이었으니 그런 가능성을 고려할 필요도 없었겠죠. 단순히 그런 게 아닐까 싶습니다만."

"그렇다면 왜 그는 일부 방범 카메라를 못 쓰게 한 걸까요? 체포될 작정이었다면 카메라에 찍히든 말든 상관없었을 텐데요."

이 의문에 하루나는 숨을 삼켰다. 한심하게도 지금까지 생각해 본 적도 없었다. 하지만 듣고 보니 그 말이 맞았다.

다른 사람들도 비슷한 생각이었는지 불안한 표정으로 가가를 올려다보며 그가 다음 말을 하기를 기다리고 있었다.

"죽일 사람은 누구라도 상관없었다는 말은 사실일지도 모릅니다." 가가가 말문을 열었다. "하지만 방범 카메라를 훼손한 시점에서는 명백히 살해 대상을 점찍어둔 상태였습니다. 요컨대 거기서부터는 어떤 의미로 계획 살인이었던 거죠. 어떻게 죽일 것인가, 범인은 생각했을 겁니다. 그리 치밀하지 않았을 수도 있지만 나름대로는 순서를 모색했을 겁니다. 하지만 그에 비해 실제 범행은 너무나 우연에 의지해 저질렀죠. 경찰이 범행 순서를 명문화하는 데 골머리를 앓았을 거라고 말씀드린 건 바로 그 점이 걸려서였습니다. 사카키 형사과장님, 이 점에 대해 더 하실 말씀이 있을까요?"

사카키는 눈두덩이를 주무르더니 작게 고개를 저었다.

"아니, 없네. 여기서만 하는 얘기지만, 우리가 도달한 결론도 여기 적힌 네 가지 패턴이었지. 하지만 자네가 지적한 것처럼 범인의 행동에는 일관성이 없어. 우연이 너무 거듭되어서 설득력이 떨어지지. 그래서 검찰에 송치하면서, 원래는 계획을 세웠지만 도중에 어차피 붙잡힐 거라고 마음이 바뀌어서 닥치는 대로 범행을 저지르는 쪽을 택한 것으로 보인다는 견해를 제시했지만, 솔직히 억지스럽지."

"범인이 피해자들을 범행 대상으로 삼은 이유에 대해서는 어떻게 설명하셨습니까?"

"호화롭게 바비큐 파티를 하는 모습을 보고 질투심으로 살의를 품었을 가능성이 크다고. 추론이라기보다는 상상이지. 근거가 빈약하니."

"감사합니다." 가가는 인사를 하고 나서 다시 사람들 쪽으로 고개를 돌렸다. "다른 의견 있으신 분?"

그때였다. 문을 두드리는 소리가 들렸다. 사쿠라기 지즈루가 일어나 출입문으로 걸어갔다.

문밖에 있는 사람과 잠시 대화를 나눈 뒤 지즈루는 자리로 돌아왔다. "이 회의실 이용 시간이 앞으로 10분 남았다는군요."

가가가 손목시계를 보았다.

"벌써 시간이 그렇게 됐습니까. 죄송합니다. 제가 진행을 잘못했는지 무엇 하나 해결된 문제가 없군요."

"무슨 그런 말씀을." 다카쓰카가 언성을 높였다. "아주 훌륭한 진행이었습니다. 덕분에 여러 가지가 밝혀졌고요. 역시 현직 형사십니다."

"저도 그렇게 생각해요." 하루나도 같은 의견이었기에

그렇게 말했다. 이어서 몇몇 사람들이 동의했다.

가가는 송구한 듯 고개를 숙였다.

"말씀은 대단히 감사합니다만, 진상을 밝히지 못했다는 사실은 분명합니다. 개인적으로는 검증을 계속해야 한다고 생각합니다만, 여러분도 각자 생각이 있으시겠죠. 이제 충분하다, 납득했다, 그렇게 생각하신다면 저는 여기서 물러나겠습니다. 어디까지나 저는 제삼자니까요. 어떠십니까? 검증회는 여기서 마무리할까요?"

"아니, 그건 안 되죠." 바로 이의를 제기한 건 사쿠라기 지즈루였다. "왜 남편이 살해당했는지, 그 이유를 어떻게든 밝히고 싶어요. 이대로는 범인이 사형당하더라도 평생 마음에 응어리로 남을 것 같으니까요."

"저도 동감입니다." 옆에 있는 마토바가 손을 들었다.

"나도 여기서 끝내는 건 반대요." 다카쓰카가 말했다. "아직 밝혀지지 않은 점들이 너무 많아. 여러분께는 말하지 않았지만, 사실 걸리는 것도 있고요."

"어떤 점이 말입니까?" 가가가 물었다.

"그건……." 다카쓰카는 말을 흐리더니 고개를 저었다. "지금 여기서 말씀드리지는 않겠습니다. 논의를 하다 필요하다 판단했을 때 말씀드리죠."

가가는 석연치 않은 눈치였지만 더 추궁하지 않고 하루

나를 보았다.

"저도 같은 생각이에요." 하루나는 묻기 전에 대답했다. "이대로 검증회를 계속하죠."

가가는 고개를 끄덕인 뒤 테이블 안쪽을 향해 시선을 보냈다. "두 분 의견은 어떠십니까?"

구리하라 도모카가 옆자리의 구노 마호에게 뭐라고 속삭였다. 그 말을 들은 구노 마호가 가가를 바라보며 대답했다. "도모카는 여러분의 의견에 따르겠다고 하네요."

"저도 여러분의 의견에 따르겠습니다." 고사카가 말했다. "검증회를 계속하신다면 그에 따르겠습니다."

"싫으면 가도 돼." 다카쓰카가 퉁명스레 말했다. "아까는 울컥해서 언성을 높였는데, 진심이 아니었네."

"아닙니다. 끝까지 있겠습니다." 고사카의 표정은 더없이 진지했다.

"그럼 어떻게 할까요. 저녁을 먹은 뒤에 다시 어딘가에서 모일까요?" 가가가 사람들을 향해 물었다.

"제안이 있는데." 다카쓰카가 손을 들었다. "실은 7시부터 메인 다이닝에 따로 룸을 잡아놨습니다. 거기서 식사를 하며 이야기를 나누는 건 어떻습니까?"

아마 모두가 예상치 못한 제안이었는지, 놀라움과 곤혹스러움이 섞인 미묘한 분위기가 흘렀다.

물론 하루나 역시 같은 심정이었다.

“저는 상관없는데요…….” 사쿠라기 지즈루가 말문을 열었다. “식사 자리에서만큼은 사건에 대해 생각하기 싫은 분도 계시지 않을까요?”

다카쓰카가 인상을 찌푸렸다.

“화이트보드를 들여놓고 토론을 하자는 게 아닙니다. 꼭 사건 얘기를 하지 않아도 좋소. 잡담을 나누는 동안에 뭔가 발견할 수도 있는 거고. 물론 다른 곳에서 식사하고 싶다는 분에게 억지로 강요하는 건 아닙니다. 희망하는 분만 그러자는 거죠. 가가 씨, 어떻습니까?”

판단을 일임받은 가가는 난색을 표했지만, 잠시 생각한 끝에 말문을 열었다.

“희망하는 분만이라면 제가 뭐라 참견할 이유는 없겠죠. 여러분, 들으셨지요? 다카쓰카 씨 의견에 찬성하시는 분은 메인 다이닝의 룸으로 오십시오. 검증회를 계속할지에 대해 다시 상의하고자 합니다. 그때까지는 일단 해산하죠. 감사합니다.”

이 말이 끝나자 모두가 자리에서 일어났다.

“하루나, 어떡할래?” 시즈에가 물었다. “다카쓰카 씨 제안을 받아들일 거야? 솔직히 나는 그다지 내키지 않는구나.”

"어쩔까요……."

"결정하면 알려 주렴. 난 너한테 맞출 테니." 그렇게 말하고 시즈에는 회의실을 나갔다.

하루나는 마음을 정하지 못하고 있었다. 가가를 보니 화이트보드에 붙인 도면을 떼고 지우개를 들고 있었다.

하루나는 그에게 다가가 물었다. "가가 씨는 어쩌실 건가요?"

"저녁 식사 건은 하루나 씨의 판단에 따르겠습니다. 저는 동행자고 어디까지나 제삼자니까요."

"하지만 지금은 저보다 훨씬 사정을 잘 파악하고 계신 것 같은데요."

"아닙니다." 가가는 화이트보드에 적었던 내용을 깨끗하게 지운 뒤 지우개를 제자리에 돌려놓았다. "사건에 대해 어느 정도는 알았습니다만, 아직 여러분에 대해서는 아무것도 모릅니다. 완벽히 백지상태죠. 이 화이트보드처럼요. 이래서는 진상에 도달하기 어려울 것 같습니다."

의미심장한 말에 하루나는 고개를 갸웃했다.

"진상에 도달하기 위해 관계자들에 대해 알 필요가 있나요?"

그러자 가가는 진지한 눈빛으로 물끄러미 하루나의 얼굴을 바라본 뒤에 "일단 나가죠"라고 말했다.

회의실에서 나온 두 사람은 엘리베이터를 타러 걸어갔다. 그동안 가가는 말이 없었다.

하루나는 그 편지에 대해 말해야 할지 망설이고 있었다. 가가가 믿을 수 있는 인물이라는 건 틀림없었다. 사실대로 털어놓아도 하루나에게 나쁠 것은 없을 것 같았다. 적어도 다른 사람에게 비밀로 해달라고 부탁하면 약속을 지켜주지 않을까.

엘리베이터가 5층에 도착했다. 방으로 걸어가는데 가가가 불쑥 말을 던졌다. "그린 게이블스가 비어 있다는 걸 어떻게 알았을까요?"

"네?"

"범인 히카와 다이시가 여러분을 노린 이유가 호화로운 파티를 여는 걸 보고 질투심에 사로잡혀서라고 치죠. 하지만 왜 그중에 그린 게이블스에 머무는 사람이 없다는 걸 알았을까요? 방범 카메라에 찍혀 있듯, 그는 그린 게이블스 앞을 그냥 지나쳤습니다."

"그러고 보니……."

"히카와는 파티에 참석한 사람들의 면면을 파악한 상태에서 범행을 저질렀다. 그렇게 생각해야 하지 않을까요?"

방 앞에 도착했다. 하루나는 걸음을 멈추고 형사를 올려다보았다.

"범행 대상은 누구라도 상관없었다는 말이 거짓이라는 말씀이신가요?"

"네." 가가는 냉철한 눈빛으로 대답했다. "명확한 범행 대상이 적어도 한 사람은 있었을 겁니다. 그것만으로는 사형 선고를 받을 수 없으니 다른 대상은 무차별적으로 골랐을지도 모르지만."

"저도 그렇지만, 모두 그 사람을 몰랐다고 하는데요."

"자신이 모르는 것뿐이지, 범인은 알고 있었을 수도 있죠. 어디서 누구에게 원한을 살지 모르는 게 인간이니까요. 사회적 지위가 높고 인간관계가 넓은 사람일수록 그런 위험을 내포하고 있고요."

"그건 말씀대로지만……."

그리고, 가가는 목소리를 낮추고 말을 이었다.

"모든 사람이 거짓말을 하지 않았다는 보장은 없습니다."

"우리 중에 히카와와 관련된 사람이 있다는 건가요?"

"그러니까 말씀드린 겁니다. 여러분에 대해 아무것도 모르는 상태에서는 진상에 도달할 수 없다고요."

하루나는 심장 박동이 빨라지는 걸 느꼈다. 심호흡을 하며 가슴을 진정시키려 했다.

"저녁 식사는 어떻게 하시겠습니까?" 가가가 물었다.

후, 한숨을 내쉰 뒤 하루나는 상대의 눈을 바라보았다.

“7시에 메인 다이닝으로 갈게요.”

“알겠습니다.” 가가는 묵례를 한 뒤 발길을 돌렸다.

11

침대에 앉아 가가의 말을 반추하고 있는데 스마트폰 알림이 울렸다. 가나모리 도키코였다.

"네, 하루나예요."

"나야. 지금 통화 괜찮아?"

"방에서 쉬던 중이었어요."

"다행이다. 미안해, 가가 씨하고 단둘이 보내서. 뭐 불편한 점은 없어?"

"없어요. 가가 씨는 역시 대단하네요. 같이 오기를 잘했어요."

가가가 검증회의 사회자 역할을 맡았고, 진행하는 솜씨가 어찌나 능수능란한지 여러 새로운 의문점이 떠올랐다는 걸 하루나는 이야기했다.

"가가 씨가 사회를? 상상이 안 가지만 그 사람이 맡았다면 분명 그랬겠지." 도키코의 목소리에서 놀란 기색은 느껴지지 않았다. "어쩌면 앞으로도 더 많은 사실이 밝혀질

지도 몰라."

"더 많은 사실요?"

"진상으로 이어지는 중요한 일들 말이야. 만일 누군가가 뭔가를 숨기고 있고, 그게 사건에 관련된 일이라면 가가 씨는 절대로 놓치지 않아. 잘 기억해 둬. 그 사람에게 거짓말은 안 통해."

너무나도 단정적인 어조에 하루나는 당혹스러웠다. "그렇군요……."

방금 가가에게 "모든 사람이 거짓말을 하지 않았다는 보장은 없습니다"라는 말을 들은 직후였다.

"뭐, 곧 알게 될 거야. 그보다 하루나, 기분은 좀 어때? 검증회라면 사건에 대해 계속해서 떠올려야 하는데 힘들지는 않은지 걱정이 돼서."

"신경 써주셔서 감사해요. 아무렇지도 않다……고는 할 수 없지만, 그 정도는 각오하고 왔으니까 견딜 수 있어요."

"그래. 그 말을 들으니까 마음이 놓이네."

"선배는 어떠세요? 아버님 상태는……."

후후, 하고 도키코의 웃음소리가 들렸다.

"오랜만에 본가에서 느긋하게 효도 중이야. 모레는 도쿄로 돌아가려고."

"그러시군요. 알겠습니다."

"그럼 힘내고. 병원에서 보자."

네, 대답하고 전화를 끊은 뒤 하루나는 스마트폰을 바라보며 생각했다. 역시 아버지의 건강이 좋지 않다는 말은 거짓이었던 것 같다. 만일 사실이라면 느긋하게, 라는 표현은 쓰지 않았겠지. 심지어 어쩌다 한 말실수가 아니라 일부러 흘린 게 분명했다. 하루나가 자신이 한 말이 거짓말이라는 걸 알아채도록.

시간을 보니 6시 50분이 지나고 있었다. 슬슬 나가야 할 것 같았다.

스마트폰을 가방에 넣는데 문제의 '당신이 누군가를 죽였다'는 편지가 든 봉투가 눈에 들어왔다. 가가에게 이야기할지 아직도 고민이 됐다. 이야기하면 일이 커질 것 같아서 두려웠다. 하지만 이대로 숨기는 건 아마도 좋지 않을 것이다.

잘 기억해 둬. 그 사람에게 거짓말은 안 통해. 도키코의 말이 귓가에 남아 있었다.

하루나가 메인 다이닝 입구로 들어서자, 검은 제복 차림의 직원이 웃는 낯으로 맞이했다. "예약하셨습니까?"

"네…… 저기, 다카쓰카 씨 이름으로 룸을 예약했다고 들었는데요."

직원의 미소가 순간 굳었다. 그 방에 어떤 면면들이 모이는지 아는 것일지도 모른다. 하지만 이내 온화한 표정으로 돌아와 말을 이었다.

"말씀 들었습니다. 어서 오십시오. 방으로 안내하겠습니다."

앞장서 걷는 직원을 따라 하루나도 걸음을 옮겼다.

널찍한 레스토랑에는 앤티크 제품으로 보이는 우드 테이블이 자리하고 있었다. 이미 많은 테이블이 차 있었고 손님들은 편안한 분위기에서 식사를 하고 있었다. 범인 히카와 다이시는 어느 자리에 앉았을까. 손님들을 바라보며 하루나는 그런 생각을 했다.

검은 옷의 직원이 안쪽 문을 열고 말했다. "이 방입니다."

하루나는 방으로 들어갔다. 바로 옆에 두 남자가 서 있었다. 고사카 히토시와 사카키였다. 고사카는 몰라도 사카키가 있는 건 예상 밖이었다. 식사 중에 오가는 이야기가 잡담이더라도, 사건 관계자들의 이야기는 들어둬야 한다고 생각한 걸까.

고사카가 오셨습니까, 하고 고개를 까닥했다.

"다른 가족분들은요?"

"방에서 룸서비스를 시킨답니다. 아들이 밥이 먹고 싶

다고 투정을 부려서요. 물론 회장님께 허락은 맡았습니다."

"그러시군요."

아마 밥이든 빵이든 식사의 종류는 상관없을 것이라고 하루나는 생각했다. 어른들에게 에워싸여 숨 막히는 분위기에서 밥을 먹는다니, 아이 입장에서는 생각만 해도 괴롭겠지. 아이 어머니한테도 자리를 피할 더할 나위 없는 구실이 아니었을까. 어찌 되었든 이곳에서 식사하는 건 각자의 자유였지만, 고사카 일가의 경우 다카쓰카의 허락을 맡을 필요가 있는 모양이다.

하루나는 실내를 둘러보았다. 기다란 테이블에는 열 명이 마주 보고 앉아 식사를 할 수 있도록 세팅이 되어 있었다. 하얀 테이블 크로스가 중후하고 고풍스러운 실내 인테리어와 조화를 이루고 있어서, 마치 영빈관에 있는 느낌이었다.

고사카와 사카키가 서 있는 이유를 알았다. 거창한 분위기에 압도되어 어디 앉아야 할지 가늠이 되지 않는 것이다.

"실례합니다." 그렇게 말하며 사카키가 다가왔다. "가가 경부는 와시오 씨의 지인인 모양이군요."

"그런데요……."

경부라는 계급으로 부른 게 신경이 쓰였다.

"어떤 관계십니까? 아, 이건 단순히 호기심으로 여쭤본 거니 대답하지 않으셔도 됩니다. 그저 동행으로 참석하기 위해서 도쿄에서 일부러 이런 곳까지 온 걸 보면, 상당히 가까운 사이인가 해서요."

무례한 질문이었다. 혹시 남녀관계라고 의심하는 걸까, 불과 두 달 전에 남편을 잃은 사람에게 말이다.

"직장 선배한테 소개를 받았어요. 하지만 그 선배가 어떻게 가가 씨와 아는 사이인지, 자세한 얘기는 못 들었고요." 목소리에 날이 서지 않도록 조심하며 대답했다.

"그러시군요. 그럼 이번 일은 와시오 씨 쪽에서 가가 경부에게 부탁하신 겁니까? 검증회에 동행해 달라고요. 아니면 와시오 씨 얘기를 들은 가가 경부가 동행하고 싶다고 한 겁니까?"

"방금 말씀드린 선배에게 검증회 얘기를 했더니, 가가 씨에게 부탁하면 어떻겠냐고 권해서요. 그건 왜 물어보시는 거죠?"

그게, 사카키는 억지 미소를 지었다.

"경시청 수사 1과라면 꽤 바쁠 겁니다. 혹시 가가 경부 본인이 사건에 관심을 가진 건가 해서요."

"글쎄요, 저는 잘 모르겠네요."

이 대답에 납득했는지는 알 수 없었지만, 사카키는 애매하게 고개를 끄덕이며 멀어졌다.

사카키가 가가의 계급과 소속 부서를 알고 있다는 사실이 하루나는 마음에 걸렸다. 가가는 사카키에게 자기소개를 자세히 하지 않았다. 어쩌면 검증회가 끝난 뒤 어딘가에 연락해서 가가에 대해 조사했을지도 모른다.

문을 열고 세 사람이 들어왔다. 구리하라 도모카와 구노 마호, 그리고 시즈에였다. 시즈에는 머리카락을 묶고 아까 걸쳤던 카디건 대신 어깨에 숄을 두르고 있었다.

호텔에 방을 잡지 않았으니 짐 보관소에 짐을 맡겼겠지. 오늘은 이야기가 길어질 것 같으니 준비해 온 것 같았다.

이어서 다카쓰카 슌사쿠와 가가가 등장했고, 마지막으로 사쿠라기 지즈루가 마토바와 함께 들어왔다.

"왜 다들 서 있어요?" 사쿠라기 지즈루가 의아한 듯 물었다.

"자리가 정해지지 않아서가 아닐까요." 시즈에가 말했다. "모두 먼저 앉으시기를 기다리시는 것 같은데요."

"자리야 적당히 앉으면 되죠. 회장님, 어떻게 할까요?" 사쿠라기 지즈루는 연장자에게 의견을 물었다.

"레이디 퍼스트로 정하죠. 먼저 여성분들이 원하는 자

리에 앉으시는 게 어떻습니까?"

"그럼 젊은 분부터 순서대로 정하죠. 도모카와 구노 씨부터 원하는 곳에 앉아요."

사쿠라기 지즈루의 말에 도모카와 구노 마호가 움직였다. 둘은 서로 마주 보더니 테이블 끝자리에 나란히 앉았다.

그들 다음은 하루나였다. 원하는 자리라 해도 딱히 어디에 앉고 싶다는 생각은 없었다.

깊이 생각하지 않고 구노 마호와 마주 보는 가장자리에 앉았다.

시즈에는 도모카 옆에 앉았고, 그 옆에는 사쿠라기 지즈루가 앉았다.

이어서 남자들이 자리를 잡았다. 하루나가 앉은 쪽에서 가장 먼 자리부터 사카키, 다카쓰카, 고사카가 앉았다. 하루나 옆에는 마토바가 앉았다. 가가는 사카키의 맞은편, 즉 시즈에가 앉은 줄 끝자리에 앉았다.

제복을 입은 직원이 나타나 메뉴를 나눠주기 시작했다.

"자네가 고토인가?"

다카쓰카는 메뉴판을 받지 않고 종업원에게 물었다.

그는 네, 하고 대답했다. 눈썹을 깔끔하게 정리한 서른 살쯤 되는 남자였다.

"그렇군. 나는 여기 오기 전에 이미 뭘 주문할지 정했네. '쓰루야 스페셜 디너'지." 다카쓰카는 선언하듯 말하고는 다른 사람들을 둘러보았다. "그게 어떤 요리인지는 여러분도 당연히 알고 계시겠지요?"

하루나는 실내 분위기가 순식간에 싸늘해지는 것을 느꼈다. 쓰루야 스페셜 디너가 그들에게 악연으로 얽힌 요리라는 것은 물론 알고 있었다.

"그다지 좋은 취향은 아닌 것 같네요." 사쿠라기 지즈루가 굳은 목소리로 말했다. "자기 가족을 해친 범인과 같은 음식을 먹다니……."

"나도 좋아서 먹는 건 아닙니다. 솔직히 말하면, 이 레스토랑에서 그 메뉴를 영원히 없애줬으면 싶을 정도죠. 하지만 사건의 본질을 알기 위해서는 필요한 절차가 아닐까 하는 생각이 들었소. 그토록 잔인한 일을 저지른 후, 범인 히카와는 도대체 어떤 심정으로 저녁을 먹은 걸까, 그것을 헤아리기 위해서는 같은 음식을 먹는 수밖에 없다고 생각한 거요. 히카와가 식사할 때의 구체적인 모습을 알고 싶어서, 예약할 때 그때와 같은 직원을 불러달라고 부탁해 뒀습니다. 그게 이 고토라는 친구인 것 같고. 만약 그 요리를 보는 것도 싫다는 분이 있다면 괘념치 말고 나가셔도 됩니다. 난 주문을 바꿀 생각이 없으니까. 그럼 고토,

다시 주문하지. 쓰루야 스페셜 디너로 주게."

"네." 서빙 담당인 고토는 굳은 표정으로 대답했다.

"회장님 뜻은 잘 알겠습니다. 그럼 저도 같은 걸로 주세요." 사쿠라기 지즈루가 말했다. "내키지는 않지만, 이 레스토랑에서 식사를 하는 이상 뜻깊은 시간을 보내야죠. 그리고 그 코스 요리가 이 가게에서 가장 비싸죠?"

"네, 그렇습니다." 고토가 대답했다.

"그렇다면 더더욱 그 코스를 주문해야죠. 범인보다 저렴한 음식을 먹는 건 영 내키지 않으니까요."

"지당한 말씀이오." 동의를 얻은 다카쓰카는 만족스러운 표정을 지었다.

"그럼 저도 같은 거로." 마토바가 메뉴를 덮었다. "살인자가 어떤 음식을 먹었는지 순수하게 궁금하네요."

"저도 그렇게 하겠습니다." 고사카도 다카쓰카의 결정에 따랐다.

하루나의 맞은편 자리에서 도모카와 구노 마호가 작은 소리로 소곤대고 있었다. "무리하지 않아도 돼." 구노 마호가 속삭이는 소리가 들렸다.

"어른들 눈치 볼 것 없어." 그 목소리가 들렸는지, 마토바가 도모카를 보며 말했다. "네가 먹고 싶은 걸 주문하면 돼. 입에 안 맞을 수도 있으니까."

도모카의 눈이 순간 번뜩이는 것처럼 보였다. "먹고 싶은 건 없어요." 토해 내듯 말하더니 고토를 향해 고개를 돌렸다. "저도 그걸로 할게요. 쓰루야 스페셜 디너라는 걸로요."

"그럼 나도요." 구노 마호가 말했다.

"저는 사양하겠습니다." 시즈에가 눈을 내리깔고 펼쳐진 메뉴판을 보며 말했다. "양이 너무 많아서 다 못 먹을 것 같아서요. 이 'A 코스 디너'로 부탁합니다."

"나도 A 코스로 주문하겠네." 그렇게 말하며 사카키가 메뉴를 고토에게 돌려주었다.

"저는 'B 코스 디너'로 하겠습니다." 가가가 말했다.

고토가 하루나에게 다가왔다. "손님은 어떻게 하시겠습니까?"

하루나는 여전히 고민하고 있었다. 솔직히 식욕이 없었다. 게다가 시즈에가 말했듯이 메뉴를 보아하니 쓰루야 스페셜 디너는 꽤 양이 많을 것 같았다.

그런 점에서 A 코스 디너나 B 코스 디너는 가짓수가 적어서 다 먹을 수 있을 것 같았다.

B 코스로 달라고 하려다 맞은편에 앉은 도모카와 눈이 맞았다. 살인마에게 부모를 잃은 소녀의 검은 눈동자가 같은 범인에게 남편을 잃은 아내에게 설마 여기서 도망칠

작정은 아니겠지, 하고 묻는 것 같았다.

다 먹을 수 있을지는 문제가 아니다.

결심이 섰다. 하루나는 메뉴를 덮고 고토에게 말했다.

"저도 쓰루야 스페셜 디너로 주세요."

"알겠습니다." 젊은 직원이 고개를 숙였다.

"아, 잠깐만." 룸을 나가려는 고토를 다카쓰카가 불러 세웠다. "듣자 하니 그날 히카와는 와인을 주문했다는데."

고토는 굳은 표정으로 네, 하고 대답했다.

"어느 와인인지 기억하나?"

"소믈리에가 기억하고 있을 겁니다."

"그럼 불러주게."

"알겠습니다. 불러오겠습니다."

실례한다는 말을 남기고 고토가 나갔다.

"요리에다 와인까지요?" 사쿠라기 지즈루가 다카쓰카에게 물었다.

"독을 먹으려면 접시까지 먹으라고 하지 않습니까. 사쿠라기 씨도 어떠십니까?"

"당연히 함께하겠습니다."

"고사카, 자네도 함께하겠나?"

"그래도 되겠습니까?"

"당연한 말을. 이런 데서 빼지 마. 또 마실 분 계십니까?"

다카쓰카의 물음에 마토바가 "그럼 저도" 하고 손을 들었다. 하루나도 마시겠다고 했다.

문을 열고 작은 체구의 남자가 들어왔다.

"제가 담당 소믈리에입니다. 부르셨다고 들었습니다." 서빙 담당인 고토와 마찬가지로 얼굴에 긴장한 기색이 역력했다.

다카쓰카가 손짓을 했다.

"들었겠지만, 히카와 다이시가 마신 와인이 궁금하네. 그날 녀석은 어떤 와인을 주문했지?"

소믈리에의 뺨이 움찔거리는 걸 끝자리에 앉은 하루나도 똑똑히 알 수 있었다.

"코스 초반에는 몽라셰를 가져오라고 하셨습니다."

"가져오라고 하셨습니다?" 다카쓰카의 말꼬리가 올라갔다. "자네, 무슨 대단한 분 얘기를 하는 건가?"

"아…… 실례했습니다." 소믈리에의 얼굴이 일그러졌다. "히, 히카와는…… 음, 몽라셰를…… 마셨습니다."

"그건 자네가 추천한 건가?"

"아닙니다. 고객님, 아니, 그쪽에서 먼저 말을 꺼냈습니다. 저는 다른 와인을 권했습니다만, 몽라셰가 마시고 싶다고 하더군요."

"그것만 마셨나?"

"아뇨, 고기 요리가 나오기 전에 부르더니 샤토 마고가 있는지 물어봤습니다."

"샤토 마고." 다카쓰카의 언성이 높아졌다. "그래서 어떻게 했나?"

"물론 드렸…… 줬습니다. 비치되어 있었거든요."

"그놈이 샤토 마고라니. 그래서 어떤가, 자네가 보기에 히카와가 와인에 조예가 깊어 보였나?"

"아뇨, 그건……." 소믈리에가 고개를 갸웃거렸다.

"그렇게 보이지는 않았습니다. 이를테면 화이트와인만 해도, 몽라셰에도 종류가 많으니 그 점에 대해서 물어봤지만 그리 잘 아는 것 같지 않았습니다. 샤토 마고도 마찬가지였습니다. 단순히 대표적인 고급 와인이라 아는 것 같았습니다. 와인 마시는 법을 봐도 평소에 즐겨 마시는 사람 같지는 않았고요. 첫 잔을 마실 때는 와인 잔을 두 손으로 들었습니다. 별난 사람이라 생각했던 기억이 있습니다."

"와인 잔을 두 손으로. 알았네. 알려 줘서 고마워. 그럼 우리에게도 그때 마신 와인을 준비해 주게. 히카와가 마신 순서대로 가져다줘."

"알겠습니다. 잔은 얼마나 준비할까요?"

"다섯 개 부탁하네."

"알겠습니다. 준비해서 올리겠습니다."

소믈리에가 밖으로 나가자, 다카쓰카는 한숨을 내쉬며 어처구니가 없군, 하고 중얼거렸다.

"고급 호텔 레스토랑에서 최상급 코스 요리와 최고급 와인을 주문한 건 이게 속세에서 즐길 수 있는 마지막 만찬이라 생각해서겠지. 있는 돈 없는 돈 다 끌어모아 탕진한 모양인데, 정말이지 얄팍한 사고방식이야. 반쯤 예상하기는 했지만, 그런 한심한 놈한테 집사람을 잃었다고 생각하니 허탈하기 그지없군."

"뭐 어때요. 오늘 밤은 그 허탈한 마음까지 같이 비워버리자고요. 독을 먹으려면 접시까지 먹으라고 하니까요." 사쿠라기 지즈루의 싸늘한 목소리가 어떠한 결의를 강요하는 것처럼 울려 퍼지자, 순간 실내에 침묵이 내려앉았다.

12

전채는 캐비어를 곁들인 새우 칵테일이었다. 식기와 데커레이션도 고급스러워서, 몇몇 이들이 감탄을 터뜨렸다.

소믈리에가 들어와 잔에 화이트와인을 따랐다.

다카쓰카가 서빙 담당인 고토를 불렀다.

"이 음식을 먹을 때 히카와가 어땠는지 기억하나? 인상에 남은 게 있다면 가르쳐 주게."

고토는 입술을 한 번 할짝이고 나서 말문을 열었다.

"제가 그릇을 내려놓자 바로 요리를 먹기 시작해서 조금 놀랐습니다. 스마트폰으로 사진을 찍을 줄 알았거든요."

후후, 사쿠라기 지즈루가 코웃음을 쳤다. "요즘 어디든 그런 손님이 많죠."

"다른 건?" 다카쓰카가 물었다.

"자세히 보지는 않았습니다만, 음식을 빨리 먹는다고 생각했습니다. 별로 고상한 표현은 아닙니다만, 게걸스럽게 입에 쑤셔 넣는 느낌이었습니다." 고토는 팔꿈치를 옆으로 당기며 음식을 급하게 먹는 시늉을 했다.

"천박해 보이는군."

"네, 그다지 고상해 보이지는 않았습니다."

"알겠네. 고맙네."

다카쓰카가 포크를 들자, 그것이 신호라도 되는 양 모두가 식사를 시작했다.

하루나도 새우를 입에 넣었다. 몇 번을 씹자 캐비어의 맛과 신선한 새우 향이 뒤섞여 깊은 풍미가 목과 코를 지나 빠져나갔다. 이 무거운 분위기에서 음식 맛을 즐길 여유 같은 건 없을 거라 각오하고 있었는데, 기우로 끝날지도 모른다는 생각이 들 정도로 맛있었다. 무심코 화이트와인에 손이 갔다.

"이렇게 섬세한 음식을 게걸스럽게 먹었다니, 대체 어떻게 생겨먹은 사람인지." 사쿠라기 지즈루가 밉살스럽다는 양 중얼거렸다.

"무슨 정신으로 그렇게 게걸스럽게 먹었을까 싶어요." 시즈에가 포크를 들고 고개를 갸웃했다. 그녀의 전채는 채소와 해산물을 조금씩 보기 좋게 담아낸 요리였다. "그렇게 끔찍한 짓을 저지른 당일 밤에요. 흥분이 가시지 않아 식욕 같은 건 안 생길 것 같은데."

"평범한 사람이라면 그렇겠죠. 비일상적인 상황에 처하면 교감신경이 식욕을 억제하니까요."

마토바가 시즈에의 의문에 답했다. "하지만 반대로 식욕이 늘어나는 경우도 있습니다. 내뇌에서 분비되는 도파민이라는 물질을 아시죠? 뇌가 스트레스를 받으면 분비가 촉진됩니다. 그 도파민이 섭식 중추를 자극해 식욕을 향상시키죠. 스트레스를 받으면 폭식을 하는 사람이 있죠? 그와 마찬가지입니다. 아까 이야기를 듣고 히카와가 그런 상태였을지도 모른다고 생각했습니다. 처음에 와인 잔을 두 손으로 든 것도, 손이 떨려서 그런 거 아닐까요. 일종의 흥분 상태였던 겁니다. 그것도 스트레스 때문입니다."

"그랬던 거군요. 알려 주셔서 감사합니다." 시즈에가 감탄한 듯 말했다.

"역시 현직 의사다우시군." 옆에서 다카쓰카도 한마디 거들었다.

"과찬의 말씀이십니다. 똑똑한 초등학생이라면 이 정도는 알 겁니다."

"그러고 보니 병원은 어떻게 하실 겁니까?" 다카쓰카가 동작을 멈추고 앞을 보며 물었다. "사쿠라기 병원 말입니다."

"덕분에 다 함께 힘을 합쳐 어떻게든 꾸려나가고 있어

요. 유능한 직원들이 많아서." 사쿠라기 지즈루가 옅은 미소를 지었다. "그러니까 회장님, 편하게 이용할 수 있는 병원을 찾으시는 지인분이 계시거든 지금까지처럼 저희 병원을 소개해 주시길 부탁드립니다."

"그 말씀을 들으니 마음이 놓이는군요. 하지만 언제까지 원장 자리를 비워둘 수는 없지 않습니까. 후계자를 정하는 게 좋지 않을까요. 따님 결혼은 어떻게 하실 생각이십니까?"

"그 일은 아직……. 사십구재가 끝난 지도 얼마 안 됐고요." 사쿠라기 지즈루는 애매하게 대답했다. 다소 무례하게 들릴 수 있는 질문인데도 불구하고, 기가 센 그녀가 노골적으로 불쾌감을 드러내지 않는 건 상대가 다카쓰카이기 때문이겠지.

"자네는 어떤가?" 다카쓰카는 마토바에게 질문의 화살을 돌렸다. "이렇게 말하면 미안하지만 약혼자라는 어중간한 관계라 부모님이 걱정하시지 않나?"

"글쎄요, 어떤지……." 마토바는 답지 않게 말을 흐렸다. 그의 입장상 대답하기 껄끄러운 것이리라.

"마사야 선생은 어머님만 계세요." 사쿠라기 지즈루가 말했다. "아버님은 어릴 적에 돌아가셨고요."

"아, 그랬군요."

"어머님이 홀몸으로 마사야 선생을 키우셨죠. 꽤 고생이 많으셨다고 들었어요."

"제가 그런 얘기를 했던가요?" 마토바가 사쿠라기 지즈루 쪽을 보며 물었다.

"리에한테 들었어요. 의대에 진학할 때 친척들을 찾아가 고개를 숙였다고."

"그런 얘기까지 리에한테 했던가……." 마토바는 포크를 든 채 고개를 갸웃했다. 그 옆모습에서 꾸며낸 느낌은 들지 않았다. 정말 짚이는 데가 없는 걸지도 모른다.

"그랬군. 보기와는 달리 고학생이었어."

"놀리지 마십시오."

"놀리는 게 아니라 진심으로 대견해서 그래. 그러면 더욱더 빨리 어머님을 안심시켜 드려야 하는 게 아닌가?" 다카쓰카는 이 이야기를 집요하게 물고 늘어졌다.

"남편은 딸아이 결혼은 본인이 정한 타이밍에 시킨다고 했어요." 사쿠라기 지즈루가 말했다. "마사야 선생은 그 말을 존중해 주는 걸 테고요. 그렇지?"

"네, 뭐 그렇죠."

"하지만 남편분은 이제 이 세상 사람이 아니잖소. 그러니 지즈루 씨가 대신해서 정하는 건가?"

"그래야 하겠지만, 남편이 무슨 생각을 했는지 천천히

숙고해서 정하려고 합니다. 조바심을 낼 필요는 없으니까요. 마사야 선생도 동의하죠?"

"물론입니다. 사모님께 맡기겠습니다." 마토바의 목소리는 조금 딱딱하게 들렸다.

담당 직원 고토가 나타나 다 먹은 접시를 치웠다. 곧 다음 요리가 나왔다. 사전에 나눠준 메뉴에는 에스카르고와 버섯 프리카세로 속을 채운 파이라고 적혀 있었다. 포크로 잘라서 혀가 데지 않게 조심스레 입에 넣었다. 혀에 올린 순간 풍미가 입안 가득 퍼져나갔다.

"에스카르고면 달팽이죠?" 도모카가 자른 파이 안을 들여다보며 옆자리의 구노 마호에게 물었다. "맞아." 젊은 생활지도사가 대답했다. "나도 처음 먹어보지만."

도모카는 포크에 에스카르고를 올렸다. 하지만 입에 넣어도 될지 망설이는 것 같았다.

"괜찮아." 하루나가 말했다. "주변에서 보는 달팽이가 아니라 식용 달팽이를 양식한 걸 거야. 야생 달팽이는 뭘 먹었을지 알 수 없으니까."

"잘 아시네요."

"환자 중에 프렌치 셰프가 있었는데 그분에게 들었어요."

도모카는 조심스레 입에 넣었다. 우물우물 씹더니 꿀꺽

삼켰다.

"어떠니?" 하루나가 물었다.

도모카는 생긋 웃었다. "맛있어요."

"다행이다."

이 소녀가 이토록 부드러운 표정을 보인 건 오늘 처음이 아닐까. 훌륭한 요리는 순간적으로나마 우울한 마음을 밝혀준다는 사실을 다시금 실감했다.

"기숙사 식사는 맛있니?"

도모카는 고개를 기울였다. "그냥 먹을 만해요……."

"잘됐네."

하지만……, 하고 도모카가 말을 이었다.

"엄마가 직접 만들어준 음식이 훨씬 맛있어요. 비교도 안 될 만큼." 그리 크지 않은 목소리가 조용한 실내에 울려 퍼졌다.

순간 모두가 동작을 멈췄다. 그 사실을 알아챘는지 도모카는 죄송해요, 하고 중얼거렸다.

괜찮아, 하고 옆자리의 시즈에가 살며시 말을 건넸다. "어떤 음식을 만들어주셨니?"

"게살 크림 크로켓이나 춘권, 그리고 탕수육 같은 거요. 다 좋아했어요."

집에서 만들려고 하면 품이 드는 음식들뿐이었다. 하루

나는 그런 생각을 했다. 냉동 제품이면 해동만 하면 되지만, 설마 그러지는 않았겠지. 구리하라 유미코는 가정적인 분위기와 거리가 멀다고 생각했는데 사람은 역시 겉모습만 봐서는 모르는 모양인가 보다.

“기숙사는 1인실이지? 방에서 공부 말고는 뭘 하며 지내니?” 시즈에가 화제를 바꿨다.

도모카는 다시 고개를 기울였다. “스마트폰으로 SNS를 하거나, 인터넷에서 영화나 드라마를 보거나 해요.”

“기숙사 자유 시간은 얼마나 되나요?” 하루나가 구노 마호에게 물었다.

“오후 6시부터 저녁 식사 시간인데, 그 뒤는 기본적으로 자유 시간입니다. 휴일에는 식사도 각자 알아서 먹으니까 비교적 자유롭게 보낼 수 있고요.”

“휴일에는 외출하거나 하니?”

시즈에의 질문에 도모카는 별로요, 하고 대답했다.

“전에는 휴일마다 집에 돌아갔지만, 지금은 아무도 없으니까요.”

“아, 그렇지…….” 시즈에는 겸연쩍은 표정으로 입을 다물었다. 아무리 화제를 바꿔도 즐거운 내용으로 발전할 기미가 없어 보였기 때문이다.

잠시 조용한 시간이 흘렀다. 실내에는 포크가 접시와

부딪치는 소리만 울려 퍼졌다.

“천하에 이런 일이 있을 수가 있나.” 다카쓰카의 목소리가 침묵을 깼다. “정신 나간 미친놈 하나 때문에 무고한 사람들이 목숨을 잃은 데다, 남겨진 사람의 앞날까지 어두워졌어. 너무 속상하군.”

“주간지에서 읽었는데, 그 히카와라는 사람, 가정환경이 그리 나쁘지도 않았다면서요.” 사쿠라기 지즈루가 누구에게랄 것도 없이 말했다. “오히려 경제적으로는 풍족한 편이었다던데요.”

“『주간 세호』 말이죠. 저도 그 기사를 읽었습니다.” 고사카가 대꾸했다. “아버지가 재무성 관료라고 하던데요.”

“맞아요. 집도 고급 주택가에 있는 넓은 단독주택에다, 정원에 별채를 지어서 거기서 자유롭게 살았다더군요. 분명 부모가 오냐오냐 키웠겠죠.”

“하지만 제가 읽은 기사에 따르면 가족과는 무척 사이가 나빴다던데요?” 마토바가 대화에 끼었다. “별채를 지은 것도 서로 마주치는 걸 피하기 위해서였다고 적혀 있었습니다. 인터넷에서 본 거라 어디까지 사실인지는 모르겠지만.”

“대학 입시에 실패했다더군요.” 고사카가 말을 받았다. “취직도 하지 않고 은둔형 외톨이 생활을 했다는 모양입니다. 몇 년 동안 얼굴을 못 봤다고 이웃들이 얘기하는 걸 와이드 쇼에서 봤습니다."

"와이드 쇼? 자네 그런 걸 보나?" 다카쓰카가 힐난하듯 물었다.

"그게……."

흥, 다카쓰카는 콧방귀를 끼며 말했다. "나는 그런 유의 방송은 절대 안 보려고 하네. 연예인이나 학자 흉내를 내는 인간들이 마음대로 무책임한 소리를 지껄이고 있을 뿐이잖아. 녀석들이 떠들어서 조금이라도 세상이 바뀐 일이 지금까지 한 번이라도 있었던가? 이번 사건만 해도 그래. 진상을 파헤치려는 게 아니라 흥미 위주로 떠들어 대더니 시청자들이 질려하니까 딱 관심을 끊더군. 애당초 방송국 따위는 그냥 구경꾼에 지나지 않아."

불쾌한 듯한 다카쓰카의 표정을 보니 말과 달리 실제로는 몇 번 봤을 거라고 하루나는 생각했다. 보고 나서 기분이 상한 것이리라.

"죄송합니다. 신경이 쓰여서 그만 보고 말았습니다."

"뭐, 그래. 기왕 얘기가 나왔으니 이번 기회에 들어나 보지. 와이드 쇼에서는 뭐라고 떠들어대던가?"

"아니, 저도 그렇게 자주 본 건 아니라서……."

"자네가 본 부분만이라도 말해 보게. 범인에 대해서는

뭐라고 하던가?"

"음, 어릴 적부터 부모가 기대를 많이 해서 교육에도 상당히 공을 들였지만, 생각만큼 성적이 나오지 않았다거나, 똑똑한 여동생이 있어서 도중부터 부모의 기대는 그쪽으로 옮겨 갔다거나, 뭐 그 정도였습니다."

"그게 뭐지. 쓸데없는 얘기뿐이군."

"죄송합니다."

"그 아비란 작자는 지금 어쩌고 있지? 아직도 재무성에 있나?"

"글쎄요, 거기까지는 잘……."

"아무리 그래도 관뒀겠지요." 사쿠라기 지즈루가 말했다. "아들이 살인범인데 계속 공무원으로 일한다는 건 말도 안 되잖아요. 우리 세금으로 월급을 주는 건데."

"하긴 사회적으로 용인되지 않겠지." 다카쓰카가 말했다. "그러고 보니 범행 동기에 사형을 당하고 싶었다는 것 말고도 가족에게 복수하려 했다는 얘기를 들었는데, 사카키 씨, 맞습니까?"

갑작스럽게 날아온 질문에 사카키는 당황한 기색이 역력했다. 물잔을 들고 한 모금 마셨다.

"그런 종류의 진술을 한 건 사실입니다."

"그렇군요. 그럼 면식도 없는 남이 아니라 자기 가족을 죽였으면 좋았을걸. 안 그렇소?"

다카쓰카가 사람들의 얼굴을 둘러보며 말했지만, 아무도 대답하지 못했다.

담당 직원 고토가 들어왔다. 이어서 나온 요리는 치킨 테린이었다.

"그나저나 회장님, 별장은 어쩌실 건가요?" 사쿠라기 지즈루가 와인 잔을 한 손에 들고 물었다.

"처분할 거냐는 뜻입니까?"

"네. 저희는 그러려고요. 좋아하던 곳이지만 앞으로 그곳에서 지낼 마음이 들까 싶네요. 딸애한테도 물어봤는데 다시는 가고 싶지 않다고 하더군요."

"저도 마찬가지입니다. 게다가 우리 별장은 실내에서 범행이 이루어졌죠. 경찰의 요청도 있고 해서 아직 혈흔이며 뭐며 사건 당시의 흔적이 생생하게 남아 있습니다. 그 흔적을 깨끗이 지운다고 해도 다시 거기 들어가고 싶겠습니까. 명목상 회사 휴양시설이지만 앞으로 이용자가 있을까 싶습니다. 처분하는 수밖에 없죠. 과연 팔릴지는 모르겠지만. 이제 하자가 있는 사고물건이 되어버렸으니까요. 매수자가 없으면 철거하는 수밖에요."

"구리하라 씨 댁은……." 거기까지 말한 뒤 사쿠라기 지즈루는 고개를 저었다. "미안해요. 그런 건 잘 모르겠지.

아직 중학생이니까."

"파는 수밖에 없다고 하던데요."

도모카가 바로 대답하는 걸 보고 사쿠라기 지즈루는 뜻밖이라는 듯 눈을 휘둥그레 떴다. "어머, 누가?"

"아빠 회사 사람이요. 우리 별장도 회사 재산이래요."

"아, 그렇구나. 공인회계사인 구리하라 씨가 그런 문제를 고려하지 않았을 리가 없지. 그렇구나, 구리하라 씨 별장도 내놓는구나."

"아, 어쩌면……." 마토바가 뭔가 떠오른 듯 말문을 열었지만 바로 "아무것도 아닙니다" 하고 식사를 계속했다.

"뭐예요? 신경 쓰이게." 사쿠라기 지즈루가 말했다. "말하다 마는 건 안 좋아. 끝까지 말해요."

마토바는 한숨을 흘렸다.

"구리하라 씨 별장의 경우는 사고물건에 해당되지 않을지도 모릅니다."

"왜?"

"아, 그렇지……." 고사카가 혼잣말처럼 중얼거렸다.

"뭔가?" 다카쓰카가 물었다.

"아니, 요컨대 그, 사고물건이라는 건 거주 부분에서 살인이나 자살 사건이 일어난 부동산에 쓰는 말입니다만, 옥외 시설에서 일어난 경우 해당되지 않는 게 아닌가 싶어서요.”

“옥외 시설?”

“구리하라 씨 부부가 변을 당한 건 차고였다고 하니까요…….”

아아, 다카쓰카가 고개를 끄덕였다. “그렇게 되나. 하긴 그 별장은 차고가 따로 있었지. 그것만 철거하면 문제없을지도 모르겠군.”

“사고물건에 해당되지 않는다면, 차고에서 변을 당한 게 불행 중 다행이라고…….” 거기까지 말하다 고사카는 죄송합니다, 하고 황급히 말했다. “경솔한 소리를 했네요.”

오가는 대화를 듣던 하루나는 한없이 우울해졌다. 소중한 사람이 목숨을 잃었다는 점에서는 모두 같았지만, 그에 따른 금전적 피해는 저마다의 사정에 따라 달랐다. 그 점을 누구나 머릿속에서 세세하게 구체적으로 계산하고 있는 것 같았다.

“시즈에 씨는 어떻게 하실 건가요?” 사쿠라기 지즈루가 시즈에를 향해 물었다. “앞으로도 계속 그 집에서 사실 건가요?”

펌프킨 수프를 떠서 입에 넣으려던 시즈에가 대답했다. “이것저것 생각하고 있어요.”

“집을 처분하시려고요?”

네, 하고 시즈에가 대답했다.

"그러시군요……. 역시 거부감이 들겠죠. 별장지에서 가족이 변을 당했으니."

"꼭 그것 때문만은 아니고요." 시즈에는 스푼을 내려놓았다. "사건이 일어난 뒤로 많은 사람들이 찾아와요. 경찰뿐 아니라 언론 관계자나 프리랜서 기자 같은 사람들까지……. 낯선 사람이 갑자기 말을 걸며 사건에 대해 끈질기게 물어보는 일도 지난 두 달 동안 몇 번이나 있었고요. 그냥 호기심으로 굳이 찾아와 구경하는 사람들도 적지 않아요. 집 앞에 차를 세우고 스마트폰으로 사진을 찍는 사람도 있었죠. 아마 그런 사진을 찍어서 SNS에 올리고 있겠죠."

"어머나……." 사쿠라기 지즈루가 한숨 섞인 목소리를 흘렸다.

"저는 여기 사는 게 아니니까 그런 사정은 전혀 몰랐어요. 하지만 분명 그랬겠죠. 견디기 힘들 것 같아요. 도망치고 싶은 마음도 이해가 가요."

"하지만 그럼 어디로 옮겨야 할지 고민이 돼서……. 같은 지역으로 옮기면 불현듯 사건을 떠올릴 것 같아서요."

시즈에가 무거운 목소리로 말하는 걸 들으며 하루나는 자신의 아둔함을 절실히 깨달았다. 사건은 그녀의 미래를 바꾸어 버렸지만, 시즈에의 인생에까지 영향을 미쳤을 거라고는 미처 상상하지 못했다.

"도쿄로 돌아가는 건 생각하지 않으십니까?" 마토바가 대화에 끼었다. "전에는 도쿄에 사셨다고 하셨죠. 미나토구라고 들었습니다만."

"맞아요. 도쿄에 부동산을 많이 갖고 계시잖아요. 도쿄에 올라갔을 때 쓰는 집도 있다고 전에 말씀하셨잖아요." 사쿠라기 지즈루가 말했다.

"거기는 그냥 잠자는 곳이라 계속 거주하기에는 너무 좁아요. 그리고 번잡한 도시를 떠올리면 역시 좀 망설여지고요."

시즈에는 죽은 남편이 남긴 부동산 수입으로 생활하고 있었다. 종종 도쿄에 가는 건, 정기적으로 관리 회사와 미팅을 해야 하기 때문이라고 했다. 어디에 어떤 부동산을 가지고 있는지는 조카인 하루나도 몰랐다.

"어찌 되었든 모두 그 별장지에서 떠나는 걸 검토하는 거군요. 정말이지 어쩌다 이렇게 되었는지." 다카쓰카가 땅이 꺼져라 한숨을 내쉬었다.

담당 직원 고토가 조심스레 나타나 다음 요리를 내려놓기 시작했다. 하루나가 주문한 코스는 콩소메 수프였다.

"저 직원은 피해자 유족이 모여서 범인과 같은 요리를

먹는 걸 보고 무슨 생각을 할까요." 고토가 나간 뒤 사쿠라기 지즈루가 속삭이듯 말했다. "꺼림칙하다거나, 뒤에서 수군거리지는 않을까요?"

"설마요, 그러지는 않겠죠." 시즈에가 소극적으로 반박했다.

"그럴까요. 남의 불행은 고소하다고 하잖아요. 지금쯤 이 얘기를 SNS에 올리고 싶어서 손이 근질근질하지 않을까요? 혹시라도 호텔에 들키면 즉각 해고될 테니 참고 있겠지만요. 사람들에게 이번 사건은 단순히 부조리한 비극이 아니라, 제멋대로 망상을 펼칠 둘도 없는 소재이기도 해요. 마사야 선생도 그랬죠? 피해자들이 자업자득이라는 소리를 하는 사람도 있다고."

"어떻게 그런 소리를……." 하루나는 저도 모르게 고개를 돌려 마토바를 보았다.

"인터넷 악플입니다. 마음 쓰지 마시죠."

"궁금하군. 대체 뭐가 자업자득이라는 건지." 다카쓰카의 목소리에 날이 섰다.

"인터넷에 댓글을 다는 사람들 중에는 할 일 없는 못된 사람들도 많습니다. 아무리 부당하고, 피해자가 무고하게 살해된 사건이라도 죽은 사람들의 신상을 탈탈 털어 목숨을 잃은 건 나름대로 이유가 있어서다, 그런 중상비방에 가까운 결론을 억지로 쥐어짜는 자들도 있죠. 그런 치들은 일일이 상대할 필요도 없습니다."

"그래도 상관없으니 말해 보게. 이를테면 뭐라던가? 우리 집사람에 대한 얘기도 있나?"

"사모님 개인이라기보다는, 다카쓰카 그룹이 경영하는 체인형 술집 얘기는 있었습니다."

"뭐라던가?"

"음, 정말 얼토당토않은 소리였습니다만……." 마토바는 신중하게 말을 골랐다.

"빼지 말고 빨리 말해 보게. 이 기회에 들어나 보게."

"제가 본 건 과잉 노동 문제에 대한 얘기였습니다. 아르바이트 직원이 격무에 시달리다 자살한 그 사건 말입니다. 체인의 실질적인 경영 책임자는 게이코 부인이고, 종업원 감축과 장시간 노동을 철저하게 추진한 장본인이라고 지적하더군요."

어처구니가 없군. 다카쓰카가 툭 내뱉었다. "이미 오래전에 합의한 사건이야."

"하지만 그 밖에도 과잉 노동에 의한 후유증 같은 피해를 호소하는 사람이 많아서, 문제를 축소하고 책임 회피로 일관한 게이코 부인은 상당한 원한을 샀을 것이다, 그런 글도 있더군요."

"하고 싶은 말이 뭔가? 히카와가 집사람 목숨을 노린 건 그런 식으로 사회에서 원한을 산 사람이라 죽어도 된다고 생각했기 때문이다, 그렇게 말하고 싶은 건가?"

"제가 그랬다는 게 아니라, 인터넷에 퍼진 중상비방의 내용을 알려 달라고 하셔서 말씀드렸을 뿐입니다. 거듭 말씀드립니다만, 그저 인터넷상의 글에 불과합니다."

"참 나, 세상에는 정말 멍청한 인간들이 많군." 다카쓰카는 잔을 들어 남아 있던 와인을 모두 마셨다.

고토가 들어와 빈 수프 접시를 치웠다. 그동안 아무도 입을 열지 않았다.

다음으로 나온 접시에는 연어 푸알레가 담겨 있었다. 레몬버터소스 향이 코를 간질였다.

서빙을 마친 고토는 인사를 한 뒤 밖으로 나갔다. 그걸 기다렸다는 듯 다카쓰카가 마토바를 향해 다시 물었다.

"그 밖에도 근거 없는 험담을 듣는 사람이 또 있나?" 본인 가족만 비방의 대상이 된 걸 받아들일 수 없는 걸지도 모른다.

"있었던 것 같은데 잘 기억이 나지 않는군요. 모두 뜬소문에 불과하고요."

"고사카, 자네는 어떤가? 그러한 중상비방에 대해 아는 게 있나?"

"중상비방인지 아닌지는 모르겠습니다만." 고사카가 주저하며 말했다. "고급 미용실이 어쩌고 하는 얘기는 봤습니다."

"고급 미용실?"

"피해자 중에는 부유한 VIP만 상대하는 미용실 경영자도 있다는데, 그래서 범인의 반감을 산 게 아니냐고 하더군요. 그 경영자는 젊은 시절에 헤어 디자인 콘테스트에서 우승한 실적이 있지만, 실은 동료의 아이디어를 훔친 것이라 원한을 샀다고요."

하루나는 그것이 구리하라 유미코의 이야기라는 걸 알아챘다. 물론 다른 사람들도 마찬가지리라. 누구보다 도모카가 반응하지 않을 리가 없다. 하루나는 음식을 입에 넣으며 맞은편에 앉은 소녀의 안색을 살폈다. 하지만 소녀는 무표정한 얼굴로 포크와 나이프를 든 손을 움직였다.

어색한 분위기가 흐르기 시작했을 즈음 문을 열고 소믈리에가 들어왔다. 레드와인병을 들고 다카쓰카의 자리로 다가갔다.

"그날의 와인을 가져왔습니다. 확인해 보십시오."

"샤토 마고라……."

"네, 개봉할까요?"

"물론이지. 잔은 다섯 개 주게."

문학의 모든 빛깔을 보다

북다

이야기라는 빛이 '북다'라는 프리즘을 통과할 때
이야기는 다양하게 변주되고
열망 가득한 꿈을 선사하는 책이 됩니다.

러브 피프틴

단수가 아닌 복수로 존재할 때
우리 랠리는 계속된다

전앤 지음 | 208쪽 | 13,800원

책 속 한 문장

**"테니스에서 0점은
러브라는 게 마음에 들어.
정말 멋지지 않니?"**

교보문고×롯데컬처웍스 스포츠테마공모전 수상작. 웃음이 습관이 되어 버린 유튜브 스타 오후와 오직 우승만을 꿈꾸다 표정을 잃어버린 시진. 더 높은 꿈을 향해 스매싱을 날리는 테니스 유망주들의 경기가 펼쳐진다!

“저기, 저는 사양하겠습니다.” 하루나가 말했다. “그렇게 비싼 술은 좀 부담스럽네요. 여러분끼리 드세요.”

“싫으시다면 억지로 권하지는 않겠소만, 그게 아니면 같이 마시죠.” 다카쓰카는 하루나를 보며 말했다. “말해두지만, 나도 좋아서 마시는 게 아닙니다. 그 남자가 마신 술이라 생각하면 맛을 음미할 생각은 들지 않아요. 하지만 이건 말하자면 의식입니다. 가격 같은 건 상관없소. 마시지 않으면 안 된다고 생각하니 마시는 거지. 어쩌시겠소?”

그렇게까지 말하니 거절하기 어려웠다.

“알겠습니다. 그럼 마시겠습니다.”

좋소. 다카쓰카는 흡족한 표정으로 고개를 끄덕이더니 잔은 다섯 개 주게, 하고 다시 말했다.

이내 메인 요리가 나왔다. 흑우 안심구이였다. 거의 동시에 소믈리에가 들어와 커다란 와인 잔에 레드와인을 따랐다.

잠시 침묵이 흘렀다. 귀에 들리는 건 고기 써는 소리뿐이었다.

호오, 다카쓰카가 감탄사를 흘렸다.

“아까 했던 말을 철회해야겠군. 음미할 생각이 안 든다고 했는데, 이 요리와 와인은 특별하군. 충분히 음미할 가치가 있어. 이 멋진 요리를 히카와가 최후의 만찬으로 즐겼다고 생각하니 분통이 터지는군."

"정말 훌륭하네요." 고사카도 들뜬 목소리로 말했다. "놀랐습니다. 지방 비율이 절묘하고 육질이 아주 부드럽네요. 나이프로 고기를 써는 게 즐거워요."

이 태평한 한마디는 하루나의 가슴속에 작은 응어리를 맺히게 했다. 그것은 즉시 몸집을 불려 거세게 위장을 밀어 올렸다. 견디다 못해 나이프와 포크를 접시 위에 놓고 물잔에 손을 뻗었다.

만일 모두가 아무 말도 하지 않고 흘러갔다면 거기서 끝났을지도 모른다. 하지만 위화감을 느낀 건 비단 하루나만이 아니었다.

"그 표현은 입 밖에 내지 않기로 미리 정해 둘 걸 그랬네요." 사쿠라기 지즈루가 말했다. "나이프로 고기를 썬다는 말이요. 다시는 떠올리고 싶지 않은 광경을 떠오르게 해서 저한테는 좀 자극적으로 느껴졌네요. 덕분에 식욕이 싹 사라졌어요."

"아, 제가 실수했습니다."

"사과하실 필요 없어요. 고기 요리가 나온다는 건 메뉴에도 적혀 있고, 나이프는 처음부터 세팅되어 있었으니까요. 제가 너무 예민한 탓이겠죠. 그러니까 여러분은 천천히 즐기며 드세요. 전 신경 쓰지 마시고요."

시즈에도 식사를 멈추고 나이프와 포크를 내려놓았다. 하루나와 다른 코스였지만 메인 요리는 역시 고기 요리였다.

"시즈에 씨, 전 신경 쓰지 마시라니까요." 사쿠라기 지즈루가 시즈에의 어깨에 손을 올렸다.

"아뇨, 그게 아니라 배가 불러서 더 못 먹겠어요."

"저도 그만 먹을래요." 도모카도 포크를 내려놓았다.

하루나도 구석에 포크와 나이프를 가지런히 놓았다. 식사를 계속할 마음이 사라졌다.

"정말 죄송합니다. 뭐라고 사과의 말씀을 드려야 할지……." 고사카는 곤혹스러운 표정으로 어쩔 줄 몰라 했다.

"의대생이나 임상실습생 중에서도 그런 사람들이 있죠." 마토바가 고기를 썰며 말했다. "외과 수술을 견학한 뒤에 한동안 밥이 넘어가지 않는다는 예민한 신경을 가진 녀석들이요. 반대로 고기가 당긴다는 괴짜들도 있고요. 핏물이 뚝뚝 떨어지는 스테이크가 먹고 싶다나."

"그만해요. 굳이 왜 그런 얘기를 하는 거야." 사쿠라기 지즈루가 미간을 찌푸렸다.

"그렇게 치면 범인과 같은 요리를 주문한 시점에서 이

상하다고 생각해야 하지 않을까요? 독을 먹을 거면 접시까지, 라고 하셨죠. 독을 먹는 것이니 나름대로 고통이 따르는 건 어쩔 수 없는 일이고요."

"동감이네. 더구나 이렇게 훌륭한 요리와 와인을 그런 비열한 범죄자 때문에 멀리하는 것도 영 마음에 들지 않아. 그러니까 오늘 밤에 일부러 이 요리를 먹은 것은 의미가 있는 일이지. 아아, 맛있다, 맛있어. 최고의 저녁 식사로군." 다카쓰카는 고기를 우물거리고 와인을 마시면서 연신 고개를 끄덕였다.

잠시 후 고토가 들어와 메인 요리 접시를 치우기 시작했다. 요리를 남긴 사람에게 치워도 되겠느냐고 묻는 그 표정은 한없이 사무적이라 어떠한 감정을 느낀 것처럼 보이지는 않았다.

디저트는 사과 크레이프였다. 바닐라 아이스크림도 같이 나왔다. 이 정도는 먹을 수 있을 것 같아서 하루나는 포크를 들었다.

고토, 하고 다카쓰카가 담당 직원에게 말을 걸었다. 커피와 홍차를 각자의 잔에 따른 뒤였다.

"히카와가 나이프를 숨겨 두었던 접시가 이 디저트 접시인가?"

"네."

"어떤 식이었나?"

"접시 위에 냅킨이 올려져 있었는데, 그걸 펼치니 나이프가 나왔습니다."

"놀랐겠군."

"……네. 나이프에 피가 묻어 있었으니까요." 고토의 시선이 허공을 맴돌았다.

"그때 히카와는 어떤 표정이었나? 웃고 있었나? 아니면 자랑스러워하는 것 같았나? 자네가 받은 느낌을 말해 주게."

고토는 당혹스러운 듯 고개를 기울였다.

"굳이 따지자면 무표정했습니다. 오히려 자기와 대화를 나누는 지배인이 어떤 표정을 짓는지 관찰하는 것 같았습니다."

"그런가. 고맙네. 나가 봐도 좋아."

"네. 저…… 편안한 시간 보내십시오." 고토는 서둘러 나갔다. 그 뒷모습에는 해방감이 감돌고 있었다.

"어처구니가 없군." 다카쓰카가 툭 내뱉었다. "이야기를 듣자 하니 히카와는 잔인할 뿐 아니라 상당히 자기 과시욕이 강한 인간인 것 같아. 범행에 사용한 피 묻은 나이프를 굳이 가져온 건, 식후에 퍼포먼스를 선보이기 위해서였겠지. 어떻게 되어먹은 정신머리인지 이해할 수가 없군."

"레스토랑의 신고를 받고 경찰은 히카와를 총검단속법 위반 현행범으로 체포했죠." 마토바가 모두를 향해 확인하듯 말했다. "그때 히카와는 다른 나이프도 갖고 있었습니까?"

"그랬습니까?" 다카쓰카가 사카키를 향해 물었다.

"아뇨, 다른 나이프는 없었습니다."

"하지만 히카와가 나이프를 여러 개 준비했던 건 사실이죠?" 마토바가 말을 이었다. "사쿠라기 원장님의 등에는 나이프가 꽂혀 있었습니다. 그리고 음……." 그는 하루나를 보며 물었다. "남편분 가슴에도 나이프가 꽂혀 있었죠?"

하루나는 네, 하고 대답했다.

"우리 집사람 몸에는 아무것도 없었어." 다카쓰카가 느릿하게 말했다. "자상은 여러 개 발견됐지만, 흉기는 없었지."

"한마디로 히카와는 최소한 세 개의 나이프를 사용한 거군요." 마토바가 손가락 세 개를 펴며 말했다. "흉기에 남은 흔적을 통해 범행 순서를 특정할 수 있을 것도 같은데요."

"사카키 형사과장님, 그게 가능합니까?" 다카쓰카가 다시 사카키를 향해 물었다. "각각의 나이프를 조사한 결과 어떠한 사실이 밝혀졌는지 알려 주시겠습니까?"

"죄송하지만 그런 추상적인 질문에는 답할 수 없습니다."

"어디가 추상적입니까? 우리의 목적은 아실 테니, 그에 관련된 정보를 주시면 되지 않습니까." 다카쓰카가 부루퉁한 목소리로 말했다.

"그럴 수는 없습니다. 흉기를 통해 밝혀진 사실은 많습니다. 공개할 자료와 그렇지 않은 걸 구분하는 행위 자체가 지극히 자의적입니다. 그렇다고 해서 모든 정보를 제시한다면 끝이 없다고 말씀드렸습니다."

"그렇다면 가가 씨가 대신 질문해 주실 수 있을까요?" 사쿠라기 지즈루가 제안했다. "전문가시니 적확한 질문을 해주시겠죠."

"아, 그게 좋겠군요." 다카쓰카가 곧바로 찬성했다. "가가 씨, 부탁드립니다."

가가는 곤혹스러운 듯 미간을 찌푸렸다.

"정식 검증회가 아닌 자리에서 제삼자인 제가 나서는 건 적절하지 않을 것 같습니다만."

"저희가 부탁드린 건데 뭐 어떻습니까. 마음 쓰지 마십시오."

"그러십니까. 그럼……." 가가는 물을 한 모금 마신 뒤에 맞은편의 사카키를 보았다. "어떤 종류의 나이프였습니까? 조리용 나이프입니까?"

"아니, 길이가 15센티쯤 되는 서바이벌 나이프였네."

"회수한 흉기에서 지문이 검출되었습니까?"

"검출되었어. 모두 히카와의 것이었지."

"피는 묻어 있었습니까?"

"묻어 있었네. 누구의 피였는지 말해도 되겠나?"

"말씀해 주십시오."

사카키는 스마트폰을 꺼내 손을 움직였다.

"히카와가 이 레스토랑에 가져온 나이프에 묻어 있던 건 구리하라 부부의 피였어. 혈흔이 중첩된 모양으로 보아, 먼저 남편 구리하라 마사노리 씨를 찌른 뒤에 다음으로 부인 유미코 씨를 찔렀을 가능성이 크다는 사실이 밝혀졌지. 나머지 나이프 두 개에 묻어 있던 피는 각각 피해자인 사쿠라기 요이치 씨와 와시오 에이스케 씨의 것이었고."

"다른 사람의 피가 섞여 있을 가능성은 없는 거군요."

"상당히 세밀하게 조사했지만 검출되지 않았다고 들었네."

"한마디로 히카와는 구리하라 씨 부부 말고는 한 사람

을 해치는 데 나이프를 하나씩 사용했다고 봐야겠군요."

"그렇네."

"그 나이프는 같은 제품입니까?"

"그래."

"입수 경로는 밝혀졌습니까?"

"밝혀졌네. 인터넷으로 구입했어. 범인의 스마트폰에 구매 이력이 남아 있었고."

"몇 개나 구입했습니까?"

"열 개."

"열 개요? 참고로 하나에 얼마입니까?"

"3천 8백 엔. 싸구려 칼이었지. 쓰고 버릴 작정이었을 테니 그걸로 충분했을 거야."

"실명으로 구입했습니까?"

"본인 명의 카드로 결제했어. 체포되려 했으니 이름을 신경 쓸 필요는 없었겠지."

"열 개의 나이프는 범행에 사용된 것을 포함해 모두 확보하셨습니까?"

아니, 하고 사카키는 고개를 저었다.

"레스토랑에 가져온 나이프가 하나, 시신에 남아 있던 게 두 개, 그리고 히카와의 방에서 사용되지 않은 다섯 개가 발견됐지만, 나머지 두 개는 행방이 묘연하네."

"그중 하나로 다카쓰카 부인을, 그리고 또 다른 하나는 저를 찌를 때 썼겠죠." 마토바가 말했다. "그렇게 생각하면 숫자는 맞는 것 같은데요."

"그렇긴 한데……." 가가가 고개를 갸웃했다. "왜 나이프를 그대로 두지 않았을까요. 그런 의문이 드는군요."

"제 경우는 처음 찔렀을 때 급소를 비껴갔기 때문이 아닐까요? 일단 나이프를 뽑아서 다시 찌르려 했지만, 모종의 이유로 관뒀다든지."

"그 모종의 이유가 뭘까요?"

"모르겠습니다. 경찰차 사이렌 소리에 먼저 도주해야겠다고 생각했을지도 모르겠군요. 타이밍도 얼추 비슷했던 것 같고요."

"다카쓰카 게이코 씨 경우는 어떻습니까. 왜 흉기를 남겨두지 않았을까요."

글쎄요, 마토바는 어깨를 으쓱했다. "저한테 물으셔도……."

"수사진의 견해는 어떻습니까?" 가가는 다시 사카키를 보며 물었다. "다카쓰카 게이코 씨와 마토바 씨를 찌른 나이프를 범인이 회수해 간 이유와 흉기 행방에 대해서요."

"흉기 회수에 대해서는 딱히 깊은 이유는 없었다고 보고 있네." 사카키는 담백한 어조로 대답했다. "다섯 개나

가지고 있었으니, 흉기를 뽑을 여유가 없었던 경우는 그대로 두고 도주했겠지. 여유가 있을 때는 회수했고. 단순히 그런 게 아니겠나? 문제는 다카쓰카 부인과 마토바 씨를 찌른 나이프의 행방인데, 현장 주변을 샅샅이 뒤졌는데도 나오지 않았어. 아마 히카와가 현장을 벗어난 뒤 처분했을 텐데, 본인이 입을 다물고 있으니 찾기는 어렵겠지."

"혹시나 해서 여쭤보는 겁니다만, 나이프를 찌른 각도와 히카와의 체격이 일치합니까?"

"거의 일치했네. 큰 위화감은 없어."

"그렇군요. 감사합니다." 가가는 다시 사람들을 보며 말을 이었다. "나이프에 관해 필요한 정보는 대체로 얻은 것 같습니다."

"대단하시군." 다카쓰카는 흡족한 낯이었다. "이 정보를 통해 어떤 사실을 알 수 있습니까?"

"그건 조금 더 정리를 해봐야 할 것 같고, 지금으로서는……."

"그럼 정리를 해보죠. 다들 디저트도 드신 것 같으니."

가가는 뜻밖이라는 듯 눈을 깜빡거렸다. "이대로 검증회를 다시 여시겠다는 겁니까?"

"안 됩니까? 다들 모이셨으니 시작해도 되지 않을까요?

여러분 의견은 어떠십니까?"

다카쓰카의 물음에 딱히 반대하는 사람은 없었다. 그렇다고 적극적으로 찬성하는 이도 없었다.

"계속 여기 있어도 되는지 레스토랑에 확인해 볼게요." 시즈에가 일어나 밖으로 나갔다.

지금부터 이곳에서 검증회가 시작된다 생각하니 하루나는 마음이 무거워졌다. 계속되는 긴장에 정신이 피폐해진 걸 스스로도 느낄 수 있었다. 식사도 했으니 방으로 올라가 조금 쉬고 싶은 게 솔직한 심정이었다.

맞은편에서 도모카와 구노 마호가 뭐라고 소곤거리고 있었다. 이내 구노 마호가 저기, 하고 말문을 열었다.

"도모카 양은 피곤한 모양이에요. 기숙사에서는 곧 소등할 시간이고요. 만일 검증회를 열더라도 도모카 양은 방으로 돌려보내고 싶은데요."

음, 다카쓰카가 내키지 않는 목소리로 말했다. "그런 거면 어쩔 수 없군……."

"쉬라고 하죠." 사쿠라기 지즈루가 명료한 목소리로 말하며 도모카와 구노 마호를 보았다. "방으로 올라가서 쉬어요. 내일 봐요."

"계산은 어떻게 하면 될까요?" 구노 마호가 물었다.

"그런 건 신경 쓰지 말게. 오늘 밤은 내가 내는 거니까.

내키지도 않는 코스 요리를 억지로 먹게 한 데 대한 사과의 뜻이라 생각해 주게."

"아뇨, 회장님, 그러지 마세요." 사쿠라기 지즈루가 두 손을 내밀며 말했다. "억지로 권하셔서 먹은 게 아니라 제가 선택한 거예요. 공정한 검증회를 위해 빚지는 건 없기로 해요."

"그렇게까지 딱 자르지 않아도 되는데. 어쩔 수 없군요. 그래도 와인 값은 내가 내겠소. 내 멋대로 주문했으니."

"알겠습니다. 감사합니다."

잘 먹었습니다, 하루나도 작은 소리로 감사 인사를 했다.

시즈에가 들어와 고개를 저었다.

"내일 영업 준비도 해야 하고, 관리상의 문제가 있어서 이 방은 못 쓸 것 같다고 하네요."

"참, 융통성이 없군." 다카쓰카가 혀를 찼다 "어디 괜찮은 곳이 없나."

하지만 아무도 발언하지 않았다. 잠시 숨 막히는 시간이 흘렀다.

"한 말씀 드리겠습니다." 결심을 굳힌 듯 말문을 연 사람은 마토바였다. "오늘은 여기까지만 하는 게 어떻습니까. 한 번에 너무 많은 정보가 들어와서, 모두 머릿속이 혼란스러우실 것 같은데요. 하룻밤 푹 쉬고 다시 얘기하는 게 어떻습니까. 내일도 회의실을 잡아두셨죠?"

"오전에 같은 회의실을 예약해 뒀어요." 시즈에가 대답했다.

"그럼 그때까지는 해산하는 게 어떻습니까?"

전 찬성이요, 하고 사쿠라기 지즈루가 손을 들었다.

"저도 그렇게 해주시면 감사하겠어요." 하루나도 솔직하게 말했다.

고사카와 시즈에도 고개를 끄덕였다.

그 모습을 본 다카쓰카는 떫은 표정으로 머리를 긁적였다. "뭐, 그러는 게 좋겠군요."

"다행이군요." 사카키가 말했다. "오늘 밤 집에 돌아갈 수 있을지 솔직히 걱정했거든요."

"사카키 형사과장님, 내일도 와주시는 거겠죠?" 다카쓰카가 물었다.

"물론입니다. 동석하게 해주십시오."

"그럼 그 유류품을 가져와 주실 수 있겠습니까? 다른 분들께 보여드리고 싶군요."

"유류품……."

"집사람이 쥐고 있던 그거 말입니다." 다카쓰카가 오른손을 쥐며 말했다.

"그건 중요한 증거품이라 이미 검찰에 보냈습니다. 내

일 가져오기는 어려울 것 같습니다."

"그 유류품이 뭡니까?" 마토바가 물었다. "그런 얘기는 지금까지 못 들었는데요."

"검증회가 끝날 즈음에 내가 걸리는 게 있다고 했잖나. 그게 이 얘기였어. 사실 게이코는 오른손에 뭔가를 쥔 채 죽어 있었어. 손을 펼쳐봤더니 하얀 종잇조각이 나왔지."

다카쓰카는 스마트폰을 꺼내 손을 움직이더니, 이거요, 하고 사람들을 향해 화면을 돌렸다. 화면 속에 표시된 건 삼각형의 종잇조각이었다.

"경찰이 오기를 기다리는 동안에 발견하고 사진을 찍어놨습니다. 서류인지 뭔지 모르겠지만 종이에서 뜯겨 나온 모서리 부분 같은데, 나는 짚이는 데가 없었소. 고사카도 모르겠다고 하고. 그래서 여러분께 실물을 보여드리고자 했던 거요. 하지만 형사과장님 말씀을 들으니 불가능한 모양이군. 여러분께 묻겠소. 게이코의 손에 있던 이 종잇조각은 대체 뭘까요? 아는 분이 있으면 말씀해 주시오."

다카쓰카는 자세히 보라는 양 스마트폰 화면을 천천히 움직였다. 하지만 반응을 보이는 사람은 없었다.

"없으신가 보군요." 다카쓰카는 입을 앙다물고 손을 내렸다. "나중에라도 생각나는 게 있으면 언제든 어려워 말고 연락 주시죠. 비밀로 해주기를 원하시면 그렇게 하겠습니다."

"저기, 다카쓰카 씨……." 시즈에가 조심스레 입을 열었다. "그 종잇조각을 왜 그렇게 신경 쓰시는 건가요?"

"왜냐고요? 당연한 거 아닙니까? 게이코는 살해되었을 때 어떤 종이를 들고 있었습니다. 그걸 누군가가 가져가려 했지만 찢어져서 일부만 손안에 남았죠. 종이를 가져가려 한 건 누구인가? 히카와인가? 녀석의 소지품을 조사했지만 그런 종이는 없었습니다. 형사과장님, 그렇죠?"

상의도 없이 수사상의 비밀을 밝히는 다카쓰카를 보고 사카키는 벌레 씹은 표정을 지었다. 하지만 딱히 항의하지 않고 네, 하고 대답했다.

"애초에 히카와에게는 그런 짓을 할 이유가 없지. 녀석의 목적은 사형을 당하는 거니까. 그렇다면 생각할 수 있는 건 하나뿐이야. 우리보다 먼저 게이코의 시신을 발견한 누군가가 시신이 쥐고 있던 종이를 가져가려고 한 거고. 그렇다면 그건 누구인가? 여기까지 들으셨으면 내가 무슨 말을 하고 싶은지 알겠죠."

"한마디로 그날, 별장에 있던 사람들이 그랬다는 겁니까?" 마토바가 물었다.

다카쓰카는 마토바를 뚫어져라 바라보며 대답했다. "그 외의 가능성이 있나?"

반박하는 사람은 없었다.

“가져간 종이가 무엇이었는지는 모르네. 아마 당사자에게는 남의 눈에 띄면 안 되는 것이었겠지. 왜 그것을 집 사람이 가지고 있었는지도 신경이 쓰여. 하지만 지금으로서는 그에 대해 깊이 추궁하고 싶지는 않소. 다만 누가 그랬는지는 알아야겠어. 익명이라도 상관없으니까 솔직하게 말해 주기를 기다리겠소. 내 방은 611호입니다. 밤에 문 틈으로 편지를 넣어놓아도 좋소.” 다시 사람들을 둘러본 뒤 다카쓰카는 이상입니다, 하고 이야기를 마무리했다.
“일단 계산은 내가 하죠. 고사카, 내일 검증회 전까지 여러분이 정산할 수 있도록 준비해 주게.”

“알겠습니다.”

“그럼 나는 이만 일어나 보겠습니다.” 말을 마친 다카쓰카는 자리에서 일어났다.

“잠깐만요. 저도 한마디 해도 될까요?” 사쿠라기 지즈루가 말했다. “방금 회장님 이야기를 들으면서 생각했는데요, 이대로 검증회를 계속한다고 해서 정말 진실이 밝혀질까요?”

“그게 무슨 뜻입니까?”

“가가 씨가 사회를 맡아주시면서 이렇게 말씀하셨죠. 거짓말이 섞이면 진상이 달라진다고. 전적으로 동감합니다. 하지만 안타깝게도 그 약속은 지켜지지 않은 것 같네요."

"이 중에 거짓말을 하는 사람이 있다는 말씀이십니까?" 다카쓰카가 일동을 둘러보며 말했다.

"거짓말이라는 표현이 적절한지는 모르겠네요. 하지만 딴생각을 품고 있는 사람이 있는 건 분명해요." 사쿠라기 지즈루는 가방에서 봉투를 꺼냈다. 그리고 그 안에 든 편지지를 꺼내 사람들에게 내밀었다. "이걸 저한테 보낸 사람이 이 안에 있을 거예요. 그 사람에게 말하겠습니다. 지금 당장 자백하세요. 그리고 이 말뜻을 설명해 주세요."

그녀가 든 편지지에 인쇄된 건 다름 아닌 그 문장이었다.

당신이 누군가를 죽였다.

13

뜨거운 욕조 물에 몸을 담그자 몸뿐 아니라 굳어 있던 마음도 조금씩 풀어지는 것 같았다. 목욕을 마치고 나서 침대에 누워 아무 생각 없이 아침을 맞이하면 더할 나위 없을 텐데. 하루나는 팔을 문지르며 생각했다. 하지만 실제로 그런 바람이 이루어지지 않으리라는 것을 잘 알고 있었다.

사쿠라기 지즈루가 내민 편지는 와인으로 조금 무뎌져 있던 하루나의 정신을 단번에 각성시켰다. 그 자리에서 그 편지를 보게 될 줄은 전혀 예상치 못했다.

더구나 그 뒤에 이어진 전개도 놀라웠다. 아마 사쿠라기 지즈루도 예상하지 못했던 게 아닐까.

말문을 연 건 시즈에였다. 그녀는 사쿠라기 지즈루 앞으로 나서며 말했다. "그 편지, 저도 받았어요." 며칠 전에 집으로 왔다고 했다.

이어서 마토바도 "저한테도 왔습니다"라고 했다. "단순한 장난인 줄 알았는데 말이죠. 아까도 말씀드렸다시피 인터넷에 엉터리 정보도 돌고 있어서 그런 줄 알았죠."

하루나도 가만히 있을 수는 없었다. 가방에서 봉투를 꺼내 이틀 전에 편지를 받았다고 털어놓았다.

사실 우리 집에도 이런 게……. 그렇게 말하며 품에서 접힌 편지를 꺼낸 건 고사카였다. 하루나가 받은 것과 같은 편지였다. 사람들에게 이야기해야 할지 고민했지만 결국 말을 꺼내지 못했다고 한다.

도모카도 같은 편지를 받았다. 그녀는 구노 마호에게는 그 사실을 털어놓았지만, 둘이 상의한 끝에 잠시 상황을 지켜보기로 했다고 말했다.

유일하게 다카쓰카 슌사쿠는 그런 편지를 받은 적이 없다고 했다. 하지만 그의 경우에는 사정이 있었다. 지금까지 집에 온 우편물을 정리하는 건 게이코의 일이었고, 그는 부인이 가져다준 것만 확인했다. 게이코가 없는 지금은 쌓인 우편물을 방치하는 일도 잦은 모양이었다.

다카쓰카는 가사도우미에게 연락해 확인해 달라고 하겠다고 했다.

"아무래도 모든 관계자들에게 보낸 것 같군요." 마토바가 말했다. "보낸 사람은 누구고, 목적은 대체 뭘까요?"

"저는 이 중의 누군가가 보낸 거라고만 생각했는

데…….” 사쿠라기 지즈루는 뽑은 칼을 어떻게 해야 할지 곤혹스러워하는 눈치였다.

하지만 편지를 받았다고 말했다고 해서, 그 사람이 보내지 않았다는 보장은 없었다. 아마도 모두 그 생각을 하고 있을 터였지만, 입 밖으로 내는 사람은 없었다.

결국 내일 다시 이야기하기로 정리했다. 말을 꺼낸 사쿠라기 지즈루도 곧바로 답을 내는 건 불가능하다고 생각한 모양이었다.

정체불명의 편지를 받은 게 자신만이 아니라는 사실을 알고 하루나는 조금 마음이 편해졌다. 모두 편지를 보낸 사람의 의도에 짚이는 게 없는 눈치였다. 여전히 꺼림칙하기는 했지만, 상황을 지켜볼 수밖에 없으니 그만 신경 쓰기로 했다.

욕실에서 나와 기초화장품을 바른 뒤 시계를 보니 10시가 되어가고 있어서 마음이 조금 급해졌다. 가가와 호텔 바에서 만날 약속을 했기 때문이었다. 대충 10시쯤에 만나자고 정했지만, 오래 기다리게 할 수는 없었다. 서둘러 준비를 했다.

바는 1층에 있었다. 조도를 낮춘 입구를 지나 들어가자 테이블이 보였고, 그 안쪽으로 카운터가 자리하고 있었다. 하루나는 멈춰 서서 가게 안을 둘러보았다. 구석 테이블에 가가의 뒷모습이 보였다. 더불어 그의 맞은편에 낯선 얼굴이 보였다. 뜻밖에도 고사카 나나미였다.

하루나가 다가가자 고사카 나나미는 바로 알아채고 자리에서 일어나려 했다.

"아니에요, 앉아 계세요."

"하지만 가가 씨와 만나기로 하신 거잖아요. 방해가 될 것 같아서요."

"신경 쓰지 마세요. 같이 마셔요. 가가 씨, 괜찮죠?"

가가는 물론입니다, 하고 대답했다.

하루나가 가가의 옆자리에 앉자 고사카 나나미도 다시 앉았다.

고사카 나나미가 혼자 카운터에 앉아 있는데 나중에 들어온 가가가 말을 걸어서 같이 테이블로 자리를 옮겼다고 했다.

"남편이 레스토랑에서 좋은 와인을 마셨다고 하더라고요. 저도 숨 좀 돌릴까 해서 나왔죠." 고사카 나나미는 반색하며 말했다. 그 앞에는 금속제 텀블러가 놓여 있었는데, 안에 든 건 모히토처럼 보였다. 가가는 흑맥주를 마시고 있었다.

하루나는 웨이터를 불러 '티오페페'를 주문했다. 알콜 도수가 높지 않은 스페인산 셰리주였다.

"무슨 이야기를 나누셨나요?" 하루나는 가가와 고사카 나나미를 번갈아 보았다.

"별 얘기는 아니고요, 아들 교육에 대해 조금……." 고사카 나나미가 대답했다.

"아드님 교육이요?"

생각지도 못한 답이었다. 형사를 상대로 할 이야기일까.

"슬슬 반항기가 찾아온 것 같다고 투덜거리고 있었어요. 아셨나요? 가가 씨는 예전에 교사로 일하셨대요."

"정말요?" 하루나는 놀라서 가가를 보았다. 그런 이야기는 가나모리 도키코에게도 듣지 못했다.

"잠깐이지만요." 가가는 손끝으로 작은 물건을 집는 시늉을 했다. "청소년을 교육할 그릇이 못 된다는 걸 깨닫고 금방 그만뒀죠. 그러니 전직 교사이긴 하지만 제가 할 수 있는 건 걱정을 들어주는 것밖에 없습니다."

"교단에 선 경험이 있으셔서 사회 진행도 잘하시는군요."

가가는 살짝 손사래를 쳤다.

"그러지 마십시오. 칭찬이 아니라 놀리시는 것처럼 들리는군요. 제대로 진행하지 못해서 여러분께 죄송했습니다."

웨이터가 하루나의 음료를 가져왔다. 하루나는 잘 마시

겠습니다, 하고 잔을 들었다.

고사카 나나미는 텀블러를 웨이터에게 건네며 진토닉을 주문했다.

"술을 좋아하시는 모양입니다." 가가가 말했다.

고사카 나나미는 겸연쩍은 표정으로 어깨를 움츠렸다. "너무 많이 마시지 않도록 조심하고는 있는데, 저도 모르게……."

"그날 밤은 한 모금도 안 드셨죠." 하루나가 말했다. "바비큐 파티를 한 날이요. 고기만 구우시고. 다카쓰카 회장님이 부탁하셨다고 들었는데, 정말 죄송했어요."

고사카 나나미의 표정이 어두워졌다.

"모두 비웃으셨겠죠. 뭐든 다카쓰카 회장님의 말대로 따르는 한심한 부부라고."

"비웃다니요……. 그냥 고생이 많으시다고 생각했어요."

진토닉이 나왔다. 고사카 나나미는 같이 나온 라임을 짜 넣은 뒤에 시원하게 잔을 들이켰다. 입가를 손으로 닦고 나서 후, 하고 미소를 지었다.

"고생하지 않았다고는 못 하겠네요. 회장님과 사모님께 버림받으면 우리 가족은 끝이니까요. 마음에 들기 위해 뭐든 해야 한다고 생각해요. 애초에 남편은 한 번 회장님 내외를 배신했거든요. 아실지도 모르겠지만, 돌봐주신 은

혜도 모르고 경쟁사로 갈아탄 전과가 있거든요."

"그 얘기는 언뜻 들었어요. 이직하신 회사가 경영 파탄에 이르렀다고……."

"참 어이가 없죠. 좋은 조건에 눈이 멀어서 경영 상태도 알아보지 않고 이직을 하다니. 길바닥에 나앉게 되었을 때, 다카쓰카 회장님이 다시 부르셨어요. 처음부터 다시 시작해 보자고. 정말 지옥에서 부처님을 만난 심정이었죠. 하지만 회장님은 결코 남편을 용서해 주신 게 아니었어요. 오히려 아직도 믿지 않으시죠. 이번 여름에 같이 별장에 가자고 제안하셨을 때, 이건 시험이라고 생각했어요."

"시험이요?"

"충성심이 진짜인지를 확인하기 위한 시험이요. 어려운 부탁을 하거나 부당한 취급을 했을 때, 거스르거나 불쾌한 티를 내면 불합격인 거죠. 사실 남편 동료 중에 비슷한 경험을 한 분이 있는데, 그분 부인에게 들었어요. 여러 차례 굴욕적인 경험을 했지만, 꾹 참고 견디니 얼마 뒤에 중요한 보직을 맡기셨다고요. 그래서 별장에 가기 전에 남편하고 둘이서 상의했어요. 어떻게 해서든 시험에 합격하자고요."

고사카 나나미의 이야기를 듣고 하루나는 순간적으로 현기증이 났다. 대체 어느 시대 이야기인가 싶었다. 요즘 세상에 이런 어처구니없는 일이 있을 수가 있나.

"그건 갑질 아닌가요?"

"그렇죠, 갑질이죠." 고사카 나나미는 순순히 인정했다. "증거를 남겨서 고소하면 재판에서는 이길 수 있을지도 모르죠. 하지만 그렇게 일을 크게 만들어도 저희에게 좋을 건 없어요. 시험이 영원히 계속되는 것도 아니고, 회장님 내외의 신뢰만 얻으면 장래는 보장되니까요. 자존심도 없나 싶으시겠지만, 자존심이 밥 먹여주는 것도 아니고요. 경멸할 거라면 하라지, 그런 심정이에요."

빠르게 말을 쏟아내며 고사카 나나미는 진토닉을 마셨다. 물 흐르듯 유창하고, 말투도 조금 편해졌다. 아무래도 술기운이 도는 모양이다.

"그래서 시험 결과는 어떻게 됐습니까?" 가가가 물었다.

고사카 나나미는 잔을 든 채 고개를 갸웃했다.

"어떻게 됐을까요. 불합격은 아니었던 것 같지만, 이제 와서는 확인할 방법이 없네요. 합격 불합격을 정하는 건 사모님이거든요."

"그런가요?" 하루나는 놀라서 무심코 목소리가 살짝 커졌다.

고사카 나나미는 후후, 하고 웃음을 흘렸다.

"애초에 가족 동반으로 여행에 따라오게 해서 온 가족

이 충성심을 내보이게 하는 방식 자체가 사모님 아이디어예요. 그분에게 밉보이면 아무리 회장님에게 잘 보여도 소용없거든요. 천하의 회장님도 사모님께는 기를 못 폈고요. 애시당초 다카쓰카 그룹이 이만큼 큰 데는 사모님 친정의 도움이 컸거든요."

"그런 얘기는 처음 들었어요."

"회장님 내외와 알고 지낸 지 얼마 되지 않으신 것 같으니 그럴 수도 있죠. 하지만 다른 분들은 잘 알고 계셨어요. 생일 선물을 준비했잖아요."

"선물요?"

"사건이 일어나고 별장을 떠나기 전에 사모님 짐을 정리하는 걸 도왔는데, 선물이 두 개 있더라고요. 하나는 스카프고 하나는 향수였어요. 카드에 적힌 이름을 보니, 사쿠라기 지즈루 씨와 구리하라 유미코 씨가 드린 것이었어요."

"그 두 분이 선물을……."

"다카쓰카 그룹과 연을 맺기 위해서는 누구에게 잘 보여야 하는지 아셨던 거죠. 그분들만 그런 게 아니라 야마노우치 시즈에 씨도 그렇죠. 일부러 생일 케이크까지 주문하셨잖아요. 사모님이 그러시더라고요. 이 별장지에 모이는 여자들은 모두 보통내기가 아니다, 불여우에 암표범

밖에 없다고요." 고사카 나나미는 진토닉을 마시고 만족한 듯 한숨을 내뱉더니 하루나를 보고 손사래를 쳤다. "아, 하지만 와시오 씨는 아니에요. 사모님은 와시오 씨에 대해 잘 모르시는 것 같았으니까요."

"불여우에 암표범밖에 없다……라." 가가가 말을 받았다. "그게 누구를 가리키는 말이었습니까? 이를테면 불여우는 누구일까요?"

"그건……." 고사카 나나미는 뭔가 생각난 듯 눈을 깜빡거렸다. 그러고는 진토닉 잔을 코스터에 내려놓았다.

"잘 모르겠네요. 그렇게까지 자세한 얘기는 못 들어서요……. 죄송합니다. 좀 과음한 것 같아요. 쓸데없는 소리를 떠들었네요. 방금 한 얘기는 못 들은 걸로 해주세요. 부탁드려요." 말을 마친 고사카 나나미는 황급히 자기 계산서를 집어 들었다.

"한 잔 더 하시지 그러십니까?"

가가의 제안에도 고사카 나나미는 고개를 저었다.

"오늘은 이쯤에서 일어날게요. 너무 늦으면 남편한테 잔소리를 들을 것 같아서요. 먼저 실례하겠습니다." 그러고는 자리에서 일어났다.

"이야기를 나눌 수 있어서 즐거웠습니다. 내일도 잘 부탁드립니다."

"아, 네, 저야말로……."

"안녕히 주무세요." 하루나도 인사를 건넸다.

"네, 안녕히 주무세요."

서둘러 입구로 가는 고사카 나나미의 뒷모습을 바라보며 하루나가 말했다.

"고사카 씨, 조금 취하신 것 같네요."

"그래 보이는군요. 그 덕에 흥미로운 이야기를 들었습니다." 가가의 말투는 냉정했다. "취한 사람은 거짓말을 하지 않는다고 하죠. 귀중한 정보를 얻었습니다."

"어떤 부분이 흥미롭다는 건가요? 불여우와 암표범?"

"네, 그 얘기는 특히 마음에 들었습니다." 가가는 흑맥주 잔을 기울였다. "게다가 표정을 보아하니 아무래도 고사카 씨는 그게 누구를 지칭하는 것인지 아는 것 같군요. 입 밖으로 내면 안 된다는 걸 순간적으로 깨달은 모양이지만."

"불여우와 암표범…… 누구 얘기일까요?"

"글쎄요……." 고개를 갸웃하면서도 가가의 얼굴에는 의미심장한 미소가 번져 있었다.

하루나는 고사카 나나미가 떠난 맞은편 자리로 이동했다.

"그나저나 가가 씨에게 사과드릴 일이 있어요."

가가는 살짝 얼굴을 들이대며 물었다. "혹시 그 편지 건 말입니까?"

하루나는 네, 하고 대답했다. "신칸센을 탈 때부터 빨리 말씀드려야 한다고 생각했는데, 어쩌다 보니 말을 못 꺼냈어요. 죄송합니다."

"저희는 오늘이 두 번째 보는 거죠. 다 털어놓을 거라고 생각하지는 않았으니 마음 쓰지 마십시오. 그보다 그 편지를 지금 갖고 계십니까?"

"갖고 있어요."

하루나는 가방에서 봉투를 꺼내 가가 앞에 놓았다.

"좀 보겠습니다." 가가는 그렇게 말하고는 봉투에서 편지를 꺼냈다. 내용을 훑어보는 매서운 표정은 형사의 얼굴이었다.

"당신이 누군가를 죽였다, 라. 대체 무슨 뜻일까요."

"저도 여러 가지로 생각해 봤지만 모르겠더라고요."

"아까 이야기를 들으니 검증회에 참석한 관계자 모두에게 보낸 모양이더군요. 그러니 '당신'이라는 건 각자를 지칭하는 것이라 생각해야겠죠. 그리고 '누군가'라는 것도 특정한 개인을 가리키는 말은 아닌 것 같습니다. '죽였다'는 것도 죽게 했다, 또는 죽음의 원인을 제공했다, 그런 의미를 굳이 강하게 표현한 것이라 해석하면, 이 문장은 이렇게도 바꿔 말할 수 있을 겁니다. 당신들은 모두 일찍이 어딘가에서 누군가의 목숨을 빼앗았다……."

셰리주를 마시던 하루나는 가가의 말을 듣고 사레가 들릴 뻔했다. 잔을 내려놓고 황급히 숨을 골랐다.

"괜찮으십니까?"

"괜찮아요. 좀 놀라서요."

"놀라셨다고요?"

"아니, 누군가의 목숨을 빼앗았다고 하시니까……."

"그렇게 해석할 수도 있다는 말입니다. 사실인지 아닌지는 알 수 없고요."

"아뇨, 그게 정답인 것 같아요."

하루나는 놀란 가슴을 진정시키기 위해 남은 셰리주를 모두 들이켰다. 그러고는 웨이터를 불러 같은 술을 주문했다.

"왜 정답이라고 생각하십니까?" 가가가 물었다.

"이유는 명확해요. 짚이는 데가 있으니까요." 심호흡을 한 번 하고 나서 말을 이었다. "간호사로 일하다 보면 다양한 환자분들을 만나요. 언제나 환자분들이 건강을 되찾아 퇴원하시기를 바라며 일하죠. 하지만 안타깝게도 그 바람이 이루어지지 않는 경우도 있어요. 그럴 때면 저한테 뭔가 부족한 점이 있었던 게 아닐까 돌아보게 돼요. 용태가

급변해서 돌아가신 경우에는 특히 더 그렇고요. 다행히도 지금까지 책임져야 할 실수를 한 적은 없어요. 하지만 유족들이 어떻게 생각하실지는 모르죠. 환자가 세상을 떠난 건, 그 와시오 하루나라는 간호사가 제대로 대응하지 못했기 때문이 아닌가. 그렇게 의심하는 사람이 한 명도 없다고는 단언할 수 없으니까요."

몇 달 전, 수액을 맞던 중에 심부전으로 사망한 노인이 있었다. 수액 약제는 제각각 투여 시간이 정해져 있다. 규정보다 투여 시간을 짧게 설정한 탓에 심장에 부담이 간 게 아니냐고 의심을 샀지만 그런 실수는 저지르지 않았다고 자신할 수 있었다. 실제로 문제가 없었음이 증명되었지만 유족의 의심이 풀렸는지는 알 수 없다.

또 몇 년 전에는 병원에 감염증이 확산되어 환자가 목숨을 잃는 사건이 있었다. 그 환자와 접촉한 간호사 중 한 명이 하루나였다. 철저한 조사 끝에 의료진은 감염원이 아니었다는 사실이 밝혀졌지만, 유족이 납득했다는 이야기는 듣지 못했다.

돌이켜 보면 비슷한 일들이 많았다. 생명과 직결되는 일을 하는 이상, 숙명 같은 것이었다.

웨이터가 주문한 셰리주를 가져왔다. 하루나는 바로 잔을 들고 한 모금 마셨다. 살짝 자극적인 향이 콧속을 지나갔다.

“그런 식으로 생각하면 누구나 짚이는 일 한두 개는 있을지도 모르겠군요.” 가가가 차분한 목소리로 말했다. “저도 그렇습니다. 범인 체포가 늦어진 탓에 피해자가 늘어난 사건도 있습니다. 또한, 경찰 상층부의 잘못된 수사 명령을 따른 결과 무고한 사람이 주변의 따가운 시선을 견디지 못하고 스트레스로 자살 시도를 한 일도 있었죠. 모두 목숨을 빼앗았다는 비난을 받아도 할 말이 없는 케이스입니다.”

“그러면 편지를 보낸 사람은 그런 일반적인 얘기를 하고 싶은 걸까요?” 하루나는 가가가 든 편지를 보며 말을 이었다. “당신들도 누군가의 목숨을 빼앗은 과거가 있을 것이니, 가족이 살해당했다고 해서 슬퍼할 자격은 없다. 당신이 누군가를 죽인 것처럼 당신의 소중한 사람도 누군가의 손에 목숨을 잃은 것에 불과하다. 그렇게 말하고 싶었던 건가요?”

“그렇게 해석할 수도 있겠죠.” 가가가 말했다. “그리고 만일 편지의 목적이 그뿐이라면 불쾌하기는 하지만 그다지 신경 쓸 필요는 없을지도 모릅니다. 여러분과 전혀 상관없는 사람이 우연히 이번 검증회에 대해 알고 악의를 가지고, 또는 반쯤 재미로 편지를 보냈을 가능성이 있으니까요."

"그 경우는 무시하면 된다는 말씀이시군요."

"그렇죠. 하지만 안타깝게도 그 가능성은 작은 것 같습니다. 사건 관계자 중 누군가가 다른 목적을 가지고 보냈다고 생각하는 게 합리적입니다. 그 목적이 무엇인지는 알 수 없고요. 현시점에서 그 편지가 가져온 효과는 관계자들을 의심과 불신의 늪에 빠뜨린 것뿐입니다. 그런 행위가 편지를 보낸 사람에게 어떠한 이득이 되는지, 전혀 짚이는 데가 없군요." 가가는 편지를 봉투에 도로 넣고 잘 봤습니다, 하고 건네줬다.

"가가 씨는 히카와가 바비큐 파티에 참석한 사람들의 면면을 파악한 상태에서 범행을 저질렀다고 하셨죠. 죽일 사람이 누구라도 상관없었던 게 아니라, 명확한 범행 대상이 적어도 한 명은 있었을지도 모른다고요."

"그랬죠."

"그 사실과 이 기묘한 편지가 상관이 있을까요?"

"모르겠지만 상관이 없어 보이지는 않습니다."

"그렇겠죠……."

하루나가 멍하니 먼 곳으로 시선을 던졌을 때였다. 낯익은 얼굴이 시야에 들어왔다. 구노 마호가 들어오고 있었다. 그녀도 두 사람을 알아챘는지 고개를 까닥하더니 조심스레 다가왔다. "안녕하세요."

"혼자 왔어요? 도모카는?" 하루나가 물었다.

"잠들었어요. 많이 피곤했던 것 같아요. 침대에 눕자마자 곧바로 잠들더라고요. 난 왠지 마음이 진정이 안 돼서, 잠이 안 오더라고요."

술이라도 한잔하고 잠을 청할 생각이었던 모양이다.

"그럼 합석할까요? 혼자 마시고 싶으신 게 아니라면 말이죠."

"그래도 될까요?"

물론이죠, 하고 가가가 하루나의 옆자리를 권했다.

"그럼 실례하겠습니다……."

구노 마호는 그렇게 말하며 하루나의 옆에 앉았다.

가가가 손을 들어 웨이터를 불렀다. 흑맥주를 주문한 뒤에 구노 마호에게 "주문하시겠습니까?" 하고 물었다.

"그럼 난 '와일드 터키' 하이볼로 주세요."

알겠습니다, 하고 웨이터가 물러갔다.

구노 마호는 하루나의 손에 시선을 던지며 말했다. "그 편지 얘기를 하고 계셨나요?"

하루나는 봉투를 들고 있었다. 그 말을 듣고 가방에 도로 넣었다.

"아무래도 신경이 쓰이니까요. 대체 누가 무슨 목적으

로 보낸 걸까요. 도모카도 이 편지를 받았다고 했죠?"

"네. 기숙사 우편함에 들어 있었다고 했어요."

"중학생인 도모카에게 그런 편지를……." 하루나는 가가를 보았다. "아까 하신 얘기, 누구에게나 해당된다고 하셨는데 도모카의 경우도 그런가요?"

"중학생이라는 이유로 예외일 수는 없죠." 가가는 냉철한 눈빛으로 말했다. "학교 폭력으로 매년 수많은 아이들이 스스로 목숨을 끊습니다. 그 대부분이 중학생이고요. 그리고 학교 폭력의 가해자도 중학생이죠. 물론 이건 단순한 예에 불과하고, 도모카 양이 그랬다고 의심하는 건 아닙니다만."

"실례지만 무슨 얘기인가요?" 구노 마호가 끼어들어 물었다.

"그 편지요."

하루나는 가가에게 확인했다. "아까 하신 얘기를 구노 씨에게 해도 될까요?"

가가는 그러라고 대답했다.

하루나는 편지에 적힌 문장을 '당신들은 모두 일찍이 어딘가에서 누군가의 생명을 빼앗았다'고 해석할 수도 있다는 가가의 이야기를 했다.

"분명히 그렇게 해석할 수도 있겠네요." 구노 마호는 생각에 잠긴 표정으로 중얼거렸다.

웨이터가 다가와 버번 하이볼과 흑맥주가 든 잔을 내려놓았다.

구노 마호는 잔에 손을 뻗으며 말했다. "그렇다면 편지를 보낸 사람은 살해된 피해자들에게도 같은 말을 하고 싶은 걸지도 모르겠네요."

"무슨 말씀이신가요?"

"식사 자리에서 마토바 씨가 말씀하셨잖아요. 인터넷에는 이번 사건이 피해자들의 자업자득이라는 의견이 있다고요. 한마디로 누군가의 목숨을 빼앗은 과거가 있으니까 그런 일을 당했다는 뜻이에요."

"다카쓰카 부인을 그 예로 들었죠. 구리하라 유미코 씨도."

"도모카에게 들은 이야기인데……." 구노 마호는 목소리를 낮추고 말을 이었다. "구리하라 유미코 씨에게 헤어디자인 콘테스트에서 지인의 아이디어를 도용했다는 의혹이 있던 건 사실인 모양이에요. 그와 관련해서 여러 차례 악질적인 일을 당하기도 했다고요. 사실무근이지만 나쁜 소문은 금세 퍼지니까 그런 낙인을 지우는 건 어렵다, 사람들이 질릴 때까지 기다리는 수밖에 없다며 유미코 씨는 포기하고 계셨던 모양이에요."

"그랬군요."

어머니가 그런 일을 당한다는 걸 알았을 때 딸은 어떤 심정이었을까. 상상하니 가슴이 미어졌다.

구노 마호는 술잔을 내려놓았다.

"하지만 어머님의 경우는 아버님에 비하면 그나마 나은 편이에요."

"아버님이 왜요?"

구노 마호는 주저하는 기색을 보이더니 스스로를 납득시키듯 고개를 작게 끄덕였다.

"숨겨도 어차피 밝혀질 일이니 말씀드릴게요. 도모카의 아버지, 구리하라 마사노리 씨한테도 나쁜 소문이 많았어요."

"어떤 소문입니까?"

"재작년에 회계사무소 고객이었던 자산가가 세상을 떠났어요. 그 사람에게는 이혼 조정 중이었던 부인이 있었고요. 남편이 세상을 떠난 뒤에 경영하던 회사의 자산을 편취했다며 그 부인이 사기 혐의로 고발을 당했는데, 구리하라 마사노리 씨도 공범 의혹이 있었어요. 회사법상 필요한 절차를 밟지 않고, 부인이 죽은 남편의 뒤를 이어 대표이사에 취임한 것처럼 위장했다는 죄목이었죠."

하루나의 눈이 동그래졌다. "정말 그런 일을 한 건가요?"

"모두 오해고 자신은 결백하다고, 가족에게는 그렇게 말씀하셨다는군요. 실제로 최종적으로는 혐의없음으로 불기소됐고요. 하지만 그 결과를 납득하지 못하는 사람도 많았는지, 지금도 인터넷에는 다양한 억측이 난무하고 있어요. 가장 많은 건 죽은 자산가의 부인과 구리하라 마사노리 씨가 불륜 관계였고, 두 사람이 공모해 자산가의 회사를 탈취하려고 했다는 소문이었죠. 게다가 자산가의 죽음에 두 사람이 관여했을 가능성을 시사한 글도 올라왔던 모양이에요."

"죽음에 관여했다니, 살해했다는 뜻인가요?"

"그렇게 표현하지는 않았지만, 그런 뜻으로 썼겠죠."

경악스러울 따름이었다. 무슨 근거로 그런 무서운 억측을 퍼뜨리는 걸까.

"그런 글을 도모카가 직접 찾아본 걸까요?"

구노 마호는 아니에요, 하고 대답했다.

"학교 친구가 볼 때마다 알려 줬대요. 친구를 위한다는 생각으로 말하는 것 같아서 뭐라고 할 수도 없다고 도모카가 그러더군요."

친구들이 찾아낸 과격한 글을 보며 곤혹스러워하는 도모카의 모습이 눈에 선했다. 부모님의 험담이 인터넷에 나돌고 있고, 친구들은 열심히 그런 글을 찾고 있다. 그 상황을 상상하기만 했을 뿐인데도 하루나는 한없이 우울해졌다.

“고양이 얘기도 들으셨나요?” 구노 마호가 물었다. “도모카가 아끼던 루비라는 고양이요.”

“아뇨, 못 들었어요. 그 고양이가 왜요?”

“몇 달 전에 죽었대요. 건강했는데 어느 시점부터 갑자기 상태가 안 좋아져서, 갑자기 죽었다고 들었어요. 도모카의 본가는 단독주택이라 기본적으로는 실내에서 키웠는데, 가끔 밖에도 내보냈나 봐요. 밖에 나갔을 때 누가 이상한 걸 먹인 게 아니냐고 부모님이 얘기하는 걸 도모카가 들었대요.”

“설마 원한을 품은 사람이 키우는 고양이를…….” 하루나는 말을 잇지 못했다.

“이렇게 말하는 건 적절치 않을지도 모르지만, 마치 별장지에서 일어난 사건의 전조 같아요.” 구노 마호는 감정을 억누른 목소리로 말하더니 눈을 살짝 위로 치켜떴다.

“가가 씨는 어떻게 생각하세요?” 하루나가 물었다. “편지를 보낸 사람은 이런 일을 모두 알고서 사람들에게 그런 편지를 보낸 걸까요?”

가가는 흑맥주를 마시더니 후, 하고 한숨을 내뱉었다.

“뭐라 말할 수는 없지만 전혀 몰랐을 것 같지는 않군요.

구노 씨 얘기로는 인터넷을 조금 뒤져보기만 해도 구리하라 씨 부부에 관한 좋지 않은 소문을 찾을 수 있다고 하니까요. 다카쓰카 부인에 대한 비방도 인터넷에서는 이미 사실처럼 돌아다니고 있다고 합니다. 그런 걸 생각하다 불현듯 마음에 걸리는 점이 있었습니다."

"뭔가요?"

"범인 히카와 다이시는 과연 아무것도 몰랐던 걸까요? 피해자들 중에 그런 식으로 누군가의 원한을 샀을 가능성이 큰 인물이 포함되어 있던 건 우연에 불과할까요?"

그 의문의 의미를 하루나는 곰곰이 생각했다.

"히카와가 그런 것들을 사전에 조사해서 범행 대상으로 택했다는 뜻인가요?"

하지만 가가는 묵묵부답이었다. 뭔가 생각에 잠긴 눈치였다.

"그게 무슨 말씀이신가요?" 구노 마호가 옆에 둔 숄더백에서 작은 노트와 볼펜을 꺼냈다. "자세히 말씀해 주세요."

가가는 구노의 손을 보았다.

"검증회가 끝난 뒤에 그 노트를 사카키 형사과장님께 보여드렸습니까?"

구노의 표정이 살짝 풀어졌다.

"보여드렸어요. 문제없다고 하셔서 압수는 피했고요."

"잘됐군요."

"하던 이야기 말인데요." 구노 마호는 볼펜을 들고 받아 적을 준비를 했다.

아뇨, 하고 가가는 잔을 들었다. "오늘은 여기까지만 하죠. 혼자서 좀 생각을 정리해야 할 것 같습니다."

"네? 여기까지만요? 난 호기심 때문이 아니라, 어떻게든 도모카에게 도움이 되고 싶어서 묻는 거예요."

"압니다. 죄송합니다. 머리가 복잡해지면 도중에 이야기를 중단하는 건 제 나쁜 버릇입니다." 가가는 흑맥주를 단번에 들이켰다. "그만 실례하겠습니다."

그가 계산서에 손을 뻗는 걸 보고 하루나는 먼저 집어 들었다.

"제가 낼게요. 제가 부탁해서 오셨으니까요."

가가는 순간 거북한 기색을 보였지만, 금세 수긍했다.

"알겠습니다. 이번만 얻어먹겠습니다."

하루나는 구노 마호 쪽을 보았다. "저도 슬슬 일어날게요. 내일 뵙겠습니다."

"내일 뵙겠습니다." 구노 마호는 고개를 숙였다. "안녕히 주무세요."

"안녕히 주무세요." 하루나도 자리에서 일어났다.

입구 카운터에서 계산을 했다. 그동안 가가는 밖에서 기다리고 있었다. 밖으로 나온 하루나에게 잘 마셨습니다, 하고 정중하게 인사를 건넸다.

"하루가 참 길었죠. 몸이 피곤하다기보다는 정신이 피폐한 것 같아요."

"알죠. 그럴 법도 합니다."

엘리베이터를 타고 5층에서 내렸다. 정적에 휩싸인 복도를 나란히 걸었다. 이내 하루나의 방 앞에 도착했다.

"검증회가 끝난 뒤에 가가 씨는 '참석자들에 대해 모르는 상태에서 진상에 도달할 수 없다'고 하셨죠." 가방에서 열쇠를 꺼내며 하루나는 물었다. "저녁 식사 자리와 바에서 이야기를 나눠보시고 뭔가 알아내셨나요?"

"글쎄요……." 가가는 고개를 틀었다.

"인간이란 복잡한 존재입니다. 겉과 속이 있는 건 당연하고, 사람에 따라서는 속에 또 속이 있고, 그 안에 또 속내를 숨기기도 하죠. 한결같지만은 않습니다."

"하지만 도키코 선배는……." 그렇게 말하고 나서 하루나는 헛기침을 했다. "아뇨, 그만할게요."

"뭡니까? 가나모리 씨가 뭐라고 하던가요? 제 험담이라도?"

"아니에요. 저녁 식사 전에 도키코 선배와 통화했을

때, 이렇게 말하더군요. 가가 씨에게 거짓말은 안 통한다고요."

가가는 겸연쩍게 웃었다. "가나모리 씨가 그런 말을……."

"만일 누군가가 사건에 관해 숨기는 게 있다면 절대로 놓치지 않는다고도요."

"형사에게는 최고의 칭찬이군요. 하지만 과대평가일 가능성도 있습니다. 지금으로서는 아무것도 간파하지 못했으니까요. 하지만 이것만큼은 말할 수 있습니다. 누군가가 분명히 거짓말을 하고 있습니다. 게다가 한두 명이 아닐지도 모릅니다."

"그런가요?"

이를테면……, 하고 가가는 운을 뗐다. "방금 전까지 우리와 같이 이야기를 나눴던 분 말입니다만……."

"구노 씨요? 그분이 거짓말을 했나요?"

"볼펜을 꺼냈죠. 평범한 볼펜이 아니었습니다. 소형 카메라가 내장된 기계입니다. 녹음도 됩니다."

소름이 끼쳤다. "네? 그럴 리가……."

"틀림없습니다. 직업상 여러 번 본 적이 있거든요. 도촬범들이 흔히 쓰는 건데, 일반인이 가지고 다닐 법한 물건은 아니죠."

"왜 그런 걸……."

"관계자들의 동향을 최대한 기록해 두려는 거겠죠. 기숙사 생활지도사로서의 의무감 때문이라고 생각하고 싶지만, 이 점에 대해서도 의심 가는 점이 있습니다."

"그게 뭔가요?"

"예전에 교사가 되었을 때 동료 교사가 선배 교사에게 지적을 받은 적이 있었습니다. 자기를 '나'라고 하면 안 된다, '저'라고 하라고요. 시대도 달라졌고, 기숙사 생활지도사가 조심해야 할 말투나 자세가 있는지는 모르겠지만, 처음부터 신경이 쓰였습니다."

그러고 보니 그럴지도 모르겠다. 하루나는 그제야 알아챘다. 구노 마호의 일인칭은 처음부터 줄곧 '나'였던 것 같다.

"기숙사 생활지도사라는 게 거짓말이라고요?"

"단언할 수는 없습니다. 하지만 만일 거짓말이라면, 거짓말을 하는 사람이 또 한 명 있다고 봐야겠군요." 가가는 집게손가락을 세웠다. "말할 것도 없이 도모카 양입니다. 그 아이도 거짓말을 하고 있어요."

"무슨 목적으로 그런 거짓말을……."

"모르겠습니다. 그 두 사람 나름대로 뭔가 생각이 있어서겠죠. 그것이 나쁜 꿍꿍이가 아니라는 보장은 없고요." 가가는 진지한 눈으로 말을 이었다. "그러니까 일단 이 사실은 다른 사람들에게는 비밀로 해주십시오. 저도 입 다물고 있겠습니다."

"알겠습니다."

가가는 손목시계를 보았다. "그럼 내일 뵙지요. 푹 쉬십시오."

"네. 쉬세요."

안녕히 주무세요, 인사를 남기고 가가는 걸음을 옮겼다.

14

손을 뻗어 더듬더듬 스마트폰을 찾았다. 액정 화면에 표시된 숫자는 오전 2시 3분. 아까 보았을 때부터 고작 20분밖에 지나지 않았다. 그동안 졸았던 것도 아니고, 그저 눈을 감고 있었을 뿐이다.

방으로 돌아온 하루나는 바로 옷을 갈아입고 침대에 누웠지만, 묘하게 머리가 맑아져서 도무지 잠이 오지 않았다. 빨리 자야지, 하고 눈을 감았지만 연신 뒤척이다 결국 스마트폰으로 시간을 확인하고, 날이 밝으려면 아직 멀었다는 걸 알고는 한숨을 내쉬기를 반복했다.

한숨을 흘리며 다시 스마트폰을 보았다. 동영상을 보며 시간을 때울 마음은 들지 않았다. 마음에 걸리는 건, 사건 피해자들이 인터넷상에서 중상비방을 당하고 있다는 이야기였다.

지금까지 사건을 검색해 본 적은 한 번도 없었다. 사건이 어떻게 보도되고 있는지 아는 게 두려웠고, 무엇보다 떠올리고 싶지 않았다. 히카와 다이시에 대해서도 언론 보도 이상으로 자세히 알고 싶지 않았다.

망설이며 인터넷에 접속했다. 어떤 키워드로 검색하면 좋을지 잠시 생각한 끝에 별장지 이름과 '구리하라 마사노리'라는 이름을 넣었다.

곧바로 여러 기사가 표시되었다. 제일 먼저 눈에 들어온 건, 사건 자체에 대한 기사였다. '유명 별장지에서 일어난 참극, 남녀 6명 피해, 5명 사망'이라는 제목이었는데 피해 내용만이 적혀 있었다. 에이스케에 대해서도 '도쿄에 거주하는 와시오 에이스케 씨'라고 명기되어 있었다. 하루나의 이름은 나오지 않았다.

그 밖에도 비슷한 기사를 여러 건 찾았다. 모두 신문 기사를 인터넷에 올린 것이었다. 히카와 다이시가 체포되었다는 기사도 있었다.

검색 결과를 훑어보던 하루나는 헉, 하고 숨을 삼켰다. '별장지에서 살해된 공인회계사의 추악한 진실'이라는 제목이 눈에 들어와서였다. 어딘가의 게시판에 올라온 글 같았다.

주저하며 제목을 클릭했다. 그러자 느닷없이 다음과 같은 댓글이 눈에 들어왔다.

살해된 ○하라는 2년 전 의문의 죽음을 맞이한 자산가의 담당 공인회계사다. 자산가의 부인 A가 유산을 상속받았는데, 자산가가 경영하던 회사의 대표이사에 취임해 회사를 사유화했다. 뒤에서 조종하는 인물로 지목된 것이 ○하라다. 실은 A와 그렇고 그런 사이라 둘이 짜고 회사를 가로채려 했던 모양이다. 사기죄로 고발당했지만 증거불충분으로 불기소, 사악한 계획이 성공을 거두나 싶더니 이번 사건이 일어난 것. 히카와 다이시는 영웅이다. 범인 히카와에게 표창장을 보내자.

이런 게 첫 댓글이니, 이어지는 댓글들은 안 봐도 뻔했다. 구리하라 마사노리를 매도하는 댓글밖에 없었고, 무슨 오해가 있어서 사기죄로 고발당했을 가능성을 언급하는 댓글은 전무했다. 개중에는 아내 구리하라 유미코에 대한 언급도 있었다.

○하라의 부인은 아오야마에서 고급 미용실을 경영하는데, 훔친 디자인으로 콘테스트에서 우승한 전력이 있다. 끼리끼리라 할까. 쌍으로 천벌을 받았네, 하늘에 감사.

읽다 보니 불쾌해져서 일단 브라우저를 닫았다.

마토바와 고사카, 그리고 구노 마호가 이야기했던 것과 다르지 않았다. 자세히 검색하면 더 많은 중상모략이 나오겠지. '다카쓰카 게이코'의 이름으로 검색해도 분명 비슷할 것이다.

끔찍한 세상이다. 다시금 그런 생각이 들었다. 살인사건 피해자를 비방해서 얻는 게 뭐란 말인가.

우울한 기분으로 스마트폰 화면을 바라보는 동안 불현듯 이런 생각이 들었다. 우리는 어떨까. 에이스케도 이런 말들을 듣고 있는 걸까.

일부러 검색할 필요는 없다는 걸 알면서도, 한번 고개를 든 의문은 사라지지 않았다. 지금 넘어가더라도, 언젠가 검색해 볼 것이 틀림없었다. 매도 먼저 맞는 게 낫다고, 그럴 바에야 지금 검색하자. 스스로를 설득하며 하루나는 스마트폰을 조작했다. 지역명과 '와시오 에이스케'라는 단어를 입력하고 떨리는 손으로 클릭했다.

줄줄이 뜬 기사를 보고 심장이 쿵쾅거렸다. 하지만 구리하라 마사노리 때와 마찬가지로 사건을 전달하는 신문 기사가 대부분이었다.

숨을 고르며 화면을 내렸다. 이내 제목 하나가 눈에 들어왔다. '별장지 살인사건 피해자들의 다른 얼굴'이라는 제목이었다. 원래 주간지 기사인데, 인터넷에도 공개된 것 같았다.

하루나는 짚이는 데가 있었다. 취재 요청이 들어온 적이 있었다. 상대의 태도에서도 성의가 느껴져서 단순히 호기심만으로 취재하려는 게 아니라는 건 잘 알 수 있었다. 그럼에도 거절한 건, 제 안에서 무엇 하나 정리되지 않았기 때문이었다. 틀림없이 어떤 질문에도 제대로 대답하지 못했을 것이다.

그 기사인가. 누가 취재에 응한 걸까.

기사 전반부는 사건의 개요를 설명하는 것이었다. 별장에서 즐겁게 여름 휴가를 보내던 사람들이 범인의 이기적인 동기로 살해된 사실이 담담하게 서술되어 있었다. 이어서 피해자들이 어떤 사람이었는지에 대해 지인의 증언 등을 통해 전달하는 내용이었다.

먼저 구리하라 부부였다. 인터뷰에 응한 건 회계사무소와 미용실 직원들, 그리고 부부의 고객들이었다. 읽어보니 아까 게시판의 글에 적힌 내용 같은 건 일언반구도 없었다. 모두 두 사람의 인품을 칭찬하고, 죽음을 애도하며 범인을 향해 강렬한 분노를 내비치고 있었다.

하루나는 안심했다. 아무래도 이 기사에 피해자들을 중상비방하려는 목적은 없는 것 같았다.

다카쓰카 게이코나 사쿠라기 요이치에 대해서도 마찬

가지였다. 다카쓰카 게이코에 대해서는 '젊은 시절부터 다카쓰카 회장을 헌신적으로 내조해 온 다카쓰카 그룹의 숨은 공로자'라 표현했으며, 사쿠라기 요이치에 대해서는 '자신의 신념을 관철해 온 의료인'이라 칭송하고 있었다.

그리고 에이스케. 뜻밖에도 기자는 취재를 위해 에이스케의 고향인 도야마까지 찾아간 것 같았다. 에이스케의 소꿉친구가 인터뷰에 응했다.

그는 결혼해 네 살짜리 아들이 있었다. 아이는 선천적인 질환을 앓고 있어서 격렬한 운동을 할 수 없었다. 에이스케는 아이의 생일에 어떤 스포츠 장비를 선물했다. 보치아라는 스포츠였다. 양 팀이 표적구가 되는 하얀 공을 향해 자기 팀의 공을 던지거나 밀어서 상대 팀보다 더 가까이 보내는 것을 겨루는 경기였다. 원래 뇌성마비 장애인이나 운동 기능에 장애가 있는 중증 장애인이 즐길 수 있도록 고안된 스포츠로, 패럴림픽 정식 종목으로도 채택되었다. 때문에 병약한 아이라도 즐길 수 있을 거라 생각한 것이다.

낯선 스포츠라 처음에는 아이도 별 관심을 보이지 않았다고 한다. 그래서 에이스케와 친구는 둘이서 게임을 하는 모습을 아들에게 보여주었다. 어디까지나 아이가 관심을 가지게 하기 위해서였다. 하지만 하다 보니 둘 다 진지해졌고, 열이 오른 끝에 규칙을 둘러싸고 언쟁을 벌이게 되었다. 친구의 아내가 중재하지 않았으면 싸움으로 번졌을지도 모른다고 했다. 하지만 이 모습을 지켜보던 아들은 자기도 해보고 싶다고 말했다. 어른들이 그토록 빠져드는 스포츠라면, 분명히 재미있을 거라 생각한 모양이다. 그 후로 아이는 보치아를 좋아하게 되었고, 그걸 계기로 적극적인 모습을 보이게 되었다고 한다.

서투르고, 적당히 하는 법을 몰랐지만, 그렇기 때문에 사람의 마음을 움직이는 녀석이었습니다. 그런 사람이 이유도 없이 살해당하다니, 이런 부조리한 일이 있어도 됩니까. 친구는 눈물을 흘리며 그렇게 말했다고 한다.

기사를 다 읽은 하루나는 스마트폰을 내려놓았다. 에이스케에 대한 기사나 글은 더 있을지도 모른다. 하지만 찾아볼 마음이 사라졌다.

어쩌면 가가의 말대로 히카와에게는 명확한 범행 대상이 있었을지도 모른다. 하지만 그 인물에게는 분명 살의를 갖게 할 만한 이유가 있었을 것이다.

그러니 그 대상은 에이스케가 아니다. 그런 생각을 하며 하루나는 눈을 감았다.

다시 눈을 떴을 때, 커튼 사이로 새어 들어오는 햇살이 보였다. 날이 밝은 모양이다. 머리맡에 놓아둔 스마트폰을 확인했다. 화면에 표시된 시각은 오전 7시였다. 조금은 눈을 붙인 덕분에 머리가 맑았다.

샤워를 마치고 화장을 하다 공복감을 느꼈다. 어젯밤에 메인 요리를 남겼기 때문일지도 모른다. 아침은 건너뛰려고 했는데, 조금 먹어두는 게 좋겠다고 생각을 고쳐먹고 옷을 갈아입었다.

조식 장소는 어젯밤과 같은 메인 다이닝이었다. 입구에서 방 열쇠를 제시하자 안으로 들여보내 주었다. 뷔페식이었고 자리도 정해져 있지 않았다.

쟁반에 접시를 올리고 요리를 둘러보고 있는데 옆에서 누군가가 "안녕하세요" 하고 인사를 건넸다. 구리하라 도모카였다. 조금 떨어진 곳에는 구노 마호의 모습도 보였다.

"아, 안녕……."

"오늘도 잘 부탁드립니다."

"나야말로 잘 부탁해."

"그럼 나중에 뵈어요." 도모카는 쟁반을 들고 고개를 숙인 뒤 멀어졌다.

소녀의 뒷모습을 바라보며, 하루나는 자신이 중학생 때 저렇게 공손한 말투를 쓸 수 있었던가 하는 생각을 했다.

음식을 적당히 담아서 빈 테이블을 찾아 앉았다. 당근이 들어간 채소 주스를 한 모금 마시고 나서 포크를 들었다. 그릇에는 오믈렛과 찐 채소를 담았다. 수프는 미네스트로네를, 빵은 갓 구운 크루아상을 담았다.

도모카와 구노 마호는 하루나의 자리에서 네 테이블 떨어진 곳에 마주 앉아 묵묵히 식사를 하고 있었다.

어젯밤에 가가가 했던 이야기를 떠올렸다. 저 두 사람이 거짓말을 하고 있을지도 모른다고 했다. 구노 마호가 기숙사 생활지도사가 아니라면 누구란 말인가. 왜 도모카는 그 거짓말에 가담하고 있는 것일까.

눈앞으로 그림자가 드리웠다. 동시에 "여기 앉아도 돼요?" 하고 묻는 소리가 들렸다. 테이블 너머에 사쿠라기 지즈루가 쟁반을 들고 서 있었다.

앉으세요, 하루나가 대답했다. "혼자 오셨어요?"

"그런데요, 왜요?"

"마토바 씨와 같이 안 오셨나 해서요……."

사쿠라기 지즈루는 쟁반을 내려놓고 앉아 훗, 하고 웃음을 흘렸다.

"맨날 끌고 다니는 건 아니에요. 가족도 아니니까."

확연히 뭔가를 암시하는 말투에 하루나는 순간적으로 말문이 막혔다. 하지만 사쿠라기 지즈루는 딱히 반응을 기대한 것도 아니었는지, 잘 먹겠습니다, 하고 식사를 시작했다.

하루나는 몰래 한숨을 내쉬었다. 아침 식사라도 편안한 분위기에서 하고 싶었는데 영 어려울 것 같다.

그나저나 마토바가 가족이 아니라고 딱 잘라 말한 사쿠라기 지즈루의 의도는 무엇일까. 분명히 아직 식은 올리지 않았지만, 보통은 딸의 약혼자면 가족이나 마찬가지라고 생각하지 않나. 그러고 보니 저녁 식사 자리에서 그 이야기가 나왔을 때도, 사쿠라기 지즈루의 태도는 부자연스러웠다. 리에와 마토바의 결혼에 무슨 문제가 있는 걸까.

그런 생각을 어렴풋이 하며 수프를 먹고 있는데, 사쿠라기 지즈루가 "시즈에 씨는 몇 시쯤에 오실까요?" 하고 물었다.

"9시 반에 오신다고 했어요. 어제하고 같은 회의실을 쓰려면 어떤 절차가 필요하다고 하더라고요……."

"그렇군요." 사쿠라기 지즈루는 고개를 끄덕였다.

"고모한테 볼일이 있으세요?"

"아뇨, 아무것도 아니에요. 그냥 시즈에 씨는 호텔에 안 묵으시니까, 오고 가기 번거로우실 것 같아서요."

"가까워서 그렇게 번거롭지는 않을 거예요. 평소에도 장을 보러 이 근처에는 자주 오는 것 같으니까요. 차도 있고요."

"그나저나 이런 곳에서 용케도 혼자 사신다 싶어요. 외롭지 않으신가? 나는 절대 못 그럴 것 같은데."

"이제 익숙하기도 하고, 혼자가 더 편하다나 봐요."

"그래요? 하긴 시즈에 씨는 어울리긴 해."

"어울린다니요?"

"미인에 신비한 분위기가 있잖아요. 외딴집에서 홀로 살다니 꼭 안데르센의 『눈의 여왕』 같네요. 하지만 죽은 남편이 자주 그러더군요. 아직 젊은 나이인데 안타깝다고. 누구 만나는 사람 없어요?"

글쎄요, 하루나는 고개를 갸웃했다. "들어본 적 없는데요."

"없을 리가 없을 것 같은데. 아니, 그 미모에 사람이 없다니요. 재혼하려고 마음만 먹으면 얼마든지 가능하지 않아요?"

"그럴지도 모르겠네요. 하지만 경제적으로 어렵지 않으니 굳이 그럴 필요 없다고 생각하는 게 아닐까요?"

"하긴 돈이 궁한 게 아니면 굳이 결혼할 필요는 없죠. 하지만 만나는 사람이 있어도 이상할 건 없는데. 그렇죠?"

"그야 뭐……."

왜 이런 걸 묻는 건지, 하루나는 그쪽이 더 신경 쓰였다.

그때였다. 시야 한구석에 곧장 다가오는 누군가의 모습이 들어왔다. 마토바였다. 그는 하루나에게 꾸벅 인사하더니 무릎을 굽히고 사쿠라기 지즈루에게 뭐라고 귓속말을 했다.

사쿠라기 지즈루는 조금 놀란 표정으로 마토바를 보았다. "리에가?"

네, 마토바는 고개를 끄덕였다. "벌써 출발했다는데요."

"갑자기 왜?"

"후회하고 싶지 않다는군요."

"이제 와서 갑자기……." 사쿠라기 지즈루는 젓가락을 내려놓더니 핸드백을 들고 일어났다. 스마트폰으로 전화를 하려는 것 같았다.

그녀의 뒷모습을 바라보다 마토바와 눈이 맞았다. 그는 슬쩍 주변을 둘러보고는 의자를 빼서 앉았다. "리에가 온다고 합니다."

두 사람의 짧은 대화를 듣고 그러려니 짐작은 하고 있었기에 놀라지는 않았다.

"몸은 괜찮으신가요?"

"그건…… 네, 괜찮은 것 같습니다." 석연치 않은 말투를 보아하니 문제는 건강이 아닌 것 같았다.

하루나가 의아해하는 걸 알아챘는지, 마토바는 주저하

며 "실은……" 하고 말을 꺼냈다.

"원래 리에는 검증회에 참석하려고 했습니다. 그런데 사모님이 설득해서 말린 거죠."

"네? 어제는 사건을 떠올리기만 해도 공황에 빠진다고……."

"사건 직후에는 그랬습니다. 실제로 2주 정도는 그런 상태였죠. 하지만 조금씩 회복해서, 사십구재 즈음에는 안정을 되찾았습니다. 죄송합니다. 어제는 리에가 검증회에 빠질 구실이 필요해서 거짓말을 했습니다."

"왜 리에 씨를 못 오게 하신 건가요?"

"사모님이 정했습니다. 금방 흥분해 이성적으로 사고하지 못하니까 다른 분들께 폐를 끼칠 뿐이라고 하시는 겁니다. 본인이 사쿠라기 집안 대표로 참석하면 충분하고, 둘이나 참석할 필요는 없다고."

"하지만 역시 참석하겠다고 연락이 온 거군요."

"아까 전화가 왔습니다. 자기도 당사자니까 참석하는 게 당연하다면서. 뭐, 맞는 말이기는 하죠. 그래서 반대하지 못했습니다. 신칸센을 타고 온대서 제가 역까지 데리러 가기로 했습니다." 마토바는 손목시계를 보며 일어났다. "그전에 배를 좀 채워야겠군요."

하루나는 크루아상 마지막 한 조각을 입에 넣고 빈 접

시를 정리했다. 예상대로 아침 식사를 느긋하게 즐기지는 못했다.

레스토랑을 나설 때 접수를 받는 직원에게 가가라는 사람이 왔냐고 물었다. 객실 번호를 물어봐서 대답하자, 7시 정각에 왔다고 했다. 이미 한참 전에 아침 식사를 마친 모양이다. 그렇게 일찍 일어나서 무엇을 했을까. 어쩌면 그의 명석한 두뇌는 이미 활발하게 움직이며 오늘 검증회에 임할 준비를 착착 해나가고 있는지도 모른다.

가게를 나와 엘리베이터를 타러 가는 중에 통로 옆 소파에서 사쿠라기 지즈루가 통화를 하는 모습이 보였다. 리에와 통화가 끝나지 않은 걸까. 그 진지한 옆모습에서 여느 때의 여유는 느껴지지 않았다.

15

가가에게 전화가 온 건 화장을 고치며 친구들의 메시지를 확인하고 있을 때였다. 만나자거나, 식사를 하자고 권하는 내용도 있었다. 그들은 하루나가 겪은 비극을 알고 있었기에, 그녀를 배려해 표현에 무척 신경을 쓴 티가 났다. 언제까지고 친구들이 신경 쓰게 하고 싶지는 않지만, 그렇다고 어떻게 해야 할지 갈피를 잡을 수 없었다.

"네, 와시오입니다. 푹 쉬셨어요?" 전화를 받으며 인사를 건넸다.

"안녕하세요. 좀 주무셨습니까?"

"조금요. 가가 씨는 무척 일찍 일어나셨더라고요."

"아셨습니까? 생각해야 할 일이 많아서 시간을 허투루 쓰고 싶지 않았거든요. 그래서 말입니다만, 와시오 씨에게 묻고 싶은 게 있습니다."

가가는 할 이야기가 있는데 방으로 와줄 수 있느냐고 물었다.

"조금 민감한 얘기라서 듣는 귀가 없는 곳에서 하고 싶습니다. 제가 찾아가도 되지만, 여성분 방에 들어가는 것도 좀 그래서요."

"저는 상관없으니 제 방으로 오세요."

"괜찮으시겠습니까? 그럼 5분쯤 후에 노크하겠습니다."

"알겠습니다. 기다리겠습니다."

남의 눈에 띄고 싶지 않은 것들을 치울 시간을 주려고 5분 뒤에 가겠다고 한 것이리라. 속옷 같은 게 널브러져 있지는 않았지만, 소지품은 최대한 치웠다.

5분이 조금 지나서 노크 소리가 났다. 가가는 마운틴 파카를 걸치고 작은 배낭을 메고 있었다. 하루나에게 "돌려드리겠습니다" 하고는 주물로 된 열쇠를 내밀었다. 이미 방을 정리하고 나온 모양이었다.

이 방에는 베란다가 없고 커다란 창문 옆에 작은 테이블과 의자가 놓여 있었다. 그곳에서 하루나는 가가와 서로를 마주 봤다.

"저한테 묻고 싶으신 게 뭔가요?"

가가는 자세를 바로 하고 진지한 눈빛으로 말문을 열었다.

"말씀드리기 송구스럽습니다만, 와시오 씨에게는 무척

괴로운 기억과 관련된 일입니다. 다름이 아니라 쓰러진 남편분을 발견했을 때의 일입니다."

쿵. 모래주머니가 위장 바닥으로 떨어진 기분이 들었다. 하지만 거절할 수는 없었다. 표정에 드러나지 않도록 배에 한껏 힘을 주고 네, 하고 대답한 뒤 형사의 눈을 바라보았다.

"남편분은 두 곳에 상처를 입으셨습니다. 하나는 옆구리, 또 하나는 가슴. 가슴에 나이프가 꽂혀 있었고 그게 치명상이었습니다. 그렇죠?"

"맞습니다."

"문제는 옆구리의 상처입니다. 나이프를 뽑았기 때문에 상당량의 출혈이 있었을 겁니다. 만일 그 상태에서 움직였다면 혈흔이 떨어져 있었을 거고요. 그래서 드리는 질문입니다만, 남편분 주변에 그런 흔적은 없었습니까?"

"자세히 기억나지 않습니다만, 피는 많이 흘렸던 것 같아요. 지혈하느라 정신없었거든요."

"지혈……. 응급 처치를 하셨군요."

"물론이죠. 어떻게든 처치를 해야 한다고 생각했어요."

"지혈은 어떻게 하셨습니까?"

"남편 주머니에서 손수건을 꺼내서 상처 부위를 압박 지혈했어요. 그것밖에 없어서……."

"지혈 말고는 또……?"

"남편 이름을 불렀어요. 빨리 의식을 찾게 하는 게 중요하니까요."

"이름을 부르셨다고요……. 그건 구명 조치의 정석입니까?"

"그럴 거예요."

가가는 고개를 끄덕였다. "질문은 이상입니다."

"이게 단가요?"

"이걸로 충분합니다. 힘든 기억을 떠올리게 해서 죄송합니다."

"여기 오기 전부터 각오하고 있었어요. 신경 쓰지 마세요."

가가는 손목시계를 확인했다.

"시간이 조금 남았긴 한데, 저는 먼저 가 있겠습니다. 빨리 와 있는 다른 참석자 분이 계실지도 모르니까요. 그분들과 이야기라도 나눌 수 있으면 도움이 될 것 같습니다."

"귀한 정보를 얻을 수 있을지도 모른다는 말씀이시군요."

"맞습니다." 가가는 자리에서 일어났다.

"저도 금방 나갈게요. 체크아웃을 마치고 회의실로 가겠습니다."

"알겠습니다."

가가가 나간 뒤, 하루나는 짐을 챙겼다. 하지만 가가의 질문이 머릿속에 맴돌아서 이따금 동작을 멈췄다. 왜 그런 질문을 했을까. 하루나의 간호사 경력을 인정해서 묻는 것이겠지만, 답에 잘못된 점이 없었는지 조금 불안해졌다.

오전 9시 반이 되기를 기다렸다 객실을 나왔다. 프런트에 가자 체크아웃하는 고객들이 줄지어 서 있었다. 기다리는 동안 로비 소파에 앉아 있는 시즈에의 모습이 보였다. 시즈에도 하루나를 보고 살짝 손을 흔들었다. 오늘은 짙은 갈색 팬츠에 파란색 니트 차림이었고, 신발은 운동화였다.

체크아웃을 마치고 시즈에에게 다가갔다. 하루나의 얼굴을 보자마자 시즈에는 "어젯밤에는 잘 잤니?" 하고 물었다. 모두 같은 질문을 한다. "그냥 조금요" 하고 가가에게 했던 것과 비슷한 대답을 했다.

"고모, 오늘은 스포티한 차림이네요."

"그렇지? 어제 가가 씨가 끝날 때쯤 그러더라고. 내일은 움직이기 편한 복장이 좋을지도 모르겠다고."

"가가 씨가? 왜 그런 복장이 좋대요?"

"물어봤는데 그냥 생각이 있다고만 하시던데. 넌 아무

말 못 들었니?"

"나한테는 아무 말 안 하던데."

"그래? 넌 도쿄에서 왔으니까 갑자기 편한 옷을 준비하라고 하면 난감해할 거라고 생각했나?"

그건 그렇지만 일단 말이라도 해주지, 하고 하루나는 조금 불만이었다.

둘이서 검증회 회장으로 갔다. 장소는 어제와 같은 회의실이라고 했다. 오늘은 페트병에 든 음료를 준비해 달라고 했다고 시즈에가 말했다. 그편이 목이 마르면 각자 자유롭게 마실 수 있어서라고 했다. 어제도 누가 그랬지만, 남들을 잘 챙기는 사람이었다. 정말 사귀는 사람이 없을까.

회의실로 들어서자 화이트보드 앞에 서서 뭔가를 쓰는 가가의 모습이 보였다. 보아하니 별장과 그 주변 지도를 그리는 것 같았다. 가가는 하루나와 시즈에를 돌아보고는 꾸벅 고개를 숙였다.

고사카 가족도 와 있었는데, 어제와 같은 자리에 앉아 있었다. 구석 테이블에 시즈에가 부탁한 대로 병 음료가 준비되어 있었다.

페트병 뚜껑을 열고 차를 마시며 무심코 화이트보드에 그려진 지도를 보았다. 길과 건물을 간략하게 그려놓은 건 어제와 같았지만, 곳곳에 X 표시가 되어 있었다. 그게 무엇인지 생각하다 금방 알아챘다. 범행이 일어난 곳이다. 게다가 피해자가 사망한 케이스다. 구리하라 별장 차고에 두 개의 X 표시가 되어 있었고, 조금 떨어진 곳에 삼각형 표시가 되어 있었다. 마토바가 찔린 곳인 모양이다. 그는 사망하지 않았기 때문에 X 표시가 아닌 것이다.

실제 수사본부에서도 이런 식으로 그릴까. 가가의 뒷모습을 바라보며 하루나는 그런 생각을 했다.

문을 열고 사쿠라기 지즈루가 혼자 들어왔다. 다소 매서운 표정으로 역시 어제와 같은 자리에 앉았다.

이어서 구리하라 도모카와 구노 마호가 들어왔다. 인사를 건네서 하루나도 답했다. 하지만 가가에게 그런 이야기를 들은 뒤라 마음이 영 편치 못했다. 학생과 기숙사 생활지도사로는 보이지 않았다. 구노 마호가 젊어서인지 조금 나이 차이가 나는 친구 사이라고 해도 믿을 것이다.

다음으로 나타난 인물을 보고 하루나는 숨을 삼켰다. 사쿠라기 리에였다. 그 뒤를 따라 마토바가 들어왔다. 리에는 진회색 정장 차림이었다. 바지가 아니라 스커트를 입은 건 정장 바지 차림의 어머니에 대한 반발심에서일지도 모른다.

리에 씨, 하고 시즈에가 그녀를 불렀다. "오셨군요."

"네." 리에는 힘주어 대답했다.

"컨디션은 괜찮아요?"

"전혀 문제없어요. 어제는 참석 못 해서 죄송했습니다."

마토바가 사쿠라기 지즈루가 있는 쪽으로 리에를 데려가려 했다. 하지만 리에는 고개를 젓더니 조금 떨어진 곳에 자리를 잡았다. 마토바는 단념한 듯 그 옆에 앉았다. 사쿠라기 지즈루는 말없이 시선을 다른 곳으로 돌리고 있었다.

그로부터 조금 지나 다카쓰카 슌사쿠가 들어왔다. 자신이 제일 마지막에 나타나지 않으면 직성이 풀리지 않는 것인지도 모른다. 하루나는 그런 생각을 하다가 아직 오지 않은 사람이 있다는 사실을 깨달았다.

"사카키 형사과장님은 조금 늦으신다고 연락이 왔습니다." 다카쓰카가 말했다. "10분, 15분 정도라고 하니, 기다려 주시면 감사하겠다고. 참관인이 늦어서 죄송하다고 사과하시더군요."

"그럼 오실 때까지 기다릴까요." 가가가 말했다.

"기다리는 동안에 그 얘기를 할까요?" 사쿠라기 지즈루가 제안했다. "어젯밤에 제가 보여드린 괴문서 말이에요. 여러분도 받으셨죠? 그 기분 나쁜 문구, 당신이 누군가를 죽였다."

"그 편지 말입니다만." 다카쓰카가 손을 들었다. "가사 도우미에게 연락해 확인해 봤습니다. 역시 우리 집으로도 보냈더군요." 그렇게 말하며 스마트폰을 꺼내 화면을 내밀었다. "자, 보십시오."

거리가 있어서 하루나는 잘 보이지 않았지만, 편지를 찍은 사진인 것 같았다. 받지 않은 걸 받았다고 거짓말을 할 필요는 없을 것 같아서 굳이 다가가 확인하지는 않았다. 다른 사람들도 마찬가지인지 앉은 채 고개를 끄덕였다.

"여러 가지로 생각해 봤는데, 역시 저는 그 편지를 보낸 사람이 이 중의 누군가라고 생각해요." 사쿠라기 지즈루가 공공연히 말했다. "어제까지는 그 사람이 좋지 못한 일을 꾸미는 게 아닌가 싶었어요. 하지만 나 혼자 편지를 받은 게 아니라는 걸 알고 마음이 바뀌었죠. 그 사람도 분명 알아챈 거겠죠. 이 사건은 단순히 정신이상자가 저지른 무차별 살인이 아니고, 그 배후에 다른 누군가의 의지가 작동하고 있었다는 사실을. 우리가 이 검증회에서 밝혀야 하는 건 바로 그 점일 거예요."

"그게 무슨 말입니까?" 다카쓰카가 언성을 높였다. "다른 누군가의 의지라니, 그냥 넘어갈 수 없는 발언이군."

"하지만 회장님도 이 중에 뭔가를 숨기고 있는 사람이

있다고 의심하시는 거죠? 사모님이 손에 쥐고 있던 종잇조각에 대해 뭔가 알아내셨나요?"

다카쓰카는 다리를 꼬더니 천천히 고개를 저었다.

"안타깝게도 어젯밤 문틈에 진상을 고백한 편지가 끼워져 있지는 않더군요. 요컨대 아직 모르는 상태입니다."

"그럼 그것까지 포함해서 의문을 해결하죠. 그러니까……." 사쿠라기 지즈루는 사람들 쪽을 보았다. "솔직하게 대답해 주세요. 누가 그 편지를 보낸 거죠? 그 문구의 의미는 뭐고요. 사건 배후에 비밀이 있다고 생각해서 그런 거잖아요. 나도 마찬가지예요. 같이 문제를 해결하죠."

하지만 그녀의 물음에 답하는 사람은 없었다. 회의실 안은 정적에 휩싸였다.

"왜죠?" 사쿠라기 지즈루는 짜증스레 언성을 높였다. "이 안에 있잖아요. 그렇죠? 왜 나서지 않는 거예요. 의문을 해결하고 싶지 않은 거냐고요."

신경질적으로 내뱉은 목소리가 한동안 실내에 울려 퍼졌다.

이어서 사쿠라기 지즈루가 뭔가 말하려던 순간이었다.

"엄마, 그만해요." 옆에서 싸늘한 목소리가 들렸다. "꼴사나우니까."

리에였다. 팔짱을 끼고 비스듬히 고개를 숙이고 있

었다.

“뭐가 꼴사나운데?” 사쿠라기 지즈루는 딸을 쏘아봤다.

“삼류 배우 같아. 자기 망상에 주변 사람들을 끌어들이지 말라고요.”

“망상? 무슨 망상?”

“사건에 숨겨진 뭔가가 있다, 다른 누군가의 의지다, 무슨 말인지 모르겠어. 그런 게 있을 리가 없잖아. 이상해.”

“무슨 소리니? 이상한 건 너야! 마사야 선생. 어제 검증회 얘기, 리에한테 안 했어? 새로운 의문이 얼마나 많이 나왔는지.”

“들었어. 근데 그게 뭐? 이렇게 난리 칠 일이야? 어쨌든 범인은 히카와라는 사람이잖아. 그걸로 됐잖아. 뭐가 문제라는 건데?”

“뭘 모르는구나. 범인은 히카와지만 다른 뭔가가 숨겨져 있는 게 아니냐는 말이잖아.”

“그렇게 말하는 건 엄마뿐인 거 같은데?”

“아니. 그럼 그 편지는 뭔데? 보낸 사람도 같은 생각일 거야. 너도 받았잖아.”

“당신이 누군가를 죽였다…….” 리에는 입매를 일그러뜨리며 어깨를 으쓱했다. “그거, 엄마가 보낸 거 아냐?”

“뭐? 지금 뭐라는 거니?”

"자작극 아니냐고."

"무슨 얼토당토않은 소리를……."

"잠깐만요." 마토바가 일어나 만류했다. "리에도 침착해. 모두 당황하셨잖아."

아닌 게 아니라 모녀간에 오가는 대화를 듣고 하루나는 어안이 벙벙했다. 이 모녀는 날을 세워 대립하고 있는 모양이다. 사쿠라기 지즈루가 리에를 검증회에 참석하지 못하게 했던 이유도 이것 때문이 아닐까.

불편한 침묵을 깨고 문소리가 났다. 사카키였다.

"기다리시게 해서 죄송합니다. 알아볼 게 좀 있어서……." 땀이 맺힌 이마를 손수건으로 훔치며 말하더니, 심상치 않은 분위기를 알아챘는지 사카키는 사람들의 얼굴을 유심히 살폈다.

"무슨 일 있었습니까?"

"이따가 말씀드리죠." 곧바로 가가가 말했다. "한마디로 말하면 각자의 견해에 차이가 있는 모양입니다. 검증회를 진행하다 보면 하나씩 밝혀질 겁니다."

"그렇군." 사카키는 석연치 않은 기색이었지만 수긍했다. "하지만 검증회를 시작하기 전에 꼭 말씀을 들어보고 싶은 분이 있습니다."

"그분이 누구시죠?"

그건……, 하고 말하는 사카키의 시선이 안쪽을 향해 설핏 움직였다. "구노 마호 씨, 얘기 좀 할 수 있겠습니까?"

"나……?" 구노 마호는 가슴에 손을 올리며 되물었다. "네. 같이 가주시겠습니까. 묻고 싶은 게 있습니다. 시간을 많이 뺏지는 않을 겁니다."

구노 마호는 당혹스러운 표정으로 옆자리의 구리하라 도모카와 마주 보더니, 이내 결심을 굳힌 듯 일어섰다. "알겠습니다."

"잠깐만요." 다카쓰카가 손을 들었다. "사카키 씨, 무슨 일입니까? 저분한테 물어볼 게 뭡니까?"

"그건 말씀드릴 수 없습니다. 개인 정보에 관련된 일이라."

"개인 정보? 왜 형사과장님이 저분의 개인 정보를 알고 계신 거죠?"

"알고 있는 건 아닙니다. 오히려 잘 몰라서 묻는 겁니다."

"모른다고요? 그게 뭡니까, 좀 그렇군. 뒤에서 몰래 그러지 말고 여기서 설명해 주십시오."

다카쓰카의 추궁에 사카키는 난감한 듯 얼굴을 찡그렸다. 한편 구노 마호는 자기와 상관없다는 듯 무표정했다.

사카키는 체념한 듯 고개를 절레절레 저었다.

"알겠습니다. 그럼 여기서 묻도록 하죠." 그는 구노 마호 쪽을 보았다. "사적인 검증회라 해도, 경찰이 입회한 이상 참석자의 신분은 확실히 파악해 둘 필요가 있습니다. 그래서 구노 씨에 대해서도 확인을 해야겠다고 생각해 구리하라 도모카 양의 기숙사에 문의했습니다. 돌아온 답은, 기숙사에 구노 마호라는 생활지도사는 없다는 것이었습니다." 사카키는 구노에게 시선을 고정한 채 말을 이었다. "어떻게 된 일인지 이해할 수 있게 설명해 주시겠습니까?"

갑작스레 폭로된 사실에 실내 분위기가 바뀌었다. 놀라움과 의혹, 그리고 두려움이 깃든 눈빛이 구노 마호라는 이름을 댄 여자에게 쏠렸다.

하지만 하루나에게는 그다지 충격적인 발언이 아니었다. 역시 가가가 꿰뚫어 본 대로였나 싶어서, 그의 능력에 새삼 감탄했을 따름이었다.

구노 마호가 작게 한숨을 흘렸다. 이윽고 사카키 쪽을 보며 말문을 열었다.

"말씀이 맞아요. 생활지도사라는 건 거짓입니다."

"구노 마호라는 이름도 가명입니까?"

"현시점에서 본명은 아니지만 사회에서 쓰고 있어요. 언젠가 본명이 될 예정이고, 그걸 위해 준비하고 있죠."

"준비?"

"부모님의 이혼이요. 무사히 이혼 절차가 끝나면 어머니 호적에 들어가 외가 쪽 성을 쓸 생각이에요. 그게 구노고요."

"그럼 진짜 성은 뭡니까?"

"진짜 성은……." 구노 마호는 심호흡을 하더니 사람들을 둘러보고 나서 말을 이었다. "히카와예요. 히카와 마호. 그게 내 본명입니다. 이미 눈치채셨겠지만, 히카와 다이시의 동생입니다."

16

히카와 마호, 그 이름이 머릿속에서 범인 히카와 다이시와 자연스럽게 연결된 것이 하루나는 스스로도 신기했다. 충격적인 고백에 놀라기도 했지만 한편으로는 그런 거였군, 하고 묘하게 납득하는 부분도 있었다. 적어도 구노 마호의 정체에 대해 생각하면서 느꼈던 불안은 사라지고 없었다.

하지만 그것은 하루나가 가가에게 미리 정보를 들었기 때문이었다. 그렇지 못한 다른 사람들은 당연하게도 큰 혼란에 빠졌다.

"네?" 놀란 듯 큰 소리를 낸 건 고사카 히토시였다. 거의 동시에 몇몇 사람들이 벌떡 일어났다. 그중 하나가 다카쓰카였다. 노인은 구노 마호를 가리키며 뭐라고 말하려 했다. 하지만 너무 놀랐는지 할 말이 순간적으로 떠오르지 않거나, 또는 떠올랐지만 제대로 언어화할 수 없었는지 먹이를 보채듯 입을 뻐끔뻐끔거릴 뿐이었다.

"이봐요!" 마토바가 날카롭게 외쳤다. "그게 대체 무슨……."

"기다리십시오." 사카키가 마토바를 제지했다. 눈은 구노 마호를 응시하고 있었다. "만일을 위해 묻겠습니다만, 저희를 놀리는 건 아니시겠죠? 방금 하신 말씀을 농담이 아니라 사실이라 받아들여도 되는 겁니까?"

네, 하고 구노 마호가 대답했다. "어떻게 이런 농담을 하겠어요." 지극히 침착한 목소리였다.

테이블을 쾅 치는 소리가 났다. 사쿠라기 지즈루였다.

"어떻게 된 거죠?" 노기 어린 목소리로 외쳤다. "왜 이런 사람이 이 자리에 있는 거냐고요. 말이 안 되잖아. 대체 무슨 일이에요!"

"조용히 하십시오." 사카키가 매서운 표정으로 일갈했다. 수많은 범죄자들과 대치해 온 형사의 서슬에, 사쿠라기 지즈루도 입을 반쯤 벌린 채 얼어붙었다.

사카키는 구노 마호를 향해 성큼성큼 다가갔다.

"신분을 증명할 만한 게 있습니까? 운전면허증이라든지."

네, 하고 구노 마호는 지갑에서 면허증 같은 것을 꺼내 사카키에게 건넸다. 사카키는 그것을 꼼꼼하게 훑어본 뒤 스마트폰을 꺼내 조작했다.

사카키 씨, 하고 다카쓰카가 말을 걸었다. "뭘 하시는 겁니까? 저 사람이 한 말이 사실입니까?"

"좀 기다려 보십시오." 사카키는 거슬린다는 듯 대답하며 계속해서 스마트폰으로 뭔가를 조사했다.

이내 화면을 보며 고개를 끄덕이더니 다시 말을 이었다.

"아무래도 이분 이야기가 거짓말이 아닌 것 같군요. 면허증 성명이 히카와 마호입니다. 그리고 기재된 주소도 히카와 다이시의 주소와 일치합니다."

모두가 숨을 삼키는 기척이 났다.

"사정을 설명해 주십시오." 사카키는 운전면허증을 구노 마호에게 돌려주며 말했다. "왜 당신이 이 자리에 있는 겁니까? 신분을 위장해서 검증회에 참석한 목적이 뭐죠? 아니, 그전에……." 사카키는 구리하라 도모카 쪽으로 고개를 돌렸다. "도모카 양에게 확인하는 게 나을 것 같군요. 이 사람의 정체를 알고 있었던 거니?"

도모카는 대답하지 않고 구노 마호와 서로 마주 보았다.

"사실대로 말해!" 다카쓰카가 노성을 내질렀다. "우리를 속이다니, 대체 무슨 꿍꿍이냐!"

사카키가 다카쓰카를 달래듯 손짓했다.

이내 구노 마호가 입을 열었다. "제가 설명하겠습니다."

"말씀하시죠."

"사건 보도를 통해 범인이 오빠라는 걸 알고 절망에 빠졌어요. 갑자기 지옥에 떨어진 기분이었죠. 믿고 싶지 않았지만, 오빠라면 그럴 수 있다고 생각한 것도 사실이었습니다. 어젯밤에 누군가가 말씀하셨다시피 오빠는 집에서 고립되어 있었고, 가족들을 미워했거든요. 우리를 괴롭히고 싶다는 이유만으로 살인을 저질렀다 해도 이상할 건 없었습니다. 사형을 두려워하지 않고, 오히려 사형당하기를 바란다는 말은 분명 거짓이 아닐 거예요."

구노 마호의 목소리에는 힘이 없었다. 감정을 담으려 하지도, 반대로 억누르려고도 하지 않는 것 같다고 하루나는 생각했다. 가명을 써서 숨어들어 왔지만, 언젠가 발각되어 이런 국면에 처할 것을 예상하고 있었을지도 모른다.

"사건이 일어난 뒤에 저와 부모님의 생활은 엉망진창으로 망가졌어요. 아버지는 직장을 그만뒀고, 저도 휴직할 수밖에 없었습니다. 참고로 저는 변호사입니다. 어쏘 변호사라 당분간 나오지 말라는 사무소 지시에 따를 수밖에 없었죠. 수입은 끊겼고 눈앞이 캄캄한 상황이었어요. 오빠가 바라던 대로 된 거죠. 우리가 처한 상황을 떠올리며 오빠가 비웃는 모습을 상상하니 미쳐버릴 것만 같았어요. 이 손으로…….” 구노 마호는 두 손을 꼭 쥐고 말을 이었다. “이 손으로 목 졸라 죽여버리고 싶을 정도로요.”

멀리 떨어진 곳에서도, 하루나는 그녀의 손이 잘게 떨리고 있는 모습을 똑똑히 보았다.

“한편…….” 구노 마호의 목소리 톤이 낮아졌다.

“석연치 않은 점도 많았습니다. 왜 오빠는 아무 연고도 없는 별장지에서 범행을 저지른 것일까. 범행 상대가 누구라도 상관없었다면 가까운 사람들을 노리는 게 편할 텐데 왜 그러지 않았을까. 사건을 조사하면 할수록 여러 의문들이 떠올랐습니다. 그래서 어떻게든 사건 관계자와 접촉해 내부 사정을 알아봐야겠다고 생각했습니다. 그럼 누구에게 접근할 것인가. 어떻게 접근할 것인가. 여러모로 검토한 끝에 구리하라 도모카 양에게 편지를 보내기로 했습니다. 신분을 솔직하게 밝히고 오빠가 범행을 저지르게 된 이유나 경위를 밝히는 걸 도와달라고 부탁했습니다.”

“왜 다른 사람이 아니라 도모카 양을 선택했습니까?” 사카키가 물었다. “중학생이라 쉽게 꾀임에 넘어올 것 같아서?”

그럴 리가요, 구노 마호의 입가에 살짝 미소가 번졌다.

“중학생의 이성과 감수성을 그렇게 우습게 보지는 않았

어요. 도모카를 고른 건, 다른 유족분들은 감정적으로 대응하실 수밖에 없을 것 같아서였어요. 범인의 동생이라는 이유만으로 편지를 읽지도 않고 찢어버릴 공산이 크다고 생각했죠."

"왜 도모카 양이라면 그러지 않을 거라고 생각한 겁니까?"

"부모님을 잃은 도모카에게는 분명 후견인이 있을 거라고 생각했어요. 아마 도모카는 편지를 그 사람에게 보여주고 일임할 거라고요. 후견인이라면 직접적인 피해자 유족보다 다소 냉정하게 대응하지 않을까, 그렇게 기대했어요."

"그렇군요. 결과는 어땠습니까?"

"한동안은 아무 연락도 없었습니다. 답이 없으니 편지를 읽었는지 아닌지도 알 수 없었죠. 그걸 확인하기 위한 편지를 보낼까도 생각했지만, 처음 편지를 받고 불쾌해서 버렸다면 아무 의미도 없는 행동일 테니 참았습니다. 그렇게 거의 포기할 즈음, 갑자기 도모카에게 메일이 왔어요."

"어떤 메일입니까?"

구노 마호는 도모카 쪽을 보며 "말해도 되지?" 하고 물었다. 도모카는 말없이 끄덕였다. "일단 편지를 받고 놀랐다고 적혀 있었어요. 놀랐을뿐더러, 무서웠다고도. 오빠가 체포당했다는 이유로 내가 적반하장으로 피해자들을 원망하고 있을지도 모른다고 생각했던 것 같아요. 하지만 편지를 읽어보니 그런 게 아닌 것 같아서 마음이 놓였지만, 그렇다고 어떻게 해야 할지 몰라서 그냥 두었다고요. 나중에 만나서 물어봤더니 금전이나 유산에 대한 거면 몰라도, 이런 일을 상의할 후견인은 없다고 했어요. 그런 와중에 피해자 유족들이 모여 검증회를 한다는 안내를 받은 도모카가, 검증회에 참석하면 범행에 대해 자세히 알 수 있지 않겠느냐고 연락을 준 겁니다."

사카키는 도모카를 보았다. "지금 얘기가 사실이니?"

"사실입니다." 도모카는 또렷하게 대답했다.

"그리고?" 사카키는 구노 마호를 보며 물었다.

"도모카에게 답장을 보냈어요. 검증회의 자세한 정보를 알고 싶고, 참석하기 위해서는 도모카의 도움이 필요하다고요. 그러자 도모카가 자기가 어떻게 하면 되겠느냐고 다시 답장을 줬고요. 그 뒤로 몇 번 메일을 주고받았는데, 좌우지간 한번 직접 만나서 얘기하는 게 좋을 것 같다는 쪽으로 정리돼서, 제가 삿포로로 찾아갔습니다."

"일부러 삿포로까지요?"

"휴직 중이라 시간은 많았거든요."

"그래서 직접 만나서 이번 일을 계획한 겁니까?"

"일이 막힘없이 잘 진행된 것 같다고 생각하신다면, 그건 아니라고 말씀드리죠. 도모카는 만남 자체에 상당한 각오가 필요했을 겁니다. 만나고 나서도 당연히 무척 경계하는 눈치였고요. 그래서 오빠와의 관계를 숨김없이 털어놓았고, 왜 사건에 대해 자세히 알고 싶은 건지를 설명했습니다. 그러자 진심이 전해졌는지 진상을 밝히는 걸 돕고 싶다고 도모카가 말해 줬고요."

"기숙사 생활지도사라는 신분은 누구 아이디어입니까?"

"도모카예요. 실제로 기숙사에 무척 믿고 따르는 생활지도사 분이 계신데, 검증회 일도 상의하려고 했나 봐요. 그분은 쉰에 가까운 베테랑 지도사라고 들었습니다." 구노 마호는 힐끗 도모카에게 시선을 보냈다.

사카키는 끙, 하고 신음을 흘리더니 사람들을 보며 말했다.

"모두 들으셨지요? 이 검증회는 여러분의 것이며 저는 참관인에 불과하니 더 이상 추궁하지는 않겠습니다. 나머지는 여러분의 판단에 맡기겠습니다." 말을 마친 사카키는 빠른 걸음으로 구석 자리로 다가가 앉았다.

남겨진 구노 마호는 꿈쩍도 하지 않고 우두커니 서 있

었다. 하지만 결코 위축된 것처럼 보이지는 않았다. 이곳에 오겠다고 결심했을 때부터 이미 이런 상황도 각오했던 것이리라.

“자, 여러분. 어쩌시겠습니까.” 사카키에게서 배턴을 이어받은 듯 다카쓰카가 말했다. “사쿠라기 씨, 말씀해 보시죠.”

“어쩌고 말고 할 게 있나요? 이런 어처구니없는 일이 어디 있답니까? 다른 사람도 아니고 범인의 동생이 숨어들어 와 있었다니, 당장 나가주세요. ……그리고 도모카 양!” 사쿠라기 지즈루는 새된 소리로 소녀의 이름을 불렀다. “대체 무슨 생각인 거니? 그 사람은 히카와 다이시의 동생이라고. 너희 부모님을 해친, 그 히카와 말이야. 그런데 왜 이런 짓을 한 거니?”

도모카가 고개를 들었다. 당혹감이 묻어나는 표정이었다. “이런 짓이라니요?”

“이 사람을 검증회에 데려온 거 말이야. 그리고 기숙사 생활지도사라는 거짓말까지 꾸며대고. 대체 무슨 생각이지?”

“그럼 안 되나요?”

“당연하지. 하, 그런 것도 모르니? 겉보기에는 똑똑해 보이는데.”

"모르겠는데요. 왜 마호 씨를 데려오면 안 되는 거죠? 사건의 진상을 알고 싶은 마음은 같으니까, 딱히 상관없지 않나요?"

"그 사람은 히카와의 동생이라고!"

"알아요. 그러니까 이 사람도 피해자죠. 아까 얘기 들으셨죠? 마호 씨와 부모님이 히카와 때문에 얼마나 힘들었는지."

하하하하. 작위적인 웃음소리가 들렸다. 리에였다.

"엄마가 졌어. 그 말이 맞아."

"넌 가만히 있어!" 매섭게 쏘아붙이고 나서, 사쿠라기 지즈루는 자리에서 일어나 주변을 둘러보았다. "다른 사람들은 어때요? 왜 아무 말도 하지 않죠? 다카쓰카 회장님은 제 마음, 알아주시는 거죠?"

"물론 알지요. 범인의 동생과 마주하는 게 유쾌할 리 있겠습니까."

"나가라고 해도 되는 거죠?"

"나는 상관없습니다만, 다른 분들 의견도 들어봐야 하지 않습니까."

다카쓰카의 말에 사쿠라기 지즈루는 다시 다른 사람들을 보았다.

"저는 반대입니다." 마토바가 말했다. "동석하는 게 좋을 것 같습니다. 히카와라는 인간에 대해 우리 중 누구보다 잘 아는 사람 아닙니까. 귀중한 의견을 들을 기회를 제 발로 차버리는 꼴입니다."

"동감이에요." 옆자리의 리에가 옅은 미소를 지으며 말했다. 사쿠라기 지즈루는 무표정했다.

"저희는……." 고사카가 말했다. "어느 쪽이든 상관없습니다. 여러분의 결정에 따르겠습니다."

사쿠라기 지즈루의 시선이 하루나와 시즈에를 향했다.

"저도……." 시즈에가 먼저 대답했다. "구노 씨가 계속 계셔도 상관없습니다. 구노 씨 쪽이 불편하실 것 같지만요."

"그렇지, 일단 본인의 의견을 들어봐야겠군요." 마토바가 구노 마호를 보았다. "어쩌실 겁니까? 정체가 밝혀진 상황에서도 저희와 함께 검증회에 참석하고 싶습니까?"

구노 마호는 즉시 고개를 끄덕였다. "물론입니다. 여러분만 괜찮으시다면……."

모두의 시선이 일제히 하루나에게 모였다. 특히 사쿠라기 지즈루에게서는, 너도 남편을 잃은 분노를 폭발시키라는 압박을 강하게 느꼈다.

"저도…… 어느 쪽이든 상관없어요. 상관은 없는데……." 하루나는 화이트보드를 보며 말을 이었다. "가가 씨는 어떻게 생각하시나요? 구노 씨에게 나가달라고 해야 하나요? 아니면 이대로 계시게 하는 게 나을까요?"

지금까지 말없이 서 있던 가가는 갑작스러운 발언 기회에 자세를 바로 했다.

"검증회 사회 진행자로서 의견을 말씀드리자면, 구노 씨가 참석해 주시는 게 바람직합니다. 두 가지의 장점이 있기 때문이죠. 하나는 아까 마토바 씨가 말씀하신 것처럼, 범인 히카와라는 인물에 관한 정보를 얻을 수 있고, 또 하나는 구노 씨 본인의 가설을 들을 수 있다는 점입니다."

"가설이요?" 하루나가 되물었다.

"네." 가가는 고개를 끄덕였다.

"구노 씨는 히카와의 범행에 관해 어떤 가설을 세우지 않았을까요? 검증회에 참석하기로 결심한 건, 그 가설이 맞는지 아닌지를 검증하기 위해서가 아니었을까. 저는 그렇게 생각합니다. 구노 씨, 맞습니까?"

하루나는 구노 마호를 보았다. 지금까지 무표정했던 그녀의 뺨이 살짝 불그레해진 것처럼 보였다. 가가의 말이 정곡을 찌른 모양이었다.

"그런가?" 다카쓰카가 물었다. "가가 씨 말대로인가?"

구노 마호는 후, 하고 숨을 내쉬었다.

"사건에 대해서 나름대로 생각하는 게 있습니다. 가설

이라 할 만한 건 아니지만요. 하지만 그걸 말할 수는 없어요. 말하면 분명 지금보다 더 여러분을 불쾌하게 만들 테니까요."

"그게 뭐지. 대체 무슨 생각을 하는 건가?"

"그러니까…… 말 못 해요." 구노 마호는 고개를 떨궜다.

"가가 씨." 마토바가 입을 열었다.

"아까 말씀하시는 걸 들어보니 가가 씨는 구노 씨가 세운 가설을 짐작하고 계시는 것 같던데요. 만일 그렇다면 말씀해 주실 수 있습니까?"

날카로운 지적이었다. 가가가 미간을 찌푸린 건 타당한 제안이라고 생각했기 때문이겠지.

"좋습니다." 가가는 결심을 굳힌 듯한 표정으로 말문을 열었다.

"구노 씨는 아까 이렇게 말씀하셨습니다. 왜 오빠는 아무 연고도 없는 별장지에서 범행을 저지른 것일까. 범행 상대가 누구라도 상관없었다면, 가까운 사람들을 노리는 게 편할 텐데 왜 그러지 않았을까. 이 의문에서 도출할 수 있는 가설은 하나밖에 없습니다. 히카와 다이시에게는 죽여야 할 상대가 있었고, 그 사람이 별장지에 있을 때를 노린 겁니다. 하지만 피해자들과 히카와 사이에는 아무 연고도 없었고, 살해 동기가 발생할 이유가 없었습니다. 그래서 구노 마호 씨는 피해자들을 자세히 조사한 끝에 중대한 사실을 알아챈 게 아닐까요. 그건 바로 피해자들 중에는 죽어도 싸다는 말을 들었던 사람이 여럿 있었다는 사실입니다. 덕분에 히카와는 인터넷의 일부 사람들에게는 영웅 취급을 받고 있죠. 이내 구노 마호 씨는 하나의 추론을 세웠습니다. 히카와가 그 별장지에서 범행을 저지른 건 우연이 아니라, 누군가의 유도에 의해서였을지도 모른다는 추론이죠. 더 쉽게 말하자면, 누군가의 꾐에 넘어갔다는 겁니다."

"꾐에 넘어갔다고?" 다카쓰카가 얼굴을 찌푸렸다. "누구한테?"

"그걸 밝혀내기 위해 구노 씨는 이 자리에 온 겁니다. 아닙니까?"

가가의 물음에 이제 얼버무릴 수 없겠다고 생각했는지 구노 마호는 네, 하고 대답했다.

"잠깐만. 혹시 당신, 히카와를 꼬드긴 인물이 우리 중에 있다고 생각하는 건가?"

다카쓰카의 말에 구노 마호는 침묵을 지켰다. 하지만 부정하지 않는 모습이 답을 말해 주고 있었다.

어처구니가 없군, 하고 다카쓰카는 짓씹듯 말했다.

"당신 변호사라고 했지? 어쩌니 저쩌니 해도 혈육의 죄를 조금이라도 덜기 위해서 그런 생각을 떠올렸겠지만, 황당한 공상일 뿐이야. 우리는 유족이야. 내 가족을 해치라고 범인을 부추기다니, 그게 말이 된다고 생각하나?"

구노 마호가 살짝 턱을 들었다. 다물려 있던 입술이 벌어졌다.

"말씀대로 아주 특수한 경우라고 생각합니다. 하지만 그렇게 생각해야 앞뒤가 맞아요."

"무슨 소리지? 뭐가 앞뒤가 맞는다는 거야. 당신 말은 처음부터 끝까지 앞뒤가 안 맞아. 여러분, 역시 이 사람은 내보내야겠습니다. 이딴 황당한 얘기를 들어줄 필요 없습니다. 사쿠라기 씨도 한마디 하시죠."

다카쓰카의 말에도 어째서인지 사쿠라기 지즈루는 별 반응을 보이지 않았다. 그녀는 심각한 표정으로 천천히 구노 마호를 보았다.

"하나 묻겠는데요, 솔직하게 대답해 주면 고맙겠어요."

"말씀하세요."

"당신이 누군가를 죽였다. 그 편지 말인데, 당신이 보냈나요?"

구노 마호는 가슴이 움직이는 게 보일 정도로 크게 심호흡을 한 뒤 허리를 곧추세웠다. "맞습니다."

"역시 그랬군요. 목적이 뭔지 말해 줄래요?"

"목적은 단순합니다. 오빠를 부추긴 인물을 떠보려고 했어요. 그 편지에 대한 반응을 보면, 뭔가 알 수 있지 않을까 기대했습니다."

"그랬군요……. 그래서 어땠나요? 뭔가 알아냈어요?"

구노 마호는 고개를 저었다.

"아뇨. 내가 사람 보는 눈이 없어서일 수도 있겠지만, 애초에 유치한 발상이었습니다. 반성하고 있어요."

"그렇군요." 사쿠라기 지즈루는 차분한 표정으로 고개를 끄덕인 뒤 다카쓰카 쪽을 보았다.

"회장님, 죄송합니다만 저는 구노 씨의 참석에 이의 없습니다. 오히려 참석해 주었으면 해요. 같이 진상을 밝히고 싶어요."

"사쿠라기 씨까지 갑자기 무슨 소리를 하는 거요."

"갑자기는 아니고요. 이곳에 온 직후부터 말씀드렸을 텐데요. 이 사건의 배후에는 다른 누군가의 의지가 작동하고 있다고요. 구노 씨의 생각과 일치합니다."

다카쓰카는 머리를 짚으며 도리가 없다는 양 눈을 감았다.

"어떠십니까?" 모두가 침묵하는 가운데, 가가의 낮은 목소리가 실내에 울려 퍼졌다.

"모이신 분 중 대부분이 구노 씨의 참석을 바라거나, 혹은 인정하고 있으니 이대로 검증회를 시작하고자 합니다만, 이의가 있으신 분 계십니까? 다카쓰카 씨는 어떠십니까?"

머리를 싸안고 있던 다카쓰카는 손을 내리고 어깨를 으쓱했다. "이 상황에서 반대할 수도 없잖소. 시작하시죠."

"알겠습니다. 사카키 형사과장님, 뭔가 문제가 있을까요?"

사카키는 손사래를 쳤다.

"몇 번이나 말했지만 나는 참관인이오. 참견할 처지가 아니지."

"알겠습니다. 그럼 여러분, 지금부터 검증회를 시작하겠습니다. 구노 씨, 자리에 앉아주세요."

가가의 말에 구노 마호는 의자를 빼서 앉았다. 하지만 어느샌가 도모카가 옆으로 한 자리 이동해 둘 사이에 빈자리가 하나 생겼다. 학생과 생활지도사라는 연극은 이제 끝이다. 그렇게 말하는 것 같았다.

17

"그럼 먼저 구노 씨에게 몇 가지 질문을 드리겠습니다. 아, 그 전에 앞으로도 구노 씨라고 불러도 되겠습니까?"

가가의 물음에 구노 마호는 고개를 끄덕였다. "그렇게 불러주시면 감사하겠습니다. 말씀하시죠."

"히카와 다이시는 누군가의 꾐에 넘어가 그런 사건을 벌인 게 아닌가. 당신은 그렇게 생각했습니다. 그 가설을 경찰에 얘기했습니까?"

"아뇨, 안 했습니다."

"어째서입니까?"

"명확한 근거가 없으니까요. 범인의 동생이 헛소리를 지껄인다고 생각하겠죠. 경찰을 움직이게 하려면 결정적인 증거를 입수해야 한다고 생각했습니다."

"검증회에 참석하면 그 증거를 입수할 수 있을지도 모른다고 생각하신 거군요."

"맞습니다."

"좋습니다. 그럼 다음 질문입니다. 경찰이 조사한 바에 의하면, 히카와와 피해자, 유족들 사이에는 아무 연고도 없었습니다. 그럼 히카와는 그를 꼬드긴 인물과 언제 어떻게 알게 된 걸까요?"

"모르겠습니다만, 떠오르는 가능성은 있습니다."

"뭡니까?"

"흔해 빠진 얘기입니다만, 인터넷에서 알게 됐을 거예요. 오빠는 현실에서 인간관계를 맺지 못하는 사람이었습니다. 정원에 지어놓은 별채에 틀어박혀, 화장실 갈 때와 목욕할 때 말고는 컴퓨터 앞에서 살았습니다. 온라인 게임을 시작하면 수십 시간씩 계속했고요. 그런 인간이 누군가와 알고 지낼 곳이라면 인터넷밖에 없겠죠."

가가는 고개를 끄덕인 뒤 다른 인물에게로 시선을 돌렸다.

"사카키 형사과장님, 히카와의 스마트폰과 컴퓨터 포렌식은 끝났습니까?"

"스마트폰은 끝났는데 컴퓨터는 못 했네. 가택수사에 들어갔을 때는 이미 처분한 뒤였거든."

"스마트폰에 사건과 관련이 있을 법한 기록은 남아 있었습니까?"

"어제도 말했지만 나이프를 구입한 기록은 남아 있었

네. 하지만 누군가와 연락을 주고받은 흔적은 없었어. 정확히 말하자면 찾을 수 없었지."

"찾을 수 없었다고요?"

"텔레그램을 깔아놨더군. 누군가와 연락하는 데 썼을 가능성이 있어."

아……. 몇몇 사람들이 탄식을 흘렸다. 보안성이 뛰어난 애플리케이션이라 범죄에도 종종 이용된다는 사실은 하루나도 알고 있었다. 메시지를 주고받아도 시간이 지나면 사라져서 되살리는 건 불가능에 가깝다고 했다.

"설령 최근 연락하는 데 텔레그램을 사용했더라도, 처음에 알게 된 계기는 일반적인 사이트였을 겁니다." 가가는 다시 구노 마호를 보며 말을 이었다. "히카와가 어떤 사이트를 이용했는지 아십니까?"

"요즘은 잘 모르겠네요……. 3년 전쯤에 한 번 알아본 적은 있지만요."

"알아봤다고요? 자세히 말씀해 주십시오."

"어머니가 부탁했어요. 오빠가 컴퓨터로 뭘 하는지 알아봐 달라고요. 오빠는 거의 바깥출입을 하지 않았는데 그날은 이가 아프다고 치과에 가서 없었거든요. 별채 문을 잠가놓았지만 어머니한테 여벌 열쇠가 있다고 했어요. 솔직히 오빠 일 따위는 알 바 아니어서 내키지는 않았지만, 걱정하는 어머니 마음도 이해가 가서 하는 수 없이 하겠다고 했어요. 컴퓨터 암호도 단순한 걸로 설정해 둔 걸 알고 있었고요."

"그래서 결과는?"

구노 마호는 미간을 찌푸리며 숨을 내쉬었다.

"몇 번이나 말씀드리지만 하는 일이라고는 거의 게임이었어요. 그것도 판타지 계열 게임뿐이었고요. 현실성이 없는 세상에서 영웅이 되어 적을 쓰러뜨릴 때가 제일 행복했던 건지도 모르죠. 보는 사이트도 그런 게임 관련 사이트가 많았고요. 하지만 그중에 딱 하나 이질적인 사이트가 있었어요."

"무슨 사이트였습니까?"

"자살 관련 사이트였어요. 고통 없이 죽는 방법이나 자살할 때 주의해야 할 점을 가르쳐 주거나, 자살에 대한 선망을 서로 얘기하더군요."

가가의 표정이 매서워졌다. "그 일을 어머니께 말씀드렸습니까?"

"말했어요. 하지만 오빠에게 어떠한 조치를 했는지는 모르겠어요. 아마 아무것도 하지 않았겠죠. 멋대로 컴퓨터를 봤다고 할 수도 없는 노릇이니까요. 그리고 어쩌면……." 구노 마호는 고개를 저었다. "아뇨, 말 안 할래요."

"뭐죠? 궁금하네요."

"별거 아니에요."

"그건 제가 판단하겠습니다. 말하다 마는 건 좋지 않습니다."

구노 마호는 얼굴을 찡그리고 고개를 끄덕였다.

"부모님은 기대했을지도 몰라요. 오빠가 죽어주기를……. 자살하기를……."

실내에 정적이 감돌았다.

"죄송합니다. 역시 말하는 게 아니었어……."

다카쓰카가 손을 들었다. "한마디 해도 되겠습니까?"

"말씀하시죠." 가가가 말했다.

"얘기를 듣다 보니 도무지 이해가 안 가서 말이오. 왜 그렇게 된 거지?" 다카쓰카는 고개를 갸웃하며 구노 마호를 보았다. "듣자 하니 그쪽 아버님이 재무성 고위 관료라던데. 경제적으로도 풍족했을 거 아니오. 그런데 왜 아들이 그 모양으로 큰 거지? 교육 방침이 어떤지는 모르겠지만, 정원에 별채를 만드는 것도 좀 이상하고. 은둔형 외톨이가 되도록 조장했다는 소리를 들어도 할 말이 없을 것 같은데. 아들이 자리를 비운 동안 컴퓨터를 뒤지거나, 자살하기를 기대한다거나, 문제 해결 방법이 근본부터 잘못

됐다는 생각밖에 안 드는군."

"지당한 말씀이세요. 반박할 말이 없네요. 하지만 부모님 편을 조금 들자면, 그때그때 본인들 나름대로 최선을 다했을 뿐이에요. 정원에 별채를 지은 것도 그럴 만한 사정이 있었기 때문이고요."

"그럴 만한 사정이 뭔가?"

"그건……." 구노 마호는 거기서 말을 끊고 고개를 숙였다. "죄송한데 말하고 싶지 않아요."

"이봐, 그게 무슨 소린가."

"죄송합니다." 구노 마호는 다시 말했다. 목소리가 조금 떨리고 있었다.

"가가 씨." 마토바가 입을 열었다. "제가 구노 씨가 동석하는 데 찬성한 건, 히카와 다이시가 어떤 인간인지 알고 싶었기 때문입니다. 그런데 말하고 싶지 않다고 하시면, 이 자리에 있는 의미가 없는 거 아닙니까."

날카롭고 매서운 의견이었다. 하지만 하루나도 내심 그 의견에 동의했다. 구노 마호가 모든 것을 털어놔 주었으면 했다. 그녀에게는 그래야 할 의무가 있다.

"구노 씨, 어떠십니까?" 가가가 물었다. "방금 마토바 씨의 지적은 타당하다고 생각합니다만." 구노 마호의 숨소리가 거칠어졌다. 격렬히 갈등하는 게 틀림없었다. 이내 그녀는 눈을 감고 심호흡을 하더니 눈을 떴다. 입술 사이로 맞아요, 하고 가느다란 목소리가 흘러나왔다.

"이 자리에 있으라고 해주셨는데 이제 와서 도망치다니 비겁하죠. 알겠습니다, 말씀드리겠습니다. 오빠에 대해 아는 모든 것을 말씀드리겠습니다. 하지만 어디까지나 내 관점에서 본 것이니 그 점은 감안해 주세요."

각오가 담긴 목소리가 울려 퍼졌다. 그녀는 다시 한 번 심호흡을 하더니 입을 열었다.

"아시다시피 오빠는 재무성 관료인 아버지와 전업주부인 어머니의 자식입니다. 경제적으로 힘들었던 적은 없을 거예요. 어릴 적부터 학원도 여러 개 다녔고, 옷이나 장난감도 모두 좋은 것들만 있었죠. 집은 단독주택이고 아이 방은 두 개였습니다. 오빠가 넓은 방을 썼고요. 모든 면에서 부족함이 없었어요. 하지만 그만큼 부모님의 기대도 컸습니다. 특히 아버지는 오빠가 당신보다 더 훌륭한 엘리트 코스를 밟기를 원하셨죠. 하지만 안타깝게도 오빠는 그 기대에 부응하지 못했습니다. 공부든, 운동이든, 예술이든 오빠의 성적을 볼 때마다 아버지는 노골적으로 실망한 기색을 내비치셨습니다. 내 아들인데 왜 이렇게 못난 거냐, 하나라도 잘하는 게 없는 거냐고 오빠 앞에서 어머니를 다그친 적도 있어요. 어머니도 그런 물음에 뭐라 할 말이 없으니 난감해하며 입을 꾹 다물었죠."

구노 마호는 냉랭한 미소를 지으며 아득한 눈빛으로 말을 이었다. 당시를 떠올리고 있는 것일까.

"하지만 그런 상황도 어느 시기부터 달라졌습니다. 아버지의 표정이 밝아진 거죠. 단순한 이유였어요. 관심의 대상이 바뀐 겁니다. 아버지는 아들이 아니라 딸의 성적표를 보게 되었습니다. 딸이 아버지를 만족시킬 수 있었으니까요. 아버지가 기대를 거는 대상이 오빠가 아니라 자신이라는 걸 동생, 즉 나도 자각하게 됐어요."

구노 마호의 말투에서 자랑하는 기색은 눈곱만큼도 느껴지지 않았다. 변호사가 되었을 정도니 실제로 학교 성적도 좋았을 것이다.

"무거운 족쇄에서 풀려난 오빠는 한층 더 게으른 생활을 하게 되었습니다. 먹고 자고, 만화를 읽고, 게임에 몰입하는 날들을 보냈죠. 그런 모습을 보고 저는 한심하다는 생각밖에 들지 않았습니다. 아버지의 기대를 받고 있다는 자부심도 있어서, 오빠를 우습게 여기게 되었죠. 쓸모없는 무능력자라고, 오빠한테 들리도록 말한 적도 있어요. 지금 생각해 보면 나쁜 동생이었죠. 그러니까 나에게도 오빠를 그렇게 만든 책임이 다소는 있을지도 모릅니다."

거기까지 말하다 구노 마호는 고개를 떨궜다. 또다시

주저하는 눈치였지만 잠시 후 고개를 들고 말을 이었다.

"오빠가 그런 동생을 어떻게 생각했는지, 나는 모릅니다. 하지만 분명히 미워했을 겁니다. 언젠가 동생한테 무슨 짓을 해도 상관없다고 생각했다는 것만큼은 분명해요. 중학교에 들어간 지 얼마 되지 않았을 때였어요. 어느 날 밤 자고 있는데 누가 몸을 만지는 느낌이 들어서 눈을 떴어요. 그러자 오빠가 이불 속으로 들어와 내 속옷을 벗기고 외설적인 짓을 하려고 했어요. 비명을 질렀습니다. 곧바로 달려온 부모님에게 무슨 일이 있었는지 말했습니다. 아버지는 머리끝까지 화가 나서 방으로 도망친 오빠를 끌어내 손발을 묶고 죽도로 두들겨 팼습니다. 아버지가 정원에 별채를 만든 건 그 사건으로부터 얼마 지나지 않아서였어요. 내가 오빠와 같은 집에 도저히 못 살겠다고 했거든요."

담담한 목소리로 말하는 내용은 하루나의 예상을 한참이나 뛰어넘은 암담한 현실이었다. 가족에게서 성적 폭행을 당했다는 이야기는 종종 듣지만, 피해자의 마음에 얼마나 큰 상처가 남을지는 감히 상상할 수 없었다. 말하기 싫을 법도 했다.

"별채라 해도 으리으리한 집이 아니라 공장에서 만든 컨테이너 같은 간이 주택이었어요. 식사는 어머니가 가져다줬고요. 그 별채에서 오빠는 고등학교에 다녔습니다. 별채에서 뭘 하고 살았는지 난 거의 몰라요. 관심도 없었고요. 부모님과도 오빠 얘기는 하지 않았습니다. 그래도 부모님의 대화를 우연히 듣는 일도 있으니 최소한의 정보는 알고 있었지만요. 오빠가 대학 입시에 실패했다는 것과, 아버지가 애써 연결해 준 취직 면접에 연락도 없이 가지 않은 일도 그렇게 알았습니다. 진학도 하지 않고, 취직도 하지 않은 오빠는 완전히 은둔형 외톨이가 되었습니다. 그게 어떤 생활이었는지 전혀 모릅니다. 구체적으로 알게 된 건 3년 전 어머니의 부탁으로 컴퓨터를 조사했을 때였고요. 자살에 관심이 있다는 것도 그때 처음 알았어요."

내가, 그렇게 말하고 구노 마호는 고개를 들고 실내를 둘러보았다.

"오빠에 대해 말할 수 있는 건 이게 전부입니다."

그녀의 표정에서 숨겨 둔 비밀을 털어놓았다는 해방감은 느껴지지 않았다. 오히려 자신이 짊어진 숙명을 새삼 곱씹는 것 같았다.

가가가 감사합니다, 하고 인사를 했다.

"이 얘기에 관해 질문이 있으신 분 계십니까?"

아무도 손을 들지 않았다. 그도 당연하다고 하루나는 생각했다. 질문할 여지가 없었다.

"안 계시면 본론으로 돌아가겠습니다. 구노 씨는 히카와 다이시가 누군가의 꾐에 넘어가 그런 사건을 벌인 게 아니냐고 생각하시는 것 같습니다. 그에 반론이 있으신 분 계십니까? 감정론이 아니라 합리적인 근거를 제시해 주시면 감사하겠습니다.

마토바가 일어났다. "반론이 아니라 질문을 해도 되겠습니까?"

"누구에게 하는 질문입니까?"

"사카키 형사과장님에게요."

가가는 허를 찔렸다는 표정을 짓더니 말씀하시죠, 하고 대답했다.

마토바가 사카키 쪽으로 몸을 돌렸다.

"경찰 수사에서는 어땠습니까? 히카와의 범행을 유도한 인물이 있었을지도 모른다는 얘기는 나왔습니까?"

"안 나왔습니다." 사카키는 덤덤한 표정으로 답했다.

"어째서죠?"

"그런 얘기가 나올 이유가 없었으니까요. 아까도 말씀드렸다시피, 스마트폰 데이터는 지워져 있었고, 컴퓨터는 파기되었습니다. 범행 전에 히카와가 누군가와 연락을 주고받았는지 알아낼 방법이 없었죠. 분명히 몇몇 의문이 나오기는 했습니다. 왜 연고도 없는 별장지에서 범행을 저지른 건가, 그것도 그중 하나였습니다. 하지만 피해자들과 연고가 전혀 없었고, 범행 대상은 누구라도 상관없었다고 본인이 진술하는 이상, 의문으로써 성립하지 않죠. 다른 의문들도 마찬가지였고요. 부자연스럽기는 하지만 일단 답은 있습니다. 그러니까 그 답에 납득하는 수밖에 없었습니다. 하지만 만일 여러분께서 다른 가능성을 제시하고, 어떤 증거를 찾아주신다면 저는 기꺼이 경찰에 가지고 가 재수사 절차를 밟을 작정입니다. 답변이 되었을까요?"

"알겠습니다." 마토바는 다시 자리에 앉았다.

"다른 질문은 없으십니까?" 가가가 사람들을 향해 물었다.

저기, 조심스레 손을 든 건 시즈에였다.

"지금 형사과장님은 몇몇 의문이 나왔다고 말씀하셨죠. 어제 검증회에서도 가가 씨가 설명해 주셨고요. 그걸 한 번 더 말씀해 주실 수 있을까요. 기억력이 나빠서 죄송합니다만……."

시즈에의 발언은 하루나에게도 반가웠다. 정보량이 너무 많아서 머릿속이 조금 혼란스러웠다. 이쯤에서 한번 정리하고 싶었다.

같은 생각을 하는 사람이 많은지 몇몇이 고개를 끄덕

였다.

가가는 알겠다고 말하며 주머니에서 수첩을 꺼냈다.

"제 나름대로 의문점을 정리해 놓은 것이 있습니다. 그걸 보시고 여러분의 의견을 여쭙고자 합니다." 그러고는 펜을 들고 화이트보드에 내용을 적었다.

달필이라고는 할 수 없었지만 가지런한 글자로 적힌 의문점은 다음과 같았다.

1. 범인은 왜 멀리 떨어진 별장지를 범행 장소로 선택했나?
2. 범인은 어떻게 구리하라 씨 부부가 차고에 있는 것을 알았나?
3. 범인은 어떻게 다카쓰카 게이코 씨가 실내에 혼자 있는 것을 알았나?
4. 체포당할 생각이었으면서 일부 방범 카메라를 못 쓰게 만든 이유는 무엇인가?
5. 다카쓰카 게이코 씨 살해, 마토바 마사야 씨를 찔렀을 때 사용한 나이프는 어디로 사라졌는가?

"이 밖에도 작은 의문점은 있습니다만, 우선적으로 밝혀내야 할 건 이 다섯 가지라고 생각합니다. 의견이 있으신 분은 말씀해 주십시오."

"어젯밤에 내가 제기한 의문은 없는 것 같습니다만." 다카쓰카가 불만스레 말했다. "게이코의 손에 있던 찢어진 종잇조각 말이오. 그 종이는 무엇이었나. 그걸 가져간 자는 누구인가. 언급할 가치가 없는 의문입니까?"

"그렇지 않습니다. 다만 사건과 관련되어 있는지 알 수 없어서 여기서는 언급하지 않았습니다. 하지만 의문이라는 건 분명하니 추가하겠습니다." 가가는 다시 펜을 들었다.

6. 다카쓰카 게이코 씨의 손에 있던 종잇조각은 무엇인가? 원래 종이는 누가 가져갔는가?

"어떠십니까?" 가가는 다카쓰카에게 확인을 구했다.

"좋습니다. 나는 그게 상당히 중요한 열쇠가 될 거라고 봅니다."

"동감입니다. 자, 또 의견이 있으신 분?" 가가가 사람들을 둘러보며 물었다.

"이렇게 놓고 보니 하나같이 이상하네요." 사쿠라기 지즈루가 화이트보드를 바라보며 말했다. "어째서 경찰은 이런 의문들을 그냥 방치했을까요? 정말 이해가 안 가네요."

"그 점에 대해서는 아까 설명드린 것 같은데요." 사카키가 신물이 난다는 표정으로 말했다. "그러니 두 번 말하지는 않겠습니다."

"분명히 모든 의문이 수상쩍기는 하지만 결정적으로 기묘하다 할 정도는 아닙니다." 마토바가 말했다. "어떤 답을 억지로 갖다 붙이기는 쉽겠죠. 단순한 우연, 처럼 말입니다."

그 말이 맞다는 듯 사카키가 고개를 끄덕였다.

잠시 모두가 입을 다물었다. 논의를 진행하기에 충분한 의견이 나올 기색은 없었다.

가가 씨, 하고 다시 시즈에가 말을 꺼냈다.

"아주 명쾌하게 정리해 주셔서 제 머리로도 대체 무엇이 문제인지 이해했습니다. 하지만 의문에 대한 답은 도저히 떠오르지 않네요. 그리고 보아하니 다른 분들도 마찬가지이신 것 같고요. 그러한 점에서 가가 씨는 어떠신가요? 단순히 의문점을 정리한 게 아니라 만일 뭔가 추리하셨거나, 생각하신 게 있다면 말씀해 주시겠어요?"

"제 생각 말입니까?" 가가는 흠칫하며 말했다.

"그래요, 그건 나도 꼭 듣고 싶습니다." 다카쓰카가 말했다. "어제부터 사회와 진행을 보는 솜씨가 무척 뛰어나

던데. 그뿐 아니라 구노 씨의 목적을 꿰뚫어 보는 등, 상당한 혜안을 가지신 것 같아서 감탄할 따름이오. 뭔가 생각하는 바가 있다면 기탄없이 말씀해 주시면 좋겠는데."

하루나도 같은 생각이었다. 가가를 올려다보자 눈이 마주쳤다. 부탁드린다는 마음을 담아 눈빛을 보냈다.

"나도 듣고 싶어요." 구노 마호도 말했다.

가가는 등허리를 쭉 뻗더니 크게 숨을 들이마시며 어깨를 들썩였다.

"말씀하신 것처럼 저 나름대로 생각하는 바가 있습니다. 하지만 가급적 여러분의 입으로 듣고 싶었습니다. 왜냐하면 그 추리는 여러분을 불쾌하게 만들 게 분명하니까요. 그래도 괜찮으시겠습니까?"

"상관없소. 그렇지 않습니까, 여러분?"

다카쓰카의 물음에 거의 모든 사람이 고개를 끄덕였다.

"알겠습니다. 그럼 말씀드리겠습니다. 여기 적힌 1에서 5까지의 의문에 대해서는, 하나의 해답으로 모두 설명할 수 있습니다. 그 해답이란 구노 씨의 추론을 더욱 발전시킨 것입니다. 요컨대……." 가가는 사람들을 둘러보며 느릿하게 말을 이었다. "히카와 다이시는 누군가의 꾐에 넘어가 범행을 저질렀다. 뿐만 아니라 그 누군가는 적극적으로 범행에 가담했을 가능성이 있다. 한마디로 공범이었을 가능성이 지극히 크다. 이것이 제 추리입니다. 의문 1, 범인은 왜 멀리 떨어진 별장지를 범행 장소로 선택했나? 답, 공범이 지시했기 때문에. 의문 2와 3, 범인은 어떻게 구리하라 씨 부부가 차고에 있는 걸 알았나? 어떻게 다카쓰카 게이코 씨가 실내에 혼자 있는 걸 알았나? 답, 공범이 가르쳐 줬으니까. 의문 4, 체포당할 생각이었으면서 일부 방범 카메라를 못 쓰게 만든 이유는 무엇인가? 답, 공범의 모습이 찍히는 걸 방지하기 위해. 의문 5, 다카쓰카 게이코 씨 살해, 마토바 마사야 씨를 찔렀을 때 사용한 나이프는 어디로 사라졌는가? 답, 공범이 처분했다. 그리고 의문 6에도 답할 수 있을 것 같습니다. 종잇조각을 가지고 사라진 건 공범, 단 원래 종이가 무엇이었는지는 알 수 없다."

이상입니다, 하고 이야기를 마무리한 가가는 사람들의 반응을 살피듯 이목구비가 뚜렷한 얼굴로 천천히 실내를 둘러보았다. 그 표정은 동물 실험 결과를 확인하는 과학자 같기도 했고, 배움이 더딘 학생을 지켜보는 교사 같기도 했다. 피의자를 추궁할 때 이 사람은 이런 표정을 짓는 걸까. 하루나는 그런 생각을 했다.

과연, 다카쓰카가 중얼거렸다. "말씀하신 것처럼 듣기 좋은 이야기는 아니군요."

"하지만 설득력이 있어요." 사쿠라기 지즈루가 말했다.

"그 가능성밖에 생각할 수 없을 정도로요. 대단하시네요."

가가는 사쿠라기 지즈루를 향해 살짝 고개를 숙인 뒤에 구노 마호 쪽을 보았다. "혹시 구노 씨도 말하지 않았을 뿐, 이 가능성까지 생각했던 게 아닙니까?"

구노는 네, 하고 대답했다. "너무 무례한 것 같아서 차마 말하지 못했습니다."

"분명히 물증도 없는 상황에서 쉽게 주장할 수 있는 내용이 아니죠. 화를 내시는 분이 없는 게 이상할 정도입니다. 그건 여러분이 이 추리를 받아들여 주셨기 때문이라고 생각해도 되겠습니까?"

하루나는 사람들에게 물음을 던지는 가가와 다시 눈이 마주쳤다. 뭔가 말해야 한다는 생각이 들었다.

"받아들이고 싶지는 않네요." 멋대로 입이 움직였다. "히카와 다이시를 꼬드겼을 뿐 아니라 공범이라니……. 이 중에 살인에 가담한 사람이 있다니, 정말 믿기 싫어요. 하지만 그 밖에 가설이 있냐고 물으신다면, 저는 답할 수 없습니다. 그러니까 일단 지금은 가가 씨의 그 추리가 향하는 곳에 무엇이 있는지, 한심하지만 그저 지켜보는 수밖에요."

짝짝짝, 박수 소리가 들렸다. 마토바였다.

"훌륭한 결의 표명이군요. 저도 같은 생각입니다."

눈빛이 진지한 걸 보니 야유할 작정으로 박수를 친 건 아닌 모양이다. 감사합니다, 하고 하루나는 고개를 숙였다.

"그럼 여러분의 동의를 얻었으니 얘기를 계속하도록 하죠. 하지만 미리 양해를 구하고 싶은 점이 있습니다." 가가는 선고하듯 말했다. "부추겼을 뿐 아니라 살해에 관여, 혹은 가담했다면 살인죄입니다. 주범은 히카와 다이시지만 공범으로 기소될 겁니다. 이대로 추리를 계속한다면 그자가 누구인지 밝히거나, 또는 그런 자가 없었다는 사실이 밝혀질 때까지 저는 끝내지 않을 겁니다. 이제 돌이킬 수 없는데 그래도 괜찮으시겠습니까?"

아무도 입을 열지 않았다. 그것을 확인하고 나서 가가는 힘주어 고개를 끄덕였다.

"좋습니다. 그럼 여기서부터는 그자가 누구인지 찾아내겠습니다. 자비는 없습니다. 그 전에 제안이 있습니다. 장소를 옮기면 어떻습니까?"

"어디로요?" 시즈에가 물었다. "어디 다른 방이 있나요?"

"이제 실내를 벗어날 때가 된 것 같습니다. 탁상공론만 해서는 끝이 안 나니까요. 현장 검증이라고 해둘까요. 30분 뒤에 야마노우치 씨 집 앞에서 모입시다. 지금부터 단독 행동은 삼가주시기를 부탁드립니다. 반드시 누군가와 함께 행동하십시오. 가족끼리만 움직이는 경우도 단독 행동으로 간주하겠습니다. 또, 움직이기 편한 옷을 가져오신 분은 그걸로 갈아입어 주시면 감사하겠습니다."

그럼 일단 해산하죠, 하고 이야기를 마무리한 가가는 손뼉을 짝 쳤다.

18

하루나는 가가와 함께 시즈에의 차를 얻어 타기로 했다. 그 밖에 차를 가져온 건 고사카 가족과 다카쓰카, 마토바였다. 고사카의 차에는 사쿠라기 지즈루, 다카쓰카의 차에는 사쿠라기 리에와 구노 마호, 마토바의 차에는 구리하라 도모카와 사카키가 탔다.

당연하게도 차 안에서는 모두 말수가 적었다. 사건에 대해 말할 수도 없었고, 그렇다고 해서 잡담을 나눌 분위기도 아니었다. 그저 창밖을 내다보았다.

옆자리의 가가는 수첩을 뚫어져라 바라보고 있었다. 무슨 생각을 하는지 도무지 짐작할 수 없었다.

이번 참석자 중에 공범이 있다. 가가의 설명을 듣고 납득은 했지만, 솔직히 실감이 나지 않았다. 대체 그게 누구일까. 운전석의 시즈에를 보며 설마 하고 생각했다. 고모가 그런 끔찍한 일을 꾸몄을 리 없다. 아니, 그건 착각에 불과할까. 이런 상황에서는 모두를 의심해야 하는 걸까.

하지만 다음 순간 무심코 숨을 삼켰다. 하루나 자신이 의심을 받을 가능성도 있다는 사실을 깨달았기 때문이었다. 아니, 이미 의심하는 사람이 있을지도 모른다. 가가는 가나모리 도키코의 후배라는 이유로 하루나를 용의선상에서 제외하지는 않을 것이다.

어떻게 해야 결백을 증명할 수 있을까. 하루나는 그런 생각을 하기 시작했다.

정신을 차려 보니 어느샌가 별장지에 도착해 있었다. 시즈에는 집 주차장에 차를 세웠다.

"잠시만요. 마실 걸 가져올게요." 차에서 내리자마자 시즈에가 말했다.

"아뇨, 그러지 마십시오." 가가가 말했다. "아까도 말씀드렸다시피 단독 행동은 삼가주셨으면 합니다."

"냉장고에 있는 음료수를 꺼내 오기만 하면 돼요. 우롱차나 생수 같은 거요. 그리고 종이컵도……."

"뜻은 알겠습니다만 그러지 않으시는 게 좋겠습니다. 공연한 의심을 사는 걸 방지하기 위해서입니다."

"공연한 의심이요?" 하루나가 물었다.

"형사가 피해자와 접촉한 뒤에 지켜야 할 주의 사항 중 하나로 상대의 행동에서 눈을 떼지 말라는 게 있습니다. 형사에게 정보를 얻은 피의자가 증거 인멸을 시도하거나,

공범과 입을 맞추는 걸 막기 위해서죠. 하지만 저 혼자 모든 분들을 감시할 수 없으니 단독 행동을 삼가달라고 말씀드린 겁니다. 실례지만 여러분은 히카와 다이시의 공범 혐의를 받고 있습니다. 부디 그 점을 자각하고 행동해 주셨으면 합니다."

이 이야기를 듣고 하루나는 가가가 왜 시즈에에게만 움직이기 편한 옷을 입고 오라고 했는지 이해했다. 시즈에가 옷을 갈아입는다는 이유로 혼자 집에 들어가는 상황을 사전에 차단하려 했던 것이다.

이 사람은 틀림없는 진짜 형사다.

"알겠습니다. 제가 생각이 짧았네요." 시즈에가 힘없이 말했다.

"신경 쓰지 마십시오. 그러시는 게 당연하니까요." 가가는 온화한 미소를 지었다.

이내 다른 차들이 도착했고 사람들이 하나둘 내렸다.

가가는 수첩을 펼치고 시선을 떨궜다.

"8월 8일 오후 8시 12분, 이곳에 히카와 다이시의 모습이 야마노우치 씨 댁의 방범 카메라에 찍혔습니다. 그것이 모든 일의 시작이었습니다. 거기서부터 히카와가 어떻게 행동했는지 순서대로 검증하려 합니다. 하지만 그 전에 사카키 형사과장님께 묻고 싶은 게 있습니다. 히카와의 이동 수단입니다. 차를 이용했습니까?"

"아니, 녀석은 운전면허가 없었어. 자전거를 썼지. 자전거 대여점에서 전기자전거를 빌린 사실을 확인했네."

"아, 자전거군요. 하지만 녀석이 자전거를 탄 모습이 방범 카메라에 전혀 잡히지 않았습니다. 마지막으로 확인된 영상이 그린 게이블스 앞을 지나는 모습인데, 그때도 걸어가고 있었고요. 한마디로 히카와는 이 근방까지는 자전거를 타고 왔고, 그다음부터 걸어서 이동했다고 봐야겠군요. 여러분, 그러니 좀 힘드시겠지만 여기서부터는 우리도 걸어서 이동하겠습니다. 괜찮으십니까?"

가가의 말에 이의를 제기하는 이는 없었다. 이 별장지에서는 일부러 경치를 구경하며 산책하기도 하니 불평할 이유가 없었다.

"그럼 다음 포인트로 가보죠. 다카쓰카 씨의 별장입니다. 히카와는 그곳에서 방범 카메라 선을 끊었습니다."

걸음을 옮기는 가가를 따라 하루나 일행도 이동했다.

울창한 숲에 둘러싸인 길을 다 같이 걸었다. 만일 반대편에서 누가 온다면 단체로 하이킹을 즐기는 것처럼 보일지도 모른다. 하지만 바로 옆에 있는 고사카 가족을 보고 하루나는 금방 생각을 바꿨다. 하이킹이라면 모두가 이토록 침울한 표정을 짓고 있을 리가 없으니까.

고사카 가이토는 고개를 숙인 채 묵묵히 걷고 있었다. 오늘 이 아이가 말하는 소리를 하루나는 듣지 못했다. 이 기묘한 집단에 속한 체험을 아직 초등학생인 아이가 어떤 식으로 승화시킬 수 있을까. 트라우마로 남지 않기만을 간절히 바랐다.

다카쓰카의 별장에 도착했다. 입구에는 출입 금지를 알리는 테이프가 붙어 있었고, 제복을 입은 경찰이 대기하고 있었다. 사카키의 말로는 사건으로부터 두 달이 지난 지금도 경찰 여러 명이 교대로 사건이 발생한 별장과 주변을 순찰한다고 했다.

사카키는 경찰에게 다가가 말을 걸었다. 경찰은 하루나 일행을 보며 고개를 끄덕였다. 사카키는 금방 돌아왔다.

"이야기를 해뒀습니다. 어디든 자유롭게 둘러보시죠."

"여기까지 왔으니 현장을 둘러보도록 하죠." 가가가 말했다. "하지만 다카쓰카 씨의 말씀으로는 지금도 혈흔 같은 게 남아 있다고 하는군요. 보기 괴로우신 분은 안 보셔도 됩니다."

그럼, 하고 고사카 나나미가 손을 들었다. "저하고 아이는 여기서 기다리겠습니다."

"저도 안 봐도 돼요." 구리하라 도모카가 말했다.

하루나는 조금 고민했지만 여기까지 왔으니 도망치면

안 된다고 마음을 다잡았다.

결국 다른 사람들은 모두 들어가기로 했다.

하루나는 시즈에의 집 말고 다른 별장에 들어가는 게 처음이었다. 휴양 시설을 겸하고 있어서인지 크고 넓었다. 현관을 지나면 바로 나오는 거실 벽에 그림이 걸려 있어서, 마치 격조 있는 호텔을 방불케 했다.

바닥에 테이프로 에워싸인 부분이 있었다. 드라마에서 자주 나오는 사람 모양의 밧줄은 없었지만, 그곳에 다카쓰카 게이코가 쓰러져 있었다고 사카키가 설명했다. 바닥 곳곳에 흐릿하게 얼룩이 남아 있었다. 혈흔인 모양이다.

"그날 밤 그대로입니다. 아무것도 건드리지 않았습니다." 다카쓰카가 조용한 목소리로 말했다. "보시다시피 몸싸움한 흔적도 없습니다. 게이코가 어떤 식으로 변을 당했는지 밝혀진 게 하나도 없습니다."

"게이코 부인은 가슴을 여러 곳 찔렸죠." 가가가 사실을 확인했다. "즉 범인은 앞쪽에서 부인을 공격한 겁니다. 상식적으로 생각하면 낯선 남자가 집에 들어온 시점에서 비명을 지르거나, 피신하려 했을 겁니다. 그 흔적이 없는 건 어째서일까요."

"상대가 히카와가 아니라 집사람이 아는 사람이었다는 거요?" 다카쓰카의 눈빛이 매서워졌다.

"그렇다고 봐야 하지 않을까요. 그 사실을 숨기기 위해 사전에 방범 카메라를 고장 낸 거고요. 흉기를 회수한 건, 히카와의 지문이 묻어 있지 않아서 다른 사람의 범행이라는 사실이 들통날 우려가 있기 때문일 겁니다."

다카쓰카는 사카키 쪽을 보았다. "이러한 점에 대해 경찰은 어떤 견해를 갖고 있소?"

"앞에서 찔렸고, 저항한 흔적이 없으니 범인은 피해자와 아는 사이였다는 건 다소 단순한 추론이군요." 사카키는 불퉁한 표정으로 말했다. "등 뒤에서 몰래 다가가 피해자가 돌아보는 순간 찔렀을지도 모릅니다. 혹은 게이코 씨가 현관문을 열었을 때 칼을 들이대며 위협한 뒤, 실내로 들어가라 지시한 뒤 안에서 찔렀을 수도 있고요."

"하지만 그 경우에는 방범 카메라를 고장 낼 이유가 없지 않습니까." 가가가 즉시 반박했다.

"다른 이유가 있었을지도 모르고, 애초에 별 이유 없이 망가뜨렸을지도 모르지." 사카키는 별일 아니라는 양 대답했다.

"그 종잇조각 건도 있잖소." 다카쓰카가 말했다. "게이코가 쥐고 있던 그 종잇조각 말입니다. 나머지 종이를 가져간 게 공범이고, 그 모습이 카메라에 찍히는 걸 피하고 싶었을지도 모르잖습니까."

"그럴 수도 있겠죠." 사카키는 수긍했다.

가가는 납득한 것 같지 않았지만, 이의를 제기하지도 않았다. 이 논의는 여기서 일단 끝이 났다.

"그럼 다음 장소로 이동할까요. 구리하라 씨 별장입니다." 가가가 말했다. "엄밀히 말하면 구리하라 씨 별장지 안의 차고 앞입니다."

일행은 다카쓰카 별장을 뒤로하고 목적지로 향했다. 바람이 조금 불었지만 쌀쌀하게 느낄 정도는 아니었고 오히려 기분 좋았다. 하지만 그런 여유를 즐길 때가 아니었다. 하루나의 뇌리에는 가가가 냉철한 목소리로 고한 말이 깊이 각인되어 있었다.

다카쓰카 게이코를 살해한 건 히카와 다이시가 아니라 이 중에 있는 누군가다. 가가는 그렇게 말했다. 그것이 진실이라면 더는 살인사건의 공범 운운할 수준이 아니었다. 다카쓰카 게이코 사건에 관해서는 주범인 것이다.

하루나는 주변 상황을 살필 용기가 나지 않았다. 누군가와 눈을 마주치는 것조차 두려웠다.

구리하라 별장에 도착했다. 본채가 아니라 차고에 출입 금지 테이프가 붙어 있었다. 경찰은 없었다. 순찰을 나간 것일지도 모른다.

"이 별장에 설치된 방범 카메라의 기록 장치에서 SD카드만 제거되어 있었습니다. 일가족이 집을 비운 사이에 누군가가 몰래 들어와 가져갔을 가능성이 크다고 했습니다. 히카와의 짓으로 봐야겠죠. 다카쓰카 씨 별장의 방범 카메라를 고장 낸 뒤에 이곳에 온 겁니다."

건물을 배경으로 설명하는 가가의 모습에서, 하루나는 관광 안내 가이드를 떠올렸다. 인간이란 긴장할수록 엉뚱한 생각을 하는 법이다.

"그 뒤에 히카와는 무엇을 했을까요. 파티가 끝날 때까지 시간 여유는 충분했습니다."

"구리하라 씨 가족이 돌아올 때까지 이 집에 있었던 걸까요?" 시즈에가 건물을 올려다보며 꺼림칙하다는 듯 말했다.

"가능성은 충분히 있죠. 하지만 언제 돌아올지 모르는 상황에서 마냥 기다리기란 쉽지 않습니다. 공범이 파티가 끝나면 히카와에게 연락하기로 했던 게 아닐까요?"

가가의 말에 하루나의 마음은 더욱더 어두워졌다. 들으면 들을수록 공범의 존재가 현실감 있게 다가왔다. 다른 사람들도 같은 생각이리라.

"히카와는 별장을 나온 뒤에도 한동안 어딘가에서 지켜보고 있던 게 아닐까요." 마토바가 말했다. "그래서 부부가 차고로 들어간 것도 알았고요."

"충분히 있을 법합니다." 가가는 동의했다. "그럼 문제의 차고를 둘러보죠."

차고는 본채 오른쪽에 붙어 있었다. 단순히 캐노피를 달아놓은 공간이 아니라, 삼면이 벽으로 에워싸인 정식 차고였다. 게다가 셔터까지 달려 있었다. 가가는 셔터를 올리려 했지만 잠겨 있었다.

"차고 열쇠가 있니?" 가가가 도모카에게 물었다.

"찾아볼게요. 잠깐만요."

도모카는 배낭을 뒤적이더니 안에서 투명한 비닐봉지를 꺼냈다. 자동차 스마트키와 지갑 같은 것들이 들어 있었다.

"한 달 전쯤에 경찰에서 보내준 거예요. 돌아가신 부모님이 가지고 있던 물건이래요." 도모카는 열쇠 지갑 두 개를 꺼냈다. "까만 지갑이 아빠, 빨간 지갑이 엄마 거예요. 아마 둘 중 어딘가에 있을 것 같아요."

가가는 까만 지갑을 받아 열었다. 열쇠 여러 개가 달려 있었다.

셔터 앞에 웅크리고 앉아 가가는 열쇠 하나를 넣고 돌렸다. 찰칵 소리가 났다.

빙고, 그렇게 말하더니 도모카에게 열쇠 지갑을 돌려주고 셔터를 올렸다. 어둑한 차고로 새어 들어간 빛이 안쪽에 자리한 실버 그레이의 차체를 비췄다.

차고는 세로로 길어서 차 앞에 몇 미터쯤 공간이 있었다. 손님용으로 한 대를 더 세울 수 있도록 설계된 건지도 모른다. 그 공간에 다카쓰카 별장의 거실에서 본 것처럼, 테이프로 에워싼 부분이 있었다.

"저곳에 부부의 시신이 있었네." 사카키가 테이프 안쪽을 가리켰다.

"발견 당시 시신은 어떤 상태였습니까?"

사카키는 스마트폰 화면을 가가에게 내밀었다. "일반인에게는 보여줄 수 없지만 같은 경찰이니 괜찮겠지."

화면을 들여다본 가가의 눈매가 매서워졌다.

"구리하라 마사노리 씨는 가슴을, 유미코 씨는 등을 찔렸군요. 흉기에 묻은 피의 상태로 보아, 마사노리 씨가 먼저 찔린 사실이 밝혀졌다고 하셨죠."

"그래. 마사노리 씨가 찔리는 걸 보고 유미코 씨는 도망치려 했어. 하지만 그 전에 등 뒤에서 찔렸지. 그리고 도망이 늦어진 이유가 있네."

"뭡니까?"

"셔터를 내려보면 알 거야."

키가 큰 가가는 팔을 뻗어 셔터를 내렸다. 곧바로 차고 안은 어두워졌지만 이내 불이 들어왔다. 사카키가 벽의

전등 스위치를 눌렀기 때문이다.

"여기를 보게." 사카키가 셔터 안쪽을 가리켰다. "검붉은 얼룩 여러 개가 보이지? 모두 구리하라 유미코 씨의 혈흔이야. 그녀가 찔렸을 때, 셔터가 내려져 있던 거지. 그래서 신속하게 도망치지 못했던 거고. 경찰들이 부부의 시신을 발견했을 때, 셔터는 바닥에서 약 30센티 정도가 올라가 있었다고 하네. 불은 꺼져 있었고. 스위치에서 히카와의 지문이 검출되었어. 셔터를 살짝 올리고 불을 끈 뒤에 도망친 것으로 추정되네."

"잠깐 기다려 주십시오." 가가는 사카키의 말을 막았다. "범행 당시에 셔터는 닫혀 있던 거죠? 셔터를 내린 건 누구입니까?"

"그건 모르지. 구리하라 부부일 수도 있고, 히카와일지도 모르네."

"아니, 히카와일 수는 없지 않습니까? 부부가 있는 곳에 나타나 셔터를 내린다고요? 그동안 그걸 손 놓고 보고만 있지는 않았을 텐데요. 설령 상대가 흉기를 가지고 있었다 해도 도망칠 기회는 얼마든지 있었을 겁니다."

"그럼 셔터를 내린 게 구리하라 씨 부부라는 건가? 그러면 히카와는 어떻게 안으로 들어왔지?"

그러니까, 가가는 일단 끊더니 느릿하게 말을 이었다.

"히카와는 그 전에 이미 잠입해 있었을 겁니다."

"뭐라고?"

가가는 도모카에게 다가가 내려다보았다.

"별장에 있는 동안 차고 셔터는 어떻게 했니? 차가 드나들 때마다 열고 닫았니?"

"아뇨. 있는 동안에는 열어놨어요." 도모카는 또박또박 대답했다.

"그렇겠지. 보통은 그럴 거야. 그러니까 히카와는 부부보다 먼저 차고에 들어와 차 뒤에 몸을 숨기고 있을 수 있었죠. 그때 부부가 와서 셔터를 닫았다. 그렇게 생각하는 게 논리적이죠."

가가는 다시 셔터를 올렸다. 차고 안으로 자연광이 쏟아져 들어왔다.

"그렇다면 의문점이 늘어나는데요?" 마토바가 말했다. "히카와가 구리하라 씨 별장을 감시하고 있었더라도, 부부보다 먼저 차고에 들어가는 건 불가능하죠. 누군가가 히카와에게 지금 두 사람이 차고에 갈 것이라고 가르쳐주지 않는 한."

미묘한 침묵이 흐른 뒤에 한 걸음 앞으로 나선 사람이 있었다. 도모카였다.

"저는 그런 짓 안 했어요. 절대로!" 마치 무대 위 배우가 내뱉은 대사처럼 소녀의 목소리가 낭랑하게 울려 퍼졌다.

"아니……." 마토바가 당황한 듯 말했다. "네가 그랬다는 게 아니라."

"하지만 지금 그 발언은 그렇게 말한 거나 마찬가지죠." 시즈에가 웬일로 언성을 높였다. "도모카 말고 그런 일을 할 수 있는 사람은 없으니까."

"저는 객관적 사실을 말했을 뿐입니다." 마토바는 굳은 목소리로 말하더니 고개를 홱 돌렸다.

어색한 분위기가 감돌다 이내 가라앉았다. 하루나는 조심스레 도모카의 안색을 살폈다. 고개를 들고는 있었지만 눈가가 붉었다.

"의문이 하나 더 있습니다." 분위기를 바꾸려는 듯 가가가 집게손가락을 세웠다. "왜 구리하라 씨 부부는 셔터를 내렸을까요? 외출하려던 것이라면 그러지는 않았겠죠. 그럼 밤중에 차고에 들어간 이유는 무엇이었을까요? 차고 청소? 차량 정비? 둘 다 급하게 해야 할 일은 아닙니다." 가가는 다시 도모카를 내려다보며 물었다. "부모님이 이 차고에 대해 뭐라고 말씀하시는 걸 들은 적 있니?"

도모카는 가느다란 눈썹을 찌푸리며 손끝으로 입술을 만졌다.

"별장에 왔을 때 부모님이 차고에서 뭔가를 하고 계셨

어요. 그러고 보니 그때는 셔터가 내려져 있던 것 같아요."

가가는 사카키를 보았다. "경찰은 이 차고를 얼마나 조사했습니까?"

"그렇게 물으면 대답하기 난감하군. 통상적인 범위의 감식 활동과 현장 확인은 했네."

"차량은 옮겼습니까?"

"옮기지 않았을 거야. 그럴 필요가 없으니까. 범행 당시 그대로일 거네."

가가는 끄덕이더니 차고와 차를 둘러보았다. 이내 뭔가 떠오른 표정으로 갑자기 허리를 구부리고 차 밑을 들여다보았다.

"뭐 하시는 거죠?" 하루나가 물었다.

"흥미롭군요." 가가는 살짝 미소 짓더니 도모카에게 손짓했다. "아까 비닐봉지에 차 키가 들어 있었지. 그것 좀 빌려주겠니?"

도모카는 비닐봉지에서 스마트키를 꺼내 여기요, 하고 가가에게 건넸다.

"누가 차를 좀 앞으로 빼주시겠습니까?"

가가의 말에 자기가 하겠다며 고사카가 나섰다.

"3, 4미터 정도만 빼주시면 됩니다." 가가는 키를 건네며 말했다.

"알겠습니다."

고사카는 차에 올라타 시동을 걸었다. 끼이익 소리를 내며 타이어가 굴러갔다. 차는 입구 조금 앞에서 멈췄다.

고사카가 문을 열고 얼굴을 내밀었다. "됐습니까?"

"완벽합니다." 가가는 차 뒤쪽으로 갔다.

차가 있던 바닥에는 직사각형의 검은 고무 시트가 깔려 있었다. 가가는 두 손으로 그 끝을 잡고 쓱 들췄다.

하루나는 무심코 앗, 소리를 흘렸다. 고무 시트가 깔려 있던 곳에 네모난 뚜껑이 있었다. 한 변의 길이는 60센티쯤 되어 보였다.

사카키가 뚜껑에 가까이 다가가 신음을 흘렸다. "이런 데 이런 게……."

"바닥 수납고 같군요." 가가는 손잡이를 잡고 들어 올리려 했다. 하지만 뚜껑은 꿈쩍도 하지 않았다. "잠겨 있는 것 같습니다. 게다가 열쇠 구멍이 두 개나 있군요. 도모카 양, 열쇠 지갑을 둘 다 빌려주겠니?"

도모카는 비닐봉지에서 열쇠 지갑 두 개를 꺼내 가가에게 건넸다.

가가는 검은 열쇠 지갑에서 열쇠 하나를 뚜껑 열쇠 구멍에 넣고 돌렸다. 그리고 빨간 열쇠 지갑에 있는 열쇠를 나머지 한 구멍에 넣고 돌린 뒤에 뚜껑 손잡이를 잡아당겼다.

네모난 뚜껑이 열렸다. 하루나가 상상했던 것보다 뚜껑은 훨씬 두꺼웠고, 내부 구조도 튼튼해 보였다. 안이하게 바닥 수납고라 부를 물건은 아니라는 생각이 들었다.

옆에서 뚜껑 안을 들여다본 하루나가 제일 먼저 눈길을 빼앗긴 건 번쩍이는 금빛이었다.

금괴다. 그렇게 말한 건 다카쓰카였다. "꽤 많은데. 보기에 한 장에 1킬로짜리 금괴 같군. 그램당 8천 엔이라 치면 한 장이 8백만 엔이야."

그게 몇 장이나 있는지 하루나는 알 수 없었다. 하지만 열 장, 스무 장 정도가 아닌 것 같았다.

도모카 양, 하고 가가가 말문을 열었다.

"말할 것도 없이 이건 너희 부모님 물건이야. 우리가 멋대로 손대서는 안 되지. 하지만 사건의 진상을 알기 위해서는 여기 무엇이 들었는지 파악해야 할 것 같은데. 수색까지는 아니고, 안에 있는 걸 조금 보기만 하면 돼. 허락해 주겠니?"

도모카는 몇 차례 심호흡을 하고 나서 가가를 올려다보았다. "부모님의 프라이버시는 지켜주실 거죠?"

"물론이지."

"보신 뒤에는 원 상태로 돌려놔 주세요."

"당연하지. 약속하마."

"알겠습니다."

고맙다, 하고 말한 뒤 가가는 바닥에 웅크렸다.

"지문이 안 묻도록 조심하게." 사카키가 옆에서 주의를 줬다. "경우에 따라서는 증거가 될 수도 있으니까."

"압니다."

점퍼 안쪽 주머니에서 하얀 장갑을 꺼내는 가가를 보고 하루나는 놀랐다. 형사는 평소에도 저런 걸 가지고 다니는 것일까.

장갑을 낀 손으로 가가는 안에서 파일 한 권을 꺼내 펼쳤다. 사카키가 옆에서 들여다보았다.

"뭔지 알겠나?"

"숫자를 빼곡하게 적어놨네요. 자세히는 모르겠지만 장부 같습니다. 하지만 이런 곳에 보관해 둔 걸 보면 특별한 사정이 있는 거겠죠. 금괴도 그렇고, 단순 보관이 아니라 숨겨 뒀다는 표현이 적절하겠고요. 요컨대 이것들은 구리하라 씨 부부의 비자금, 숨겨 둔 재산인 것 같습니다. 한마디로 비밀 금고죠."

"이런 데다……." 사카키는 한숨을 흘렸다. "공인회계사 치고는 너무 원시적이고 단순하군."

"그편이 당국의 눈을 속이기 쉽다고 생각했겠죠. 실제

로 지금까지 들통나지 않았잖습니까."

가가는 파일을 제자리에 돌려놓고 바닥 뚜껑을 닫았다. 그러고는 열쇠로 잠근 뒤 도모카에게 열쇠 지갑을 돌려주었다.

"너한테는 미안하지만." 사카키가 도모카를 향해 말했다. "이 금고는 담당 부서에 보고할 거다. 범죄에 관련되었을 가능성도 있으니 말이다. 나쁘게 생각하지 말아줘."

도모카는 고개를 끄덕였다. "알았어요."

"이것으로 몇몇 의문이 해소되었군요." 가가가 말했다. "먼저 구리하라 씨 부부가 심야에 차고에 들어간 이유입니다. 파티에서 돌아와 현관문이 열려 있는 걸 알아챈 두 사람은 별장 안에 이변이 발생하지 않았는지 확인한 뒤에 혹시나 해서 차고를 둘러보러 갔을 겁니다. 셔터를 내린 건 누군가가 볼 가능성을 차단하기 위해서였을 거고요. 그리고 또 하나, 비밀 금고의 존재를 히카와가 알고 있었다면, 문이 잠기지 않은 걸 알아챈 부부가 차고로 올 것이라는 사실도 쉽게 예상할 수 있었을 겁니다."

"그렇게 된 거였나. 그런데 히카와가 어떻게 금고에 대해 알고 있었지?"

"누군가가 가르쳐 줬다고 보는 게 가장 적절하겠죠."

"그 누군가란……."

"모르겠습니다. 그 인물은 어떠한 계기로 우연히 금고의 존재를 알았을지도 모릅니다. 부부 중 누군가가 실수로 흘렸을 가능성도 완전히 배제할 수는 없죠."

어느 쪽이든 더욱더 공범의 존재감이 커졌다.

"저기…… 한마디 해도 될까요?" 구노 마호가 조심스레 말을 꺼냈다.

"말씀하시죠." 가가가 대답했다.

"구리하라 씨 부부를 이곳에서 기다릴 작정이었다면, 그때까지는 어디에도 갈 수 없잖아요. 히카와 다이시가 처음에 살해한 건 구리하라 씨 부부가 아니었을까요."

가가는 검은 고무 시트를 제자리로 돌려놓은 뒤 고개를 끄덕였다. "그 점은 저도 동의합니다."

"그럼 그가 다음으로 노린 건 누구였을까요? 어제 시점에서는 다카쓰카 부인이나 사쿠라기 원장 중 한쪽이라고 생각했지만, 아까 가가 씨의 추리에 따르면 부인은 히카와가 아니라 공범에게 살해당했을 가능성이 크잖아요. 그렇다면 다음 범행 대상은 사쿠라기 원장이라 봐야 하는 게 아닐까요."

"부인이 공범에게 살해됐다고 단언할 수는 없어." 사카키가 즉각 반박했다. "공범의 존재 자체도 아직 확실치 않으니까. 히카와 다이시에게 희생당한 사람의 수를 한 명이라도 줄이고 싶은 그쪽 심정은 이해하지만."

"결코 그런 생각으로 한 말이……."

"진정하시죠." 가가가 중재에 나섰다. "사카키 형사과장님의 말대로 아직 확실해진 건 아무것도 없습니다. 그래서 이렇게 조사하고 있는 거고요. 다카쓰카 부인의 살해현장은 이미 봤으니, 다음 목적지는 사쿠라기 씨 별장이 되겠군요. 여러분, 이동하실까요? 아, 그 전에 고사카 씨, 차량을 원위치로 돌려놔 주십시오."

19

구리하라 별장에서 사쿠라기 별장으로 가기 위해서는 원래 도로를 따라 돌아가야 했다. 하지만 도로 끝에 서서 내려다보면, 나무 틈으로 사쿠라기 별장의 개성적인 지붕이 의외로 가까이 보였다. 제대로 난 길은 없었지만 경사도 그리 심하지 않았다. 굳이 등산화를 신고 걷지 않아도 어렵지 않게 내려갈 수 있을 것 같았다. 실제로 조금 굽이 있는 신발을 신은 하루나도 별 탈 없이 내려올 수 있었다. 발밑에 신경을 써야 해서 경치를 즐길 여유는 없었지만.

정신을 차려 보니 바로 밑으로 도로가 보였다. 생각보다 훨씬 가까웠다.

먼저 도착한 가가가 사쿠라기 별장 앞에 서 있었다.

"8분입니다." 그는 손목시계를 보며 말했다. "구리하라 씨 별장에서 여기까지 걸린 시간이죠. 서두르면 더 단축할 수도 있을 겁니다. 히카와 다이시가 이 도로를 가로지른 게 오후 11시 50분입니다. 방범 카메라에 찍혔죠."

이 별장 앞에는 제복 경찰이 서 있었다. 이미 사정을 들었는지 말없이 옆으로 비켜섰다.

"그 사건 이후로 처음 오네요." 사쿠라기 지즈루가 대문을 지났다. "여러분, 들어오세요."

하루나는 이 별장도 처음이었다. 널찍한 정원과 맞닿은 테라스가 눈에 들어왔다.

"이곳이 현장입니까?" 가가가 물었다.

"네. 그날은 테이블과 의자가 나와 있었죠. 그대로 두면 비에 젖으니까 경찰에서 실내로 들여놓은 모양이에요."

"그걸 당시와 똑같이 놓을 수 있겠습니까?"

"저는 상관없는데……." 사쿠라기 지즈루는 사카키 쪽을 보았다.

"괜찮습니다. 딱히 문제는 없을 겁니다." 사카키가 대답했다.

사쿠라기 지즈루는 현관문을 열었다. 일행 중 남자들이 실내에 있던 테이블과 의자를 가져다 테라스에 놓았다.

"그때처럼 앉아보시겠습니까?"

가가의 말에 리에와 마토바가 나란히 앉았다.

"사카키 형사과장님, 대단히 죄송합니다만……."

"사쿠라기 요이치 씨 대역을 하라는 거지? 그 정도야." 사카키는 리에와 마토바의 맞은편에 앉았다.

"이 상황에서 리에 씨가 처음에 자리를 뜬 거군요." 가가가 리에에게 물었다.

"네. 샤워를 하려고요."

"그리고 조금 있다가 마토바 씨가 자리를 떴습니다. 그 이유는 무엇이었습니까?"

"원장님이 커피를 달라고 하셔서요. 사모님께 전달하려고 안으로 들어갔고, 간 김에 화장실에 들렀습니다."

"그러셨군요. 그 결과 사쿠라기 요이치 씨는 홀로 남았고요. 그때 히카와가 뒤에서 몰래 다가와 칼로 등을 찔렀죠." 가가는 사카키의 등 뒤에 서서 그를 찌르는 시늉을 한 뒤 돌아봤다. "히카와가 정원 밖에서 안을 살피고 있었다 해도, 상당히 거리가 떨어져 있었을 겁니다. 20미터쯤 되겠군요. 그런데 왜 요이치 씨는 발소리를 듣지 못했을까요?"

"그 역시 우연이겠지." 사카키가 대꾸했다. "만일 소리를 듣고 뒤돌아봤다면 앞에서 찔렀겠지. 그뿐이라고."

가가는 말없이 끄덕이더니 리에를 보았다.

"샤워를 마친 뒤 정원으로 나왔을 때 상황을 설명해 주십시오. 아버님은 쓰러져 있었죠?"

"맞아요. 저 부근에 엎드려 쓰러져 있었어요." 리에는 사카키의 발밑을 가리켰다.

“엎드려 있어야 하나?” 사카키는 자리에서 일어나려 했다.

“옷이 더러워지니 그러지 않으셔도 됩니다. 쓰러진 아버님을 보고 리에 씨는 어떻게 하셨습니까?”

“아버지에게 달려갔어요.”

“그 전에 비명을 질렀을 텐데요?”

“아, 맞아요.”

“그 비명 소리를 듣고 지즈루 씨가 안에서 나오셨습니다. 그리고 사태를 목격하고 구급차를 부르기 위해 다시 실내로 들어가셨죠. 그때 마토바 씨가 밖으로 나오셨고요.” 가가는 마토바 쪽을 보았다. “그러고 나서 어떻게 하셨는지 설명해 주시겠습니까?”

“어제 말씀드린 것처럼 범인이 아직 근처에 있을지도 모른다는 생각에 상황을 살피러 밖으로 나갔습니다. 덕분에 찔렸지만요.”

“구리하라 씨 별장 근처에서 말이죠. 한마디로 우리가 아까 내려온 비탈을 마토바 씨는 올라가신 거군요. 왜 도로 쪽이 아니라 그쪽으로 가신 겁니까?”

“이유를 물으셔도 딱히 대답할 말이 없군요. 어쩐지 그러고 싶었습니다. 굳이 이유를 찾자면, 강도라면 평범한 길이 아니라 뒷길로 도망쳤을 것 같아서였습니다.”

"하지만 실제로는 범인이 어딘가에서 이 집을 감시하다가 마토바 씨 뒤를 쫓아온 거였죠?"

"그럴 겁니다."

"이거야 참, 그럼 다시 저 비탈을 올라야 하는 건가." 다카쓰카가 진저리를 내며 말했다. "현장 검증이라는 게, 골프만큼 지치는 일이구만."

"아뇨, 그렇게까지 하지 않아도 될 것 같은데요." 사쿠라기 지즈루가 말했다. "구리하라 씨 별장 주변은 아까 둘러봤잖아요. 가가 씨 생각은 어떠신가요? 제 생각에는 범인이 마사야 선생을 뒤쫓아 습격했던 경로를 굳이 되짚어 볼 필요는 없을 것 같은데요."

뭔가 마음에 걸리는 말투였다. 돌아가기 귀찮다는 이유 말고 다른 의도가 담긴 말인지, 하루나는 가늠할 수 없었다.

가가는 알겠다고 대답했다.

"그럼 다음 장소로 이동하죠. 야마노우치 씨 댁에 돌아가면 골인입니다."

사쿠라기 별장에서 도로를 따라 다 같이 걸어갔다. 길은 완만한 커브를 그리고 있었다. 이내 왼쪽으로 야마노우치 시즈에의 집이 보였다.

집에 도착해 뒤뜰로 갔다. 바비큐 파티를 했던 그날 밤

이 눈앞에 떠올랐다. 하지만 그 이상으로 선명하게 기억에 각인된 일이 있었다. 하루나는 그곳, 에이스케가 쓰러져 있던 곳으로 일행을 안내했다.

바로 옆에 출입문이 있었다. 도로에서 직접 들어올 수 있는 구조다.

"사카키 형사과장님, 범행 현장은 밝혀졌습니까?" 가가가 물었다.

"아직 밝혀내지 못했지만, 여기서 그리 멀지 않은 곳일 거야. 피해자는 두 곳을 찔렸고, 칼이 꽂혀 있지 않은 상처 부위는 상당히 출혈이 심했는데도 부근에서 혈흔은 발견하지 못했어. 찔리고 나서 바로 정원으로 도망쳐 들어와 숨이 끊어진 것으로 추정되네."

"설명 감사합니다." 가가는 인사를 하고 나서 말을 이었다. "그럼 이것으로 범행 현장을 모두 돌아본 셈입니다. 구리하라 씨 부부의 비밀 금고 등 새로운 사실도 밝혀졌습니다. 그러니 지금까지 알아낸 사실을 바탕으로 진상을 규명하고자 합니다."

"가가 씨." 시즈에가 끼어들었다. "많이 걸어서 다들 지치셨을 거예요. 조금 쉬었다가 하면 어떨까요? 바비큐 파티에 썼던 의자와 테이블이 저기 창고에 있어요. 의자라도 꺼내 오면 안 될까요?"

가가는 방해받았다는 기색을 보였지만 금세 온화한 표정으로 돌아와 대답했다. “그게 좋겠군요. 그럼 부탁드립니다.”

“감사합니다. 누가 좀 도와주실래요?”

모두 함께 창고에서 의자를 꺼내 각자 떨어진 곳에 자리를 잡고 앉았다.

“그날 밤으로 돌아간 것 같네요. 기분은 전혀 다르지만.” 사쿠라기 지즈루가 혼잣말처럼 중얼거렸다.

“그럼 논의를 다시 시작해도 될까요?” 혼자 서 있던 가가가 물었다.

그러자 다카쓰카가 손을 들었다. “발언해도 됩니까?”

“하십시오.”

“만일 이 중에 히카와의 공범이 있다면, 그자는 당연히 피해자가 이만큼이나 나올 걸 예상했던 거 아닙니까. 목적은 알 수 없지만, 자기 가족을 희생시키면서까지 이루려 하지는 않았겠지. 무슨 말이 하고 싶은 거냐면, 가족을 잃은 사람은 공범 용의선상에서 제외해도 되지 않나는 거요.”

다카쓰카의 말에 하루나는 가슴이 술렁거리는 걸 느꼈다. 결코 황당한 의견은 아니었다. 오히려 모두 같은 생각을 하고 있었으리라. 그저 입 밖으로 낼 용기가 없었을 뿐이다.

많은 이들의 시선이 한곳으로 향했다. 하루나 역시 그러했다. 하지만 응시하지는 못했다. 고개를 숙인 채 살며시 상황을 살폈다.

시선을 한 몸에 받은 가장은 즉시 당황한 기색을 보였다.

"뭐, 뭡니까?" 고사카는 눈을 부릅뜨며 벌떡 일어났다. "우리 식구가 공범이라는 겁니까? 잠깐만요. 대체 무슨 말씀이십니까. 그럴 리가 있습니까. 왜 얘기가 그렇게 되는 겁니까?"

"지금 말하지 않았나. 다른 사람들은 가족이며 배우자를 잃었어. 상식적으로 소중한 사람을 희생시키면서까지 살인 계획에 가담하겠나?"

"아니, 그래도……." 고사카의 뺨이 파르르 떨렸다.

"저희가 왜 히카와를 돕나요? 동기가 없잖아요." 지금까지 줄곧 입을 다물고 있던 고사카 나나미가 강한 어조로 남편 옆에서 항의했다.

"과연 그럴까. 자네들만큼 뚜렷한 동기를 가진 사람도 없는 것 같은데. 특히 집사람을 죽일 동기 말이야. 게이코는 계속 자네 식구들을 시험하고 있었으니까. 사람을 들들 볶으며 못살게 군다고 생각했겠지. 재취직을 위해 참고는 있지만, 게이코의 심기가 조금이라도 틀어지면 그간의 고생이 모두 물거품으로 돌아갈 우려도 있지. 차라리 죽기를 바랐어도 이상할 게 없지 않나."

"당치도 않습니다. 저희는 그런 생각은 정말 해본 적도 없습니다. 몸 바쳐 헌신해야겠다는 생각만 했습니다. 정말입니다."

열심히 해명하는 나나미를 보고 하루나는 어젯밤 그녀에게 들은 이야기를 떠올렸다. 나나미는 다카쓰카 게이코의 부당한 처사를 받아들이고, 새출발을 위해 견뎌야 한다고 결심한 눈치였다. 하지만 그것이 연기가 아니었다고 장담할 수는 없다. 오히려 자신들을 믿게 하기 위한 복선이었을 수도 있다.

"가가 씨의 말에 의하면 게이코를 죽인 건 히카와가 아니라 공범이었을 가능성이 크다잖나." 다카쓰카가 싸늘한 어조로 말을 이었다. "자네들이라면 게이코도 방심했겠지."

"회장님, 잊으셨습니까. 그날 밤, 저는 계속 회장님과 같이 있었습니다. 대체 언제 그런 짓을 저지를 수 있었단 말입니까."

"자네는 못 했겠지. 하지만 우리가 바에서 술을 마시는 동안 계속 혼자 있던 사람이 있어. 나나미 씨, 자네 말이네.

차에서 대기하고 있었다고 했지만, 사실인지 아닌지 어떻게 아나. 우리를 가게에 내려준 뒤에 별장으로 돌아가 게이코를 죽이고 다시 가게 근처로 돌아온 거 아닌가?"

"저는 그런 짓 한 적 없습니다." 고사카 나나미는 벌떡 일어나 외쳤다. "그날 밤에 정말 바 근처에서 대기하고 있었습니다. 계속 스마트폰을 보고 있었는데……. 아, 맞아요. 스마트폰 위치 정보를 보여드릴게요. 제가 계속 거기 있었던 걸 증명할 수 있어요."

"그런 건 얼마든지 조작할 수 있지. 범행을 저지를 때 스마트폰을 가지고 가지 않으면 되니까."

"아닙니다. 왜 믿어주지 않으시는 거죠." 나나미의 눈에 점점 핏발이 서더니, 눈물이 흘러넘쳤다.

"미안하지만 여자 눈물에 마음이 흔들릴 나이는 아니라 말일세." 다카쓰카는 냉랭하게 말하더니 가가를 올려다보았다. "내 추리는 어떻습니까?"

"큰 모순은 없군요. 앞뒤는 맞는다고 생각합니다."

"무슨 말씀이십니까." 고사카가 잔뜩 인상을 썼다.

"하지만 의문이 하나 남습니다. 방범 카메라입니다. 사쿠라기 씨 별장과 야마노우치 씨 댁, 그리고 그린 게이블스의 카메라는 작동하고 있었습니다. 고사카 나나미 씨가 차로 왕복했다면 그 카메라 중 하나에는 찍혀 있어야 합니다.”

“별장지에 들어서기 직전에 차에서 내린 거 아닌가? 걸어서 이동했다면 카메라를 피해 다니는 건 어렵지 않으니.”

“하지만 고사카 씨 일가는 이 별장지에 처음 왔다고 하셨습니다. 지리도 잘 모르는데 그런 일이 가능할까요?”

“전날부터 와 있었으니 사전 조사를 했으면 불가능하지 않았겠죠. 그리고 무엇보다 가족이 희생당하지 않은 건 이자들밖에 없습니다.”

“외람됩니다만 회장님, 가족이라 해도 여러 형태가 있지 않습니까.” 고사카 나나미가 울먹이며 말했다. “형식적으로는 친척이라도, 가깝지 않은 사이라면 설령 죽어도 슬픔은 크지 않을 것 같은데요.”

“지금 누구 얘기를 하는 거지?”

다카쓰카가 물었지만 나나미는 고개를 숙일 뿐 대답하지 않았다.

“누구를 말하는 거냐고!” 다카쓰카가 언성을 높였다. “대답해!”

“흥분 가라앉히시죠.” 가가는 노인을 진정시킨 뒤 나나미를 보았다. “그런 식으로 변죽만 울리는 태도는 바람직하지 않군요. 하고 싶은 말씀이 있으시면 분명히 해주십시오."

그렇지만 나나미는 여전히 침묵을 지켰다. 대답할 생각이 없는 것 같았다.

"혹시 제 얘기인가요?" 시즈에가 머뭇거리며 물었다. "이번 사건 피해자 중에 제 가족은 와시오 에이스케 씨죠. 관계는 조카사위고요. 그리 가깝지 않은 사이라고 하시면 그럴지도 모르지만……."

하루나는 흠칫했다. 그런 식으로 생각해 본 적은 없었다.

가가는 나나미에게 그런 거냐고 물었다. 소리 내어 말하지는 않았지만, 나나미는 시선을 떨군 채 고개를 작게 끄덕였다.

시즈에는 두 손으로 입을 막더니 고개를 좌우로 흔들었다. 그러고는 기도하듯 두 손을 맞잡았다.

"대체 제가 무슨 이유로 그런 짓을 저지른다는 말이죠? 살인 공범이라뇨. 게다가 조카사위를 희생시키면서까지."

그제야 나나미가 고개를 들었다.

"와시오 에이스케 씨를 해치는 건 계획에 없던 일이었겠죠. 원래는 범행 대상이 아니었으니까요. 하지만 그는 상황을 살피기 위해 밖으로 나갔다 우연히 히카와와 마주쳤고, 피습을 당했어요. 그런 거 아닌가요?"

그 말에 하루나는 놀랐다. 나름대로 앞뒤가 맞았다.

"그럼 동기가 뭐죠? 제가 히카와 다이시를 도울 이유 말입니다." 시즈에는 애써 침착한 목소리로 물었다. 요동치는 감정을 간신히 억누르고 있는 것 같았다.

"그건……. 누구나 남에게 말할 수 없는 비밀이 있다고 하니……." 나나미는 말을 흐렸다.

"그게 뭔가? 하고 싶은 말이 있으면 똑바로 하라고 아까 가가 씨가 말하지 않았나!" 다카쓰카가 노성을 질렀다. "이 판국에 숨길 게 뭐가 있어. 그냥 각자 하고 싶은 말을 털어놓으라고. 앞으로는 다시 볼 일 없을지도 모르니까."

숨을 가다듬듯 나나미는 심호흡을 한 뒤에 각오를 다진 듯 앞을 보았다.

"알겠습니다. 그럼 말씀드리겠습니다. 이건 사모님…… 게이코 부인께 들은 얘기입니다. 부인이 이렇게 말씀하셨어요. 이 별장지에 불여우가 있다고. 남자를 홀려서 제 집으로 데려가 혼을 쏙 빼놓고, 자기 뜻대로 조종하려 한다고. 그게 바로 야마노우치 시즈에 씨라고……."

시즈에는 눈을 부릅떴다.

"사모님이 그런 말씀을 하셨다고요? 전혀 모르는 일인데요?"

"사모님께서 몇 번이나 목격하셨다고 했어요. 당신이

그 빈 별장, 그린 게이블스에서 남자와 밀회를 즐기는 모습을. 그 별장은 당신이 남자와 밀회하기 위한 사랑의 은신처라고 하시더군요. 오페라글라스로 보면 부인의 방에서 별장 뒷문이 훤히 보인다고요."

"영문을 모르겠네요. 대체 왜 그런 말도 안 되는 소리를……. 제가 누구하고 몰래 만났다는 건가요?"

"여기서 말해도 되겠습니까?"

"꼭 듣고 싶네요."

"그건……." 나나미는 도모카 쪽을 힐끗 보고 나서 말을 이었다. "구리하라 마사노리 씨예요."

도모카의 가녀린 어깨가 움찔거리는 걸 하루나는 보았다. 소녀의 표정에는 아무런 변화가 없었고, 한곳을 응시하는 시선도 흔들리지 않았다.

"내가 그분하고요? 그럴 리가 없잖아요. 뭘 잘못 아신 것 같네요." 시즈에의 목소리도 점점 날카로워졌다.

"저는 사모님께 들은 얘기를 전하는 것뿐이에요. 그날, 8월 8일에도 당신이 구리하라 씨를 그린 게이블스로 끌어들이는 모습을 봤다고 하셨어요."

"그날 전 파티 준비로 눈코 뜰 새 없이 바빴어요. 사모님이 왜 그런 말씀을 하셨는지는 모르겠지만 사실무근입니다."

"이봐, 고사카. 자네 부인이 하는 말이 사실인가?" 다카쓰카가 물었다. "정말 게이코가 그런 소리를 했어?"

"아내 말로는 그렇답니다."

"게이코한테 남의 집이나 훔쳐보는 취미가 있었을 것 같지는 않은데."

정말이에요, 하고 나나미가 호소했다. "오페라글라스도 보여주셨어요."

"흠, 그래. 설령 그렇다고 해도 사건과 무슨 관련이 있지? 그저 개인의 비밀을 폭로하는 게 아닌가."

"아닙니다, 회장님, 그건 아닙니다." 나나미는 단호하게 말했다. "야마노우치 씨가 구리하라 마사노리 씨와 깊은 관계였다면, 그 비밀 금고 얘기를 들었을지도 몰라요. 어쩌면 여벌 열쇠를 어디 두는지도요. 그렇다면 그 금고의 존재를 달리 아는 사람이 없는 상태로 구리하라 부부가 세상을 떠난다면, 야마노우치 씨에게는 무척 바람직한 상황이 아닐까요?"

다카쓰카의 표정에 수긍하는 기색이 떠오르는 걸 하루나는 보았다. 분명 나나미가 황당무계한 소리를 하는 건 아니었다.

시즈에는 넋이 나간 듯 잠잠했다. 말이 나오지 않는 것 같았다.

"잠깐만요." 하루나는 저도 모르게 소리쳤다. "혹시 금고에 있는 재산을 노리고 고모가 히카와에게 협조했다는 말씀인가요?"

"단언할 수는 없지만 그런 가능성도 생각할 수 있지 않을까 해서……."

"어이가 없네요. 말도 안 돼요."

"그럼 저희 가족을 의심하는 것도 말도 안 되는 일이라고 말씀드리죠."

지금까지 계속 저자세였던 고사카 나나미의 서슬에 사람들은 주눅이 든 것 같았다. 이것이 이 사람의 본성이었나. 하루나는 뼈저리게 실감했다.

하루나는 시즈에를 보았다. 반박할 마음조차 들지 않는지 힘없이 고개를 떨구고 있었다.

짝짝짝. 손뼉을 치는 소리가 들렸다. 사쿠라기 지즈루였다.

"여러분, 여기까지만 하죠. 이런 얘기를 계속한들 무슨 의미가 있나요. 인간관계가 파탄 나는 데서 끝나는 게 아니라 모두 인간 불신에 빠져버리겠네요. 더 이성적인 모양새로 답이 나오기를 기대했는데, 아무래도 어려울 것 같네요. 그럼 제가 끝내는 수밖에 없겠어요."

"끝낸다고?" 다카쓰카가 물었다. "그게 무슨 말이오?"

"말 그대로예요. 진상을 밝히겠습니다." 사쿠라기 지즈루는 자리에서 일어나 사람들을 보았다. "사실 저는 지금까지 중대한 사실을 숨기고 있었습니다. 가급적이면 본인이 스스로 고백하기를 바랐기 때문이죠. 하지만 그건 어려울 것 같으니 여기서 말씀드리고자 합니다. 제가 숨겼던 건 남편의 시신에 관한 일입니다. 사건이 일어나고 얼마 뒤에 담당 형사님이 도쿄로 찾아와 이런저런 질문을 했습니다. 그중 하나가 남편이 평소에 수면제를 복용했느냐는 것이었죠. 저는 아니라고 대답했습니다. 남편에게 그런 습관은 없었거든요. 그때는 왜 이런 걸 묻는지 의아했을 뿐이지만, 형사님이 돌아가고 나서 알아챘어요. 아마 부검 결과, 남편의 몸에서 수면제 성분이 검출되었기 때문이겠죠. 그 순간 커다란 의혹이 떠올랐습니다. 왜 남편은 수면제를 먹었을까요. 하지만 동시에 알게 된 점도 있었습니다. 아까 가가 씨가 지적하신, 남편은 왜 뒤에서 다가오는 범인의 기척을 알아채지 못했는가, 그 의문의 답은 자고 있었기 때문입니다. 더 정확히 말하자면 수면제를 먹고 자고 있었기 때문이다, 라고 해야겠죠."

가가가 매서운 표정으로 사카키를 보았다. "부검 결과 수면제가 검출되었다는 얘기는……."

사카키는 겸연쩍은 표정으로 고개를 끄덕였다. "사실

이네.”

“그에 관한 경찰의 견해는 뭡니까?”

“딱히 없네. 수면제를 복용하는 건 개인의 자유니까. 가족에게 비밀로 하는 사람도 있을 수 있겠지.”

“하지만 사쿠라기 씨는…….” 가가는 사쿠라기 지즈루를 보며 말했다. “남편분이 자신의 의사로 복용한 게 아니다, 누군가가 몰래 먹인 거다, 그렇게 생각하시는 거군요.”

“맞습니다.”

“그리고 짐작 가는 사람이 있고요?”

“네. 하지만 여기까지 말했으니 이미 불 보듯 뻔하지 않나요?” 사쿠라기 지즈루는 한 인물에게 시선을 고정했다. “마사야 선생, 남편에게 수면제를 먹인 게 너지?”

마토바는 옆에 있는 리에의 굳어버린 얼굴을 힐끗 살피고는 자리에서 일어나 사쿠라기 지즈루를 보았다. 그 표정에서는 여유가 느껴졌다. “제가 왜 그런 짓을 합니까?”

“왜냐고? 그걸 내 입으로 설명해야 하나? 지금까지 입 아프게 말했잖아. 그리고 답은 거의 나왔고. 히카와에게는 공범이 있었어. 그자는 히카와에게 정보를 제공하고 범행을 도왔지. 남편에게 수면제를 먹인 것도 그 일환이었고. 잠든 남편을 홀로 테라스에 둬서 히카와가 범행하기 쉬운 환경을 만들었어. 아니야?”

"테라스에서 술을 마시자는 얘기를 꺼내신 건 원장님이셨습니다."

"그러니까 기회라고 생각한 거 아닌가? 히카와를 별장으로 끌어들였지. 남편에게 수면제를 먹여서 범행을 용이하게 했고."

마토바는 고개를 저으며 리에를 내려다보았다. "아무래도 당신 어머니 정신이 이상해지신 것 같군." 그러고는 다시 사쿠라기 지즈루를 보며 말했다. "그럼 저는 왜 찔린 겁니까?"

"그야 간단하지. 위장 아니겠어? 의심을 사는 걸 방지하려고, 제 손으로 찔렀겠지."

"제가요? 어처구니가 없군요."

"그 전에 엄청난 짓을 저질렀을지도 모르지. 별장 뒤 비탈을 뛰어올라 가서 곧장 다카쓰카 씨 별장으로 갔겠지. 이유를 둘러대 실내로 들어간 뒤 사모님을 해치고, 구리하라 씨 별장 근처까지 돌아와 범인에게 피습당한 시늉을 한 거야."

"제가 사모님을요? 용케도 그런 얼토당토않은 생각을 하시는군요." 마토바는 두 손을 펼쳤다. "가가 씨, 이런 조잡한 추리를 설마 진지하게 받아들이려는 건 아니겠죠?"

그러자 가가는 마토바를 빤히 바라보았다. "하나 묻고

싶은 게 있습니다."

"뭡니까?"

"흉기에 찔린 요이치 씨를 발견한 뒤, 당신은 범인이 아직 근처에 있을지도 모른다는 생각에 밖으로 나가셨다고 했죠."

"그런데요, 그게 어쨌다는 겁니까?"

"한눈에도 요이치 씨가 살아날 가망이 없다고 판단했기 때문입니까?"

마토바의 표정이 굳어졌다.

"보통은 어떻게든 조치하려 하지 않을까 하는 생각이 들었습니다. 설령 소용없다 한들, 지혈을 하거나, 이름을 부르거나. 실제로 와시오 하루나 씨는 남편분을 발견했을 때 그런 조치를 했다고 말씀하셨습니다. 와시오 씨는 간호사지만 당신은 의사입니다. 위급 상황에 대한 판단력이 부족할 거란 생각은 들지 않는데요."

"맞아요, 그 말이 맞아." 사쿠라기 지즈루가 말했다. "나하고 리에가 구급차가 도착하기를 기다리는 동안 넌 아무것도 안 했어. 의사인데. 상식적으로는 누구보다 남편 곁에 있어야 할 사람인데. 왜 그랬지? 제대로 설명해!"

가가의 말을 듣고 하루나는 아침에 그가 했던 질문을 떠올렸다. 듣고 보니 분명히 그랬다. 흉기에 찔린 사람을 방치하고 범인을 뒤쫓는 의사가 어디 있다는 말인가.

마토바는 과연 어떻게 답할 작정일까. 하루나는 조심스레 그를 보았다.

거의 모든 사람의 시선을 한 몸에 받으며 마토바는 그 자리에 우두커니 서 있었다. 그 얼굴은 어떻게든 이 궁지에서 빠져나가고자 열심히 머리를 굴리는 것으로밖에 보이지 않았다. 옆에 있던 리에는 백지장처럼 새하얗게 질렸다. 그를 보지 않는 이는 그녀뿐이었다.

이내 마토바의 어깨에서 힘이 풀렸다.

"사쿠라기 지즈루 씨에게 묻겠습니다. 만일 제가 원장님의 죽음을 바랐다면, 짐작 가는 이유가 있습니까?"

"물론이지." 사쿠라기 지즈루는 냉담한 목소리로 말했다. "네 가족의 복수를 하려는 거잖아."

20

마토바의 얇은 입술 사이로 냉소가 새어 나왔다. "역시 알고 계셨군요. 언제부터입니까?"

사쿠라기 지즈루는 고개를 기울였다.

"올해 7월 말이던가. 그 바비큐 파티 조금 전이었을 거야. 남편이 흥신소에 의뢰해 너를 철저하게 조사했지. 외동딸의 데릴사위일 뿐 아니라 언젠가 병원을 물려줄 사람이니 당연한 일이지. 일개 내과 의사를 고용하는 게 아니니까. 놀랐어, 설마 그 사람 아들이었을 줄이야."

"왜 바로 저한테 말하지 않았습니까?"

"남편이 조금 지켜보자고 하더라고. 네가 무슨 목적으로 우리 병원에 취직했는지 확인할 필요가 있다고도 했어. 그 사건을 알고 있다면 절대 우리 병원에 올 리 없으니까. 너 역시 모를 리 없었어."

"네, 아주 잘 알고 있었습니다. 초등학생 때부터요." 마토바는 고개를 들었다. "아버지가 입원했고, 수술을 받은 뒤 목숨을 잃은 병원입니다. 이름을 잊어버릴 리가 없죠."

이봐, 다카쓰카가 두 사람 사이에 끼어들었다. "대체 무슨 얘기를 하는 건가. 우리도 알아들을 수 있게 설명하게."

"너부터 말해." 사쿠라기 지즈루가 마토바에게 명령하듯 말했다. "그게 빠를 테니."

"그게 아니라 본인 입으로 말하기 힘든 거겠죠. 사쿠라기 병원의 흑역사니까."

"그렇게 생각하는 건 이 세상에서 너밖에 없어."

"과연 그럴까요? 많은 사람들이 진상을 알고 있습니다. 판결문 주문에서 판사는 이렇게 말했습니다. 병원 측에서 제시한 증거품 중에는 신뢰할 수 없는 것이 있다고."

"하지만 그 후에 판사가 내린 판결은 어땠더라?"

"죄송합니다만." 가가가 끼어들었다. "무슨 말씀인지 전혀 모르겠습니다."

"20년 전 일입니다." 마토바가 싸늘한 목소리로 말했다. "소아과 의사였던 아버지가 어느 시기부터 시력에 이상을 느끼기 시작했습니다. 안과에서 검사했더니 뇌종양을 의심하더군요. 그래서 아버지는 대학 시절 선배가 운영하는 병원에서 진료를 받았고, 결과는 역시 뇌종양이었습니다. 주치의는 개두술을 실시할 필요가 있다고 했습니다. 수술은 성공했다고 했지만 이내 아버지는 뇌경색을 일으켰고,

재수술을 받았습니다. 하지만 증상은 도무지 나아지지 않았고, 얼마 지나지 않아 의식을 잃었습니다. 한 달 뒤에 숨을 거뒀죠. 그로부터 1년 뒤에 어머니는 아버지 친구들의 도움을 받아 병원과 주치의를 상대로 손해배상 청구소송을 했습니다. 생전에 아버지가 수술 필요성에 의문을 제기한 적이 있었기 때문입니다. 병원 측에 적극적으로 설명을 요구하지 않은 건, 선배이자 원장인 사쿠라기 요이치 씨 입장을 생각해서였습니다. 실제로는 주치의가 아버지에게 필요한 검사를 실시하지 않았고, 증상도 충분히 파악하지 않은 채 개두술이라는 치료 방침을 세운 것이었죠. 아버지는 의식이 또렷했고 정상적으로 사고할 수 있는 상태였으니 수술 위험성이나 대체 치료법을 설명했더라면 개두술은 피했을지도 모릅니다. 물론 병원 측에서는 책임을 인정하려 하지 않았습니다. 소송을 제기하고 판결이 나올 때까지 5년이라는 세월이 걸렸습니다. 소송이 길어진 원인은 병원 측이 주요 증거를 제출하려 하지 않았기 때문입니다. 의료 소송에서는 원고 측에 입증책임이 있습니다. 수술 비디오나 진료 기록을 분실했다고 주장하면 어쩔 도리가 없죠. 간신히 제출한 진료기록부도 조작된 것이었죠."

"그래서 판결은?" 사쿠라기 지즈루가 짜증스레 말했다.

"다들 지루해하고 계시잖니."

마토바는 그녀를 노려본 뒤 한숨을 내쉬었다.

"패소했습니다. 오진도, 수술 실수도 인정받지 못했고, 주치의의 설명이 부족했다고 단정 지을 수 없다는 판단이 내려졌습니다. 판사도 진료기록부를 신뢰할 수 없다고 하면서도, 증거 부족을 이유로 조작은 인정하지 않았습니다."

"그래, 그게 결과야. 움직일 수 없는 진실이지."

"진실이라고?" 마토바는 미간을 찌푸리며 짓씹듯 말했다. "거짓으로 점철된 허구 그 자체겠지! 이제 재판에서 승소하는 건 포기했습니다. 그때 결심했습니다, 다른 형태로라도 복수를 완성하겠다고. 그래서 의사를 목표로 삼았죠. 아버지의 뒤를 이으려던 건 아닙니다. 아버지가 운영하던 작은 병원은 이미 오래전에 문을 닫았으니까요. 제가 손에 넣으려 했던 건 사쿠라기 병원, 아버지의 목숨을 앗아간 병원이었습니다. 어떻게든 그 안에 들어가 빼앗아 주겠다고 생각했습니다. 얼마나 노력했는지 모릅니다. 어젯밤에 잠깐 이야기가 나왔습니다만, 어머니가 친척들에게 머리를 조아리며 도와달라고 부탁했습니다. 다행히 의사가 된 뒤로도 마음은 변하지 않았죠. 이내 사쿠라기 병원에서 내과 의사를 구한다는 이야기를 듣고 지원했습니다.”

“그때 알아챘더라면 남편은 널 고용하지 않았을 텐데. 설마 그때 그 환자 아들이라고는 꿈에도 몰랐지 뭐야. 성도 달랐고.”

“어머니에게 결혼 전 성으로 돌아가 달라고 부탁했습니다. 부모가 의료 소송을 제기한 과거가 밝혀지면, 어느 병원에서도 고용하지 않을 거라고 설득했죠. 하지만 새로 일하게 된 곳이 사쿠라기 병원이라는 사실을 알았을 때는 무척 놀란 눈치였습니다. 반대는 하지 않았지만요. 저를 믿어준 겁니다.”

“하지만 아들이 노리는 게 원장 외동딸인 줄은 몰랐겠지.”

“저도 병원에서 일하기 전까지 리에에 대해 몰랐습니다. 원내 미팅이라는 시시한 술자리에 참석할 때까지는요.”

달칵, 소리를 내며 리에가 벌떡 일어났다. 홱 몸을 돌리더니 뒤뜰 출입구를 향해 걸음을 옮겼다.

“거기 서십시오.” 가가가 그렇게 말하며 빠른 걸음으로 뒤를 쫓았다. “나가시면 안 됩니다.”

리에는 걸음을 멈췄다. 어깨가 들썩이고 있었다. “이런 이야기를 잠자코 앉아서 들으라고요?”

"괴로운 마음은 이해합니다만, 지금 자리를 뜨시면 안 됩니다."

"그러니까 말했잖아. 오지 말라고!" 사쿠라기 지즈루가 언성을 높였다. "엄마 말 들었으면 이런 일 없잖아."

리에가 매서운 시선으로 어머니를 쏘아보았다. 하지만 아무 말 없이 고개를 떨궜다.

가가는 리에를 두고 아까까지 그녀가 앉아 있던 자리로 돌아와, 의자를 들고 다시 리에 쪽으로 다가갔다. 의자 방향을 돌려놓고 그녀의 어깨를 다독였다. "앉으십시오."

리에는 고개를 떨군 채 천천히 앉았다. 그 뒷모습은 가늘게 떨리고 있었다.

가가가 돌아왔다. "사쿠라기 씨, 마토바 씨, 계속하시죠."

사쿠라기 지즈루가 팔짱을 끼고 마토바를 보았다.

"우리 애하고 사귀게 된 게 우연이라고 말할 셈이야?"

"당연하죠. 점찍은 여자를 자유자재로 넘어오게 하는 재능 같은 건 저한테 없습니다. 그래서 이건 하늘이 주신 기회라고 생각했죠. 잘만 하면 사쿠라기 병원뿐 아니라 사쿠라기 집안의 모든 것을 손에 넣을 수 있으니까요. 리에가 아이를 낳으면, 사쿠라기 집안의 핏줄에 과거 당신들이 목숨을 앗아간 남자의 피가 섞이는 겁니다. 이토록 통쾌한 복수가 어디 있겠습니까."

"혹시 지금 리에가 임신한 건 아니겠지?"

"유감스럽지만 그건 아닙니다."

"그래, 그럼 다행이네. 하지만 남편을 잃는 최악의 사태를 피해 가지 못해서 너무 안타까워. 진심으로 후회하고 있어. 더 빨리 널 추궁했어야 하는데. 리에 마음이 다칠까 신경 쓰느라 남편이 판단을 늦춘 게 실수였어. 하지만 설마 살해당할 줄은 몰랐을 테니, 그 사람 잘못도 아니지."

마토바는 익살을 떠는 양 몸을 흔들었다. "진심으로 제가 원장님을 죽였다고 생각하는 겁니까?"

"죽인 건 히카와겠지만, 그렇게 사주한 건 너잖아. 이제 와서 발뺌하지 마."

"알겠습니다. 그럼 솔직히 말씀드리겠습니다. 원장님에게 수면제를 먹인 건 제가 맞습니다. 기회를 틈타 위스키에 몰래 넣었죠. 하지만 히카와하고는 상관없습니다. 제가 노린 건 거실에 있던 노트북이니까요. 그날 점심, 원장님은 그걸 보며 의미심장한 발언을 흘렸습니다. 사람을 쓸 때 가장 필요한 건 신상 조사라고. 제 얘기인 줄 단번에 알았습니다. 그래서 뭘 보고 있었는지 확인하려고 한 겁니다. 수면제를 먹으면 바로 침실로 올라갈 줄 알았거든요."

"뻔뻔스레 그런 거짓말을 지껄이는구나."

"거짓말이 아닙니다."

"아까 네 입으로 말했잖아. 원장님의 죽음을 바랐다고. 잊었니?"

"안 잊었습니다. 말했습니다. 사실이니까요. 분명히 원장님이 죽기를 바랐습니다. 죽어주면 손쉽게 소원을 이룰 수 있으니까. 그래서 흉기에 찔린 걸 보고도 응급 처치를 하지 않았습니다. 하고 싶지 않았죠. 순간적으로 이대로 아무것도 안 하면 살아날 가망이 없다고 생각했습니다. 하지만 가족들이 있는데 그럴 수는 없었죠. 그래서 범인을 쫓는다는 구실을 대고 밖으로 나간 겁니다." 마토바는 가가를 보며 말했다. "이게 진상입니다."

"구리하라 씨 별장을 향해 비탈을 올라간 이유는 뭡니까?" 가가가 물었다. "아까는 강도라면 뒷길로 도망칠 거라고 생각했기 때문이라고 대답하셨죠."

"그 반대입니다. 어디 있을지 모르는 범인과 마주치는 걸 피하고 싶었습니다. 비탈을 올라가는 게 안전하다고 생각했죠. 설마하니……." 마토바는 어깨를 으쓱했다. "범인이 뒤를 밟을 줄은 몰랐습니다."

사쿠라기 지즈루가 증오로 가득 찬 눈으로 마토바를 쏘아보았다. "잘도 둘러대는군."

"믿을지 말지는 본인 자유입니다. 저는 사실을 말했습

니다."

"그래, 안 믿어. 그러니까 아까 이제 그 비탈을 우리가 올라갈 필요는 없다고 한 거야. 네가 한 짓은 다 알고 있으니까."

"사카키 형사과장님." 가가가 말을 꺼냈다. "마토바 씨가 피습당한 장소 주변에서도 흉기를 수색하셨죠?"

"물론 수색했네. 그 비탈도 샅샅이 뒤졌어. 하지만 찾지 못했지."

가가는 고개를 끄덕이더니 사쿠라기 지즈루를 보았다.

"만일 사쿠라기 씨 말대로 마토바 씨가 자해를 한 거라면, 흉기인 나이프는 어떻게 처분한 걸까요?"

"그게 어려운 일인가요? 멀리 던져버린 거 아니에요? 아, 그래요. 옆에 구리하라 씨 별장이 있으니, 그 별장지 안으로 던져버린 거 아닐까요?"

"거기도 조사했습니다." 사카키가 말했다. "못 찾았습니다."

"덜 찾아본 거 아닌가요?" 사쿠라기 지즈루의 입매가 일그러졌다.

사카키는 반박하지 않았다. 마음대로 말하라는 양 고개를 돌렸다.

숨 막히는 공기가 흘렀다. 정신없이 펼쳐지는 전개를

하루나는 도저히 따라갈 수 없었다. 시즈에가 구리하라 마사노리와 불륜 관계였다는 충격적인 이야기조차, 그 진위 여부와 사정은 아무래도 상관없게 되었다. 그저 숨을 죽이고 흘러가는 상황을 지켜보는 수밖에 없었다.

"이거 참, 놀랐습니다." 다카쓰카가 침묵을 깨고 말문을 열었다. "어느 사람, 어느 가정이든 밖에서는 모르는 비밀이 있다는 건 진작부터 알았지만, 이 나이에 새삼 실감하게 될 줄이야." 노인은 고개를 절레절레 젓더니 가가 쪽을 보았다. "이제 어쩔 작정이십니까?"

모두의 시선이 가가에게 쏠렸다. 누구나 그에게 기대를 걸고 있는 건 명백했으며, 이 난국을 타개할 사람은 이 사람밖에 없다고 생각하는 게 틀림없었다.

"여러분의 고백은 귀중한 정보입니다." 가가는 신중한 말투로 말을 이었다. "실례지만 객관적으로 생각했을 때, 고사카 나나미 씨, 야마노우치 시즈에 씨, 그리고 마토바 마사야 씨가 혐의를 받는 건 당연합니다. 동기가 있고, 다카쓰카 게이코 씨를 살해할 기회도 있었죠. 하지만 그들이 범인이라고 가정할 경우, 변수가 너무 많습니다. 이를테면 고사카 나나미 씨가 차량으로 이동했을 경우, 이 별장지 앞에서 내린다 해도, 그때까지 어딘가의 방범 카메라에 찍힐 우려가 있죠. 그 위험성을 무시할 수 있었을까요. 또한 야마노우치 시즈에 씨가 게이코 부인을 살해했다고 하면, 와시오 에이스케 씨를 찾으러 나갔을 때밖에 기회가 없었을 텐데, 와시오 씨가 밖으로 나간 일 자체가 예측 불가능한 사건이었죠. 만일 와시오 씨가 밖으로 나가지 않았다면 어쩔 작정이었을까. 그리고 마토바 씨는 본인을 찌른 나이프를 어떻게 처분했는가, 라는 의문이 남습니다. 더욱이 잊어서는 안 되는 일이 있습니다. 사건 당일, 게이코 부인의 행동이죠. 다카쓰카 씨 말에 따르면 그날 밤 단골 바에 갈 때 평소라면 부인도 동행하셨다고 했죠. 만일 그날도 그랬다면 여러분 중 범행이 가능한 사람은 아무도 없습니다. 마찬가지로, 만일 다카쓰카 씨가 바에 가지 않았다면 어땠을까요. 다카쓰카 씨 별장에는 다카쓰카 부부와 고사카 가족이 있었을 테고, 그 상황에서 부인만 노리는 건 도저히 불가능할 것 같습니다만."

논리 정연한 내용을 듣고 하루나는 심장 박동이 빨라지는 걸 느꼈다. 듣고 보니 그랬다.

"게이코가 범행 대상이 된 건, 우연히 혼자 남았고 범인들이 그 사실을 알았기 때문이라는 겁니까?" 다카쓰카가 물었다.

"그럼 더 말할 것도 없습니다. 범인은 저 사람밖에 없어요." 마토바가 고사카 나나미를 가리켰다.

"아니라니까요!" 고사카 나나미는 세차게 고개를 저었다.

"저나 시즈에 씨는 다카쓰카 씨가 외출한다는 사실 자체를 알 수 없었습니다."

"그건 모르는 일이죠. 어디서 보고 있었을지도 모르고."

"진정들 하십시오." 가가는 팔을 벌리며 두 사람을 달랬다. "잊으셨습니까? 다카쓰카 별장의 방범 카메라는 일찌감치 고장 나 있었습니다. 그 시점에서 범인들은 게이코 부인을 노리고 있었다고 생각해야겠죠. 우연에 모든 걸 걸었을 리는 없으니까요."

"그게 무슨 말씀입니까?" 다카쓰카가 물었다.

"범인들은 게이코 부인이 혼자 있는 시간이 생길 거라는 걸 알고 있었습니다. 그렇게밖에 생각할 수 없습니다."

그럴 리가, 다카쓰카가 중얼거렸다. "예지 능력이라도 있다는 겁니까?"

"그런 게 없어도 부인을 혼자 있게 할 방법이 있습니다. 만날 약속을 한 거죠."

"만날 약속……."

"별장 밖에서 만날 약속입니다. 그래서 부인은 바에 가지 않았습니다. 그리고 만일 다카쓰카 씨가 바에 가지 않으면 부인은 몰래 별장을 빠져나와 그 사람과 만날 생각이었죠."

"누구하고 그런 약속을 했다는 거요?"

"그걸 알아내면 사건은 해결됩니다." 가가는 일행을 둘러보았다. "반론하실 분 계십니까?"

사카키가 손을 들었다. "그럼 하나만 묻지."

"말씀하시죠."

"나는 아직 히카와에게 공범이 존재한다는 의견에 동의하지 않아. 죽일 상대를 찾고 있던 히카와가 다카쓰카 별장에 들어와 우연히 혼자 있던 게이코 부인을 살해했다고 생각하네. 방범 카메라를 고장 낸 건 계획적으로 벌인 일은 아니었다고 보고."

"그럼 나이프는 어디 있습니까? 게이코 부인을 살해한 나이프, 그리고 마토바 씨를 찌른 나이프는?"

사카키는 말문이 막힌 듯했다.

모두 입을 꾹 다문 가운데, 어느샌가 자리에 앉은 사쿠라기 지즈루가 손을 들었다.

"가가 씨는 사모님이 만나기로 한 그 사람이 누구인지 아시는 거죠?"

"나름대로 추론해 보기는 했습니다." 가가는 진중하게 대답했다.

"그럼 그 답을 알려 주세요. 다들 기진맥진한 것 같으니까요."

사쿠라기 지즈루의 말에 하루나도 완전히 동의했다. 기진맥진하다는 표현은 지금 상황을 적확하게 나타내고 있었다. 어떤 답이든 좋으니 빨리 끝내고 싶다는 마음뿐이었다.

가가는 알겠다고 대답했다.

"하지만 그 답을 말하기 전에 하나 확인할 게 있습니다. 아주 중요한 일입니다." 그렇게 말하며 가가는 걸음을 옮겼다. 그의 발길이 멈춘 곳은 고사카 가이토의 옆이었다. 그는 고개를 푹 숙인 소년의 어깨에 손을 올렸다. "그날 밤, 너는 범인으로 보이는 인물을 봤다고 했지. 그 인물은 다카쓰카 씨 별장 동쪽으로 사라졌다고 했고. 그 증언은 변함없는 거니?"

가가의 질문에 하루나는 당혹감을 느꼈다. 왜 이제 와서 그런 걸 확인하는 걸까. 무슨 생각인지 도무지 알 수 없었다.

가이토는 대답하지 않았다. 바닥을 내려다본 채 잠자코 있었다.

"이야기를 들었으면 알 테지만 너희 어머니, 고사카 나나미 씨도 혐의를 받고 있단다." 가가는 한 자씩 또박또박 정중하게 말을 이었다. "만일 나나미 씨가 게이코 부인을 살해했다면, 그 뒤에 세워둔 차로 돌아가기 위해서는 네 말대로 별장 동쪽으로 갔을 테지. 그 사실을 유념하고 대답해 주길 바란다. 네 증언을 바꿀 생각은 없니?"

"잠깐, 가가 씨, 그러면 어떡합니까." 다카쓰카가 불퉁하게 말했다. "그런 식으로 말해서 그 애가 바꾼다고 하면, 그걸 믿으라는 말입니까?"

"가만히 계십시오." 가가는 손을 내밀어 다카쓰카를 제지했다. 하지만 얼굴은 여전히 소년을 내려다보고 있었다.

"어떠니? 이번이 마지막으로 확인하는 거다. 말을 바꿀 기회는 지금밖에 없어."

가이토의 여윈 몸이 움찔했다. 소년은 시선을 들어 가가를 힐끗 보더니 다시 고개를 숙이고 뭐라고 중얼거렸다. 목소리가 작아서 하루나가 있는 곳까지는 들리지 않았다.

"응? 안 들리는데요." 마토바가 항의했다.

가가는 가이토의 어깨를 툭툭 두드리더니 다른 사람들을 보았다.

"이렇게 말하는군요. 자기가 본 사람은 동쪽이 아니라 서쪽으로 사라졌다고요. 가이토 군, 고맙다. 용케 결심했구나."

"가가 씨, 이게 무슨 말입니까?" 다카쓰카가 납득할 수 없다는 듯 물었다. "예상대로 제 어머니를 감싸는 방향으로 증언을 바꿨잖소. 그게 무슨 의미가 있는 거요?"

"지금부터 말씀드리겠습니다." 가가는 천천히 걸음을 옮겼다. 미간에 주름이 깊이 패어 있었다. 하루나의 눈에는 어떠한 고뇌에 찬 사람의 얼굴처럼 보였다. 이내 그는 걸음을 멈추고 다시금 사람들을 돌아봤다. "지금까지 말씀드렸다시피, 이번 사건에는 히카와에게 공범이 있었다고 생각하지 않으면 해결되지 않는 문제가 많습니다. 그럼 그 인물은 히카와와 텔레그램을 통해 연락을 주고받은 것 말고는 무엇을 했을까요? 첫째, 다카쓰카 게이코 부인과 별장 밖에서 만날 약속을 잡았습니다. 둘째, 게이코 부인을 살해했습니다. 셋째, 마토바 씨를 찔렀습니다. 넷째, 흉기를 처분했습니다. 이 모든 일들을 실행할 수 있었던 인물이야말로 공범이라 할 것입니다. 그게 누구일까요. 다카쓰카 회장님, 고사카 히토시 씨, 사쿠라기 지즈루 씨, 리에 씨, 와시오 하루나 씨에게는 알리바이가 있고, 게이코 부인을 해칠 기회는 없었습니다. 흉기가 발견되지 않았으니 마토바 씨가 스스로 찔렀다는 설도 제외해도 될 겁니다. 고사카 나나미 씨는 어떻습니까? 게이코 부인을 살해할 동기도, 기회도 있었습니다. 하지만 그 기회는 우연히 얻은 것임을 잊어서는 안 됩니다. 나나미 씨가 게이코 부인을 별장 밖으로 불러낼 수 있었을까요. 두 사람의 권력 관계로 보아 그것은 불가능했다고 단언해도 문제없어 보입니다. 그러한 점에서…….”

가가는 다시 걸음을 옮기더니 시즈에 앞에서 멈춰 섰다.

“야마노우치 시즈에 씨라면 게이코 부인과 별장 밖에서 만날 약속을 잡는 것도 어렵지 않았을 것입니다. 그날은 부인의 생일이었다니까요. 선물을 주겠다는 핑계는 어떻습니까. 와시오 에이스케 씨를 찾으러 나갔다는 건 때마침 적절한 구실이 생긴 것에 불과했고, 실은 외출할 다른 이유를 미리 준비해 두었을지도 모릅니다. 또한 시즈에 씨한테는 부인을 살해할 동기가 있었습니다. 그린 게이블스를 이용해 구리하라 마사노리 씨와 밀회하는 장면을 들켰으니까요. 사건이 종결된 뒤에 구리하라 부부의 비자금을 가로채기 위해서는 부인의 존재가 거치적거렸죠. 부인을 살해한 뒤에는 위장하기 위해 구리하라 씨 별장의 초인종을 눌렀습니다. 하지만 돌아오는 길에 예상 밖의 사태가 벌어졌죠. 갑자기 비탈 아래에서 마토바 씨가 나타난 겁니다. 순간적으로 그를 찌른 뒤에 도망쳤습니다. 그리고 집으로 돌아와 흉기를 숨기고 아무렇지도 않은 얼굴로 남편을 잃은 하루나 씨를 도왔습니다.”

가가의 이야기를 듣고 하루나는 충격에 휩싸였다. 처음부터 끝까지 논리적이었다. 그 외의 답은 없을 것 같았다.

진심으로, 시즈에가 잠긴 목소리로 말했다. "진심으로 하시는 말씀인가요?"

가가의 입가에 살짝 미소가 번졌다.

"허황된 가설일 뿐입니다. 현실적이지 않죠. 시즈에 씨가 집을 나섰을 때, 이미 근처에 경찰이 도착해 있었습니다. 어디에 경찰이 있을지 모르는 상황에서 별장 밖에서 만나기로 한 상대를 찔러 죽이려는 사람이 있을까요? 자, 그렇다면 남은 용의자는 두 명뿐입니다." 가가는 오른쪽으로 몸을 돌려 걸어갔다. "소년과 소녀입니다. 하지만 소년은 게이코 부인과 같은 건물에 머물고 있으니 일부러 불러내는 건 부자연스럽죠. 그 이전에 다양한 실행 수단을 소유하고 있지도 않고요. 스마트폰도 그중 하나죠. 그렇다면……." 그는 걸음을 멈췄다. "동기도, 경위도 모두 알 수 없지만, 너 말고는 생각할 수 있는 사람이 없구나."

가가 앞에 앉아 있는 건 구리하라 도모카였다. 무릎 위에 올려놓은 배낭을 껴안고 있었다.

하루나는 크게 숨을 들이마시며 손으로 입을 막았다. 누군가는 헉, 소리를 내뱉었다.

"그럴 리가!" 새된 목소리로 외친 건 다카쓰카였다. "가가 씨, 아무리 그래도 그건…….”

“그래, 그건 아니지.” 사카키가 일어났다. “가가 경부, 자네의 통찰력은 인정하네만, 너무 끼워 맞추기야. 지금 근거로 든 건 모두 정황 증거 아닌가. 몇 번이나 말하지만 애당초 공범이 존재했다는 증거는 없어.”

“맞습니다. 그러니…….” 가가는 고개를 돌려 다시 도모카를 보았다. “넌 인정하지 않을지도 모르겠구나. 히카와가 입을 다물고 있는 한, 네가 관여했다는 사실이 드러나지 않을 거라 생각하고 있겠지. 하지만 오산이 하나 있어. 가이토 군의 증언이지.” 고사카 가이토를 가리키며 말했다. “가이토 군은 거짓말을 했어. 수상한 사람은 동쪽으로 사라졌다고 했지만, 실제로는 서쪽이었지. 왜 거짓말을 했을까. 생각할 수 있는 이유는 하나뿐이지. 사람의 형체를 본 게 아니라 그 사람의 얼굴을 보았기 때문에. 하지만 그 얘기는 하지 않았어. 게다가 도망친 방향도 반대로 말했지. 순간적으로 그 인물을 감싸려 한 거야, 이유는 확실하지 않지만. 파티에서 친절하게 대해 줬기 때문인지도 모르지. 어찌 되었든 네가 아무 대답도 하지 않는다면, 나는 가이토 군에게 물어야 해. 그날 밤 도망치던 사람이 누구였냐고.”

가가의 중후한 목소리를 듣기만 해도 하루나는 오장육

부가 요동을 치는 것 같았다. 마른침을 삼키지도 못한 채 가이토를 바라보았다. 소년은 파리하게 질린 얼굴로 바들바들 떨고 있었다.

구리하라 도모카의 표정은 거의 변하지 않았다. 아무것도 보지 않고, 아무것도 듣지 않고, 아무것도 생각하지 않는 것 같았다. 어쩌면 정말 그런지도 모른다, 그런 생각이 머릿속에 떠오를 즈음, 핑크색 입술이 움직였다. "열네 살." 소녀는 그렇게 말했다.

"뭐라고?" 가가의 물음에 소녀는 그를 올려다봤다.

"열네 살 미만이었죠. 사람을 죽여도 죄를 묻지 않는 게."

가가는 그래, 하고 대답했다.

"아깝다." 도모카는 그렇게 말하며 어깨를 으쓱했다. "그럼 사형을 당하려나."

"열네 살부터 열아홉 살까지는 소년법이 적용된다." 가가는 말을 이었다. "살인죄를 묻는다 해도 열여덟 살 미만이면 최고가 무기징역이고 사형은 청구할 수 없지."

흐음, 도모카는 코웃음을 치며 말했다. "사형당해도 되는데."

21

구리하라 도모카는 부모를 용서할 수 없었다. 둘 다 죽었으면 좋겠다고 생각했다.

예전에는 그렇게 사이가 좋아 보였는데 무슨 일이 있었던 걸까.

누가 먼저 상대를 배신했는지는 모르겠다. 하지만 아마 마사노리가 먼저였을 것이다. 도모카가 아직 초등학생이던 시절, 마사노리가 자고 있을 때 유미코가 그의 스마트폰을 몰래 보는 장면을 목격했다. 지문 인식으로 잠금 해제를 한 것이다. 그때부터 마사노리를 대하는 유미코의 태도가 확연히 달라졌다. 그때 무슨 증거를 잡은 것일까.

하지만 도모카 앞에서 두 사람은 다투는 모습을 보이지 않았다. 어느새 예전처럼 화목한 부부로 돌아와 있었다. 마음을 놓은 도모카는 기분 탓이었을지도 모른다고 생각하게 되었다.

때문에 기숙사가 있는 학교에 보내졌을 때도 부모와 연

관 지어 생각하지는 않았다. 부모는 각자 일이 바쁘니, 집을 비우게 되는 날이 많아져서 그렇다는 말을 쉽게 믿었다. 황금연휴나 방학 때는 집에 갈 수 있다. 외롭지만 어쩔 수 없다고 생각했다.

그렇게 시작된 기숙사 생활은 기대했던 것만큼 편하지 않았다. 즐거운 일도 가끔 있었지만, 우울한 일이 훨씬 많았다. 규칙에 얽매이는 갑갑한 분위기도 진저리가 났지만, 복잡한 인간관계에 비하면 나은 편이었다. 각자 성가신 아집이 있었으며, 세력 다툼도 있었고, 당연하게도 음습한 따돌림도 존재했다.

긴 방학이 시작되기를 손꼽아 기다렸다. 집에 가고 싶은 마음이 간절했다. 하지만 부모가 그리워서는 아니었다. 보고 싶은 건 고양이 루비였다. 루비를 무릎에 앉혀놓고 음악을 듣거나 동영상을 보는 것이 가장 큰 즐거움이었다.

물론 마사노리와 유미코도 외동딸을 반갑게 맞아주었다. 집에 온 첫날 밤은 도쿄 시내의 고급 레스토랑에서 식사를 하는 것으로 정해져 있었다. 새 옷이나 액세서리를 선물 받기도 했다. 겉으로는 단란한 가족으로 보일 것이다.

하지만 그 모든 게 허울뿐이었다. 부모는 이른바 '쇼윈도 부부'였던 것이다.

도모카가 그 사실을 어떻게 알게 되었는지는 자세히 기억나지 않는다. 제각각 보였던 부자연스러운 언행과 이해할 수 없는 사건들이 겹겹이 쌓이면서, 얇은 껍질을 벗겨내듯 조금씩 도모카는 슬픈 현실을 깨닫게 되었다. 그중에는 서로에게 또 다른 소중한 상대가 있다는 걸 암시하는 에피소드도 있었다.

게다가 그 모든 건 두 사람의 계획이었다. 부부는 의논 끝에 도모카가 중학교를 졸업하면 헤어지자고 합의했다. 하지만 갑자기 그런 이야기를 하면 딸이 충격을 받을 테니, 알아챌 수밖에 없도록 상황을 조성한 것이다.

첫 선고는 마사노리가 했다. 올해 봄방학에 본인의 회계사무소로 도모카를 불러냈다.

마사노리는 "도모카도 어렴풋이 눈치챘을 텐데" 하고 운을 띄우더니 말을 이었다. "엄마하고 헤어지기로 했어."

그는 이혼 이유를 장황하게 늘어놓았다. '가치관의 차이', '인생 계획의 어긋남' 그리고 '서로의 감정을 존중한 결과'라는 문구가 포함되어 있었다. "결코 엄마가 싫어진 건 아냐", "어른이 되면 도모카도 이해할 거야"라는 대사도 덧붙였다.

이런 알맹이 없는 말을 늘어놓는 것으로 얼버무릴 수

있다고 진심으로 생각하는 것일까, 도모카는 진지한 표정으로 이야기하는 아버지를 신기한 기분으로 바라보았다. 그러자 그 모습을 어떻게 해석했는지 흡족한 듯 고개를 끄덕이더니, "별로 놀라지 않은 것 같아서 다행이다"라며 웃었다.

그게 아니라 그저 신물이 난 거라고 마음속으로 쏘아붙였다.

딸의 미지근한 반응에 자신감이 생겼는지, 마사노리는 누군가에게 전화를 걸었다. 곧이어 사무실에 나타난 건, 긴 머리와 긴 다리가 인상적인, 유미코보다 열 살 이상 어리지만 훨씬 머리가 나빠 보이는 여자였다.

"앞으로의 인생은 이 사람과 함께할 생각이다." 마사노리는 헤벌쭉한 얼굴로 말했다.

잘됐다고 말해 줄 수밖에 없었다.

나중에 알게 된 사실이지만, 그 여자가 바로 사기 혐의로 고발된 자산가의 아내였다. 두 사람이 불륜 관계라는 인터넷의 소문은 사실이었다.

며칠 뒤, 이번에는 유미코에게 연락이 왔다. 유미코를 따라간 긴자의 레스토랑에서 기다리고 있던 것은 고급스러운 정장을 빼입은 신사였다. 도모카 앞에서 유미코는 그와 부부처럼 굴었다. 이혼에 대해서는 일언반구도 없었다. 유미코는 좌우지간 모든 것이 정해졌다는 사실을 딸에게 알리고 싶었던 것이리라.

레스토랑에서 돌아오는 길에 유미코가 “아빠랑 엄마 말인데” 하고 말을 꺼냈다. “한 번밖에 없는 인생이니 내 마음을 속이고 싶지 않아. 미안하다.”

알았다고 도모카는 대답했다.

그 뒤로 두 사람은 이혼에 관한 이야기는 꺼내지 않았다. 도모카가 집으로 돌아오면 전과 다름없는 부모이자, 부부처럼 행동했다. 너무나도 자연스러웠기에 혹시 이혼 이야기는 없던 일이 된 게 아닐까 실낱같은 기대를 품기도 했지만, 각자 애인에게 연락하는 모습을 목격하고는 다시 가슴이 무너져 내리는 경험을 했다.

궁금한 건 하나였다. 나는 어떻게 되는 걸까. 이혼 후 어느 쪽이 도모카를 데려갈 것인지에 대해 아무것도 듣지 못했다. 왠지 무서워서 물어볼 수가 없었다.

이내 둘 다 내키지 않아 한다는 사실을 깨달았다. 마사노리는 애인이 싫어하는 것 같았다. 그리고 유미코는 엄마 역할에서 해방되고 싶어 하는 눈치였다.

고등학교를 졸업할 때까지는 기숙사에서 지내니 그때까지 결론을 미루기로 합의를 봤을지도 모른다. 하지만 그 뒤에는 어떻게 할 작정인지 전혀 알 수 없었다.

그런 불안을 안고 하루하루를 보내고 있을 때, 갑자기 학교가 봉쇄되었다. 감염증에 걸린 학생이 여러 명 나왔기 때문이었다. 기숙사생은 기숙사에서 나갈 수 없었지만, 집으로 돌아가는 것은 허용되었다. 그래서 도모카는 돌아가기로 했다. 루비가 보고 싶었다.

하지만 집으로 돌아와 발견한 것은 변해 버린 루비의 모습이었다. 루비는 도모카 방의 옷장에서 눈도 감지 못하고 싸늘하게 식어 있었다. 팔다리는 뻣뻣하게 굳어 있었다.

마사노리도, 유미코도 집에 없었다. 집에 간다고 연락한 건 비행기를 타기 직전이었다. 둘 다 일이 있으니 밤까지 돌아오지 않을 것이다. 애초에 두 사람이 평소 이 집에 살고 있는지 의심스러웠다.

울면서 루비를 쓰다듬다가 깨달았다. 털이 엄청나게 빠졌다. 몸도 심하게 여위었다.

집 안을 살피며 루비가 어떻게 살았는지 확인했다. 밥그릇은 비어 있었고, 물그릇도 말라 있었다. 그리고 화장실은 청소가 되어 있지 않았다. 게다가 도모카의 방 곳곳에 말라비틀어진 오물이 눌어붙어 있었다. 구토한 흔적 같았다.

얼마 뒤 돌아온 유미코는 루비의 죽음을 알고 놀라서

이런 이야기를 했다. 얼마 전 루비가 열린 창문 틈으로 나가 한동안 돌아오지 않았다고 했다. 결국 돌아왔지만 그 뒤로 상태가 이상했다, 그때 밖에서 이상한 걸 먹은 게 아닌가 싶었다고.

그럴 리가 없다고 도모카는 생각했다. 루비에 대해서는 누구보다 잘 안다. 아주 소심한 아이이다. 설령 집 밖으로 나갔다고 해도 마당을 떠나지 않았을 것이다. 차 밑에 웅크리고 있는 게 고작이다.

그러나 아무 말도 하지 않았다. 도모카는 확신했다. 유미코도, 마사노리도 고양이 따위는 신경 쓰지 않았다. 상대에게 떠넘기고 있던 것이다. 어차피 이혼할 생각이니 거추장스러울 뿐이다.

차가워진 루비를 안고, 이것이 미래의 제 모습이라고 도모카는 생각했다.

부모에게 살의를 품게 된 건 그때부터였다. 관련 사이트를 여러 군데 찾아보았다. 그때 인상에 남았던 키워드가 '사형당하고 싶다'였다.

거기에는 다음과 같은 코멘트가 달려 있었다.

—미워하는 놈을 죽여서 사형당한다면 더 바랄 게 없다.

—자살은 실패할 가능성이 있다. 그러한 점에서 사형이

라면 확실하게 죽을 수 있다.

—누구를 죽이느냐에 따라 사람들에게 영웅 대접을 받을 가능성도 있다.

이러한 글을 읽고 도모카는 기묘한 공감을 느꼈다. 부모를 죽이고 자신도 죽을 수밖에 없다고 생각하고 있었기에, 찾던 답에 가까운 것을 발견한 기분이었다.

어느 날 '사형당하고 싶은 사람, 연락 기다립니다'라는 글이 올라왔다. '마리스'라는 사람이 쓴 글이었다. 허를 찔린 기분이었다. 이 문제로 누군가와 이야기를 나눈다는 생각은 하지 못했었다.

고민하지 않고 바로 연락을 취했다. 그렇게 마리스와의 관계가 시작됐다. 아마 남자일 거라 짐작은 했지만, 마리스가 누구인지는 알 수 없었다. 본인은 삶의 의미를 잃어가고 있다고 했다. 결혼하거나 아이를 낳을 생각이 없는 이상, 생물로서의 존재 가치가 없을지도 모른다고 했다.

자손을 남기지 않는 이상 자신의 존재 가치를 찾는 방법은 타자의 죽음에 관여하는 것밖에 없다고 마리스는 말했다. 단적으로 표현하면 누군가를 죽이는 일이다. 그것이 과연 죄일까? 그런 의문을 던졌다.

천재지변으로 누군가가 목숨을 잃었을 때, 유족은 슬퍼하면서도 어쩔 수 없다고 체념한다. 그렇다면 자신에게 살해당하더라도 체념해야 한다고 마리스는 말했다. 왜냐하면 자신이 사람을 죽이는 건 신께서 주신 운명이니까. 운명은 천재지변과 마찬가지로 사람의 힘으로는 어찌할 도리가 없다. 그런 인간이 출현하는 것도 일종의 자연현상이라고 할 수 있지 않을까? 그리고 사형당함으로써 자신은 이 세상에서 퇴장한다. 태풍이 와서 재해를 일으키고 떠나는 것이나 마찬가지라고 했다.

아무래도 마리스는 진심으로 사형을 당하고 싶은 것 같았다. 하지만 단순히 사람을 많이 죽이는 것으로 끝나는 게 아니라 의미 있는 범행이어야 한다고 생각하는 것 같았다. 범죄사에 이름을 남길 만한 사건, 마리스는 그런 표현을 사용했다.

죽어도 싼 사람이 있으면 좋겠다고 했다. 악행에 손을 대고, 제 배를 불리면서도 죄책감을 느끼지 않고 뻔뻔하게 살아가는 인간이라면 더할 나위 없다. 사형 선고를 받아야 하니 한 명이 아니라 두 명, 가능하다면 그보다 더 많이.

별장지에서 열리는 바비큐 파티 이야기를 마리스에게 했을 때, 도모카는 아직 부모를 죽이겠다는 확고한 의지를 가진 상태는 아니었다. 하나의 예시로 말해 본 정도였다. 아마 별 관심을 갖지 않으리라고 생각했다. 그런데 예상과 달리 마리스는 관심을 보이기 시작했다. 자세하게 알려 달라고 했다.

그때부터 두 사람이 나누는 이야기는 진일보했다. 별장을 습격한 정체불명의 연쇄 살인범을 만들어 내자는 방향으로 결론이 났다.

하지만 현실감이 있었냐고 누군가가 묻는다면 자신 있게 답할 수 없었다. 부모를 살해하는 계획이라는 것을 머리로는 알았지만, 가상 현실 게임 이야기를 하는 것 같은 느낌이었다.

반면 디테일에는 묘하게 집착했다. 특히 범행 순서가 그랬다. 그냥 닥치는 대로 죽이자는 마리스를 달래가며 치밀하게 계획을 세웠다. 텔레그램을 쓰자고 한 것도 도모카의 아이디어였다.

도모카가 다카쓰카 게이코를 죽인 건 최대한 많은 희생자를 내고 싶다는 마리스의 말 때문이었다. 실제로는 두 사람이 저지른 범행이지만, 그 사실을 밝히지 않으면 거대한 수수께끼 여러 개가 남을 것이다. 그대로 사형에 처해지면 범죄사에 이름을 남길 수 있을 거라고 마리스는 기대하고 있었다. 그래서 검찰에 체포된 뒤에 자신이 범인인 것은 인정해도, 범행 내용은 일절 말하지 않을 생각이라고 했다.

이제 와서 사람을 죽일 생각은 없다고 말할 수는 없었다. 또한 마리스와 교류하면서 살인에 대해 심리적 장벽이 낮아진 것도 사실이었다.

다카쓰카 별장에 있는 할머니는 자기가 죽이겠다고 도모카는 말했다. 게이코를 택한 이유는, 노인이라면 자신도 죽일 수 있다고 생각했기 때문이다.

그리고 8월 8일이 되었다. 마사노리가 운전하는 차를 타고 별장으로 향했다. 운전하는 아버지와 조수석에 앉은 어머니를 보며 오늘 밤 이 사람들은 죽는구나 생각했지만, 전혀 실감이 나지 않았다.

저녁에 유미코가 쇼핑을 하러 나간 후 도모카는 첫 행동에 나섰다. 어려운 일은 아니었다. 방범 카메라의 기록 장치에서 SD카드를 제거하는 것뿐이다.

기록 장치는 현관의 배전반 안에 있다. 마사노리가 테라스에 있는 것을 확인한 뒤에 현관으로 가서 배전반을 열었다. 지문이 묻지 않도록 조심하며 SD카드를 꺼냈다.

하나 더 해야 할 일이 있었다. 별장의 여벌 열쇠를 확보해야 했다. 열쇠는 수납장 서랍 안에 있었다. 열쇠를 꺼내며 테라스를 보니 마사노리는 졸고 있었다. 읽던 책이 손을 떠나 있었다.

외출했던 유미코가 돌아오자 세 사람은 파티에 참석하

기 위해 출발했다. 마사노리가 현관문을 잠갔다. 유미코는 앞서 걷기 시작했다. 도모카는 운동화 끈을 다시 묶는 척하며 현관 앞에 멈춰 섰다.

마사노리가 등을 돌리고 걸어가는 모습을 보고, 도모카는 갖고 있던 열쇠로 몰래 현관문을 열었다. 그리고 종종걸음으로 부모를 따라갔다.

바비큐 파티는 예상대로 지루했다. 음식은 그다지 맛있지 않았고, 어른들의 이야기도 재미가 없었다. 오가는 대화도 모두 진심을 숨긴 거짓말뿐이었다. 왜 이런 파티를 여는 것인지 도무지 이해할 수 없었다.

그나마 다행인 것은 고사카 가이토가 있었다는 것이다. 가이토는 제 부모를 포함해 그 자리에 있는 어른들을 모두 미워했다.

가이토가 거침없이 어른들을 욕하는 걸 들으면서 조금이나마 스트레스를 해소할 수 있었다.

가이토를 도모카에게 데려온 건 다카쓰카 게이코였다. 루비가 죽었다는 이야기를 듣고 게이코는 세상사에 통달한 표정으로 이렇게 말했다.

“그건 분명 하늘이 도모카에게 내리신 시련일 거야. 그거 아니? 하늘은 그 사람이 극복할 수 없는 시련은 내리지 않으신대. 분명 앞으로 도모카의 인생에 도움이 되도록 내리신 거지. 그렇게 생각하고 극복해 내야지."

너무 상투적이고 진부한 대사에 도모카는 곧바로 대답이 나오지 않았다. 이렇게 오래 살아도 정신적으로 성숙해지는 건 아니구나. 인간의 어리석음을 새삼 깨달은 기분이었다.

진심이 담기지 않은 말 한마디가 남에게 얼마나 큰 상처를 주는지도 모르는 것이다.

이 사람이라면 죽여도 된다는 생각이 들었다. 이미 살 만큼 살았으니까.

술을 마시며 여전히 내용 없는 대화를 이어가는 어른들을 바라보며, 이 중에 누가 죽을까 생각했다. 계획은 세웠지만, 계획대로 일이 진행된다는 보장은 없다. 확실히 죽인다고 정해 놓은 건 도모카의 부모 정도다. 다른 인간들의 행동은 예측할 수 없었다. 애당초 마리스의 실행력이 어느 정도인지도 알 수 없었다.

하지만 마리스가 별장지에 와 있는 건 분명했다. 다카쓰카 별장의 방범 카메라를 고장 냈다는 메시지가 도착했다. 도모카도 구리하라 별장의 방범 카메라를 못 쓰게 만들었다고 답장을 보냈다. 톱니바퀴는 돌아가기 시작했다.

파티가 끝날 즈음, 도모카는 다카쓰카 게이코에게 다가가 종이 한 장을 건넸다. '선물 교환권' 종이에는 다음과 같이 적혀 있었다.

—생일 축하드립니다. 선물을 드리고 싶은데 오늘 밤 12시에 사모님 별장 밖에서 기다리겠습니다. 이 종이는 교환권이니 꼭 가지고 오세요. 이 일은 비밀로 해주세요. 도모카.

다카쓰카 게이코는 희색을 띠며 한쪽 눈을 찡긋했다.

파티가 끝나고 도모카는 부모와 함께 별장으로 돌아왔다. 현관문이 잠겨 있지 않은 것을 발견한 마사노리와 유미코는 곧바로 이변이 없는지 확인하기 시작했지만, 가장 신경 쓰이는 것은 분명히 차고일 것이다. 도모카는 그곳에 비밀 금고가 있고, 세상에 알려져서는 안 되는 비자금이 숨겨져 있다는 걸 알고 있었다.

그 비자금은 이혼 후에 반씩 나누기로 미리 합의했기 때문에 누가 마음대로 가져가지 못하도록 두 개의 열쇠를 하나씩 나눠 가졌다.

두 사람이 차고로 향하는 모습을 본 도모카는 마리스에게 메시지를 보냈다. 계획대로라면 마리스는 차고에 숨어 있을 것이다.

침대에 누워 이불을 덮고 눈을 감았다.

앞으로의 일을 생각했다. 내일부터는 혼자다. 하지만 어차피 그렇게 될 예정이었다. 부모에게 배신당하기 전에 자기가 먼저 모든 것을 끊어버렸을 뿐이다.

잠시 후, 마리스의 메시지가 도착했다. '신이 되었다.'

다 끝났구나 싶었다.

하지만 실감이 나지 않았다. 정말일까. 사실 두 사람은 이미 오래전에 차고를 나와 침실에서 쉬고 있는 게 아닐까?

11시 50분이 되자 도모카는 도쿄에서 가져온 검은색 나일론 후드 재킷을 걸치고 방을 나섰다.

어디에서도 말소리가 들리지 않았다. 부모의 방을 들여다볼까 했지만 관뒀다. 지금은 해야 할 일에 집중해야 한다.

손전등을 들고 별장을 나와 문으로 갔다. 차고 쪽은 보지 않기로 했다.

문 그늘에 회색 천 주머니가 놓여 있었다. 안에는 칼이 들어 있었다. 계획대로 마리스가 두고 간 것이다.

그것을 들고 걸음을 옮겼다. 밤길은 캄캄했다. 바람이 나무를 흔드는 소리가 으스스했다. 다카쓰카 별장 근처에 도착했을 때는 마침 밤 12시였다. 하지만 다카쓰카 게이코의 모습은 보이지 않았다. 이상하다고 생각하며 건물 쪽을 바라보니 현관문을 열고 게이코가 나타났다. 그리고 도모카에게 손짓했다.

예상했던 상황과 달랐지만 무시할 수는 없었다. 하는 수 없이 가까이 갔다.

도모카가 가자 다카쓰카 게이코는 "들어오렴" 하고 말했다. "괜찮아, 아무도 없으니까. 다들 외출했어."

그렇다면 둘도 없는 기회다. 게이코를 따라 실내로 들어갔다.

다카쓰카 게이코가 도모카의 손을 보았다. "뭘 가져온 거니?" 의아한 표정을 짓는 건 천 주머니가 지저분했기 때문이겠지.

도모카는 주머니에 손을 넣어 칼자루를 잡았다. "아까 제가 드린 종이 있나요?"

"있어. 이거지?" 다카쓰카 게이코는 옆 테이블에서 종이를 집었다. 거기 적힌 내용을 다시 보더니 우후후, 하고 웃었다. "참 재밌는 생각을 했네. 역시 피는 못 속여. 암표범의 새끼는 역시 암표범이네."

"암표범? 우리 엄마 얘긴가요?"

"그래, 강하고 영리하지. 남편에게 간섭하지 않고, 본인도 마음대로 살면서 남자들 돈을 쥐어짜지. 다 안단다. 너희 부모님, 쇼윈도 부부잖아."

노인이 주름진 얼굴을 구기며 씩 웃는 모습을 보고 도모카는 가슴속에서 뭔가가 끊어지는 걸 느꼈다.

주머니에서 손을 뺐다. 주머니는 바닥에 떨어졌고, 쥐고 있던 칼이 드러났다.

다카쓰카 게이코는 어리둥절한 표정이었다. 왜 선물로 칼을? 그런 생각을 했을지도 모른다.

다음 순간, 도모카는 온몸으로 돌진하듯 다카쓰카 게이코의 몸에 나이프를 찔러 넣었다. 예상했던 것보다 훨씬 쉽게, 날카로운 칼날이 노인의 살을 뚫고 들어갔다. 어느새 칼날이 다 들어갈 정도로, 단단히 박혔다.

다카쓰카 게이코가 뭐라고 외쳤다. 놀란 듯 눈이 휘둥그레져서 입을 벌리고 있었다. 도모카가 나이프를 뽑자, 상처를 보며 다시 뭐라고 말하려 했다.

도모카는 다시 찔렀다. 이번에는 심장을 노렸다. 하지만 이번에는 잘 꽂히지 않았다. 뼈에 걸렸는지도 모른다.

다카쓰카 게이코는 힘없이 쓰러져 드러누웠다. 얼굴은 고통으로 일그러져 있었다. 그 모습을 보고 빨리 죽여줘야겠다는 생각에 도모카는 연신 나이프를 휘둘렀다.

그녀가 더 움직이지 않는 걸 보고 손에 들린 종이를 빼앗았다. 찢어진 종잇조각이 손안에 남아 있던 걸 그때는 몰랐다.

별장을 빠져나와 왔던 길로 되돌아왔다. 별장 근처에 와서 손전등을 껐다. 그런데 집에 들어가려던 순간 예상치 못한 일이 벌어졌다. 갑자기 눈앞에 남자의 뒷모습이 나타난 것이다. 어디로 들어왔는지 전혀 알 수 없었다.

상대도 손전등을 들고 있었다. 들키면 끝장이라는 생각에 뒤돌아보기 전에 뒤에서 찔렀다.

윽, 소리와 함께 상대는 주저앉았다.

그 틈을 타서 도망쳤다. 산울타리를 지나 별장지로 들어가 별장으로 돌아왔다.

방에 들어와 마리스에게 메시지를 보냈다. '이쪽은 끝남. 두 명 찌름'이라는 내용이었다.

그리고 잠시 후 사이렌 소리가 들렸다.

부모의 죽음을 알았을 때, 일이 계획대로 진행되고 있는데도 격하게 동요했다. 깊은 슬픔이 밀려와 눈물이 흘러넘쳐 멈추지 않았다.

그러나 부모의 죽음이 슬펐던 게 아니다. 이런 운명을 걷게 된 게 서글펐다. 좀 더 평범한 부모 밑에서 평범하게 사랑받고 싶었다.

마리스의 마지막 메시지는 시간상으로 봐서 그가 레스토랑에서 마지막 만찬을 즐기기 직전에 보낸 것 같았다. '다섯 명 죽임, 한 명 미수. 대성공. 협조에 감사'라는 내용이었다.

사건 이후 부모를 떠올린 적은 별로 없다. 둘 다 외식이

잦았고, 유미코는 요리를 싫어했기 때문에 가족이 다 함께 저녁을 먹은 기억은 거의 없다. 집에서 맛있게 먹은 음식이라고는, 게살 크림 크로켓, 춘권, 탕수육 정도인데 모두 냉동 식품이었다. 그것들을 전자레인지로 데워 혼자 먹는 게 구리하라 집안의 만찬이었다.

구노 마호의 존재는 흥미로웠다. 검증회에 나가야 할지 망설였지만, 그녀 덕분에 마음을 정할 수 있었다.

멍청한 어른들의 모습을 구경하며 즐겨야겠다고 생각했다.

22

야마노우치 자택의 방 하나를 빌려 가가와 사카키가 구리하라 도모카를 조사하는 동안, 다른 사람들은 야마노우치 시즈에가 내온 커피나 홍차를 마시며 거실에서 대기하고 있었다. 적극적으로 대화를 나누는 분위기는 아니었지만, 그렇다고 침묵이 내려앉은 것도 아니었다. 특히 다카쓰카 슌사쿠는 부하인 고사카를 앉혀놓고 작은 소리로 뭐라고 말하고 있었다. 자세한 내용은 알 수 없었지만, 이따금 들리는 단어를 통해 사건과 진상에 관한 이야기라는 걸 알 수 있었다. 그런 어린애가, 다카쓰카가 탄식했지만 고사카는 아니, 요즘 여자애들은, 하고 아는 체를 했다.

그들 말고는 모두 조용했다. 고사카 나나미는 아들과 둘이서 구석진 곳에 잠자코 있었다. 고사카 나나미에게 사생활을 폭로당한 야마노우치 시즈에는 사람들이 남긴 음료 양을 신경 쓰면서도, 눈에 띄지 않도록 조금 떨어진 곳에 있었다. 와시오 하루나는 창가 자리에서 밖을 내다

볼 뿐이었고, 구노 마호는 이번 일을 기록하려는 것인지 수첩을 펼치고 볼펜으로 뭔가를 쓰고 있었다.

사쿠라기 지즈루는 분주한 손놀림으로 스마트폰을 만지다가도 전화가 걸려오면 갑자기 통화를 시작하며 방을 나갔고, 다시 돌아와 메시지를 보내기를 연신 되풀이했다.

설마 벌써부터 사건의 진상을 퍼뜨리는 건 아닐 테니, 뭔가 할 일에 쫓기고 있는 걸지도 모른다. 예컨대 새로운 내과 의사를 찾는 일 같은 거 말이다.

다음 직장을 찾아야겠다고, 마토바 마사야는 커피를 마시며 생각했다. 몇몇 인맥을 떠올렸다. 사쿠라기 병원과 엮인 곳은 기회가 없다고 봐야겠지.

곁눈질로 슬쩍 시선을 돌렸다.

사쿠라기 리에는 실내에 들어오지 않고 여전히 뒤뜰에 있었다. 의자에서 일어나 주변을 걷기도 했다.

하지만 결코 이쪽을 보지는 않았다. 자신과 눈을 마주치고 싶지 않기 때문이겠지. 마토바는 그 이유를 알고 있었다.

리에와 처음 만났을 때를 떠올렸다. 사쿠라기 집안 딸이라는 걸 알았을 때는 원수의 딸이라고만 생각했다. 자기 죄를 숨기는 집안에서 사치나 부리며 자랐겠지, 증오와 경멸의 눈초리로 바라보았다.

그런데 운명의 톱니바퀴는 이상한 방향으로 돌아갔다. 딱히 마토바 쪽에서 접근한 것도 아닌데 리에가 자신에게 호감이 있다는 느낌이 들었다. 혹시나 하는 생각에 데이트 신청을 했더니 분명한 반응이 돌아왔다.

병원 안에서 조금씩 존재감을 키워가다 언젠가는 실권을 잡는다. 그런 원대한 계획을 세우고 있었는데, 느닷없이 전혀 다른 차원의 청사진이 떠올랐다. 리에와 결혼하여 사쿠라기 집안 자체를 지배한다는 것이다.

리에와 본격적으로 교제한 뒤로 그 야망에 제동이 걸리는 일은 없었다. 오로지 리에와의 결혼만을 목표로 삼았다. 그것을 위해 모든 것을 희생했다. 제 감정조차 무시했다. 그래도 좋았다. 진심으로 사랑하는 사람과 결혼하는 것이 이상적이겠지만, 그런 바람을 이룰 수 있는 사람이 세상에 얼마나 될까. 어차피 타협할 바에는 의미 있는 타협을 하고 싶었다. 리에와의 결혼이 바로 그것이라고 생각했다.

하지만 그 일만큼은 잘못했다고 후회했다.

칼에 찔린 사쿠라기 요이치를 보고도 응급 처치를 하지 않았다.

사실 몸은 반응하고 있었다. 지혈, 심장 마사지, AED……. 순간적으로 떠오른 몇 가지 단어들이 입 밖으로 튀어나올 것만 같았다. 그때 머릿속에서 속삭이는 목소리가 들렸다. 이런 놈을 살릴 거야? 이대로 죽으면 사쿠라기 집안은 네 차지라고.

그 목소리를 거부하지 못하고 별장을 빠져나왔다.

하지만 그것은 잘못이었다. 그 자리에 남아 사쿠라기 요이치의 목숨을 구하기 위해 최대한 노력해야 했다. 그것이야말로 돌아가신 아버지가 원했던 일이었을 것이다. 비록 증오의 대상일지언정, 의사로서 그래야만 했다. 그러지 않았던 자신에게, 아버지를 죽인 사쿠라기 병원을 비난할 자격은 없다.

천벌을 받을 건 그때 정해졌는지도 모르겠군. 마토바는 그런 생각을 했다.

계단을 내려오는 발소리가 들려왔다. 가가와 사카키의 조사가 끝난 모양이었다. 마토바는 컵에 남은 커피를 다 마셨다.

사카키와 구리하라 도모카는 그대로 현관으로 향했다. 조금 전에 경찰차가 도착했다. 도모카는 경찰서로 연행될 것이다.

가가 혼자 거실로 들어섰다. 그를 보고 모두가 자세를 바로 했다. 어느샌가 리에도 실내에 들어와 있었다.

“여러분, 궁금하실 테니 결론부터 말씀드리겠습니다.”

가가가 말했다. "구리하라 도모카 양이 모두 자백했습니다. 이제부터 검찰에서 내용을 확인하는 수사가 이루어지겠지만, 제 개인적인 판단으로는 거짓말은 하지 않았다고 생각합니다. 무척……." 그는 거기서 잠시 끊었다 다시 말을 이었다. "무척 놀라운 내용이었습니다."

"왜 도모카는 그런 짓을 한 건가요?" 구노 마호가 물었다.

"지금부터 말씀드리겠습니다. 얘기가 조금 길어지겠습니다만." 그렇게 운을 띄운 뒤, 가가는 이야기를 시작했다.

밝혀진 이야기는 정말이지 놀라웠다.

모든 이야기를 마친 가가는 시즈에가 건네준 물을 마시며 "질문이 있으십니까?"라고 물으며 일동을 둘러보았다.

다카쓰카 슌사쿠가 즉시 손을 들었다.

"그럼 뭡니까? 그 애는 게이코에게 특별히 원한이 있는 것도 아닌데 죽인 겁니까?"

"그런 것 같습니다."

"정말 어처구니가 없군." 다카쓰카는 괴로운 듯 몸서리를 쳤다. "그게 사실이라면 그야말로 개죽음이 아닙니까."

마토바는 내심 혀를 찼다. 이 노인은 가가의 이야기를 제대로 들은 게 맞나. 마리스, 즉 히카와는 구리하라 도모카와의 대화에서 자기 손에 죽는 건 천재지변을 당한 것이나 마찬가지라고 주장했다고 한다. 천재지변으로 목숨을 잃는 데는 이유가 없다. 그저 운이 나빴을 뿐이다.

그 뒤에도 몇몇 사람들에게서 질문이 나왔다. 구리하라 도모카의 행동을 이해할 수 없어서, 어떻게든 본인의 가치관에 끼워맞추려고 애쓰는 것 같았다. 그러나 가가의 입에서 그들을 만족시킬 만한 답변은 나오지 않았다. 가가 본인조차 이해하지 못하는 눈치였으니 그럴 법도 했다.

이내 모두가 입을 다물었다. 손을 드는 사람은 없었다.

"더 질문이 없으시면 이것으로 해산하겠습니다만, 괜찮으십니까?"

가가의 물음에 명확하게 대답하는 사람은 아무도 없었다. 이대로 끝내도 되는지 확신이 서지 않는 것이리라. 마토바가 그랬다.

누군가가 일어났다. 구노 마호였다. 그녀는 가가에게 다가갔다.

"덕분에 오빠에 대해 조금 알게 되었어요. 무슨 생각을 하고, 무엇을 했는지요. 덕분에 이제 이 문제로 고민하지 않아도 될 것 같아요."

"형사인 제가 할 수 있는 일은 여기까지입니다. 앞으로가 큰일이겠지만 힘내십시오. 이 검증회에 참석한 용기를 잊지 않는다면 반드시 극복하리라고 믿습니다."

"감사합니다. 진심으로 감사합니다." 구노 마호는 오른 손을 내밀었다.

악수를 나누는 두 사람을 보고, 마토바는 가장 구원받은 건 그녀일지도 모른다고 생각했다.

마토바는 야마노우치 시즈에의 집을 나와 차에 올라탔다. 운전석에 앉아 안전벨트를 매려고 하는데 조수석 문이 열고 리에가 차에 올라탔다.

"우리 얘기는 아직 안 끝났지?" 좌석에 앉은 리에는 시선을 앞에 고정한 채 말했다. "아니, 아직 시작도 안 했지."

"굳이 얘기할 필요가 있나?"

리에가 고개를 돌려 마토바를 보았다. "혼자 도쿄로 돌아가서 어쩌려고?"

"글쎄, 일단은 일자리를 구해야겠지?"

"병원을 관두려는 거야?"

"내가 관두지 않아도……."

"당신을 자를 생각은 없어." 리에가 선수를 쳤다. "우리 병원에는 유능한 내과 의사가 필요하니까. 엄마가 자르려고 해도 내가 반대할 거야. 차기 이사장은 나라는 걸 잊지 말아줘."

"그래?" 마토바는 운전대를 탁 쳤다. "그럼 실직할 걱정은 안 해도 되겠군."

"남은 건 우리 문제네. 앞으로 어떻게 할지."

"앞으로? 그런 게 있어?"

"모두 없었던 일로 하자는 거야?"

"이미 그렇게 된 거 아냐?"

"아까는 못난 꼴을 보였지만, 앞으로의 난 안 그럴 거니까 잘 들어봐. 당신이 나하고 결혼하려고 한 게 순수하게 나를 사랑하는 마음에서라고 내가 믿었다고 생각해? 그런 착각을 할 정도로 대책 없는 여자는 아냐. 솔직히 머리는 안 좋지만, 그렇게까지 멍청하진 않아. 내가 사쿠라기 병원의 후계자가 아니었다면 당신은 눈길도 주지 않았겠지. 그 정도는 전부터 알고 있었어. 그래서 당신이 우리 병원에 취직한 이유를 들었을 때 충격은 받았지만, 곰곰이 생각해 보니 달라진 건 아무것도 없다는 걸 깨달았어. 돈을 노렸든, 병원을 노렸든 난 상관없어. 아니면 이제 더 이상 사쿠라기 병원을 원치 않는 거야?"

리에의 속내가 가늠되지 않아서 마토바는 당혹스러웠다.

"혹시 이런 상태로 우리 관계를 계속 이어가자는 거야?"

"지금 이대로는 어렵겠지. 나 역시 원치 않아. 그래서 당신이 마음을 바꿔줘야겠어."

마토바는 고개를 갸웃했다. "무슨 소리야?"

"간단해. 병원이 아니라 나를 원하게 만들 거야. 그런 여자가 될 거야. 내일부터. 아니, 오늘부터. 지금 이 순간부터. 각오해."

결연한 눈빛으로 쳐다보는 리에를 보고 마토바는 가슴이 술렁거렸다. 이 여자에게 휘둘린 게 한두 번이 아니었지만, 이토록 마음이 흔들린 적은 없었다.

나쁜 이야기는 아닐지도 모른다고 생각했다. 사쿠라기 지즈루와 다시 이야기할 필요가 있을까.

알았다고 말한 뒤 마토바는 시동을 걸었다. 그리고 기어를 올리려는 순간, 리에는 가로막듯 손목을 붙잡았다.

"오해는 마. 당신이 변하지 않으면 나도 받아줄 생각 없으니까." 단언하는 그녀의 얼굴에서는 어제까지만 해도 없던 굳은 결의가 묻어났다. 이미 리에는 변하기 시작했다는 사실을 마토바는 깨달았다.

다시 한 번 알았다고 말했다.

리에는 후후 웃으며 문을 열었다. 차에서 쓱 내리더니 문도 닫지 않고 산뜻하게 걸음을 옮겼다.

그 뒷모습을 바라보며 마토바는 생각했다. 방금 나는 네 손에 죽은 걸지도 모른다고.

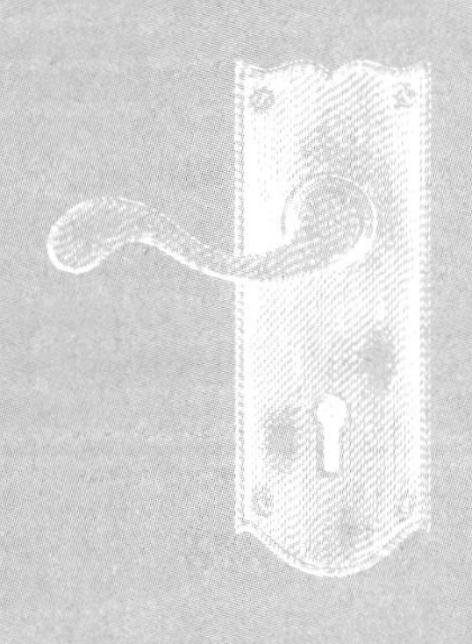

23

시즈에가 차로 하루나와 가가를 신칸센 역까지 데려다 주었다.

"여러모로 감사했습니다." 가가가 시즈에에게 감사의 인사를 건넸다.

"저야말로요." 시즈에는 송구해하며 손사래를 쳤다. "제가 뭘 했다고요."

"그렇게 생각하는 건 시즈에 씨밖에 없습니다. 모든 참석자들에게는 존재하는 의미가 있었습니다."

가가의 말은 의미심장했다. 시즈에는 고개를 끄덕이며 하루나에게 시선을 옮겼다.

"찬찬히 이야기도 못 하고 아쉽네. 또 오라고 말하고 싶지만, 그런 마음은 안 들겠지?"

대답하기 곤란한 질문이었다. 잠시 생각한 뒤, "한동안 시간이 필요할지도 모르겠네요"라고 답했다. 그렇겠지, 하고 시즈에는 씁쓸하게 웃었다.

이 자리에서 묻고 싶은 얘기가 없는 건 아니었다. 고모가 불여우예요? 라고 물으면 어떤 대답이 돌아올까? 하지만 그 답을 듣는다고 뭐가 달라지겠는가.

“이제 가실까요?” 가가가 말했다.

“네. 그럼 고모, 또 언젠가 어딘가에서 뵈어요.”

“잘 지내렴.” 시즈에는 진지한 눈빛으로 말했다.

시즈에와 헤어져 표를 사서 신칸센 승강장으로 향했다. 열차가 곧 도착한다고 해서 조금 서둘렀다.

열차 안은 뜻밖에도 한산했다. 자유석이라 떨어져 앉아야 할 줄 알았는데, 의외로 연석을 확보할 수 있었다.

“피곤하시죠?” 가가가 겉옷을 벗으며 말했다.

“조금요.” 하루나가 대답했다. “하지만 저는 그저 얘기를 들었을 뿐인걸요. 가가 씨야말로 힘드셨죠.”

“힘들지 않았다고 말 못 하겠군요.” 가가는 눈을 가늘게 뜨며 말했다.

“가가 씨 덕분에 진상이 밝혀져서 다행이에요. 별로 알고 싶지 않은 진상이었지만요. 설마 도모카가 범인이었다니.” 하루나는 고개를 저었다. “아직도 믿기지 않아요. 고작 열네 살이잖아요, 그 아이.”

“아이들을 얕잡아 봐서는 안 돼요. 구노 마호 씨 말대로 중학생의 이성과 감수성에는 섬뜩한 뭔가가 있습니다. 특히 그들의 광기에는."

동감이었다. 진술 내용을 들었을 때 하루나는 등골이 오싹해졌다.

"하지만 자백했을 뿐이잖아요. 증거를 찾을 수 있을까요? 정황 증거가 아니라, 음……."

"물적 증거 말입니까. 네, 찾을 수 있을 겁니다. 다카쓰카 게이코 씨의 시신은 출혈이 심했습니다. 흉기뿐 아니라, 도모카 양이 입었던 옷에도 상당량이 묻어 있었을 것입니다. 범행에 사용한 물건들을 도쿄로 가지고 돌아갔으니 어딘가에 흔적이 남아 있을 겁니다. 우선 경찰은 구리하라 씨 별장을 철저히 수색하겠죠. 범행 후 도모카 양은 세면대, 욕실 등에서 손을 씻었을 테니, 혈액 반응이 검출될 겁니다."

그 이야기를 듣고 하루나는 납득했다. 이 사람에게 일단 의심받으면 결코 도망칠 수 없겠구나 생각했다.

"어떤 벌을 받을까요?"

"모르겠습니다. 열네 살이지만 살인죄니까 가정법원에서 검찰로 송치되겠죠. 하지만 정신감정 결과에 따라 검찰에서 불기소 처리할지도 모릅니다."

"그렇군요."

그 처분이 타당한지 하루나는 판단이 서지 않았다.

"가가 씨는 전에 교사 일을 하셨어서 도모카의 본심을 꿰뚫어 볼 수 있었던 거군요. 평범한 사람이라면 선입견에 사로잡혀서 그런 결론에 도달할 수 없었겠죠. 하지만 듣고 보니, 모든 수수께끼를 풀 수 있는 유일무이한 해답이라, 정말 대단한 솜씨라고 생각했어요."

가가는 고개를 꾸벅하며 감사하다고 말했다. "하지만 아직 모든 수수께끼를 풀었다고 말할 수는 없습니다."

"어, 그런가요?"

"네." 가가는 고개를 들어 손가락 두 개를 세웠다. "아직 두 가지 의문이 남아 있습니다."

"두 개나요?"

"하나는 흉기의 개수입니다. 히카와가 구입한 나이프는 총 열 개고, 방에서 찾은 건 다섯 개니까 범행 당시 가지고 있던 나이프는 다섯 개로 추정됩니다. 검찰이 회수한 건 히카와가 레스토랑에서 내보인, 구리하라 씨 부부 살해에 사용한 나이프와 사쿠라기 요이치 씨와 와시오 에이스케 씨의 몸에 꽂혀 있던 두 개의 나이프뿐이었습니다. 그리고 구리하라 도모카 양이 범행에 사용한 칼을 더해도 아직 네 개입니다. 남은 한 자루는 어디로 사라졌을까요?"

"나머지 하나는 뭔가요?"

"이것도 숫자에 관한 겁니다. 피해자 수입니다. 히카와가 도모카 양에게 보낸 마지막 메시지는 '다섯 명 죽임, 한 명 미수. 대성공. 협조에 감사'였습니다. 그 얘기를 듣고 이상하다고 생각했습니다."

"뭐가요?"

"그 시점에서는 정확한 피해 상황이 보도되지 않았습니다. 때문에 히카와는 자신이 저지른 범행과 공범이 말한 내용을 합산하여 그렇게 썼겠죠. 하지만 도모카 양은 메시지에는 '두 명 찌름'이라고만 적혀 있습니다. 보통은 그렇게만 보면 두 사람을 죽였다고 해석하지 않을까요. 히카와는 왜 한 명은 미수라는 걸 알았을까. 알 방법이 없습니다. 생각할 수 있는 가능성은, 히카와 본인이 미수에 그쳤다고 생각하는 사건이 있었을지도 모른다는 겁니다. 그는 세 명을 죽이고 한 명을 죽이는 데 실패한 것 같습니다. 하지만 그렇게 생각하면 이상하죠. 미수에 그친 그 피해자는 누구였을까. 여기서 히카와의 범행 순서를 되짚어 봅시다. 처음에 죽인 건 구리하라 씨 부부입니다. 그다음에는 사쿠라기 요이치 씨를 살해했고, 마지막으로 와시오 에이스케 씨를 찔렀습니다. 그 시점에서 나이프는 아직 한 자루 남아 있었을 겁니다. 그 칼은 어디로 사라졌을까. 경찰이 발견하지 못한 것은 누군가의 손에 넘어갔기 때문이라고 생각됩니다. 그건 누구인가. 히카와가 죽이는 데 실패한 사람이 아닐까. 그렇게 추리해 나가다 보면 도출할 수 있는 답은 하나밖에 없습니다. 정말…… 말씀드리기 어렵습니다만." 유창했던 가가의 말투가 중간부터 무거워지더니 마지막에는 힘이 빠졌다.

하루나는 몇 차례 숨을 가다듬으며 마음을 진정시켰다. 심장 박동이 빨라지는 걸 억누르기는 어려울 것 같다. 입술을 적시고 입을 열었다. "네, 말씀하세요."

가가는 양손을 무릎에 얹고 하루나 쪽으로 몸을 틀었다.

"그럼 솔직하게 여쭤보겠습니다. 와시오 하루나 씨, 그 나이프를 쓴 사람은 당신이죠? 당신이 누군가를 죽였다……. 아닙니까?"

다른 승객에게 들리지 않도록 배려했는지, 가가의 목소리는 지극히 낮았다. 그래도 하루나의 귀에는 똑똑히 들렸다. 예상했던 말이었기 때문인지도 모른다.

스스로도 의외였지만, 하루나의 표정이 부드러워졌다. 그녀는 가가를 보며 고개를 기울였다.

"누군가를? 거기까지 말씀하셨으면 끝까지 말씀해 주세요."

하루나가 예상치 못한 반응을 보여서인지, 가가는 웬일로 주눅 든 표정을 지었다.

"알겠습니다. 말할 것까지도 없겠죠. 그 누군가는 바로 와시오 에이스케 씨입니다. 부군 되시는 분 말입니다. 히카와가 죽이는 데 실패한 피해자입니다. 당신이 발견했을 때 와시오 에이스케 씨는 살아 있었습니다. 부상은 경미했을 거라 짐작됩니다. 충분히 움직일 수 있을 정도로 말입니다. 칼에 찔린 장소는 다른 곳이었겠지만, 야마노우치 씨 자택 뒤뜰로 돌아올 정도의 체력은 남아 있었습니다. 아니, 아예 다른 곳으로 갔을 가능성도 있죠."

"그런 사람을 제가 죽였다고요?"

"네." 가가가 대답했다.

"그렇게 생각하지 않으면 앞뒤가 맞지 않아요. 마지막 나이프는 누구 손에 넘어갔는가? 히카와가 죽이는 데 실패한 피해자에게 빼앗겼다고 추측하는 것이 가장 합리적이죠. 당신이 에이스케 씨를 발견했을 때 그는 그 나이프를 가지고 있었습니다. 찔린 건 한 군데였고 부상도 가벼웠죠. 하지만 나이프를 든 당신은 그의 가슴에 그것을 꽂았습니다." 가가는 괴로운 듯 눈을 내리깔고 고개를 좌우로 저었다. "죄송합니다. 이런 이야기를 하고 싶지는 않았습니다만……."

"지금 와서 그렇게 말씀하시다니." 하루나는 웃음을 머금고 있었다. 신기하리만치 침착한 제 모습에 스스로도 놀랐다. 심장 박동도 정상으로 돌아왔다. "제가 그런 짓을 했다고 치죠. 동기는 뭐라고 생각하시나요?"

"이 역시 상상에 불과합니다만." 가가는 아랫입술을 깨물며 말했다. "야마노우치 시즈에 씨가 관련된 게 아닙니까?"

이 대답에 하루나는 가슴이 철렁했다. "어째서죠?"

"고사카 나나미 씨의 말로는 다카쓰카 게이코 씨는 시즈에 씨와 구리하라 마사노리 씨의 관계를 알고 있었고, 사건 당일에도 두 사람이 그린 게이블스에서 밀회하는 장면을 보았다고 했습니다. 하지만 구리하라 도모카 양의 진술에 따르면, 마사노리 씨는 파티에 참석하러 나갈 때까지 자기 별장에 있었습니다. 시즈에 씨와 마사노리 씨가 불륜 관계였을지도 모르지만, 적어도 8월 8일에 그린 게이블스에서 시즈에 씨와 밀회한 사람은 마사노리 씨가 아니었던 것 같습니다. 한마디로 잘못 본 거죠. 그렇다면 누구였을까요? 다카쓰카 게이코 씨가 자신의 남편이나 부하 직원인 고사카 씨를 잘못 볼 리는 없겠죠. 그리고 당일 마토바 씨는 계속 리에 씨와 함께 있었습니다."

"남는 건 한 사람뿐이군요……."

"실은 아까 시즈에 씨의 차를 타기 전에 잠깐 산책을 했습니다. 그린 게이블스에 다녀왔죠. 뒷문으로 가서 문 주변을 살펴봤습니다. 손잡이 부근에 아주 적은 양이지만 피 같은 것이 묻어 있더군요. 에이스케 씨의 피가 아닐까요. 칼에 찔린 뒤에 고통을 참고 그 별장으로 갔던 겁니다. 아마 그것을 감수할 정도의 목적이 있었겠죠."

하루나는 후, 한숨을 내쉬었다.

"모든 걸 꿰뚫어 보시는군요. 도키코 선배 말이 맞아요. 역시 당신에게 거짓말은 통하지 않네요."

"말씀해 주시겠습니까?"

"네. 그런데 조금만 시간을 주시면 안 될까요? 마음 정리를 할 시간이 필요하네요."

"그러십시오. 도쿄에 도착하려면 아직 시간이 많이 남았으니까요." 가가는 자리에서 일어나 다른 자리로 이동했다.

24

언제부터 에이스케의 태도에 의심을 품게 된 것일까. 과거를 돌이켜봐도 딱 이거다 싶었던 사건은 없었다. 조금 마음에 걸리긴 했지만 특별히 신경 쓸 필요도 없을 것 같은 사소한 일들, 이를 테면 이야기한 기억이 없는 시즈에에 관한 에피소드를 에이스케가 알고 있다거나, 하루나가 집을 비울 때면 어김없이 에이스케도 외박할 일이 생기는 등, 그런 일이 몇 차례 반복되면서 하루나의 마음속에 점점 위화감이 쌓였다. 투명에 가까운 얇은 종이를 여러 장 겹쳐보니 의혹이라는 그림이 선명하게 떠올랐다고 표현해도 좋으리라.

따지고 보면, 에이스케와 시즈에를 만나게 한 것이 모든 일의 시작이었다. 그 일이 없었다면 그 이후의 잘못된 일들도 일어나지 않았을 것이다.

처음 두 사람을 만나게 한 자리에서, 시즈에는 에이스케에 대해 "멋진 사람이네"라고 하루나에게 말했다. 또한 에이스케는 시즈에를 보고 '매력적인 여자'라고 표현했다. 하루나는 양쪽 다 반은 진심이고 반은 인사치레일 거라고 생각했다. 조카의 남편과 아내의 고모를 소개했으니, 설령 좋지 않은 인상을 받았다고 해도 굳이 대놓고 표현할 리가 없기 때문이다.

하지만 그것은 하루나의 엄청난 착각이었다. 두 사람 모두 가감 없이 진심을 말했던 것이다.

진심으로 상대를 '멋진 사람', '매력적인 여자'라고 생각한 것이다. 그렇다면 당연히 이성적으로 끌렸겠지. 게다가 상대방도 같은 마음이라는 것을 안다면 설레는 마음에 몰래 연락을 시도할 법도 하다. 그리고 연락이 닿으면 만나자는 쪽으로 흘러가는 건 피할 수 없다. 어느 한쪽이 마음에 제동을 걸지 않는 한 그 흐름은 더욱더 탄력을 받을 수밖에 없다.

어떻게 두 사람의 마음이 가까워지고 불타오르게 되었는지, 하루나는 어느 정도 알고 있었다. 에이스케가 겁도 없이 지우지 않은 메시지가 알려 준 것이다. 그는 아내가 자기 스마트폰을 훔쳐보는 일은 없을 거라는 근거 없는 믿음이 있었다.

그러나 결정적인 내용은 적혀 있지 않았다. 아내를 통해 고모와 친분을 쌓은 남편이 친척들과의 교류가 중요하다고 생각해서 메시지를 주고받은 것일 뿐이라고 해석할 수도 있었다. 내용은 어디까지나 장난일 뿐이고, 웃어넘겨도 이상할 건 없었다. 실력 있는 변호사가 본다면 외도의 증거가 절대 될 수 없다고 자신만만하게 단언할 것이다.

그래서 이번에 시즈에의 집을 찾아간 일은 하루나에게 중대한 의미가 있었다. 자신이 남편과 고모에게 품고 있는 의심이 단순한 망상인지, 아니면 부정할 수 없는 사실인지를 확인할 작정이었다. 구체적으로 어떻게 할 것인지는 정하지 않았지만 두 사람의 태도를 보면 분명 알 수 있을 것이란 확신이 있었다.

그런데 다시 만났을 때 보인 두 사람의 반응에 부자연스러운 구석은 없었다. 오랜만이에요, 작년에는 신세 많이 졌습니다, 하루나하고는 잘 지내요? 꽉 잡혀 살아요, 그나저나 여기는 늘 공기가 맑네요, 그게 유일한 장점이잖아요. 1년 만에 재회한 친척의 대화로써 더할 나위 없었다. 적당히 친근하게 굴었고, 적당히 거리감을 유지했다.

이후에도 하루나의 눈에 두 사람의 모습에 미심쩍은 점은 없었다. 은근히 눈빛을 주고받는 기색도 없었고, 필요 이상으로 상대를 의식하는 것 같지도 않았다.

어쩌면 내 착각일지도 모른다는 생각이 들기 시작했다. 에이스케는 누구와도 두루두루 잘 지내려 하는 성격이었다. 누구에게나 좋은 모습을 보이려 한다. 그 연장선상으로 성숙한 여자에게 은근한 추파를 보냈을 뿐일지도 모른다. 그에 시즈에도 심심풀이로 응했던 것뿐일지도 모른다.

그렇게 하루나의 마음이 흔들리는 가운데, 근처 별장 사람들과 함께 바비큐 파티를 열게 됐다. 장소는 시즈에의 집 뒤뜰이라 당연히 어느 정도는 시즈에와 하루나 부부가 준비해야 한다.

하루나는 시즈에의 심부름을 하게 되었다. 동네에서 가장 큰 쇼핑몰에 가서 몇 가지 식재료를 산 후, 특별 주문한 케이크를 찾아와 달라고 했다. 다카쓰카 게이코의 생일 축하용 케이크였다.

오후 3시가 조금 지난 시각이었다. 하루나는 차를 몰고 출발했다. 운전대를 돌리며 효율적으로 볼일을 끝내기 위해서는 어떻게 행동해야 할지 머릿속으로 생각했다.

중요한 건 케이크를 받는 타이밍이라고 생각한 하루나는 시간을 확인하기로 했다. 차를 갓길에 세우고 가게에 전화를 걸었다.

전화가 연결되자 몇 시쯤 케이크를 받으러 가면 되는지 물었다. 여자 점원의 대답은 명확했다. 예약한 케이크 수령은 오후 5시 이후부터 가능합니다.

오후 5시? 거의 두 시간은 더 남았다. 식재료를 사러 다녀오더라도 시간이 남을 것이다. 그동안 어디서 뭘 하고 있으라는 건가.

거기까지 생각했을 때, 하나의 상상이 머리를 스치고 지나쳤다.

혹시 교묘하게 날 쫓아낸 게 아닐까. 케이크를 수령할 수 있는 시각이 오후 5시라면, 그때까지 하루나는 돌아갈 수 없다. 시즈에는 일부러 그런 상황을 만든 게 아닐까. 그렇다면 목적은 하나밖에 없다.

안절부절못하던 하루나는 자동차 방향을 틀어 왔던 길을 되돌아갔다. 일찍 돌아온 이유를 물으면 케이크 가게에서 들은 이야기를 하면 된다. 그 말을 듣고 시즈에와 에이스케가 낙담하지 않기를 바랄 뿐이었다.

시즈에의 집 근처까지 왔을 때, 뒤뜰에서 누군가가 나오는 모습이 보였다. 멀리 떨어져 있었지만 하루나는 그가 에이스케라는 걸 알았다. 그는 구부정한 자세로 걸음을 옮겼다. 그 뒷모습을 본 순간, 하루나는 제 기도가 하늘에 닿지 않았다는 걸 깨달았다.

그래도 진실을 파악할 필요가 있었다. 차에서 내려 에이스케의 뒤를 쫓았다. 목적지는 짐작이 갔다. 예상이 빗나가길 기도하는 마음은 없었다. 실낱같은 기대를 배신당하는 건 이제 지긋지긋했다.

그 판단은 옳았다. 에이스케가 도착한 곳은 초록색 지붕이 인상적인 작은 건물이었다. 통칭 그린 게이블스, 고령의 소유자가 실버타운에 들어가면서 시즈에에게 관리를 맡긴 별장이다. 익숙한 듯 별장 뒤편으로 간 에이스케는 뒷문으로 다가갔다. 곧 문이 열리고 시즈에가 그를 맞이했다. 숨어서 상황을 살피는 하루나의 존재를 둘 다 전혀 눈치채지 못했다.

하늘은 맑았지만, 흠뻑 젖어 빗속을 걷는 강아지처럼 터벅터벅 무거운 걸음으로 차로 돌아갔다. 운전석에 앉자마자 운전대에 이마를 대고 방금 전 보았던 광경을 다시 떠올렸다. 반추하고 싶지 않은데도 몇 번이고 눈앞에 되풀이됐다.

이윽고 하루나는 온몸을 흔들기 시작했다. 슬픈 나머지 떨고 있는 것이 아니었다. 불현듯 웃음이 터져 나와서 참으려고 하니 몸이 경련하는 것이었다.

이 얼마나 우스꽝스러운 이야기인가. 진심으로 사랑했던 남자를, 하필이면 친구 같은 고모에게 빼앗기다니. 그 두 사람은 하루나가 이 세상에서 가장 믿을 수 있는 남자와 여자였다. 그런 사람들에게 배신당했다. 그 둘을 만나게 한 건 나, 그리고 이번에 일부러 만남의 기회까지 만들어 주었다. 하루나를 쫓아냈다고 믿는 그들은 지금쯤 그린 게이블스의 침대에서 행복한 시간을 보내고 있으리라.

제 처지가 한심해 웃음밖에 나오지 않았다. 아하하하하, 아하하하. 정말 웃겨서 웃는 건지, 억지로 웃는 건지 스스로도 모르겠다. 하지만 금방 오열로 바뀌었다. 운전대에 머리를 박고 하루나는 울음을 터뜨렸다. 무릎에 눈물이 뚝뚝 떨어졌다.

울다 보니 마음이 가라앉았다. 이제 어떻게 해야 할까. 그린 게이블스로 쳐들어가 현장을 덮치는 선택지가 있다. 그들의 잘못을 지적하고, 자신이 얼마나 큰 정신적 고통을 겪었는지 역설하고 그에 상응하는 대가를 요구한다. 이혼을 선포하고 손해배상을 요구하는 것이다. 부부 관계 회복은 꿈같은 이야기이니 현실적인 타협점을 찾을 수밖에 없다. 자존심이 있는 독립적인 여자라면 당연히 그렇게 해야 한다.

하지만 하루나는 도저히 그런 행동을 취하는 제 모습을 상상할 수 없었다. 에이스케의 배신에 깊은 상처를 받으면서도, 더 이상 사태가 나빠지지 않고 평온하게 정상적인 원래 상태로 돌아가기를 바라는 마음이 강했다.

정신을 차려 보니 차를 운전하고 있었다. 쇼핑몰에 도착해 시즈에에게 부탁받은 식재료를 사서, 예약한 케이크를 찾을 시각이 될 때까지 푸드 코트에서 카페라테를 마시며 시간을 때웠다. 평정심을 잃지 말자, 머릿속으로 그런 생각을 했다. 에이스케든 시즈에든 진심일 리가 없다. 그저 잠깐 불장난을 즐기고 있을 뿐이다. 어차피 금방 질리겠지. 그렇게 되면 에이스케는 다시 하루나에게 돌아올 것이다. 시즈에를 용서할 수 없었지만, 관계를 완전히 끊어버리면 언젠가는 잊을 수 있겠지.

푸드 코트에서 구리하라 유미코와 사쿠라기 리에를 만났다. 유미코의 남편은 분명히 바람둥이다. 애인이 한둘 있어도 이상하지 않다. 사쿠라기 리에의 약혼자도 보통내기는 아니었다. 아마 사쿠라기 집안의 재산을 노린 거겠지. 다들 그렇다. 완벽한 이상형을 만나는 사람은 없다.

장을 보고 케이크를 찾아 시즈에의 집으로 돌아왔다. 부엌에서는 시즈에가 바비큐 준비를 하고 있었고, 뒤뜰에서는 에이스케가 바비큐 그릴을 조립하고 있었다. 그 모습은 고모와 조카사위로밖에 보이지 않았다. 절묘한 거리를 유지한 연기는 참으로 훌륭했다.

하지만 하루나가 안도한 것도 사실이었다. 태도가 너무 부자연스러웠다면 그걸 알아채지 못한 척하는 것도 힘들었을 것이다. 얼마든지 둔한 아내를 연기할 수는 있었지만, 모든 일에는 한계가 있는 법이다.

잠시 후 별장에 머무는 가족들이 하나둘 나타났다. 당

연하게도 한밤중에 어떤 참극이 일어날지 모르는 그들은 태평하게 요리와 술을 즐기며 수다를 떨고 있었다. 실상 구리하라 도모카가 끔찍한 계획을 가슴에 품고 있었지만, 그 시점에서 눈치챌 수 있을 리가 없었다. 별로 즐거워 보이지 않았던 건 분명하지만, 또 다른 미성년자인 고사카 가이토와 마찬가지로 어른들의 모임에 억지로 끌려와 싫증이 난 것뿐이라고 생각했다.

잘하고 있어. 하루나는 그렇게 생각했다. 재미가 없냐, 무슨 고민이 있냐고 물어보는 사람은 없었다. 에이스케의 아내라는 역할을 훌륭하게 수행하고 있었을 것이다. 그것을 증명해 준 건 다름 아닌 에이스케였다. 사람들과의 대화가 마무리되었을 때, 그는 곁으로 다가와 이렇게 말했다.

"하루나의 이런 표정은 오랜만에 보는 것 같아."

"응? 무슨 표정?"

"밝고 즐거워 보인다고. 요즘 계속 표정이 안 좋았잖아. 일 때문에 힘들다면서."

하루나는 뺨에 손을 올렸다. "몰랐어……."

"기분 전환이 됐다면 다행이고." 에이스케는 눈을 가늘게 뜨며 캔맥주를 마셨다.

하루나는 아이러니를 느꼈다. 최근 에이스케 앞에서 밝

은 표정을 보이지 않았던 건 사실이다. 말할 것도 없이 시즈에와의 관계를 의심했기 때문이었다. 그 의심이 확신으로 바뀐 지금, 심적 동요를 감추기 위해 사근사근한 아내를 열심히 연기하고 있다. 남편을 그 모습을 진짜라 생각하고 마음을 놓고 있다. 자신의 외도를 들키지 않았다는 걸 확인하고 내심 가슴을 쓸어내리고 있을지도 모른다.

하지만 에이스케는 더욱 신경 쓰이는 일이 있을 것이다. 손목시계다. 하루나가 장을 보러 가기 전에는 분명히 차고 있었는데, 지금은 없었다. 어디다 풀어두고 온 걸까.

생각할 수 있는 건 한곳밖에 없었다. 그린 게이블스다. 관계를 가질 때 풀었다가 그대로 놓고 온 것이리라. 평소에는 시계를 차고 다니지 않으니 깜빡한 거겠지.

시계를 언제 찾으러 가지. 에이스케의 머릿속은 분명 그 생각으로 가득 찼겠지. 그러니까 파티가 끝나고 잠시 후에 사이렌 소리가 울려 퍼지고, 심상치 않은 분위기가 감돌기 시작하자 둘도 없는 기회라 생각한 것이다.

무슨 일인지 살펴보고 오겠다며 에이스케는 밖으로 나갔다. 하루나는 붙잡았지만 시즈에는 손전등을 내밀었다. 분명 그의 목적을 알아챘기 때문이겠지.

그리고 에이스케는 사건에 휘말렸다.

뒤뜰에 쓰러져 있는 에이스케를 보고 하루나는 소스라

치게 놀랐다. 왼쪽 옆구리에 나이프가 꽂혀 있었다. 황급히 달려가 그를 안아 일으켰다. 에이스케의 이름을 부르자 그는 눈을 뜨고 고개를 끄덕였다.

"괜찮아. 급소는 피했어. 이 정도면 생명에 지장은 없을 거야. 출혈을 막으려고 칼은 안 뽑았어."

또박또박 말하는 에이스케의 왼쪽 손목에는 손목시계가 채워져 있었다. 그걸 보고 역시 그린 게이블스에 다녀온 것임을 알았다. 돌아오는 길에 찔린 거겠거니 했다. 설마 집을 나간 직후에 찔렸고, 그 상태로 그린 게이블스까지 걸어갔다는 생각은 못 했다. 하지만 생각해 보니 그랬을 가능성도 있었다.

"지혈해야겠어. 손수건 있어?"

"있는데 이미 썼어." 에이스케는 다른 손에 손수건으로 싼 뭔가를 들고 있었다.

"범인이 나이프를 하나 더 갖고 있었는데 그걸 가지고 날 덮쳤어. 반격했더니 나이프를 떨어뜨렸고. 범인은 도망쳤지만 나이프는 주웠어. 지문이 묻어 있을 테니 손수건으로 싸서 가져왔고."

"그랬구나."

마치 서스펜스 드라마 같은 이야기였다. 실감은 나지 않았지만 남편이 찔린 건 사실이었다.

좌우지간 구급차를 불러야겠다는 생각에 실내로 뛰어 들어 스마트폰을 가지러 2층으로 올라갔다. 전화를 걸려고 창문에서 뒤뜰을 내려다보니, 시즈에가 에이스케를 향해 다가가고 있었다. 그의 옆에서 허리를 구부려 얼굴을 들여다보고 있었다.

에이스케는 시즈에에게 뭔가를 건네고 있었다. 그린 게이블스의 열쇠겠지.

그 직후였다. 에이스케는 시즈에의 목에 오른팔을 둘렀다. 그리고 그녀의 얼굴을 당겼다. 두 사람이 입을 맞췄다는 걸 2층에서도 알 수 있었다.

하루나는 제 안에서 뭔가가 부서지는 걸 느꼈다. 무너져 내린 그것들은 바람에 흩날려 흔적도 없이 사라졌다. 허무가 되었다.

구급차를 부르지 않고 계단을 내려왔다. 뒤뜰로 나가자 시즈에의 모습은 없었다.

하루나는 에이스케를 향해 다가갔다. "누구 왔었어?"

아니, 하고 그는 고개를 저었다. "아무도 안 왔어."

아마 시즈에와 키스한 죄책감으로 둘러댄 거짓말일 것이다. 시즈에와의 관계를 철저하게 비밀에 부치려는 것이다.

나이프가 눈에 들어왔다. 범인이 떨어뜨렸다는 나이프

다. 칼자루 부분에 손수건이 감겨 있었다. 그걸 그대로 집었다.

위험해, 하고 에이스케가 말했다. 얼빠진 목소리였다.

망설임은 없었다. 그대로 가슴을 노려 힘껏 나이프를 휘둘렀다.

에이스케는 경악한 표정을 지었지만 이내 움직이지 않았다.

비현실적인 기분으로 하루나는 남편을 바라보았다. 나이프가 두 자루 꽂힌 걸 보고 이건 위험하겠다 싶어서 옆구리에 꽂힌 나이프를 뽑았다. 그리고 가슴에 꽂힌 나이프에서 손수건을 제거했다.

어디선가 시즈에가 보고 있을지도 모른다는 생각은 했다. 그래도 상관없었다. 이것은 그녀에게 내리는 벌이기도 했다.

일이 끝난 뒤에 나타난 시즈에는 그에 대해서는 아무 말도 하지 않았다. 검증회에서도 그랬다. 못 본 걸 수도 있고, 아니면 하루나에 대한 최소한의 사죄 표시일지도 모른다.

문제는 가가다. 그는 분명 시즈에에게도 이야기를 들으려 할 것이다. 그리고 그에게 거짓말은 통하지 않는다.

옮긴이 **최고은**

도쿄대학교 대학원 총합문화연구과에서 일본 전후 문학을 중심으로 공부하면서 전문 번역가로도 활동하고 있다. 옮긴 책으로 히가시노 게이고 『블랙 쇼맨과 이름 없는 마을의 살인』, 무라타 사야카 『소멸세계』, 『지구별 인간』, 요네자와 호노부 『추상오단장』, 미카미 엔 『비블리아 고서당 사건수첩』, 요코야마 히데오 『빛의 현관』 등 다수가 있다.

당신이 누군가를 죽였다

초판 1쇄 발행 2024년 7월 23일
초판 33쇄 발행 2024년 11월 4일

지은이 히가시노 게이고
옮긴이 최고은

펴낸이 안병현 김상훈
본부장 이승은 **총괄** 박동옥 **편집장** 박윤희
책임편집 김보성 **디자인** 용석재
마케팅 신대섭 배태욱 김수연 김하은 **제작** 조화연

펴낸곳 주식회사 교보문고
등록 제406-2008-000090호(2008년 12월 5일)
주소 경기도 파주시 문발로 249
전화 대표전화 1544-1900 **주문** 02)3156-3665 **팩스** 0502)987-5725

ISBN 979-11-7061-156-1 (03830)
책값은 표지에 있습니다.

- '북다'는 문학을 기반으로 다양하게 변주된 책들을 선보이는 종합 출판 브랜드입니다.